U0727997

A TURN IN THE SOUTH

南方的转折

〔英〕V.S.奈保尔 著

陈静 译

V. S.
NAIPAUL

南海出版公司

新经典文化股份有限公司
www.readinglife.com
出　品

目 录

序　南方老家：小废墟的风景

　　吉米在纽约工作，是一名设计师和刻字师。霍华德是他的助手。时不时会变得消沉的吉米有一天对霍华德说："霍华德，如果我不得不辞职，而你又找不到别的工作，你会怎么做？"来自南方的霍华德说："我会回家看我妈。"

　　吉米被打动了，他跟我说的时候我也被打动了。霍华德有一样东西是我和吉米都没有的：他视为家乡的那片土地，绝对属于他。而且我觉得——听到这个故事几个月以后——这本南方的书就应该从那儿开始：霍华德的家乡。

　　霍华德安排了这次拜访。吉米决定跟我们一起去。我们在复活节周末成行，时机纯属巧合。

　　天正下着雨，纽约已经连着下了两天雨。

　　在拉瓜迪亚机场，霍华德说："我年轻时不喜欢这地方，因为一成不变。"

　　我还以为他的意思是历史的一成不变，过去存在至今。但根据他后来所说，我感觉他只是说那是个没什么变化、没什么事情发生的乡下。有时候，我对霍华德的话会有这种困惑，我太想从里面挖掘一些言外之意了。

霍华德身高六英尺，不过体形修长且行动轻盈。他当时二十八九岁或者三十出头。他非常有个性。他独自生活，不愿意住在哈莱姆。他看的都是严肃报刊，对外交事务也特别感兴趣。他喜欢烹饪，周末打手球来保持身材。他很容易相处，不爱发脾气；我觉得这跟他有个如此确定且亲密的家乡有一部分关系。

霍华德说："你们看到南方是怎么开始了吧。这儿的黑人更多了，飞机上。"

大多数乘客是黑人，而且不像非洲或西印度群岛的人。他们几乎都很克制，从大城市回家过复活节。

我们在格林斯博罗降落。这是个大机场。仅仅几分钟的路程之外，还有一个机场，差不多一样大，证明这里的东西都颇具规模。我们在那里下了飞机。候机区里有军人。天气比纽约暖和，我换了件轻便的外套。

很快我们就上了公路。

霍华德说："看，山茱萸和松树。你在南方会见到很多。"

山茱萸是小乔木，现在正开着单瓣的白花。它不是英国的那种山茱萸，喜欢水的红茎灌木或小乔木，在秋冬亮丽登场。在最清新的春绿里，还有橡树和槭树——霍华德把它们指给我看。

土地平坦，像阿根廷的潘帕斯或委内瑞拉的拉诺斯草原。不过，树木划分出田野的边界，为事物提供了人类的尺度。我们经过烟草库房，波纹铁皮建筑有点儿高，近乎方形，过去烟草就在这里加工。它们已然破败，波纹铁皮锈成深红色，木材经过风吹日晒变成了灰色。在绿色的映衬下，这种波纹铁皮锈成可爱的颜色，让这片土地显得格外美丽。

公路看上去跟美国其他地方一样：汽车旅馆、餐馆和加油站的广告牌。

烟草仍是一种作物。我们看见幼苗正在进行机械化种植：一个黑人在拖拉机上，两个人在后面的拖车上，把根部带土的幼苗用带柄的挖洞器栽下去。霍华德说，以前的作业全都是手工完成。学校放假的时候他就采割烟叶。绿叶上渗出来的油脂染黑了他的双手，很难洗掉。我从来不知道绿叶里出来的这种黑漆漆的油脂，不过很快就明白了：人们吸烤烟叶就是为了油脂和焦油。

我们在公路上开得很快，我还没做好准备，已经到了霍华德的地盘。有个镇中心，一个附属于那个镇的小型富裕白人郊区，外面是黑人区。差别显而易见。但是霍华德，现在靠近他的家，似乎已经认领了白人区和黑人区。

他已经兴奋了一早上，现在更加兴奋。然后，进入另一个小镇，我们正在观察的地方他从小就熟悉。他割过草，清理过游泳池，还擦洗过一座房子的门廊，也就是鲍恩宅邸，那个多多少少还拥有这座鲍恩小镇的人的宅邸。他也给其他宅邸里的人干过同样的活儿。

公路旁有个绿色小木屋曾经是他母亲的房子，现在已经没人用了。他在那里长大。他母亲如今住在另一座房子里，另一座房子更大更新，那里才是家。我们在公路上见过，是一座混凝土砖房，离公路有段距离，在几座房子的后面：并非我想象的树木环绕的老房子。我们没有停车，先去了镇子外的汽车旅馆。

汽车旅馆的主体建筑是一座木屋。在沙地院子里，树下和灌木丛后面有几排附属的兵营式小屋。一个黑人男孩正用水管冲洗木房的门廊地板。他看上去有点儿害羞——那天早上我第一次有了种族上的拘束感——说办公室在里面。

看不出哪里是办公室。只有一个矮顶的空房间，两三排小桌子上铺着红蓝相间的格子桌布，紧挨在一起。空调关了很久，空气不流通，气味难闻。

霍华德大声嚷着，一会儿，一个穿短裤的年轻白人系着黄色塑料围裙，拿一把大菜刀从后面穿过两扇门走了过来。他气色不太好，张着大嘴，动作也不协调。又一会儿，一个肥胖的白人老妇从同样的两扇门穿过来，长着一张扭曲的脸。我感觉我们不识抬举地打扰了他们，老妇人和还是小孩子的年轻人。

两间房？我们是要两间双人房还是两间单人房？

我没理解老妇人的问题。但随后，穿短裤、系黄色塑料围裙的男孩放下刀，向我们稍稍示意，我们就跟着他——他用笨拙有力的步伐行走——出了餐厅，到了松树下的沙地院子，接着进入院子一角的低矮建筑。那里地面潮湿，男孩把房门一一打开，地上都是湿的，散发着密闭的陈腐味道，铺着污迹斑斑的廉价地毯。

不过，更好的判断在起作用。吉米和我跟着穿黄色围裙的沉默男孩看这些房间时，霍华德并没有跟我们一起，他从汽车旅馆里的某个人（也许是脸庞扭曲的老妇人）那里听说邻近的彼得斯镇有个新式汽车旅馆。（鲍恩、彼得斯：美国大大小小的地方经常用人名命名，而这些地名平淡无奇，让一些旅行线路读起来就像陆军班或运动队的名册。）

去彼得斯，紧接着我们就出发了，穿越高速公路的景观。彼得斯汽车旅馆总体上看更大，有几个两层楼的红砖建筑，甚至还有宣传游泳池的广告（尽管过滤器出了一点儿故障，水池因为有水藻都变绿了）。

霍华德走上我们前面的台阶，穿过两扇门进入办公室，然后带着一点儿幽默感，神秘兮兮地冲我说："这是给你准备的。"

他的意思是办公室里的女士是印度人，不会弄错，印度来的印度人，尽管她没有穿纱丽，尽管她的言谈举止有种非印度式的自信。对我而言，她的口音是美国的。只有一次露了馅儿，当她直爽、不客气地说"店内"不供应咖啡之类的东西时，这个词跟"恶行"押了韵。①那就是印度的，就是有种印度腔。

---

① pre-mises（店内）和 vices（恶行）押韵。"恶行"是印度教的核心概念之一。

后来我听霍华德说，过去六年左右，印度的印度人在南方一直从白人手里买汽车旅馆。（而这或许就能解释，不久后我在佐治亚州西北部一家汽车旅馆里看到的大型霓虹灯广告牌，"美国人持有"。）

所以在那里，在对霍华德来说是家乡的地方，白人可能是从小说里走出来的；而不远处，来自世界另一侧的人们早就化身成了美国人，根据他们对这个词的特殊理解。

汽车旅馆女士的丈夫走进办公室。他也是印度人。他穿一件浅黄褐色的短袖丝绒衬衫，有得克萨斯口音——或许在我听来是那样的。他妻子说（而他正在证实）他曾在休斯顿从事石油行业，是一名石油工程师。六年前，他离开了石油和休斯敦，自认为做了一个正确的决定（就像他妻子早先所说，尽管她也承认北卡罗来纳州彼得斯这个地方非常安静）。

海蒂的房子，霍华德的新家，是海蒂亲手分几次建成的。它离公路有一段距离，在居住区其他房子的后面，有条车道直通公路。地点是精心挑选过的。房子两侧各有一个带台阶的前门廊，而从公路通过来的车道尽头是一个门廊车库。房子后面是林地。

铺着松软地毯的客厅在欢迎我们到来。厨房在房间的一个角落，带餐台。卧室和普通房间分布在客厅延伸出去的一条中央走廊两侧。

海蒂是个身材匀称的高大女人。她六十岁，皮肤依然很好，戴着眼镜。她认识吉米，弄出很多善意的声响来欢迎他，霍华德则扮演归家游子的角色。他放松地坐在餐台前的高脚凳上，双臂优雅地耷拉着，一条腿蜷着，一条腿伸直：在这座房子里是儿子，如今也是我们的半个主人。有扇门通向门廊车库，旁边墙上有家庭照片，包括霍华德穿毕业礼服的一张。

我们享用了午餐：炸鱼、绿甘蓝菜、有着煮熟胡萝卜颜色的甘薯。我们四个就坐在会客室前面用餐区的餐桌旁。

就在我们坐着的时候——前门通向两边有台阶的门廊，我背对着它——传来了大叫声。一队人马抵达：海蒂的姐姐迪-安娜（据我听到的名字）从奥古斯塔来了，还有迪-安娜的丈夫和儿子。迪-安娜看上去长得不像海蒂，比海蒂块头更大更丰满，肤色更深（海蒂是棕色皮肤）。她更活泼，跟她的体形有点儿相符，不过双眼更敏锐：她可没有海蒂的安静劲儿。

　　迪-安娜的儿子乍看上去穿得乱七八糟，不过随后我看出他的衣服精心搭配过，绝对是穿给别人看的：一件蓝灰色、款式松垮的时兴外套，一件亮白条纹衬衫，一条标签外露的锥形补丁裤，还有一双新鞋（鞋面近乎白色，显得很新）。复活节的宾客；精心装扮的节日。

　　他们聊了一会儿最近举办的一场大型拳击赛。他们全都喜欢获胜者。霍华德说他就像一位现代黑人，平和而有教养，另一个家伙虽然高大强壮，但更鲁莽。

　　穿现代服装的年轻人问我在北卡罗来纳做什么。

　　等到我告诉他，他说："哪种书，历史的？"

　　而当我和霍华德解释时，迪-安娜皱着眉头说："希望你不会让我们失望。"

　　她儿子现在严肃得跟衣着判然两样，他说："我们有太多的往事。"他们对往事不感兴趣，他们对当下感兴趣。

　　我没想起问海蒂是否有工作，霍华德也没跟我说。不过我们到了这所房子之后，我推测她在一家便利店的咖啡座做兼职，那个便利店归鲍恩家族的现任当家人所有。午餐后，她带着我和吉米去见他。她说他是个好人。

　　这家便利店只是鲍恩先生的产业之一。我们去他的家具厂见他。他说自己不是真正意义上的鲍恩家族的人。他只是跟这个家族通婚，但人们觉得他是鲍恩家的一员，他也就慢慢接受了这个姓。在镇上，鲍恩一名首次见于记载是在《独立宣言》之前几年，不过当时的镇名是劳伦斯（这表示独立战争期间或之后有某种强占）。

不过，鲍恩先生不想谈历史。他是一个六十多岁的大个子，想让我和吉米去看他做的家具。他想谈谈鲍恩家的生意，让我们知道这个小镇是个进步的地方，尽管只有几千居民，但在当地银行有数百万存款。他完完全全是鲍恩家的人。给出这些数字时，他领着我和吉米绕着家具厂闲逛，给我们看他或他的机器用木板做的物件，海蒂穿着全套牛仔裙站在旁边，姿态中有某种霍华德式的优雅。

我从没听过鲍恩这个地名，是霍华德告诉我的。如今它无处不在，附着于当地每一种行业：农场设备和农业物资店、杂货店、录像出租店、加油站、家具店、便利店。

他是个好人，我们告别鲍恩先生和家具厂之后，海蒂又说了一遍。当初她想要五千美元盖房子，去找过他。他当天就让银行安排了一项贷款，而银行要的所有担保只是海蒂的汽车和一些小东西。鲍恩先生还是个有宗教信仰的人，海蒂说。他曾提供土地给黑人作墓地。她在那里有一块家族墓地，有刻好的墓碑。

我们开车穿过郊区林地到达墓地，差点儿开到墓碑上。海蒂想让我们看看，但不鼓励我们下车。我们就待在汽车里看了一会儿。那是一块小墓地，没有用栅栏或树木隔开。现在正逢春天，万物生长，就像林地的一部分。

有块墓碑是海蒂父亲的。我们回到屋里，她讲起他的一些事。他是个聪明人，因为他屋里总会有很多食物。他在农场给一个白人干活——我开始理解了，对于海蒂来说，以她的方式定义人是多么必要。那个白人对农场没兴趣，海蒂的父亲打理一切：农产品销售，以及所有事情。现在，海蒂的父亲住过并在那儿去世的那间农舍已经破败不堪。它仍归白人家庭所有，不过他们不打算出售，想让它留个念想。

海蒂的这位父亲是哪里人？他1961年去世。他会不会出生在

1900 年前后？1894 年，霍华德说。年份就在墓碑上，在鲍恩先生给的土地上的黑人公墓里。而父亲的故事是模糊的。他一度是个孤儿，从难以相处的叔叔那里逃走，并在铁路沿线找了一份工作，然后到了这里，给白人史密斯先生当佃农，最后取得成功，成为当地最先拥有汽车的黑人之一。关于这位父亲，不太可能了解更多了，哪怕把时间追溯得更远。再往前是一片模糊，以及海蒂的姐姐、姐姐的儿子或许所有黑人都有过的太多太多的忧郁。

后来，我们小睡了一会儿——吉米住在海蒂家的一间卧室，我在另一间——喝起了茶，然后开车出去兜风。海蒂对这片土地了如指掌，她知道谁有什么。我们开车时，她好像唱诵起来。

"黑人在那里，黑人在那里，白人在那里。黑人，黑人，白人，黑人。这边全是黑人，这边全是白人。白人，白人，黑人，白人。"

有时候她说："黑人曾经拥有这片土地。"她不喜欢这个说法：黑人失去土地是因为懒散或家庭争端。但是黑人和白人出现在这里，彼此近距离地生活，海蒂自己倒没有什么种族怨言。白人对她一直很好，她说。但随后又说，那也许只是因为她喜欢与人相处。

那是一片小废墟的乡间风景。房子、农舍和烟草库房被随意废弃。它们各有各的破败，在午后的阳光下都很漂亮。有些农舍的屋檐很宽，低垂下去，曾经提供遮蔽的波纹铁现在像一个过于沉重的物体，铁皮中间下垂，有的地方还散成了扇形。

我们去看的这座房子，海蒂父亲给史密斯先生当佃农的时候住过，现在已经废弃了。灌木丛正对着敞开的房子向上长。山胡桃树比房子和烟草库房还高，现在只有几片叶子，几乎是秃的。颜色是灰色（树干和风化的树木）、红色（生锈的波纹铁）、绿色和芦苇的稻黄色。我们站在那里，海蒂说她父亲在那座房子里去世，事情的经过对她来说依然历历在目。

另一座房子甚至更美，海蒂和丈夫在那里住了十年。那是一间有着大片绿地的农舍，四下里由林木隔开。

对霍华德来说，家不只是母亲的房子，即那座废弃的小绿屋，也不是她已经搬进去住的新的混凝土砖房。家是我们看到的东西：这些乡间道路方圆几英里都是与霍华德家族成员有关系的房子和田地，而我们只看到了一部分。那是一段比我想象的还要丰富和复杂的往事，自然风光也更美。我被带去看的房子可能比特立尼达或英国很多人住的房子都大。

不过，哪怕在这里，在作为家的地方，往事中依然有那个黑暗降临的瞬间，历史的黑暗。

我们去海鲜烧烤店吃晚饭，事实上也只有那里可去。那是一家路边客栈，一个光线昏暗的大房间，一台沉默的自动点唱机和几个精心打扮的白人家庭。不供应啤酒，我们就点了冰茶，霍华德说这种东西很南方。它就像糖浆，无疑是女招待的味道，白皙、年轻和友好。她们有一个非常年轻，可能才十二岁左右，很乐意被打扮成女招待，在假日周末帮帮姐姐或父母的忙，供应点儿好吃的东西。

我问海蒂对自己和家庭有什么希望。她的回答既奇怪又感人。对于家庭，她说，希望有个儿子能把酒瘾戒掉。这很奇怪，因为那是一种缅怀：她所说的儿子已经死了。

说到自己，她说要是可能的话，她愿意再婚。她不想为了结婚而结婚。她已经上年纪了，她自己清楚，但正因如此才愿意再婚。她已经独处太久了，想有人陪伴。霍华德理解这一点。不过他和海蒂都觉得，她要找到合适的人可不容易。

海蒂说："男人在这里很稀缺。这儿的男人特别少。去教堂数数男人吧。好的都走了。留下的都不怎么样。私底下也许有一两个好的，不过……"

然而，过去呢？那种生活还算过得去吗？她说她对过去没有遗憾。对她来说，事物难道没有变好吗？在 1950 年代，事物难道没有变好吗？

她说：“我没怎么想过，哪怕是自己的过去。”

霍华德则说：“我不记得过去了。”

这些话很像海蒂姐姐午餐时说的。

不过海蒂接着说：“我不喜欢烟草。快烧完的时候，那种气味会让我觉得恶心。刚结婚的时候，我们一大早就起床，烟叶上还有露珠，没有气味。哪怕现在，烟草也让我恶心。年轻的时候，在烟草地里待上两小时我就会流泪。那会儿我跟着父亲一起干活。”

而那背后是不堪回首的往事。

星期六，海蒂带着清晨五点复活节晨拜的节日兴奋跟我们聊天。她说有可能去那儿。不过等我和吉米早上在彼得斯印度人汽车旅馆退完房，到她家吃早餐时，发现她还在那儿呢。前一天下午开车四处兜风让她筋疲力尽，做不了晨拜了。她现在想参加十一点的仪式。

吉米和我想十一点半去听唱诗，至少听听布道的开头，海蒂说布道十二点才开始。问题是吉米的衣服。霍华德在纽约就说过，鲍恩是个很有乡村气息的地方，我们不管干什么，穿休闲服和运动鞋就够了。在这种温暖天气，吉米唯一适合穿的衣服是香蕉共和国牌^①旅行装。海蒂说那也没关系，她会在特定时刻在教堂里站起来，请求会众宽恕他的着装。

在海蒂客厅的电视机里，不断有宗教的鼓舞，有黑人教堂和白人教堂里的仪式，牧师和唱诗班总是穿得很时髦，各教堂的牧师长袍颜色各异，几乎就是自己的制服。

一个传道者带着虚张声势的严肃举止，突然停下手上的事情，对着一本有关《圣经》和来世的新书吹捧一番。他说，这本书回答了人

---

① 美国 GAP 集团偏贵族风格的时装品牌，中高价位，设计款式比较新颖，受美国大众欢迎。

们的问题。"我们在天堂会快乐吗？"我还没来得及完全品味那种"快乐"——饮酒作乐、圣诞快乐、老国王科尔是个快乐的老灵魂[①]——这本书回答的其他问题就被说了出来："天堂里会有进步吗？"这个美国天堂显然是美国本土的复制品，有黑人和白人，有北方和南方，还有共和党与民主党。

海蒂穿着牛仔裙进了房间，出来时穿上了为教堂准备的一件让人惊艳的亮粉色长裙，然后戴上她的深蓝色平顶帽。帽子，还有眼镜，让她看起来像个行政官。

她开车去教堂。霍华德听任自己的驾驶执照失了效，没法开车送海蒂再回来接我们。我们走着去。教堂大约一英里远。吉米穿着香蕉共和国牌服装。霍华德身上是休闲装，脚下是运动鞋，他不打算参加仪式。他说他不喜欢去教堂，小时候被迫去得太多了。

路很宽，汽车一辆两辆地驶过。草地上满是春天的紫色小花；出人意料的是，不时会出现黑色的沼泽（让人想到定居者到来之前的原始土地，以及定居者肯定会感受到的孤寂）。

我们路过亚历山大先生的房子。他是一位上了年纪的黑人，为礼拜日穿得很正式，有外套、领带和帽子。他在房子旁边的空地上练习推杆进球，至少正举着球杆。小房子前面的区域塞满了装饰性的花园雕塑，还有所有能作为装饰放在院子里的物件。他说这种收藏是从祖父开始的，然后用特有的世事无常的感觉，说："两百年。"有些物件来自西印度群岛的牙买加，亚历山大先生发音为"吉－买加"。

我们继续走，霍华德说："你可以说他是个怪人。不光因为高尔夫球杆，他还不做礼拜。"

一辆汽车停在我们旁边的路上。车里有三个白人——眼下他们周围人的种族和肤色显而易见，他们想知道乡村俱乐部的高尔夫课程在

---

① 著名英国童谣《老国王科尔》的第一句歌词。

哪里上。霍华德说自己也是访客，帮不了他们。他们就开走了。

教堂小而整洁，红砖墙，白色尖顶，还有搁在细木头柱子上的柱廊三角楣饰。教堂一侧的院子里有很多汽车。我说汽车让这个镇看起来很富有。霍华德说每人都有一辆，没什么意义。

我们沿着台阶走到柱廊，霍华德说："他们在唱诗。"他不跟我们一起进去。他说——现在非常孩子气，可像个有恃无恐的儿子了——他在外面等。

一位身材苗条、棕色皮肤的年轻女子在门口迎接我和吉米，并告诉我们仪式的顺序。我们坐在后排。我想起海蒂说的话："去教堂数数男人吧。"男人比女人少。后排有些孩子，跟着他们的母亲。正如海蒂所透露，每个人都穿着最好的礼拜日服装。

教堂里面跟外面一样简单整洁，有很新的浅色硬木靠背长椅和一条浅褐色地毯。大厅一端的高台上是唱诗班，两边各有一位钢琴师。唱诗班的男人们站在后排，身穿套装西服；女人和姑娘们在前三排，穿着金色礼服。这很像我们在海蒂客厅电视里看到的场景，一个小型地方版。

在唱诗班后面，穿金色礼服的姑娘们和穿深色套装西服的男人们后面，是一幅基督受洗的大型油画，怪异而透明：水是蓝色的，河岸是绿色的。基督和施洗者的白肤色倒让人很意外。（同样意外的是，前一天晚上，在一位退休黑人教师家里，耶稣基督的画像有胡子，看上去就像《小巨人》里的卡斯特将军。[①]）不过也许只有我才会看到这种意外或不协调，耶稣的白肤色就像印度教万神殿里众神的蓝色，或者日本文化中首位传法僧人达摩的印度特质，充其量是一种象征元素。

唱诗结束了。那是给"访客报到、宣告和致意"的时间。宣告此

[①] 乔治·卡斯特是美国骑兵军官，内战时担任联邦军将领。1876年小毕霍恩河战役中，他率领的第七骑兵团被印第安人全歼，本人也被击毙，此后图书、报刊和电影争相渲染其功绩。《小巨人》是达斯汀·霍夫曼主演的电影，1970年上映，卡斯特将军由理查德·马利根饰演。

事的小个子黑人穿着一套深色西服——不是牧师——用特别的方式说最后一个词，把它拆成音节，然后似乎要从里面榨取最后一点儿滋味，在最后一个音节上给出有力的重读，说了类似"vee-zee-TORRS"的某种东西。[①]

他说完便等着宣告。一个男人起身说自己来自费城，回来看望家人。然后海蒂站了起来，戴着她的蓝色平顶帽，穿着粉裙。她看着我们，向穿深色西服的男人致辞。她说，我们是她儿子的朋友，而她儿子在外面某个地方。她解释吉米没有领带和西服，并请求宽恕。

我们随后站起来，我第一个，吉米紧随其后，也像费城男人那样宣告自己。前几排有个肤色白皙的女人转身对我们说她也从纽约来，并作为纽约人欢迎我们。就像一次结合，我感觉。之后，穿深色西服的男人再说起兄弟姐妹时，这些词好像多了一层言外之意。

募捐铜盆在座位上传来传去（上周募捐的数字按照仪式顺序公布，略高于三百五十美元）。一个年轻牧师声音清亮而有教养，让我们冥想复活节的奇迹。为了帮助我们，他召来了唱诗班。

唱诗班领唱的女人个子颇高，调整了一下麦克风。在这个微妙的小动作之后，激情涌现。圣歌是《我可怎么办？》。有唱诗班的拍手，还有摇摆。有个穿一身棕色西服的男人从会众中站起来，也跟着拍手唱。一个穿白衣戴白帽的女人起身歌唱。我开始感受到宗教集会的愉悦：兄弟会、结合、礼节、仪式、衣服、音乐的愉悦，所有这些结合在一起，创造出一种忘我的可能性。

正是这种礼节——从出身如此不同的黑人那里获取——让人惊讶；还有社群的概念。

穿深色西服的黑人讲完，又一个穿一身西服的人起身对会众讲话。"这是伟大的一天，"新演讲者说，"这是主复活的日子。他为每个人复

---

① 原文最后一个词是 visitors（访客）。

活。"会众中持续传来克制的"阿门"的口号。演讲者说："很多比我们境况好的人都没有这种特权。"

最后，那位优雅长袍上有两个红十字的有教养的年轻牧师开口了："耶稣曾经必须祈祷。我们现在必须祈祷。耶稣曾经必须呼喊。我们现在必须呼喊……上帝曾经对我们如此仁慈。他已经给了我们第二次机会。"

磨难与泪水，幸运与悲伤。这些就是这种宗教、这种结合、这种抚慰的融洽——融洽于我而言是意外的、感人的观念——的主题。而且，我了解传教士可能拥有的力量，像伊斯兰国家一样。

就像后来霍华德跟吉米和我在回去的路上说的，"教堂里什么都会发生"。

用霍华德出门路上用的词来形容，我们又遇到了一个本地怪人：黑人社区里的酒鬼。我们离这个男人的家还有一段路，霍华德发现他正从窗户往外看。霍华德说："向下看。别跟他说话。别看他。"那是霍华德在这里也在纽约学到的一个不惹麻烦的方法，避免"目光接触"，他说，那会激怒劫匪、乞丐、种族狂热分子、疯子和酒鬼。

嗜酒男定格在窗户里，盯着我们向他的房子走去。路过房子时，我用余光瞥了他一眼。他穿着内衣站在窗前，隔绝在自己的屋子里，两眼通红，精神与心灵似乎都非常遥远。

我告诉霍华德，那天早上我听说有严格规则的黑人社区这种说法，颇感意外。

他说："这个社区，或者你看到的那些，再过二十年或二十五年就会消失。"种族隔离曾保留了黑人社区。但是现在，黑人和白人正在一起做更多的事情，尤其是年轻一代。这便突出了前一天海蒂（为儿子伤心）所说的黑人男孩和白人男孩现在"一起喝酒"。而我不确定霍华德和海蒂是否完全喜欢这种新融合和它预兆的东西。要是没有社区，我不觉得海蒂能像现在这么平和。

海蒂从教堂回来吃午餐的时候，我们聊了一会儿黑人地位的问题，没有说到前一天的主题。

黑人有过一段艰难的时光。现在，这个国家有了新的种族元素：墨西哥人、古巴人和其他外国人，事情对他们而言应该更容易才是。墨西哥人在这个国家很快就会有政治势力了。亚洲人不再只是购买汽车旅馆，还会进入其他商业领域，他们到这里还没几年时间。在不远的一家医院里，海蒂说，只有两名美国医生。

很快，霍华德和海蒂就开始相互提醒如今事情是怎么变化的。在过去，卡车会把采摘水果的黑人拉走，现在卡车不来了：从事水果采摘的是墨西哥人。霍华德说，黑人让自己悄无声息地从迈阿密退了出来。黑人不想要酒店的工作，认为有失身份。于是，古巴人接手，黑人再次被禁止进入。以诸如此类的方式，黑人任由古巴人控制了这座城市。现在迈阿密的语言是西班牙语。

后来，我们返程去机场时，看到一群白人会众从鲍恩镇另一个浸礼会教堂出来。离我们去的黑人教堂不太远。在那时，我才意识到自己看到的一直是一个种族隔离的小镇，有旧的种族隔离制度。

我们驱车经过乡间，海蒂的唱诵给她的言语赋予了更完整的含义："这边全是白人，那边全是黑人。黑人，黑人，白人，黑人。黑人，白人。"

以她自己的方式洞察这片熟悉的土地——在那里我只看到了春天的色彩、路边的紫花、腐臭的野草、松树、山茱萸、橡树和槭树，还有废弃的农舍和烟草库房的灰色、绿色和深红色。现在返回机场，我更清楚地看到了往事，更理解了前一天的所见所闻。

我开始理解，离家去纽约的霍华德是如何把自己与往事以及哈莱姆的愤怒分隔开的。

我问他为什么不住在哈莱姆。

"我的节奏不一样，而他们很在意这一点。节奏？就像你的能量级别。怎么说呢？我并不愤怒。哈莱姆的人大部分是愤怒的。"他还试着进一步解释，"我不一样。我在高中就察觉到了这一点。你的所思所想让你不一样。我一直感觉不一样。这让我觉得自己跟很多人一样，生错了地方。"

两天之后，在纽约（就在我开始真正的南方之旅前），我又跟霍华德聊了一次，确保我对有些事情的理解是正确的。

对于亚洲人、古巴人和墨西哥人，霍华德说："一想到那个问题，我就变得非常亲美。"把亲美的态度延伸到外交事务上，是他的特殊兴趣。于是，霍华德从鲍恩镇的南方黑人小社区起步，已经成了一个保守派。他说："我认为，南方浸礼派的背景就是成为保守派的基础。"

我问起从教堂往回走时他说的黑人社区的那些话。他说那个社区未来二十年到二十五年就会消失。他的态度看起来很中立，是真正的中立吗？

他没有承认。他说社区里没那么团结了，不过变化也有好的地方。就像完成一次神秘的飞跃，他说："变化就像死亡。好的东西可以由此产生。整个生活方式终结的时候，就像南北战争。"

所以结果证明，他早先对家乡一成不变的评价，还是跟历史脱不了干系，就像我一开始想的。我已经改变了想法，因为这些话在当时看来意味着千篇一律与枯燥无味：千篇一律的建筑，孑立于田野的废墟，小镇生活的沉闷无聊。他的本意也是如此，不过他还指持续存在的过去。他跟我这个陌生人交谈，好像还得找到什么方式才能聊起不堪回首的过往。

第一章　亚特兰大：调谐

我在纽约规划了行程。有人建议我去亚拉巴马州的塔斯基吉看看贸易学院，现在是一所大学，一百多年前布克·T.华盛顿专为当时刚刚摆脱奴役的黑人创办。

塔斯基吉这个地名我熟悉，对我而言有神话的意味，这源自我对布克·华盛顿《超越奴役》[①]（*Up from Slavery*）一书的记忆，我小时候在特立尼达就知道它。如此遥远：很难想象这个有怪名字的地方还在那里，就在寻常日子的光线里。

我拿到了一个曾在塔斯基吉接受教育的作家的名字，艾尔·默里。他是或者说曾经是拉尔夫·埃里森[②]的门生，住在纽约。在电话里，他很友好，对我的计划感兴趣，准备继续聊。他想让我去他的公寓，在哈莱姆的中心，他说，他觉得我应该看看哈莱姆。这将是我为旅行做的部分准备。

他住在第一三二大街，觉得我坐麦迪逊大街的公共汽车就行。他的话让人觉得其他做法都是无效的，而我本来也打算坐公共汽车。但

---

① 一译"力争上游"。
② 黑人作家，致力于改变黑人的刻板形象，代表作有《看不见的人》。

在最后一刻，我犹豫了，招手拦了一辆出租车，很快我们就在哈莱姆了。穿过同步灯，很快我们就到了看似这座城市下层社会讽刺漫画的地方。

就像一下子跳进时间里面，像翻起书页：上层窗户被吹开，在暖褐色石头与陈旧红砖的墙上变成黑洞，房子屈居在石墙里幸存的古老工艺和优雅之中（仿佛在一些被劫掠过的古罗马遗址里），有些房子的墙壁围着的只是空地，等待某天被挖掘：人与地点没有明显的联系，这座城市下层社会的混杂人口变了，人行道上的喧嚣消散一空，现在全是黑人，周围女性不太多，男人们则常常懒洋洋地坐在台阶上或在街角站着。在十五分钟前同样的光线下，同样的天气，同样是在第五大道。

原本过一会儿就该停下来，但车继续往前开。在信号灯前，一个面无表情的瘦男孩跑到车前，对司机说了些什么。司机是个胖胖的黑人，没有搭话。信号灯变了，细腿男孩又从车辆中间跑开，没再说话。他想要什么呢？听口音，司机是从西印度群岛的一个小岛来的，说："想擦车窗。"他现在才发出紧张的笑声，把车窗摇了上来。

不远处就是艾尔·默里住的公寓大楼。那是一组三四幢高层公寓大楼里的一幢，肯定是在以前的联排房上盖的。在艾尔的楼里——离人行道不远处，一条浅湾式车道通往玻璃门入口。出人意料，有一名穿制服的看门人，还有公告提醒访客必须登记。

他的公寓在没有窗户的中央走廊尽头。快到走廊尽头的时候，暖和一点儿，电灯亮着。艾尔打开门，就又是白天的光线了，透过客厅一端的大玻璃窗能重新看到纽约的天空。他棕色皮肤，比我想的要老一些。我原本以为是个年轻人或处于职业生涯中期的人，电话里他听起来很年轻，可其实艾尔前不久就已经七十岁了。

他的客厅里都是书和唱片。稍看一会儿就会发现这些书是精心收藏的二十世纪美国作品的初版或早期版本：艾尔已经购买或收藏四十多年了。他的爵士乐唱片（竖着放在唱片套里，摆满了很多架子）同样珍贵。他酷爱爵士乐，也是这方面的知名撰稿人。他最初向我展示的东西里就有路易·阿姆斯特朗①的私人照片，没想到是个小个子男人，像毕加索那么高，同样没想到的是他穿衣服很细致：这个大人物的一切都引人注目，几乎是天才的一面，并且令艾尔兴奋。

他是个热心人，很好相处，愿意倾听。他的生活似乎就是一连串的快乐发现。塔斯基吉——五十年前他在那学习过——就是那些发现中的一个。他爱他的学校，也仰慕它的创建者。

他展示那个地方的照片：八九十年以前学生自己建造的佐治亚风格的砖砌建筑。这是我第一次见到塔斯基吉的照片，令人心驰神往，而布克·T.华盛顿也在艾尔口中变得愈加真实了。1856年他生下来就是个奴隶，但那是在南北战争前五年，所以（不管他记忆如何）他当奴隶没有多长时间。他应该是在南北战争后的特殊时期长大的，那时自由人四处要求自己的权利，一些有天赋的人做得很不错。他应该是带着美国理念长大的，十九世纪后期的宏大理念。艾尔说，从他的能量和对美国资本主义运行方式的理解来看，布克·T.华盛顿必须被视为十九世纪后期的美国人。他应该已经跻身他成功求助过的富豪和有权有势者之列。

艾尔取出两本路易·R.哈伦写的传记让我看照片。它们让人感动：那些长久保留的姿势，布克·T.华盛顿与家人，还有打扮时髦的男秘书，所有那些属于世纪之交的体面服装，而那个大人物的眼神总是疲惫的。塔斯基吉那些学生，不论男女，不久前还干着奴隶们干的活儿——耙干草、砌砖墙——但现在都穿上了体面的衣服，男的有时候还穿套装西服，这对于没有什么衣服的奴隶来说非常重要。

塔斯基吉建在一个种植园的旧址上，艾尔说。种植园宅邸多年来

---

① 著名音乐家，被称为"爵士乐之父"。

一直留在校园外面，不过他听说最近被收购了，现在是校长的住所。变化发生了，以美国的方式。或许可以说，艾尔·默里跟他的书和唱片一起，本身就是那种变化的一次展示。他出生在最南面的亚拉巴马州，去过塔斯基吉，曾在空军服役并以少校军衔退役，然后有了学者和作家的第二职业。

那是在空军服役时期的尾声，他来到纽约，来到那座公寓。那里的邻居都是中产阶级、黑人职员吗？不是，他们什么人都有。例如，有位邻居在市中心的俱乐部当门卫，艾尔是那里的会员。"在那儿，他是门卫。在这儿，他是我邻居。"艾尔喜欢那样。他也喜欢公寓，就是喜欢。

不过环境就在那儿摆着。他带我到令人眩晕的小阳台上，让我看风景，最初修建哈莱姆的人设想的雅致，我从高处看到了地上的街道，非常泄气。我还看到南面红砖排房的废墟。六年前那里发生了一场火灾，艾尔说，后来那些砖墙干脆就那么放着。一棵大树（现在长出春天的绿叶）从房子的墙体里长了出来，倒并没有毁坏那些墙。这情景有点儿像东柏林有些地方当成纪念碑保存的战争废墟，而哈莱姆有些毁坏的街道确实让人联想到战争。

但艾尔跟相邻街区烧毁的房子已经一起住了很长时间了。他似乎不再去看它们了，他有更广阔的视野。向南，整个曼哈顿平铺在我们脚下。艾尔说，要是没有几个街区后面那座高楼挡住视线，我们从这里就能看到帝国大厦。向西是一排五彩缤纷的建筑，一位著名黑人艺术家，艾尔的朋友，曾以此为主题画了一幅画。艾尔俯视下面的街道时，能看见两三座教堂，还有当地国会议员的宅邸：建筑是对当地生活重要方面的反映。

于是，在艾尔的帮助下，我的视野发生了变化。最初只看见哈莱姆和幽暗，现在开始在这高高的阳台上看见艾尔居住地区的相对秩序。还有哈莱姆最初设计的壮观：按照规划者的意图，比南方任何地方都恢宏。

不过，哈莱姆最初那些规划者盖多了。在 1890 年代，没有那么多人住哈莱姆的新房子。那时候有些生意人开始买房子，打算租给南方来的黑人。他们打出广告，尽量赢取布克·T. 华盛顿的好感和参与，那时他是美国最负盛名的黑人。华盛顿不喜欢这个主意，觉得太商业化了。不过华盛顿的秘书埃米特·斯科特，塔斯基吉的三巨头之一（华盛顿的大房子、司库和秘书仍并肩矗立在塔斯基吉），加入了这项商业冒险。于是，在需求和开发上，黑人的哈莱姆就以它将要继续的样子开始了，也就跟塔斯基吉产生了联系，尽管非常微弱。

艾尔·默里带我到附近走了走。他请我留意非常宽敞的人行道：那是哈莱姆初始方案中雅致的那一部分。他带我到一家书店，都是黑人事业方面的书，还有当地事件的海报和传单。我买了一本平装版的《黑人的灵魂》，作者杜波依斯是批评华盛顿的当代黑人（艾尔的书架上有这本书的早期版本）；我们跟开书店的那位女士相互致意，她热忱而有教养。他说，哈莱姆医院是街坊里最重要的建筑，具有专业水准，而且越来越专业。然后，随着我"松绑"的视野继续扩展，我们去了尚博格中心，一座致力于黑人研究的新的恢宏建筑，在书籍和文献收藏方面非常出色，还有热情的员工，黑人和白人。

中心给研究人员提供津贴，使其在图书馆工作。我遇到一位有津贴的学者，是个棕色皮肤的俊美女士，她去很多地方旅行过，正在做巴西与西非文化联系的研究。她谈到自己的工作就像发现者那样兴奋。对她来说，黑人事业，或者说它的这种延伸，就像一个全新的领域。

我回去的时候没坐出租车。街上没有出租车。艾尔陪我等了一会儿，聊了聊拉尔夫·埃里森，直到来了一辆公共汽车。随后，我很不情愿地又看见了（这次更缓慢，一站又一站）来时路上看到的东西：一座正在衰落的伟大城市的整片街区。

那是在 1984 年的达拉斯共和党大会上，去美国南部或者东南部旅行的想法向我袭来。此前我从未到过南方，而且尽管达拉斯不属于我后来选择旅行的东南部，但我有足够强烈的感觉，那里跟纽约和新英格兰截然不同，而那两个地区基本上也是我所了解的美国的全部。

我喜欢这些新楼、外形、光泽、建筑意趣，还有它所代表的财富。建筑作为欢乐——看它从仓库式老旧城镇的乏味中生长出来，这很有意思。

那是 8 月中旬，天气炎热。我喜欢闹市街道的强光与高楼大厦深影的对比，以及那些影子营造出的更像温带气候的奇怪感觉。人们常常以类似的反差为伴。酒店房间的有色玻璃令炽热天空的耀眼光芒变得柔和；外面天空的真实色彩总带来一种惊奇。酒店、汽车和会展中心的空调让高温在人们通过时变得活跃起来。

高温是一种启示，令人想起旧时光。还有遥远的距离，给出了早期定居者生活的另一种概念。但现在正是南方的气候被塑造成另一种运作方式。本应减弱的高温已经变成一种欢乐的源泉，一种感官刺激，一种吸引力：政治会议居然能在 8 月中旬的达拉斯举行。

会展中心里，讲坛后面的墙上平铺着各州州旗，按字母顺序排列。北美十三州的州旗与众不同，使我想到儿时在特立尼达就知道的英属殖民地旗子（还有英国人用拉丁语写的殖民地格言，引自维吉尔）。我第一次想到，特立尼达，一个前英属殖民地（始于 1797 年）和农业奴隶殖民地（直到 1833 年大英帝国废止蓄奴制），比起新英格兰或北方新的欧洲移民州，应该与东南部旧奴隶州有更多的共同点。我早就应该想到那些，但是没有。我小时候听说的南方种族行为太骇人听闻，那已经玷污了美国，也让我对南方关上了心门。

会展中心非常大，无法一览无余。在那样广阔的空间里，讲坛上的人物看起来很小。他们本可以忽略的，但上方的大屏幕放大了他们的影像，无数小屏幕遍布整个中心，重复着现场直播的图像。同样的脸部特写或姿态从那么多角度一齐涌来，让人昏昏欲睡。目标也许只是沟通和明晰，但无法用更富丽堂皇的话语来表达人的至高无上，无法更急切地从逝去的时刻中提炼荣耀了。然而，这次大会经营的是虔诚、谦卑与天堂，每天还在上帝面前自降身价，几乎是其政治德行的一部分。

当地一位著名的浸礼会牧师做了最后的祝祷。他的教会组织非常庞大，报纸上说该组织在达拉斯市中心的财产价值数百万。在周日大会之后，他的仪式上会众爆满，也在电视上直播，是一次全程盛装的播送，有音乐和唱诵。但是这种地狱之火的布道也许源自更朴素艰难的时代，那时候人们每年有五六个月都困在高温里，出行困难，人们勉强住在出生的社区，而且生活只能由绝对的宗教确定性赋予意义。

我开始想写写南方。我第一部游记是在特立尼达首位黑人总理埃里克·威廉姆斯建议下着手写的，是关于前加勒比地区和南美洲奴隶殖民地的。那时我二十八岁。我最后一部游记——一次主题旅行——应该与美国东南部各个旧的蓄奴州有关，在我看来这还挺合适的。

在达拉斯，然后在纽约，我规划行程时想的都是种族问题。当时我还不知道这个问题在旅行期间很快会自行解决，而我的主题将变成另一个我不了解但曾在达拉斯得到暗示的南方，属于秩序和信仰，还有音乐与忧伤。

我从纽约去了亚特兰大。我听说那里有一位年长的黑人名流，美国黑人贵族。有许多成名的黑人商人和黑人百万富翁，而且是黑人在管理这座城市。我定了一个航班，在亚特兰大机场排队等出租车，然后开车穿过道路大维修的市中心来到酒店。在那里，我有点儿吃惊，规划了这么长时间的行程，就这么脚踏实地开始了。

仿佛要回应我的焦虑似的，很快，我在纽约安排的在亚特兰大的会面一个接一个，全泡汤了。记者去了别的城市报道一件轶事，黑人商人在电话里说过去二十年在外生活让他跟亚特兰大失去了联系，而电影制作人引荐的一个黑人说，我听到的有关亚特兰大的一切差不多都是错的。

关于黑人贵族的议论是夸张的，这个人说。按照美国财富的标准，亚特兰大的黑人并不富裕，黑人在亚特兰大人的富豪榜上也许只能排在二〇一位。政治权力？"没有其他权力的政治权力是毫无意义的。"

我的线人抿了一口葡萄酒，似乎完全没有因为挫败我而不高兴。

我实际上相信他说的。我已经感觉到，人们在那么多照片上看到的亚特兰大的宏伟新楼实际上跟黑人没什么关系，就像内罗毕的大楼跟非洲肯尼亚人的财务技能或建筑技能没有关系一样。我已经感到谈论黑人权力和黑人贵族有点儿冒失了。

但是，我想自己去看看，我希望跟人们建立联系。不过这个黑人身上没有丁点儿帮得上忙的迹象。他说，我应该去见市长安德鲁·杨，不过前面可能已经排了大约两百次会面。（我可能是二〇一号——一个流行的号码。）我实际上在琢磨这个黑人——他抿着葡萄酒，从眼镜上面看着我，享受着我的难堪，等着猛然击倒我的问题，我觉得他正越来越受控于一种矛盾和无助的情绪，就要失控了：我很快就会听到，不仅亚特兰大没有有钱的黑人，整个佐治亚都一无所有，没有种植园，没有棉花、玉米和土豆，亚特兰大黑人世界的大船上只有他自己。

从我在丽思－卡尔顿的房间望出去，佐治亚太平洋大厦窗户里的夜景就像一件巨幅的流行艺术品。这些尺寸相同的窗户全被点亮了。每层都像一幅几乎相同景象的电影胶片，或是一串接触式印刷的照片。从我的房间望出去，景象层层变化。在低一些的楼层，我俯视办公室的桌子和地板。在齐眼高的楼层，我看到桌子在办公室墙面上的投影。然后，一层一层，办公桌就消失了。在高楼层，我只能看见被照亮的天花板；而最顶层只有光亮，窗户上的一道。办公室都空无一人，白天坐在里面的人都在郊区的某个地方。高级人员办公室墙上挂的画作就像蛮横的等级象征，从这个距离看去只是一些矩形，相当模糊，连色彩都没有——从很高的角度往下看，大都市就像大地旋涡下的污迹一般显现出来。

一个正式的社会，私人生活，一个正式的观点：那些房间里的每个人都需要引荐一下，拜访者却不知道要叩响哪一扇门。哪里会有新闻发生呢？它难道只是一个作品，电视上的？

不过随后我在报上看到了福赛斯事件的报道。福赛斯县位于亚特兰大以北约四十公里。1912 年，该县一名白人少女被强奸并严重殴打，几天之后死去。几个黑人卷入其中。一个被用私刑处死，另外两个判了绞刑。福赛斯县的黑人全被赶了出去，（据说）此后再不允许黑人住在县里。

最后这个事实，不允许黑人住在福赛斯县，在那一年早些时候成了公共话题，当时 1 月中旬有人在福赛斯组织了一次"兄弟友爱游行"，纪念圣雄甘地遇刺和马丁·路德·金的周年诞辰。游行遭到当地人和三 K 党团体的攻击，成了新闻。一周后，第二次兄弟友爱游行——在所有的曝光后——成了一个更大的事件。有两万人去福赛斯游行，大约三千名国民警卫队士兵还有州警员和当地警员维持治安。尽管如此还是有抗议，五十六人被捕，无一是游行者。

幕后操控这几次游行或者说竭力将这个话题放大的人，是亚特兰大市的黑人议员何西亚·威廉姆斯，每个人提到他都简称其为何西亚。他六十一岁，曾在民权运动中担任马丁·路德·金的副手。何西亚此前曾对一些三 K 党团体提起诉讼，控告他们在第一次兄弟友爱游行中侵犯人民的公民权利，他还想代表 1912 年被赶走的失地黑人向福赛斯县提出指控。

亚特兰大《宪政报》的汤姆·蒂彭有天和我一起吃早饭，几乎是很动情地谈起何西亚·威廉姆斯。"一个根本力量，巴黎街垒传统中的煽动者，并且见多识广。"

但那个星期我见不到何西亚。

汤姆说："他在监狱里。"

"监狱！"

"没什么。他经常进监狱，不是这事就是那事。过不了几天就出来了。"

我看着何西亚·威廉姆斯自己的一些宣传材料，尤其是一本《何西亚·L.威廉姆斯是谁？》的小册子，才明白入狱纪录对他非常重要。有一张他在牢里的照片。"何西亚牧师保持着因民权而被捕入狱的纪录……金博士去世以来，他入狱的次数几乎和金博士在世时一样多（共一百零五次）。"

他出生于1926年。所以很多年来，他的种族抗议与斗争原本是很绝望的事。但何西亚打赢了他的战争，而且我感觉何西亚现在可能获得特许了（尽管他依旧是一个勇敢的人：在福赛斯的第一次游行是需要勇气的），一个明星，一个新闻人物，特殊类型的电子现实或非现实里的什么人。他的政治生活要求他擂起战鼓。在《人的维度——何西亚·L.威廉姆斯博士年表》里，有张照片是何西亚身穿学位袍，正从一位黑人手中接受荣誉学位，有如下文字："今天他不满足于看着事情发生。他让事情发生。"

亚特兰大的北郊几乎与福赛斯县毗邻。高速公路让佐治亚看上去像康涅狄格，人们得以在街上有黑人的亚特兰大市中心工作，然后驱车二三十英里（在有空调的车里）轻松到达很少有黑人的郊区住所——佐治亚的这一部分从来不是种植园。奢华的郊区购物中心里有名牌商店的分店。没了黑人管理的城市中心，白人的郊区生活还算可以。

有一天，报上一则新闻提到，某个郊区不想被纳入亚特兰大的城市交通体系，因为他们不想让黑人渗进来。没有福赛斯那样的呐喊，没有邦联的旗帜，没有白色兜帽和长袍——这些新郊区不用那些方式。

一位交通官员说："这是个潜意识的话题，很难对付。"

我遇到的一名律师说，要想理解就要记住，大概一百二十年前有过奴役。对穷苦白人来说，种族就是他们的身份。处境好的人可以绕开那个话题，另找一份事业来实现自尊；但对没钱也没什么教养的人来说，就不那么容易了；没有了种族，他会对自己是谁失去概念。

我说起跟霍华德及海蒂在一起的周末。海蒂对自己的种族和家庭身份有很强烈的想法，但她也非常尊重鲍恩先生，觉得他是个好人。那是不是意味着什么呢？律师认为没有。南方白人愿意为与他们有关系的黑人家庭做任何事，不过那种姿态也仅止于此，不会推及一般的黑人。

那位律师和我在吃午饭，在亚特兰大市中心的一家大型俱乐部里。俱乐部开张时恰逢亚特兰大普遍外迁，而商务人士觉得需要有个地方能中午见见面。那是亚特兰大白人职场人士生活圈子的一部分：房子、空调车、办公室（或许像佐治亚太平洋大厦里的一间办公室）、午餐俱乐部。

我问那位律师有没有觉得受到过威胁。他说有时候在大街上会有这种感觉。他是指对暴力的恐惧，不过也是指对一个越来越不稳定的世界的更大恐惧：人们生活在其中的圆罩保护性越强，对圆罩外的了解就越没把握。

这也是为什么那位律师觉得黑人中产阶层如果能成长起来，黑人如果能在商业上更加活跃，会是件好事。但正像现在谈论黑人的人一样，他立刻搜寻中立和真实的词语，黑人（无论他们如何向往）没有商业意识和商业使命。在一个由经济驱动的社会里，黑人没有经济驱动力。但现在美国有一类新移民——拉美人、亚洲人。那位律师认为，那些移民的存在对黑人意味着什么，等黑人能更好地理解这一点，种族情绪也许会有所改变。

所以，像汤姆·蒂彭跟我说的，它就在所有事情的背后，不言而喻：种族的想法，一点儿神经质，奴隶制的遗存。

我去见小说家安妮·莱弗·西顿时，这个话题再度出现。她住在北亚特兰大：起起伏伏的小片土地、高大的松树、山茱萸、杜鹃花。我在霍华德家乡看到的春天在这里正当其盛，房屋沿着郊区蜿蜒的道路而建，看上去都掩映在树荫之中。

安妮·西顿刚出版了一部小说《家园》，正在做推广，她自己承担了一些费用。她已经开始写一本新书。她有点儿孤僻，生活在内心世界里，专心创作新书。她现在生活在如此美景之中，却正如我之前在她《福克斯的土地》这本书里见到的，思绪（正如很多南方人一样）很容易回到穷苦的日子。

她说玛格丽特·米德[①]对南方有过一次重要观察：白人男人与黑人女佣的关系，男人与要求不高的情妇，这使得白人女人和黑人男人变得没有性生活。安妮·西顿说，黑人男人愤愤不平。

而报纸——《宪政报》及其姊妹报《日报》（社论版和送报车上的标语是"像露水一样散布迪克西[②]"）——充斥着种族条目，穿插着系列连载：福赛斯县，还岔出去讲一个被指控吸食可卡因的黑人政客的私生活。

某天有这样一则报道。IBM 公司派一名黑人执行官到南卡罗来纳州的哥伦比亚市，但乡村俱乐部没有给这个黑人留出房间，也没有给他的孩子们发聚会邀请。第二天又有一则报道：一名三十一岁的黑人妇女，两个孩子分别是五岁、两岁，她带着左轮手枪上班，在佐治亚电力公司的办公室里开枪自杀。她觉得正在被公司排挤，错失了升职机会。她在遗书里说，想给经理和主管们留下一些东西去思考。

绝望；但政治动机引起的关注在危险过后也像开玩笑似的。有黑

---

① 美国人类学家，著有《萨摩亚人的成年》《男性与女性》等。
② 指美国南部各州及其民众。

人艺术节的新闻。有纽约雕刻家为亚特兰大创作巨型雕塑的新闻,"纳尔逊·曼德拉必须被释放,带领人民和南非走向和平与繁荣"。这座石雕重达七吨,对于原先的场址来说太重了,那里每立方英尺只能承重一百磅。于是,雕塑要搬到亚特兰大市中心的伍德拉夫公园。(伍德拉夫是可口可乐公司的大人物,经营公司六十年;可口可乐和《乱世佳人》是南北战争后亚特兰大的两个成功传奇。)石头上会焊一个十二英尺的铁篱笆,有能打开的门。这扇门会用真钥匙锁上,钥匙则交给亚特兰大市,这样等曼德拉释放的时候,这扇门就能打开了——假设钥匙没有放错地方的话。

来自汤姆·蒂彭在《宪政报》的专栏:大都市亚特兰大是一座二百二十万人口的大城市,亚特兰大是一座四十五万人口的中等城市,黑人亚特兰大是一座三十万人口的小城市。"黑人的领导范围仅限于一个小镇。"好记者总会找到清晰的好方法来表达。汤姆·蒂彭也谈及此事:美国白人没有"领袖",黑人才有领袖。我觉得他这么说是因为(参见报纸上的其他专栏作家),眼下不少州的黑人政客丑闻正被用来全面诋毁黑人。

我喜欢那个关于领袖的想法。我觉得可以用在许多黑人国家、落后国家与革命国家上,那里领袖就是一切,外来记者和其他人会不由自主地陷入某种探险家心态("带我去见你们的领袖"),只把尊严赋予领袖,在其他地方则会更广泛地赋予国家和人民。不过接下来我想知道,既然美国的黑人政治仍然是种族的、救赎的和简单的,那是不是终究不能说美国黑人有领袖——他们单纯追随的人。我也想知道在这种环境下,黑人有没有可能脱离他们的领袖,这种可能性是否大于加勒比地区或非洲人民脱离自己创造出来的种族或部落首领。

我听到了更多关于身份的内容。

汤姆·蒂彭脱下他所谓标准办公室着装的西服领带,穿上有很多口袋的背心，星期六早上带我去东亚特兰大一个有百年历史的阿巴拉契亚拓居地：一座红砖盖成的大型老式棉纺厂，几间白色木板屋，繁忙道路旁边高地上的一片墓地。工厂的工资一开始很低，据说一小时才五分钱，然而对山民来说，能按时发工资就是一种保障，尽管很多人先后离开，工厂现在也已经关闭，不过围绕工厂修建的社区都保存了下来。

我们去了拓居地的社区工艺中心，是由拥有埃丝特·勒费弗尔这个漂亮名字的女人经营的。多年前她来拓居地的时候，是个民谣歌手——亚特兰大《宪政报》上一张十年前的照片显示她是个拿吉他的美人。但是后来，她被自己歌声得到的回应所感动——一位老妇人起身跳了一段特别的舞蹈，其他人都哭了。她更深地融入阿巴拉契亚社区，甚至一度成为市议员。

她娇小苗条，风韵犹存而且嗓音清脆。她并非来自阿巴拉契亚社区，但理解他们的亲密关系。她是宾夕法尼亚的门诺派教徒，一位传教士的第八个孩子。她谈起作为门诺派教徒出走对她意味着什么。她说她曾感到孤独。变得孤独意味着什么？她说她头脑里有个景象，成了山坡上最后一棵树，其他树全被砍了。对她而言，连放弃戴女帽都没那么容易，她一辈子都被教导出于对男人的尊重而戴那种女帽。她二十岁时，站在芝加哥的街道上还会紧张，与其说是怕黑人男人，不如说是怕酗酒且粗野（据她听说）的白人男人。

接着她发现了外面世界的残酷，美国的残酷。怎么发现的？她讲了个故事。一位阿巴拉契亚妇女有天来找她，说自己需要一份工作，"女佣的工作"。埃丝特·勒费弗尔带着这个妇女去见了一个人，一个将大把金发梳到脑后的女人，一个只比寻找女佣工作的女人高一两个档次的女人（埃丝特·勒费弗尔说）。而金发女人说："她干吗想做女佣的工作呢？那可是有色人种干的。"

我觉得那不过是个小插曲，本来无须理会。（在故事里）金发女人跟其他人一样，也是受害者。但这个插曲有很多层意思，埃丝特·勒费弗尔曾感到不安和受辱。她说："他们想让你待在他们为你设定的位置上。""他们"是谁？她想了想，说是安排了体制并想让每个人各安其位的人。

我问她在哪些方面身份是重要的，有没有什么方式能实际帮上忙。她说，假如你搬到一个新社区或接手一份新工作，而人们又不太友好，如果你知道自己是谁，就能起作用，你就能经受住那些敌意。如果你不知道自己是谁——如果（这也是我的引申）你靠别人来认识自己的价值——那就麻烦了。

她给出的是自下而上的观点，她关心的穷人的观点。根据她所说，我的印象是这些人有原始的情感，并且活得紧张兮兮的。我发现那很难想象。

（然而在另一个层面，凭借自己被隐藏的另一部分，我能理解。在一个有很多群体或种族的社会里，也许每个人都带着特殊的压力生活，除非他是绝对安全的。作为印度社群的一员，在多种族的特立尼达成长——那里的人在十九世纪晚期和二十世纪早期被带过来耕种土地——我始终知道不落入虚无有多么重要。1961年，我为了写第一本游记在加勒比地区旅行时，记得那种震惊、受辱与精神毁灭的感觉，看到了马提尼克岛的一些印度人并开始理解他们已经被马提尼克淹没，我跟这些人的世界观绝不相同，他们的某段历史和我倒很像，但现在，这些人在种族和其他方面已经变成了别的东西。大约八年之后，在中美洲的伯利兹，有种类似的空虚感冲破了我关注的其他事情，当时我看到英属殖民地那个悲惨、渺小、失落的半印第安社区，正在逐渐蚕食一度属于西班牙帝国领地的滨海林地，里面住满了奴隶和仆人，然后多多少少被遗弃了：新大陆的废墟。）

从一位宗教学者那里，我听到了更多关于南方身份的内容。在他指导的人里面，有为牧师职位而学习的男男女女。我以为想当牧师的人也许是被某种宗教体验感动了，不过那种态度反映的是我自己的性情和背景，是我自身宗教信仰的缺失。我在英格兰至少待了三十五年，那里的正规宗教几乎已经枯萎了。

在美国，尤其是南方，宗教信仰几乎是普遍的，宗教职业就跟其他职业一样，人可以出于很多原因而转去从事；而我从这位学者那里听到的是，他接触的人里面有些（而且他是指白人）是为了确认身份才转向宗教生活：出身贫苦家庭、感受南方新发展带来的种族威胁的人，已经在蓬勃发展的新南方跻身商界的人，他们随之感觉自己已经远远漂离熟悉的南方世界，索性自暴自弃，回到上帝的身边和他们觉得更自在的生活。

我听到这次有关宗教与身份的谈论，是在远离亚特兰大的地方，在佐治亚西北部一个庄园里的露天聚会上：山丘，森林，景致辽远，山峦叠翠，碧空如洗。

聚会是在林木间一片未经修剪的茂盛草地上，在矮柱子上拼凑的一座灰色小木屋前面。这座木屋据说颇有年头了。它几乎就在山坡下，透过后门与窗户径直看到松树掩映下缓缓抬高的土地的翠绿，这个地方确实有种遗世独立的古老感觉，跟今天可能有人为自己安排的独处相当不同。

（驱车驶出亚特兰大，进入丘陵，了解到经过的小镇里黑人稀少，我感到我正驶入荒野。几个月后，旅程差不多结束时，我从其他方向接近亚特兰大，从纳什维尔和查塔努加，佐治亚的这部分看上去被消耗和践踏得更严重。）

聚会的主题都很"南方"。林木间未经修整的空地里，有一面邦联旗帜在阳光下飘舞。一头剥过皮的猪以跨栏选手的姿势固定，被烤了一整天，继续待在几根一侧闷燃的硬木上。（桌子上是更现代的快餐和蜡纸里的鼻烟之类。）一支乐队在小木屋里演奏蓝草音乐^①。旗帜、猪、音乐：来自过去的东西。乐器很大，音乐简单而重复。有人告诉我，歌曲的歌词才是重要的。口音对我来说不容易听懂，但在这绿色环绕的地方，音乐和歌声无须扩大，音效令人愉悦，尤其是隔着一小段距离。

我们的女主人说："印第安人也许在这里住过。"

想到自己正身处美国荒野，想到他们在这片防护坡、树荫和河流的绿色土地上，我感到一阵寒意。后来我听说，地里到处是燧石箭头。

正是在这种环境里，伴着小木屋里传来的蓝草音乐，我听说了在印第安人之后到来的人们的宗教信仰和身份。听到这些我有了一种层层堆积的历史感。印第安人在几个世纪后消失了；穷苦白人；黑人，战争，以及随后到来的全部；而现在每个人，黑人和白人，穷人和不怎么穷的人，都觉得有必要按照自己的方式拯救自己的灵魂。

乐手们年轻友善，其中有一位姑娘。结束时，他们把大件乐器放到皮卡上，离开了。太阳下山时，没有风，旗子垂落下来。天气很快就变凉了。那毕竟还只是春天。

亚特兰大《宪政报》关于福赛斯县事件的档案不是一叠盖着日期戳的剪报，而是电脑打印资料。正如一位报纸撰稿人所调查的，1912年事件的报道无论从哪方面看都骇人听闻。

被拖进树林、强奸和殴打的白人女子——两三天后死去——是一个知名农场主的女儿，十九岁。警方顺着现场附近的一面手镜，查到一个十八岁的黑人残疾男子。他供认不讳，还说有其他黑人涉案。共有十一名黑人嫌疑犯被捕。这名女子死后两天，一群人闯入福赛斯县监狱，开枪打死了一名嫌疑人，用铁撬击打尸体，挂到电线杆上。三

---

① 乡村音乐的一个分支，节奏硬朗明快，和声高而密集。

周后，残疾男子和另一个黑人男子以强奸和谋杀罪名受审，被判有罪。第二名男子的姐姐举证了他。审判后一个月，两个人在一万名群众面前被绞死。住在福赛斯县的数百名黑人被赶了出去。

被毁掉的少女、残废的黑人、监狱里的私刑和血肉模糊的尸体被悬挂示众、指证兄弟的黑人女子、当众绞刑（一万人为此现身，五十年后，这个县在亚特兰大人口兴盛之前还不到两万人），每个故事细节都让人无法承受。然而，福赛斯县超越一切而留下来的东西，似乎是对没有黑人居住的认识，有些人为此感到骄傲。

力图挑战这种骄傲的是一个加利福尼亚白人，一名在福赛斯县住了五年的空手道教练。他呼吁组织一次兄弟友爱游行，纪念甘地遇难和马丁·路德·金周年诞辰。接到辱骂电话和威胁后，他改变了想法。但是游行的想法由另一名空手道教练接手，他来自邻县，也是白人。这就是何西亚·威廉姆斯介入的那次游行，预计约有五十人参加。就是这场游行受到了三K党团体和其他人的攻击，一周后，便是两万人的大游行，有三千名国民警卫队队员和州警员及当地警员保护。于是，不到一周，曾经孤勇的事业被何西亚和少数人变成了安全的事业，而且会越来越安全。

一档广播节目被带到了福赛斯。一个非常出名的下午档电视脱口秀带着风趣的黑人女主持去了福赛斯，开始在当地一家餐馆录制一期节目。何西亚在安全事业上投入的热情与英勇事业等量齐观，在秀场外进行抗议，因为福赛斯的居民才有发言权，而他们当然都是白人。

何西亚曾设法被逮捕，来刷新他那项纪录——在他的小册子《何西亚·L.威廉姆斯是谁？》刊印时一百零五次入狱。据亚特兰大《日报》记载，何西亚被押入警车时大喊："这就是福赛斯县！这就是你们所看到的！"何西亚已婚的女儿和他在一起，也大喊："我的爸爸！我要和他在一起！"随后也被押入警车。

汤姆·蒂彭最初跟我说何西亚的事情时，还无法帮忙安排与他会面，因为那时候何西亚在监狱里待了几天。何西亚出狱时，汤姆又找不到他了。不过随后某天早上晚些时候，汤姆打电话捎来消息，如果我能赶到某座大厦，或许能见到何西亚。他被传讯十一点三十分在联邦法庭接受另一项指控。当时差不多已经到时间了，不过汤姆说那些事务通常会延迟一会儿。

我打了一辆出租车，是由非洲人驾驶的，一个加纳男人。那对他来说是趟短途，没花什么时间，他就又把我放下了。一个铺砌了路面的开放式前院，大楼坐落在后面；一条安全门道；电梯到十六楼。硬木门，低矮天花板，铺有棕色地毯的走廊，整洁的铭牌：正式，毫无戏剧性，安全，甚至有点儿舒适。但听审会已经结束了。在一间像小型演讲室或教室的房间，角落里有一小群人，就像有时学校考试后留下来探讨题目的一群唯唯诺诺的人。

在这一小群人里，我认出了迪克·格雷戈里[1]，灰胡子和白西装，一个战斗了一辈子的男人，现在看上去颇像圣人。还有一个人蹲着，留着更浓密的大胡子，除了何西亚不可能是别人。哪怕在法庭里这个寂静的时刻，他的双眼仍透露着忙碌——一个事情太多而时间太少的男人。他衣服的上口袋里放了一把牙刷——一个随时准备进监狱的人。

还跟着新闻发言人，一位身材苗条、棕色皮肤的女士。她有一份"立即释放"的散发材料。而且从她所说的来看，我要跟何西亚会面并进行一次推心置腹的交谈，时机可不怎么好。何西亚和迪克·格雷戈里当天下午将乘飞机去华盛顿中情局的外面进行抗议。之后，他们径直去欧洲，去伦敦和梵蒂冈，做一些跟种族隔离有关的工作。新闻发言人散发的材料是关于毒品的：何西亚说，近期发生的一些事件被用来"诋毁黑人领袖"，黑手党和中情局牵涉毒品交易最多，正在"摧毁我们的孩子和国家的未来"。事实上，何西亚和迪克·格雷戈里正要为

---

[1] 美国喜剧演员、作家、社会批评家。

此去中情局抗议。

我还没来得及完全接受何西亚的眼睛、胡子和牙刷，这一小群人突然就走了。

我到这儿才四五分钟，不会更久。为了突显一号法庭里时机之不可预测，有了我和某人的邂逅，这一小群人离开时他同样被抛在后面。他是一名记者，相当年轻，也因为来得太晚而错过了传讯。他也是刚到亚特兰大，不了解这座城市的事情。在审判室里，在铺着棕色地毯的走廊里，在电梯里，我们聊起他在英国的时光。他曾去那里研究古罗马城墙，哈德良长城和后来的安东尼墙。我没见过那些城墙，对他被迫要讲的东西很感兴趣。

我们在楼下分开。我正准备从大楼前门出去，看到一群人围着一个留胡子的人。看上去很像我在楼上见到的，我以为此人就是何西亚，正在接受一次非正式采访。不过我就要走进人群的时候，才看清说话的人不是何西亚，他的肤色更黑，穿着不同，没有牙刷，只是有浓密的胡子。

会议业务对于亚特兰大很重要，这座城市的中心地段有很多大酒店，一个挨一个。很难想象这些酒店会同时满客。但那种情况时有发生。有一天，丽思－卡尔顿的餐厅里有个女孩告诉我，城里正在召开一项重要会议。会议是关于什么的？干洗工。之所以重要，是因为他们人数众多——必须有那么多，如果你知道全美国有多少干洗工的话——把亚特兰大的所有酒店都住满了。

没有酒店能像万豪侯爵那样营造出公司节日的感觉，也没有一个能如此令人无法抗拒。走进酒店就像是进了一个中空的巨大螺旋锥体。那里有一个四十七层楼高的中庭：弯曲走廊上的走廊，沿着锥体的螺旋。那种螺旋突如其来，眼睛总是被引向上方。巨大的红色飘带像中国节日里的东西，悬在半空。高大的玻璃电梯在中庭的墙上不停地滑上滑下，骨架在灯光下突显，就像游乐场的交通工具。

有个黑人在希尔顿酒店工作（那里也是中庭的风格，内带长廊，但感官上没有那么震撼），有天晚上我和他聊起亚特兰大的酒店，他觉得我去丽思是去对了。他说："那里是精英们待的地方。"

仿佛为此做证似的，我听说有一天（真假如何就不知道了）歌莉娅·范德比尔特①正在丽思，有人在电梯里看见过她。

她在亚特兰大做推销。大约两个星期前在纽约，我在一档脱口秀节目上看到她。她正在聊自己的生活，聊女人如何由她爱的男人来定义。听说她在城里，我猜她是来推销她的书的。但是远不止这样的推销。"魅力……传承……声望……梅西百货骄傲地介绍歌莉娅·范德比尔特出品的'荣耀'……唯有真正伟大的香水才有激荡情感的力量。歌莉娅·范德比尔特出品的'荣耀'……歌莉娅·范德比尔特会亲笔在附赠照片和所购任意荣耀产品上签名。"

以上事情正在梅西百货进行，就在丽思路对面，早上，安妮·西顿来到酒店里，跟我聊起在南方的成长。不出我所料，她热情聪慧，尽管有点儿孤僻（因为她正在写的书），尽管正给出版商做的推广活动（与歌莉娅·范德比尔特规模不同）是进一步的消耗，她说起话来仍然全情投入，让我稍稍体会到她当作家的资本。

她是南方人，佐治亚人，差不多算是亚特兰大人。她出生在亚特兰大以南二十英里的费尔伯恩，一个农业和铁路城镇。父亲是律师，尽管并不富有，但也算小康之家。父亲是家族里第一个上大学的人。

"1820年前后我们从弗吉尼亚南下。家族中我们这一支有七代人耕种的是同一块土地，让我感觉自己的根扎得很稳。但与此同时，我会觉得这是一种桎梏。我觉得我们南方人会太深太窄地聚焦在那块土地上。"

---

① 美国女演员、时尚名媛，出身富豪家庭，二十世纪七八十年代曾引领牛仔裤时尚潮流。

我跟她聊到霍华德家乡的旅行，以及在那里见到的一些黑人农民家庭。

她说："那件事是南方白人与黑人共有的。自从废除了奴隶制，我们都当过地主。"她跟我说了霍华德母子跟我说过的事情：那块土地是白人赠送或委托给为他们干活的黑人的。她说，几十年前，一项口述历史研究发现，这种土地赠予曾被黑人和白人视为主仆关系中良性的一面。

我问："土地怎么会成为桎梏呢？"

"我们不愿意提高眼界获得更宽广的视野。"

人们待在土地上，就特别容易安顿下来。他们更愿意说话或感觉，"我们这种人不上大学。我们是农民"。

安妮·西顿说："在一所以周围农场孩子为主的文法高中里，我是仅有的聪明小孩。事情对我来说都轻而易举，我感到羞愧。我花了十二年试图掩盖自己是个聪明的孩子。智慧在这里没有容身之地。引领我们的人显然是有智慧的，但他们也有别的东西，更容易导致失败。比如，他们都很有魅力。"

我们初次见面时她就说过，"我们是殖民地人"。她又提起了这一点。南方人，她说，对自身没有把握。

"我现在说的是白人。我长大的时候，南方农村和小镇上的白人感觉受到黑人的威胁。你不会去恨那些威胁不到你的东西。只要有人在你下面，你就知道自己有了权力。事实上，那都跟权力有关。我们是被征服和被占领的人，美国绝无仅有的这样一个种族。而这——我们对黑人的态度——是我们唯一任何时候都能感受或执行权力的方式。我们是个贫穷的农业群体，对于实实在在的征服占领及奇耻大辱的记忆刻骨铭心。

"我们这些人没出过门，大部分都没受过教育。我们应对变化的唯一方式就是假装它不存在。民权运动开始时，尽管它就在那里，在亚拉巴马，我们却能装作它不存在。当转变真的来了，由那些黑人亲手带到我们门前，是世上最令我们憎恨和恐惧的。这些情绪依旧存在。考虑周到的南方人怎么会不知道它们还在呢？这可是很多想法的背景。"

"一直跟这样的种族概念在一起，你难道不累吗？"

"我们很多人发现那太令人窒息了，很难在其中生活。"她说，那就是为什么很多南方知识分子从南方搬走了。

我问起种族抗议的情况。那不是已经变得很正式，几乎循规蹈矩了吗？有福赛斯县的游行事件。那倒很清楚，从报纸的报道可以知道，只有最初的几个抗议者冒了风险。在那之后，抗议的情绪和语气都变了。那已经成了流行的事业，受保护的事业，有些评论员变得自以为是。

"当然，福赛斯的白痴行为需要处理。但回应会变成老一套，确实也变成了老一套。"

她最初曾被福赛斯的新闻震惊，但如今年过半百，早晨醒来会知道死亡正在临近，也只好承认自己的个人局限。

"活跃的革命运动对年轻人来说很浪漫。问题是：在必须存储激情的中年，你如何对待激情？这个问题没有解决办法，或者无论如何没有一个简单明了的方法。而且，除了媒体关注和游行，我不知道该怎么回应。抗议的形式已经是陈词滥调了——天知道，美国人什么事都抗议。"

但是种族作为一个问题，不可能避开。"我写每本书都在以某种形式论述种族。我猜，那是我的伟大战役。我通过写作来发现自己现在身在何处、在想什么，以此找到自身世界的秩序与质朴。那是个不可能完成的任务。你无法简化，只能稍微澄清一些。"

我谈到新大陆奴隶制奇怪之处在于，它把非洲人和欧洲人这两个相距遥远的种族聚在一起，现在有了共同的语言，甚至有共同的宗教信仰。

"我倾向于认为，他们对我们的充实胜过我们对他们的充实。或许在某种深层次上我们确实意识到了我们有多么相似。"

她稍后说："对民权运动我感到很内疚。我没有参加游行，在游行本该有激情、真实和自发的时候退缩了。我当时是个年轻女人，刚到亚特兰大，还深陷在何为得体的那张网里。"

真正有激情的时候是什么时候呢？

"我认为是塞尔玛大游行①，大约在1965年。尽管我因为给学生报纸写专栏惹上了麻烦。我在一所小学院。是奥瑟琳·露西进入亚拉巴马大学的时候②。来自全国的游行队伍前来刁难那两个可怜的黑人，说刁难都是轻的。我的大学没有人来，因为他们没兴趣，真的。我写了一篇专栏赞扬这种不介入，还做出了一些过分单纯和自命不凡的声明，有关种族，诸如此类——"

"'诸如此类'？"

"我们如何必须保持冷静，这肯定是件好事。我被拉到教导主任面前，被要求考虑考虑别发表专栏文章。我才不会听呢。"

我想知道，以她的背景，是怎么走到那一步的。

"我想起高中有一次小顿悟。我们跟黑人白人的事有了关联。那是一节美国历史课。我想不起具体的情节了，但记得感受非常强烈：这是错的。我以前从来没有那样的感受。我脱口而出：'那样不对！'那些竹竿似的乡下小伙中有一个——他当时肯定有二十岁了——站起来叫我黑鬼迷。当然我一辈子都听人这么叫，但我从没有站在它的对立面。我只是记得那一刻遭到彻底而直接的打击。

"我的觉悟被培养出来了一点儿，但不全是。我仍对友爱和舞蹈感

① 亚拉巴马州塞尔玛至蒙哥马利的三次黑人游行，极大促进了《选举权法案》的通过。
② 奥瑟琳·露西是第一个正式进入亚拉巴马大学的黑人学生，但几天后便被迫退学，由警车护送回家，学校随即宣布禁止她入学。

兴趣。你瞧，我们是被当成淑女养的。

"我们都知道——没人跟我们说过，但我们用比言语还深奥的智慧了解到——我们追求的极致就是俘获一个能养活我们的丈夫。我们也深信不疑。十四岁的时候我一直在谈恋爱。我们的母亲和祖母认为那是她们能给我们的最好的东西，男人的保护。我有一个推测，南方精神病院里挤满了被憋坏的才女。"

我说："工业世界里遗存的田园社会或乡村社会？"

"是的，我也这么觉得。"不过是我多嘴了。她继续说："在高中我觉得该做什么就去做什么。我是返校节女王。"

"返校节女王？"

"那是一场大型足球赛。男校友回来的时候，球场里有位女王，被赠予玫瑰，半场时在球场里展示。我是啦啦队队长，人们觉得我应该做什么我就要去做什么。我是个受欢迎的姑娘。我们都觉得我们必须那么做，得到这个男人，好好过一辈子。

"而且我们大多能学会那么做，但另一方面我们又想学习——我们总是为此羞愧。我们从不珍视我们的理智，从不珍视我们的个性。考个好成绩倒也可以，那已经是当个优秀女孩的全部了。但要成为伟大的思想者，要拥有出众的才华并追逐它，则会让你离群索居。而那是我们最害怕的事。那会让你孤独前行。在有些事情上，我这么说一点儿也不夸张。

"我知道大学里有个女孩是绝对有天赋的画家——哦，她非常出色——她把所有工作时间都花在艺术系的实验室里，画画，那是她所做的全部。她极为孤僻。她是那所大学里唯一被允许有单人宿舍的女生。她承受的耻辱很严酷。"

我想了解更多"离群索居"的情况。我记得埃丝特·勒费弗尔说过离开门诺派群体并感受"孤独"的事情：感觉自己是山丘上最后一棵树，其他树都被砍了。

安妮·西顿说:"你得到的感觉就是毫无遮掩,在混乱面前不堪一击。

"我认为那就又说回到安全了。我想我可以告诉你南方妇女为什么那样教女儿,或者必须要有个男人来保护她们。南北战争之后,那些女人失去了整个世界。她们的家被烧毁了,她们的奴隶(如果有的话)被赶走了,她们的男人可能被杀害了。而且我认为她们觉得这纯粹是因为这些男人愚笨和幼稚才导致的。那是一场愚蠢的战争。极而言之是异想天开的,不切实际的。有勇无谋。我们打了一场荒谬的战争,所有反馈都跟我们说不可能赢。

"而这些曾一无所有的女人决心确保她们的女儿和孙女不再把权力交给会如此轻易抛开它的男人。她们再不会允许她们的男人抛弃性命,决心用诡计、魅力和女人的策略来控制那些男人,因为那些是她们仅有的武器。

"如果我们住在美国东部,也许会动动脑子。在西部,我们也许会用到身体的主动权和勇敢。但在这里,很多人经济上被困住了。你没法追求你幻想不出来的东西。如此一来,为了生存,我们不得不跟男人交往。如果我有一张教学证书,再嫁给一名律师,我母亲今天会更高兴。'你应该弄一张教师证,那样你就有件东西可以一直依靠。'"

安妮·西顿自己仍有什么东西跟她以前对混乱的焦虑有关。"我最害怕的是对无法掌控的力量实实在在地感到脆弱。这件事关乎控制,对我很重要。"

她再次说到她青春期的传统。"我们学会的那些事情本来应该是可以滋养我们或让我们与众不同的事情,但由于疏忽,却是错的。我们长大的时候从来不珍惜真实的东西。南方对女性极其冷酷,而且我们纵容它对我们这样……我猜别的地区也是这样的,但我觉得南方更真切。要了解为什么我们对古怪这样疑神疑鬼的,这很有意思。"

"那对你的情感生活有影响吗?"

"我现在才开始了解那对我的情感生活影响有多大。它阻止我自省。让我害怕。结果，我比很多人晚了二十年才学会那种自省。我不满意的是那种自省的力量本来能释放得更早。在我的写作和我的生命里。

"我一直为荒废的岁月感到遗憾。我因为父母那样把我抚养长大而愤怒，我一直在努力应付那种愤怒——尽管那愤怒来自对他们的深刻了解，他们这么做是出于至高无上的爱。

"我很高兴那发生在我身上。我恐怕早就成为南方那些美丽而可悲的醉女人中的一个，在某个乡村俱乐部的阳台上。南方有很多醉酒的女人。"

但这个家族1820年从弗吉尼亚南下以来，在耕作了七八代的土地上也有过安逸。

"我很高兴我有那些纽带。自由漂浮的感觉让我惊恐。我差不多每个周末都回去。我跟父母一起吃饭。"

现在说到了她早先提及的激情"储存"的解释：给私人生活、私人关系留出情感，至少需要从公共问题中转移一些激情。

"我跟两三个女性朋友聊过这件事。我们发觉现在跟父母生气都很不理智。我认为那是因为我们感到最初的契约——父母和孩子的契约，说'我会一直照顾你'，而这个契约是无法兑现的承诺——现在正在失效，而他们很快就会去世。那就是我透过激情必须集中要表达的意思。"

关于黑人和同样被困扰的人，她现在有什么看法？

"如果我们南方妇女感觉受到了苛责，我想知道南方黑人对此有什么感受，他们受到的公然非难要多得多。不管他们有什么感受，我都怀疑自己把它高度浪漫化了——我有那么做的倾向。"

"你有没有觉得抗议太循规蹈矩了，连黑人都开始和他们感受的东西没有联系了，还经常说他们这么想是因为人们让他们这么想？"

"我认为生搬硬套和花言巧语已经取代了愤怒。对福赛斯县那件勾当实实在在的震惊——震惊的是它，也就是南方的暴力，并未消亡——

紧接着发生的事就是当时迅速行动起来的完美游行。并且我们确实知道该怎么做。仿佛有个法力无边的游行主席拉下了所有开关——而且，天哪，不到一星期我们就有了完美的游行。

"我们在公共安全意识方面做得不错，媒体意识方面做得不错。正确的群众构成、年轻黑人和身经百战的老派名人的完美平衡，正确的是我们还有白人自由主义者。你恐怕没发现首次民权游行里还有一位前总统吧。你知道的，组织！公共汽车就那样出现了。那是何西亚。小伙子，他现在能策划一次非暴力抵抗了！"

那不是很好吗，美国的抗议可以这样仪式化？

"我不想听到轻蔑。我还能怎么看？谢天谢地没人在福赛斯县丧命，没有发生伤害。我怀念的是三位民权工作者在密西西比遇害时激起的那种纯粹基于义愤的咆哮。在1960年代。但那是流淌的鲜血唤起的愤怒，而我们肯定不要鲜血。"

不过，对于抗议的循规蹈矩还有这个：关于种族和权利的正统想法。民众有时候也许会自我审查，好像一贯会说正确的东西。

安妮·西顿说："我猜那在所有的革命里都会发生。他们不会停下来的。他们这么多年来只会进入讽刺漫画，也就失去了公信力。民权运动将失去能量并逐渐变成零星的小规模冲突，就像其他事情那样。民权运动就像六十年代活跃起来的和平运动和女权运动一样开始消亡。就像我说的，美国人什么都抗议。我们是抗议者。而抗议塑造了这个国家。我们知道怎么干这件事。"

我们聊了两个小时。丽思路对面，梅西百货的一楼，穿制服的年轻男女微笑着，设计师仪仗队像是专为歌莉娅·范德比尔特准备，轻盈地——轻盈得像舞者——走过深红色绳索护栏中间的通道，同时有一支小乐队在演奏，而歌莉娅·范德比尔特本人——很难想象真的有人叫这个名字，还名副其实地处于名望、商品、图书、脱口秀的中心——容光焕发的洁白肌肤上有一双黑眼睛，在百货公司的荧光灯里，光线映衬着空调，让泡沫世界变得完整，歌莉娅·范德比尔特坐着为排队等候的人签名。

汤姆·蒂彭带我步行去了有金色穹顶的州议会大厦。在宽敞的中央大厅里，挂着佐治亚州政治生活中著名人士的肖像，展示着南北战争的旗帜。汤姆·蒂彭说："这里有大量历史。"

而副州长泽尔·米勒在镶木地板的办公室里。他来自该州东北部，他说那里是切罗基印第安人的地区，直到 1830 年代切罗基人沿着"眼泪之路"被送往俄克拉何马。这条路当时就这样叫吗？很可能不是，现在想想都觉得艰难而惨痛。夺走印第安人土地的定居者是苏格兰人、爱尔兰人和一些德国人，他们从卡罗来纳和弗吉尼亚南下。该州东北部一直与世隔绝——美国历史还在其他区域忙碌着，在阿巴拉契亚山脉与"山坳"和"峡谷"里的社群之间跳来跳去——直到二十世纪三四十年代。那里很少有黑人，那一带并非"种族主义社会"。但现在，他说，由于其他地方的新人主要来自佛罗里达，当地人中间有了歧视。

那就是副州长的背景。1942 年，他十岁的时候，母亲来到亚特兰大，在洛克希德工厂工作了两年。她省吃俭用，带着孩子们在比特摩尔酒店吃了一顿午餐。他们在亚特兰大待了两年，接着回到了山里。而现在，副州长身在镶木地板的办公室里。

亚特兰大市议会主席马文·阿灵顿当晚来到丽思－卡尔顿镶木地板的酒吧，跟副州长一样，也关心自己的往事。

但马文·阿灵顿是黑人。他身体粗壮笨重，不过双腿明显内弯。他四十六岁，是一名律师。他的谈话开放而无所顾忌，尽管这些台词他肯定讲了不下一百遍，但今天和昨天的差别仍然活灵活现，今天他荣誉等身，昨天亚特兰大还有种族隔离，黑人只能去汽车站上厕所。母亲带着孩子们刚到城里，就催他们去那里上厕所，如果他们不想往回走几英里的话。

黑人酒吧的女招待们看到阿灵顿都很开心，脸上洋溢着笑容，尽管他并非什么有魅力的男人，脸又胖又长。他穿着浅褐色西服，似乎低坐在椅子里。他告诉汤姆·蒂彭自己减了二十磅。不过漫长的一天——他很晚才来我们的聚会——已经让他精疲力竭；他只有一杯蔓越莓汁，把大手伸进坚果盆，大把大把抓坚果。

我们谈起亚特兰大的黑人富翁——他们是真的吗？他说他挣六位数的薪水（就像我在转载自亚特兰大《宪政报》的一篇文章里读到的）。但他认为亚特兰大的黑人里没那么多富人，而他给出的薪水和开销数字实际上相当合适。

他说很抱歉那时候没法聊更多，不过他愿意见我，约我几天后在他的律师事务所聊两个小时。

"离群索居"。安妮·西顿曾用这个词描绘她在南方成长过程中的焦虑之一。在一所神学院，我听一个女人说过几乎一模一样的词，我去那里是继续追索佐治亚西北部留给我的宗教和身份的观念。

"我可不愿意变得不是这群人的一部分。那是我的身份来源。"说起这些词的女人就像安妮·西顿，出身历史悠久的家族，不在佐治亚，而在密西西比。这个女人说，密西西比有二百五十年的历史，她的家族已经在同一座房子里生活了将近两百年。

"我的身份是通过我的家族以及我们在杰克逊和密西西比是谁而形成的。我们在长老会教堂有自己的座位，那就是你的身份。有天我姨妈去教堂，在自己的座位上发现一个陌生人，就很震惊。"

虔诚和正确性的观念里也包括服务的观念吗？

不包括，她说，那种观念不适合她的家庭。别人有服务的观念，这个观念是给别人的。不过在亚特兰大，她花了不少时间为黑人社群服务。

"贵族出身让你做事，将你区别开来却又把职责强加给你，但没有人和人之间的联系。而且我觉得我花那么多时间在亚特兰大黑人社群上是因为我感到饥饿。"

"因为什么？"

"感到饥饿，因为……"她措辞有点儿困难，"因为接触。跟生活得比我更真实的人。我们是真正冷漠的人。"

她的意思是家族的礼仪、刻板和举止。她挣脱时甚至有大哭的冲动。在如今的服务观念里，以及在当一名牧师的梦想中，她已然发现一种新的社群观念。

"但别忘了，"说到她的身份，从前是现在很可能还是，她说，"这是个非常特殊的族群。上层密西西比白人。"

而当她迈向新社群的时候，她所了解的事物的旧方式正发生转变。这个家族目前遍布全美，而老宅，"种植园"，很可能"会分化"。"我母亲心烦意乱，我从未见过她这样。因为她有很多认同就要消失了。那所房子曾经是聚会地点，很多人都可以在那里待着。对于我母亲来说，那是一种地域感。那房子、那树、那泥土。阿姨们谈起南北战争就好像昨天才发生的。那里的人们炫耀这些老宅子，你知道的。那是当地经济的一部分。他们穿上往日的装束，展示这些房子。"

我说："化装舞会。"

出于对新的社群观念的保护，她说"更像宗教信仰"。

认同作为宗教，宗教作为认同：那正是另一位神学院学生的主题，这个小伙子来自完全不同的背景，佐治亚北部的山地社区。

他说："当我回想成长的过程，有两件事几乎是一样的：家庭和教会。这个教会是小教会，大约四十五名成员，都是亲戚。七八代人之前，我们家族最初的成员搬到那一带，买了四百亩地，而我们仍旧以此为生。那不是种植园。早期或许有奴隶，但很快就没有了。我们是个小农场主家族。我祖父有十五六个兄弟，他们的后代都住在方圆三英里内。很少有人搬走。你去那里了解那里的人，才知道他们是亲戚。

"与此同时，你自己的认同很容易就丢了。但是我从此学会了欣赏那有多美妙：一个温暖有爱的开放型家族，不只是父母、兄弟姐妹，还有同辈、姑姨和叔舅。

"教会差不多一样。家族成员。圣洁会是一种非常感染人的宗教，早期打动我的东西是，人们在教会里跟我在家里了解的他们是多么不一样。他们在教会里表达的情绪是不一样的。经常大喊大叫。传教士会试图激发他们逐渐到达人类天性的原罪。礼拜仪式期间有时候人们会起身耳语，试图解释正在说的东西。而人们得到拯救的时候会有调谐。"

"这种宗教并不走向世界？"

"这种宗教是从世界搬走，是对世界的一次排斥。如今我仍在苦苦找寻跟那些产生关联的方式。在学院里，第一年我独自在宿舍里度过。我害怕出去。然后我开始对信仰在某些方面的世界观竟如此僵化感到愤怒。"

不过现在山地世界正在转变（就像密西西比种植园，并且出于同样的经济理由）。"很多人不得不出去找工作。"他们回来了，没错，他们从未失去联系。但是，"二十世纪正在向山地渗透"。

山地家族，旧种植园主家族：旧的社群观念不再管用，而那些家族的后代正在牧师职业中寻找新型的社群。不过，对弗兰克来说并非如此。他在一座城市的蓝领白人街区里长大。那不是"种族的"，也跟社群无关。那是南方，但山地男孩和种植园女孩从骨子里就被培育了南方的历史和往事，城市男孩则必须学习、领会。因为生出在民众当中，他早期的抱负并不一样。

"我想当一个特立独行的人，不墨守成规，有自己的权利和观点。但与此同时，我确实想要一个身份。而我在民主党中找到了。是在高中开始的。我加入民主党团体，很快成了青少年民主党的领袖。那成了我的宗教，因为我根据这个党的成败来评估一切。离开学校时，我直接加入了党组织。党成为我的社群。但那不是真正的社群，没有基督教社群的那种关爱。在海军服役时，我读《圣经》时感觉遇见了基督，备受感动。但那是孤立的，直到我来到这里，跟上帝的这种联系终于成真了。在神学院，我在这里才找到了真正的社群。"

亚特兰大的城市政治主要是黑人政治，而迈克尔·洛马克斯是极有前途的黑人政客。他才三十八岁，但据说会在 1989 年竞选市长。他不是从亚特兰大来的，而是来自洛杉矶，并且自成一格。他身材瘦高，穿着考究，有教养，说话柔和。他面色苍白。他没有黑人人民公仆的声望，但有服务黑人事业的家族传统。他在黑人写作方面的知识很可观，他崇拜早期的黑人激进分子威廉·杜波依斯，布克·华盛顿的批评者。他是一名有奉献精神的政客。

他对一切都深思熟虑过。他有政客那种强化的自我感觉，我们聊完以后，沿着桃树街靠梅西百货这一侧从市中心往回走了一阵，当时我才意识到这一点。他很有名，人们都在看他。他开了个玩笑，不过这类公众反应对他很重要。

我们在图书馆会面，作为富尔顿县委员会主席，他负责的是图书馆。他在前院很殷勤地打招呼的那些人是建筑师。他郑重地说，不过面带微笑，"我喜欢建造东西"。图书馆议事厅的楼上有茶点：一套银色茶具和白色韦奇伍德瓷杯，还有一些精心挑选的小糕点，是委员会的人为我们摆放的，一个年轻白人，微笑着，乐于为优雅的主席服务。

黑人必须向内看，迈克尔·洛马克斯说。现在需要的不是拥护游行，更需要拥护的是一次内部变革。

"民权运动扭曲了我们对人际关系的看法，使其彻底变成对抗性的。在对抗性的关系里，有好人也有坏人，有受害者也有施害者。我们是好人，我们是受害者。"他说，目前没有一个黑人领袖谈论黑人责任。

然而对他来说，哪怕有过去的全部成就，哪怕未来可期，当黑人仍是有负担的。他这样谈论这种负担（他之前或许经常这么说）："在我的生命里，没有哪一天，没有哪一刻，我不用想起自己的肤色。当个黑人可不仅仅关乎我看见什么，那关乎我怎么感觉自己。那是外在的也是内在的。

"我觉得有时候得给我们所有人驱一次魔，把那些种族的邪恶魔鬼全给揪出来。它们仍然在我们内部斗来斗去。

"十年前我去巴西。去的是巴西北部的萨尔瓦多，那个地方的人口非常混杂，有跟我肤色一样的人不算什么稀罕事。我感觉到一种巨大的解放感和自由感。不过我还感觉到失落，因为人们不会因为我的皮肤而消极地对待我。那是自由，但作为黑人我内心有太多预期，让我没法接受那个人的忽视——那是另一种视而不见。

"你必须直面你自己的魔鬼。对我来说，就是直面我是个黑人，以及白人每次看见我跟看见街上一个酒鬼或许没什么两样这种事实。那也将我看待自己的方式染了色。我曾经对当黑人感到气愤，为此悲伤。我没法跟白人或黑人打交道，直到我看着镜子，接受在里面看见的男人。"

人们普遍认为，福赛斯县警长的正确行为对缓解最初的形势起了很大作用。在电话里交谈时，我发现他说话平静而有条理；很多人已经见过他了。他告诉我怎样去他的办公室，说地址在福赛斯县监狱，这让我想到不少西部电影。

办公室离亚特兰大大约一小时车程。度假环境，有森林、保养良好的道路，以及陆军工程兵团挖的巨大人工湖，很难跟1912年的流血冲突联系起来：监狱里一个男子的私刑，另外两人公开绞死，给黑人警告的流动人群。县城位于春天的树林里，非常美式：快餐场所、看着像教堂的银行、公告牌——平平无奇。

一个女人从杂货铺走出来，为我指了去警长办公室的路。跨过镇上的主干道，穿过墓地，紧接着就到了一座低矮的砖砌建筑旁边。在繁忙的红砖小镇上，那是一座新大楼，不是1912年那座，不过跟西部电影里的警长办公室一样外观扁平，赫然标记着（就像电影里）福赛斯县监狱，有个停满汽车的柏油大前院——监狱和警长办公室，像是给机动车族吃快餐的地方。美国国旗和佐治亚州旗在旗杆上并排升起。

两道玻璃门通往接待区，两位上了年纪的白人正坐在矮椅子上。秘书拿着文件坐在办公桌旁边。她后面的水泥砖墙上，有一块佐治亚标志的牌匾，粗略地描绘着1776年的仪式主题——两根古典圆柱上的拱门，圆柱之间松散地挂着一幅卷轴，上面有佐治亚的格言：智慧，公正，节制。

那个秘书说，警长正在开会。有个穿牛仔裤的男人进来说着违规停车罚单之类的事情，反映出警长办公室的日常业务。警长本人过了一会儿出来，没穿外套，白衬衫上系着涡纹花呢图案的领带。他说："过一会儿就来找大家。"

很快我就被请进了他的办公室，那里的老式帽架上，最上面是一顶带警徽的黑色牛仔帽。警长说那顶帽子他只戴过一次，就在福赛斯大游行那天。架子上还有警长非常干净的淡蓝色外套。

他四十多岁。他说自己在这个县待了二十年。他有段时间在"学校教书"，当了十一年警长。

他说，几年前福赛斯县一度被孤立了，人们也都非常排外。同样的事情大概在"整个北佐治亚地区"都有发生。"酒类行业也来了，不少乡亲在非法酿酒，因为这里与世隔绝。酿酒是仅有的收入手段。"后来那里来了洛克希德和通用汽车工厂，还来了家禽工业。"家禽工业把我们社区从比较低的社会经济地位中拉了出来。你开始看到更好的门路，人们蜂拥而入。"与此同时，还有亚特兰大的兴起。"我们现在吸引的就是大量的人。"土地价格翻了三倍。1970年有一万六千人，1986年肯定得有四万。"我们正在成为亚特兰大的富裕郊县。所以说我们处在爆发式增长之中。"

所以，尽管第一次兄弟友爱游行时"乡亲们扔石头"，但投石者的目标在新福赛斯不可能真正成功。警长说，第二次游行，就是两万人那次，不是什么种族性的场面。游行的有黑人也有白人，他们明确表示不想看见暴力。"美国公众不会容忍暴力。"

关于种族，警长说，没什么可做的。"真正的问题是社会的和经济的……你什么都做不了，因为人们搬到他们感觉舒适的地方，搬到与他们的社会经济地位相匹配的地方。"黑人医生要想在福赛斯县定居或许能融入，但对低阶层的黑人来说就不太一样了。人与人要和睦相处。"要是你有两个令人遗憾的黑人乡亲和两个令人遗憾的白人乡亲，他们就会打起来，因为没法和睦相处。"

警长说，大游行本身一直是新闻。很多人参加了那次游行，因为那是二十年来第一次游行。过去错过民权运动游行的人现在希望参加一次。"那让很多人有机会参加他们认为会成为历史的事件。"于是有了这两种"不稳定"的群体：游行者和反游行者。什么人反对？"很多是我在周六应付的人。执法部门百分之九十的时间在应付百分之十的人口。"警长就是这么说的：他是执法部门官员，还是社会学家（并当过教师）。他让福赛斯县的事务看上去更加可控。

尽管没有明说，但从他的谈话里可以引出两组寻求关注的人。民权团体，他们很久以前就赢得了几场大战役，事实上赢得了整场战争，如今还在吵来吵去并寻找原因；还有白人至上主义者，几乎以同样的方式寻求公众的关注和支援。正像警长描绘的，福赛斯大游行就像一次仪式化的冲突，按照特定的规则，在照相机前演完。在这种形式化之外，议题已经失效了。我还感觉到，过度曝光是这种形式化非常美国的一面。每个人都采访和被采访，每个人都成为一个人物，包括警长；现在每个人都把关注耗光了。

所以，就像警长说的，"议题已经失效了"。

警长还进一步表明了观点。游行者赢了，但此后三个月没有黑人搬进福赛斯。这个县依旧都是白人，证实了第一个观点：那个问题现在并非关乎种族，而是关乎社会和经济。

他令人印象深刻，瓦尔拉文警长。他是民选官员，并自认为代表美国人民的意愿——他们曾经转过身来反对暴力。尽管他不愿意夸大这一面，但也在履行自己的基督教职责。基督教成了一种教导爱与和平的宗教。(基督教在这种环境里有时候代表别的东西，三 K 党的基督教也必须考虑在内。不过警长把 1912 年的事件看作历史，七十五年了。他代表美国人民当前的意愿。没有暴力，他的职责就是看到没有暴力。)

他有没有可能看到形势转变?

他考虑了一会儿说："如果体制崩塌……"不过他几乎立刻补充道："体制不可能崩塌。个体可能崩塌。"

用对他的职责近乎哲学的观念来认识这个有教养的人，就是看他离福赛斯三 K 党团体的核心有多远。这个观点实际上是亚特兰大的黑人市长安德鲁·杨提出来的。

"我不把三 K 党的行动单纯看成是种族主义的。"大游行三天后，《日报》报道他这样说，"这些是发现自己正被历史用在后面的人的绝望行为。我们基本上需要的是一些职业培训计划，帮人们进入主流。当前我们在佐治亚应付的是下层社会——黑人和白人——问题。黑人下层社会卷入毒品和犯罪。白人下层社会卷入毒品、犯罪和三 K 党。你可以游行个不停，但那也没法改变。"

这个观点没有被接受。它没有再被阐述，消失在良好而安全的事业中。

已经取得了某种胜利，但几乎毫无变化。福赛斯县的消息就是黑人亚特兰大的消息。亚特兰大市议会主席马文·阿灵顿曾经谈论或者想要谈论的，正是这种特殊的挫折。

我们的会面并不美好。之前我曾致电他的律师事务所，他说我可以马上过来。但等我到那儿了，他不在。据秘书——给了我一罐可口可乐——说他出去了。他过了半小时才回来。他公司的办公室令人印象深刻。他们在亚特兰大市中心一幢精心翻修的旧楼里，《宪政报》有篇文章说这座大楼花了一百万美元。

　　他回来时，带我进了他自己的办公室。那里阳光充足，可以俯瞰大街，比里屋暖和。墙上有很多证书和家庭照片，非洲雕像，旅行珍藏，放在窗台上。

　　这个场合的失败有一部分是我自己的错，因为当阿灵顿脱掉外衣催我开始时，我没想到要说什么。我原来盼着先闲聊一会儿，盼着闲聊的时候看到我想追究的想法或主题。不过生硬的请求开始只把最显而易见的东西装满了我的脑袋。那对他的焦躁不安可没有什么帮助。他时常起身踱来踱去，时常透过打开的门跟秘书说话，浏览办公桌上的文件。他说在同时做四十件事情。

　　这次令人不满意的会面的全部内容或许可以从《宪政报》和《日报》以及他自己的宣传中收集到：一个来自内城的人，在所有设施都有种族隔离的时候长大成人，父亲是卡车司机，儿时的志向大多源自母亲。"我挣脱出来了。"体育学位帮助他挣脱出来了，他关心那些不能获得那种学位的人。但改变很少。很少有经济力量伴随政治力量来到黑人中间，连黑人的商业街奥本大道现在也被忽视了。黑人需要机会，机会只能通过体制给予。于是他似乎仍在把责任放在别人身上。这里没有迈克尔·洛马克斯提到的内部变革的想法。依然是愤怒。

　　我说以前为黑人举行过运动，他说："再等上三百五十年？"

　　他抽了一支大雪茄，把它掐灭，在我坐的周围生成一片芳香的烟雾。他为此抱歉，在粗率的同时，总有这些细微时刻关心我这个客人。一位同事进来，比阿灵顿对我更感兴趣。他的儿子走进来，阿灵顿看见这个自信的大男孩立刻就变柔和了，他儿子跟我说在英国待过两个半星期。过了一会儿，男孩出去了。阿灵顿后来又提起他。世界对于他儿子这种人是不一样的，他说。那是他普遍的尖刻里一次温柔与乐观的触动。

关于种族的尖刻。关于试图毁掉他的亚特兰大报纸，他这样说，还带我去了一间小屋，向我展示亚特兰大《宪政报》对他的攻击：他让人把它镶了框，跟一份印刷的抗议书放在一起，上面的签名包括马丁·路德·金父亲的，有关新闻媒体对黑人民选官员的态度。而首当其冲的一种尖刻与迈克尔·洛马克斯有关，在诸多方面与他截然相反：阿灵顿高大、笨重、强壮，黑褐色皮肤，白手起家；洛马克斯瘦高，肤色白皙，出身有教养的家庭，并且意识到自己的魅力。

大概六年前，阿灵顿在竞选亚特兰大市议会主席一职时击败了洛马克斯。而且据说要是洛马克斯 1989 年竞选市长，阿灵顿仍然愿意跟他竞争。他想让我读一篇亚特兰大报纸上写的洛马克斯的人物简介。他在电话里跟事务所里的某个人说话，以主管的口吻要来一份"洛马克斯人物简介"。后来他又在电话里对事务所里的某个人说，要一份他自己的小宣传册《阿灵顿承诺》。八页纸，十六张照片，印制精美。

他又打了几个电话。其中一次，我正浏览墙上的某件东西——在证书、相片和报纸专栏里陈列的往事——听见他斩钉截铁地跟电话里的人说话，可能跟他让我过来之后又被叫出去的那件事有关。那天他好像已经发现有很多事情在折磨他。

他再次谈到自己的儿子。那种柔情引得他想起了伦敦，儿子去过的地方。但那里有暴动，他说。而且等他到那儿时，"我在伦敦感觉不自在"。他补充道："我去了莎士比亚剧院。不理解那个，但我是冲着文化去的。"我原本愿意多了解一些，不过他起身踱步、找文件、抽烟、突如其来的做作打断了诸多头绪，这也是其中一个。这次英国之行——透过阿灵顿的双眼看这个国家原本会很有趣——我们再也没有回过头去谈此事。

我很快觉得没有什么可问的了，我提出的所有论点都会在黑人劣势的主题上陷入泥沼。

　　那正是我担心的事情：亚特兰大的这些人物，他们接受的采访已经太频繁了，或许对城外人而言是全新的，但实际上可能已经缩减成了一定数量的姿势和态度，可能化身为他们的采访。就像某些作家——举个著名的例子吧，博尔赫斯，他让记者和其他人以采访的姿态采访得太多了，这些人按照文件里的绝对设定进行采访，绝不想遗漏其他采访里出现的任何东西，而他，博尔赫斯，最终变得只是采访里的人，一些故事，一些观点，一部浓缩的自传，一个口袋里的人格。我听人说，媒体就是这样给政客编造两三句口号，把他缩减到那些朗朗上口的词句里。我也担心过，担心自己挨不过大力宣传，而对阿灵顿来说则已经完成了。我一直没办法超越文件。

　　墙上是一幅镶框的亚伯拉罕·林肯的名言：律师的时间和建议是他存货的一部分。

　　我起身要离开。他很有礼貌，作为告别献礼，带我在公司的办公室兜了一圈。我遇到的人都很友好，有魅力；有一位白人办公室主任。在一间办公室或在任何组织里，人的品质和情绪会立刻向你泄露雇主或管理层的情况。所以对于阿灵顿，他肯定有某个方面比那天下午向我展示的更好。

　　下楼进入街道，行人都是黑人，结果亚特兰大与我迄今见过的地区显得都不一样，人群有加勒比地区、拉丁美洲的外貌，甚至就城市而言，由于亚特兰大并非有很多建筑的立体城市，而是遍布高楼和空地的城市，空地是停车场，所以很快就有了一种半废弃的外观——下楼进入街道，我被一种似曾相识的压迫和郁闷的感觉缠绕。

　　我被带回小时候在特立尼达的某些情绪中。在那里，尽管老师大多是黑人（褐色而非黑色皮肤），尽管我作为孩子对这样的人抱以最高的敬畏和尊重（对同为黑人的警察也是如此），并且在我眼中教师只是他们的职业，并非真的有种族属性，但当我发现和他们有校外联系，那一刻就开始了解——一个印度家庭的孩子，全是无法挪到家宅之外的老规矩，有人日复一日地上学时褪去回家时又重现的规矩和态度——我开始意识到黑人的身体素质，意识到差异，甚至他们的家庭生活之于我的那种虚幻。

有些类似的事情发生在阿灵顿的办公室。他的尖刻、他对种族和内城（"内城是我的球赛"）的强调，以及他从黑人的贫穷中借鉴的力量，已经在他四周建起了那种旧式屏障。

尖刻可以理解，愤怒可以理解，但是我也觉得愤怒和尖刻同样能对其他不会谋面的人有所要求。他曾说："我喜欢自由。我无法像鸟一样飞翔。"很多人都能说些类似的话，不是每个人都能把它做成政治宣言。而我感到，这里几乎有两种世界观，两种无法调和的观看方式和感受方式，尤其是走回酒店的时候，身在类似加勒比地区的街道里。这令人沮丧。

我有心在亚特兰大黑人政客身上找出加勒比地区黑人政客的一些特征。在阿灵顿身上，我第一次觉得自己发现了一个能在加勒比海环境中塑造出来的人。在加勒比地区，这样一个声称出身人民的人（像圣基茨的布拉德肖①或格林纳达的盖里②），并声称由于早年生活贫苦而理解人民的贫苦，很可能就继续完成了殖民权力，就推翻旧体制并在原地建起了自行塑造的什么东西。

不过这里，在亚特兰大——尽管作为市议会主席，阿灵顿有某种权力，说不的权力——这个权力是受限制的。或许正是这座城市的政治给黑人提供的尊严让他更能意识到环绕白人亚特兰大的巨大财富和真正权力。于是亚特兰大的政治可能已经被看作一场游戏，转移黑人

---

① 圣基茨位于东加勒比海背风群岛北部，与尼维斯岛组成联邦制岛国，英联邦成员国。罗伯特·布拉德肖是该国的首任总理。
② 格林纳达位于东加勒比海向风群岛最南端，英联邦成员国。埃里克·盖里长期担任政府首脑，1974年国家独立后担任总理。

的怒气。就像民权法案提供没有金钱或承兑的权利，城市政治也许提供了没有力量的地位，并刺激出另一种无法平息的愤怒。

赴华盛顿就毒品问题在中情局外抗议之后，何西亚·威廉姆斯要去欧洲做一些跟种族隔离有关的工作。他要么没去，要么旅程非常短暂，因为几天之后，汤姆·蒂彭就在亚特兰大为我和何西亚安排了一次会面。会面是在东亚特兰大的一个"街坊"，汤姆说，他会开车带我到那里引见。

我们停车的建筑看上去像一个小工厂或仓库，紧挨着一座三面墙的破棚屋。有一条中央走廊，有人坐在办公桌旁。墙上和门上印着"何西亚"的贴纸，让这个地方有种竞选活动总部的感觉。有个秘书坐在一张全尺寸办公桌旁边，我们穿过这个房间，被领进里面的办公室。

里屋办公室的墙上挂着很多民权游行的大幅黑白照片：在一些照片上，何西亚年轻很多，跟着他那年轻得让人吃惊的领袖马丁·路德·金。有被警察逮捕时的照片。不过最感人的还是那些更有张力的简单事物的照片：游行者的工装裤和四轮骡车——这项运动的两个并行象征，感人，必然，正确，就像甘地帽和印度的手织品。汤姆·蒂彭跟我一起看着照片，说马丁·路德·金遇害的时候，人们决定用四轮骡车运送他的灵柩，但只有在博物馆或游乐场里才找得到——并被征用了。

墙上还有不少盾形徽章和牌匾是因各种事情而赠予何西亚的。还有一张杰迈玛大婶主题的黑人力量臂弯的海报[①]。这个大块头女人没有笑，她伸出一个大黑拳头，而口号是"住手"和"净重一千磅"。

何西亚（他曾在大楼里某个地方忙碌）终于来了，现在成了一个在自己地盘的人，被那里的人们遵从，比我在联邦法庭看到的要平和。

---

① 杰迈玛大婶是美国商业广告中的黑人厨娘，代指对白人俯首帖耳的黑人妇女。"黑人力量"则是1960年代以来美国黑人运动的著名口号。

汤姆·蒂彭介绍了我，跟他说我对福赛斯县感兴趣。我看见他的眼睛立刻接纳了。汤姆都还没告辞回报社，何西亚就立刻开始谈了，开始自然而然地描绘这个故事，释放能量，来回走动，有时候直接来到我面前——大办公室除了办公桌还有长板桌，当时我就坐在长板桌旁边。

他把福赛斯的故事带回到那一年的开始，当时加利福尼亚的空手道教练决定在福赛斯举办一次兄弟友爱游行纪念马丁·路德·金。何西亚在电视上听到此事，同样很感兴趣。

"他不了解那里的暴力和激烈的种族主义。他们那么凶恶地尾随他，他开始意识到：'我可能没法活着离开这个镇了。'那种地方的主要武器是火。烧他们，烧毁他们的房子。邻县来的一个武术学生自告奋勇来帮这个家伙。练武术的小伙子是出了名的硬汉。他对加利福尼亚人说：'我们是白人男性。他们不能对我们这样。'他是个硬汉。不过他们没打算盯上他。他们会盯上他的家庭。于是他开始伸手向黑人求助。他变得越来越不坚定。

"我听说此事，首先打动我的是：'我们每次参加运动，都有白人为我们辩护。如今这些白人小伙子有了麻烦。要是金博士在，他会采取什么姿态？'我说：'何西亚，收拾好你的包。我们必须去福赛斯。'

"我最后是从报上知道练武术的小伙子叫什么的。我打电话给这个家伙。'我叫何西亚·威廉姆斯。我给你提供帮助。'他受宠若惊，说：'我知道你。在接受帮助之前，我想跟你当面谈谈。'不过我可不会连夜开车去福赛斯。他说：'我开车到亚特兰大来。'我害怕他。我不知道他是谁。他也许是三 K 党呢。我在一家大酒店大堂安排了会面。他和他岳父当晚就开车过来了。他说：'我知道你。我知道你的名声。我知道你是个强硬的人。不过我告诉你一件事。如果你来福赛斯跟我一起游行，你不会活着离开那个地方。'

"我知道福赛斯多么凶险。不过我觉得他太悲观了。我召开了一次新闻发布会，宣布我们九点从金博士的墓地离开，去福赛斯。我不觉得有人会跟我一起去。黑人怕福赛斯。他们知道它名声在外。黑人甚至不喜欢在福赛斯停车加油。

"迪恩·卡特，那个练武术的人，说：'这些人很愚昧。他们被告知要赶走黑鬼，不在乎代价。他们从出生到去世一直被教导要赶走那些黑鬼。你要做必须做的事——你打他们，你杀他们——把黑鬼赶出这个县。那就像他们的文化。'迪恩·卡特就是这么说的。'那就像他们的文化。'

"我以为我知道这个地方有多糟。我并不知道真有那么糟。

"第二天早上大概有三十五到四十个人。

"北上途中，我察觉到，这些人有深深的挫败感。我起身、教导、谈论、教导、谈论、说教，一路去到那里。我们到那儿时，有二三十人等着加入，有一两个是等着混进来的三K党。不过同时周围大概有一千五百人——报纸上说是两百人，不过我说是一千五百人——他们正在举行三K党集会，他们大喊：'杀死黑鬼！杀死黑鬼！把黑鬼赶回亚特兰大西瓜田。'一千五百人啊。四面八方。

"警长试图让我们别下大巴。我说：'我们是美国人。游行是言论自由的事。'我不打算让任何人阻拦我们行进。

"周围那些人都像火上浇了油，他们像奥运会跨栏选手一样俯冲过来跨过四英尺高的围栏，大喊：'杀死黑鬼！杀死黑鬼！'"

我在法庭看见他时，他没做什么，话也很少，看上去疲倦不安。然而现在，尽管他一边在我椅子四周走动一边讲他的故事，跺着脚，砸下拳头，但看上去头脑很清醒。他的言论似乎不夸张也不离奇。一步步表现出他多么老练。他像印度圣雄一样，知道怎样安排事情，怎样利用社会公共机构：法律、新闻。

游行对手同样有所组织。按照何西亚的说法，他们储藏了导弹库。

何西亚说:"新闻记者一直跟着我"——这种对危险游行的描述很奇怪,有新闻记者在身边:他怎么把他们弄到那里的? ——"新闻记者一直跟着我说:'这糟糕吗? 这糟糕吗,何西亚? '我一边说一边行动:'不,不怎么糟糕。'我有个职员过来说:'牧师,那就是很糟糕啊。'他是对的。那很糟糕。

"一个男人,福赛斯团伙中的一个,跑到我们大巴前面又跑到车尾——载我们去福赛斯的大巴,我租来的大巴——跑前跑后想来到我这儿。我意识到他在做什么。他看起来是个领头的,而我想我会试图通过目光跟他交流。"(我记得霍华德曾告诉我:在街头危险的时刻避免目光接触。那是霍华德避免麻烦的通用规则,而我在亚特兰大看到黑人侍者一直这样做。)"当他回到大巴前面,我冲他微笑。他发狂了,开始尖叫:'黑鬼冲我笑! 你们要杀了这些黑鬼! 我不想让这些黑鬼游行。但这个黑鬼冲我笑! '"

警长接着要求何西亚让他的人回到大巴上。

"我让大家回到大巴上,稍微压压火气,让他有机会牵制三K党。"

何西亚拉起一条裤腿的底部,展示他浅褐色胫骨和小腿上的暗红色擦伤。他说擦伤是游行期间扔来的一块砖头造成的。

游行就那么结束了。在驶回亚特兰大的大巴上,他有了一个想法,开始笑。儿子问他为什么笑,何西亚对他说:"我感觉好像真的庆祝了金博士的生日。"

那是他圆满结束故事的说书方式,那是从他对人们和其中的黑人开始错误地庆祝"金博士"——何西亚说到马丁·路德·金的方式固定不变——生日的苛责开始的。

何西亚说:"我在回家的大巴上跟儿子说:'他们是我见过的最糟糕的白人。'

"我以前面对过暴民。不过他们通常是年纪更大的白人男性。如果有女人,也只有一两个并且很安静。但在福赛斯,哦上帝,有很多女人，不少人怀里还抱着孩子，尖叫着各种粗话，咬牙切齿。'杀死黑鬼！黑鬼得艾滋病！'年轻人的数量，青少年！我就想：'哦上帝啊，我们还得被那孩子在那里监督六十年。'"

第一次游行之后，何西亚说，有些报纸报道他是被赶出福赛斯县的。那激励他组织了第二次游行。当时有四千人游行。报纸说有两千人，而他认为有四千人。

"种族主义正在回潮，嘻。就像南北战争以后那样。他们当时把那说成重建时期的尾声。好吧，我们现在正处在第二次重建时期的尾声。"

不过福赛斯问题现在已经失效了，就像那位警长说的。有什么事情得到促进了吗？

何西亚认为，尽管没有黑人搬到福赛斯去住，但这个事件很也产生了诸多好处。他提供了一份好事清单。第一，福赛斯的好白人已经可以勇敢地面对三K党了；第二，各自为政的民权团体已经联合起来，金博士死后他们就没有到过一起。

"第三，福赛斯各股势力所谓的领导者们不再说空话而开始身先士卒了，不让事情再顺其自然。各势力的领导者挺身发动并激发对抗。第四，最伟大的事情。证明金博士的策略并未像别人说的那样，他一死就过时了。他们对我说：'何西亚，你只是一个得了战斗疲劳症的老将军。该停止示威去谈判了。'他们已经把运动从街道带入了套房。出了街道进入套房，他们转过身就是这么干的。但是他们必须回到我的位置，承认街头才是事情发生的地方。"

"一个根本力量"，汤姆·蒂彭这样描述何西亚，但我没看出来。我看出他更多是一名演员，表演着他为自己创造的公众角色。我现在不这样认为了。他投身的市议会政治需要他当一名表演者；然而透过他的演技——现在，在他办公室的私密之中——我明白了他的通透和好意，而我感觉圣雄本人——由于他所有的笨拙——可能也是靠那种品质传播了什么东西。

巧的是，靠墙书架有本书的书脊上有"甘地"字样。当何西亚不得不走出办公室跟一个访客交谈时，我翻了翻那本书。是本平装书，不是我以为的圣雄自传，而是电影《甘地》的剧本，扉页上有作者杰克·布莱利给何西亚的题献：说是（如果我没记错的话）一个男人给另一个承受打击的男人写的一番话。题献在我看来似乎是在向两个人致敬，并暗指那部电影超凡力量的一种解释（有许多解释）。何西亚说过的故事（我是唯一的听众）、他曾释放的能量，都把新的意义赋予墙上的大照片：四轮骡车和工装裤，还有何西亚景仰爱戴之人，年轻的马丁·路德·金。

他回到办公室，讲述福赛斯故事时来到他身上的能量有些消失了，取而代之的是权威，他现在在我眼里绝对通透。

我问到他最近反对毒品的运动，还有他在中情局外面的抗议。

他说："毒品这东西很不好。毒品正在摧毁我们的人民，超过奴隶制以来的所有东西——种族隔离、种族主义。对毒品贩子的恐惧、毒品交易导致的恐惧比毒品更糟。他们什么都不怕，不像那些吸毒的人。我在街头出生，长大，仍在街头生活，连我也刚刚发现毒品交易是多么糟糕。"

所以，他的行为是有逻辑的，就像圣雄的行为曾经有过的，从公众问题到个人、从外部敌人到内部的改革关怀切换。当我问到我们所在的大楼，他给人的那种非常现实的印象又加深了。那是他在"街坊"的政治总部吗，还是别的什么？他说那是他的营业场所。他制造化学制品。这倒出人意料。我肯定在什么地方读过，几乎可以肯定，但没有留下印象。

他自豪而亲切地说："来，我带你看看。"

我们走进走廊，再走过办公桌，我来之后那里就有两个年轻人，一个年轻姑娘和一个年轻小伙，像学生一样安静，在何西亚的事务中处理某些议题。在走廊的尽头，何西亚推开一扇门，在那里，办公大楼旁边附建了一个有大圆桶的仓库，边上是要叠成纸箱的几堆硬纸板。

"我制造清洁用的化学制品，"何西亚说，"地板清洁剂、窗户清洗液，所有跟日常清洗有关的东西。我必须让自己独立于城里那些人。"

他雇了二十个人。这项业务比我想的大，这个男人在商业这方面甚至有某种东西超越了此前的印度圣雄，圣雄的职业生涯从律师开始，对账目一丝不苟，对新闻报纸之类的事情小心仔细，并且二十世纪初在南非，正是出于这种独立和罗斯金①式美德的目的，创办了一个农场。六十年后圣雄的信念在异乡实行，这里的成就或许比圣雄在印度的还大：在奴役和暴力的背景中，给一个长期被羞辱和剥夺权利的民族赢得了法定权利。

他带我到外面，等一辆出租车。那里看上去没有出租车。他说："我让我认识的人停车，叫他捎你回去。"但他认识的人没有出现。他的两个人正在一辆破旧厢式货车里待着，最后他让他们开车送我回去。"给他们点儿油钱。"他说。而驱车沿 20 号公路回亚特兰大，身边伴随着这些何西亚的追随者，穷人，在他们凌乱的货车上（开着收音机），我感觉自己在另一种气氛里，并感受到何西亚引领或代表的人与环境之间的距离，几条高速公路上浮现出远处亚特兰大市中心的高楼。

从散乱的印象里（并且确实更多从特立尼达的尚戈和肖特斯②的故事，以及那里对街角传教士和海滩洗礼的记忆）我一度认为美国黑人宗教是忘形和恍惚的宗教。我没有为其仪式或公共社交的一面做好准备，就像在霍华德的家乡。我并没有为其纯净做好准备，就像在何西亚身上。抑或，后来，在罗伯特·威默身上。

他是一个四十九岁的英俊男子，正式着装让他显得更帅。他是亚特兰大教育董事会的一员。他出身南卡罗来纳黑人家族，有一个五十

---

① 英国艺术评论家、社会思想家。他的《致后人书》曾对甘地产生影响。
② 都是源自非洲的宗教。

亩地的家庭农场，不大，但足以维系家族许多人的生计。这个家族有三代人在南卡罗来纳州奥兰治堡很出名。"也可能是四代。"

我跟他说，在我对南方黑人生活的认识中，没有这样的家族传承。

他说："那是个秘密。"

"秘密？"

"你不会把什么都告诉白人。"这从他口中说出来太奇特了，在丽思－卡尔顿镶着木地板的大堂，他自信地坐着，与环境相得益彰。

他说："他们有敌意。理解周边环境并为自己所做之事感到自豪的人都知道，你要是黑人，就生活在一个有敌意的环境里。"

他告诉我他大家庭的情况。"大家庭里确实有种共鸣。而出于那种共鸣和协作，我父亲的两个姐姐嫁给了一对兄弟，他们是烟农、牧农和普通的菜农。就是从那种务农开始一路走来的。而且我们相当心灵手巧，我觉得。我们有十六个人。我母亲是 A.M.E. 牧师的长女。"

他告诉我这个缩写的情况。非洲卫理公会。这个教会那一年度过了两百周年纪念，他说。非洲？跟非洲有什么关系吗？没有。那是由前奴隶理查德·艾伦创建的，那时他发现自己被关在白人教堂的门外。而那是鲍勃·威默的主题：因为被拒之门外而在黑人中间出现的那种团结，让他们觉得有必要成立自己的教育机构，还有随着种族隔离结束而出现的崩溃。

他父亲是农场主的长子。所以他家里有一种传统，还有些质朴。

"我们确实不是领导者。确实不是。你和别人没机会了解黑人真实的样子。我的家庭并不觉得自己很突出。我们是有担当的人，承诺互相帮助。有种奉献是从我祖父开始的，并由我母亲延续。

"你必须明白你对黑人一无所知。

"民权运动对每个人来说都很伟大。但是比起黑人，那让更多的白人如释重负。我们在美国是一个被封闭、隔离和迫害的群体，我们自己也知道。我们学会的一切，我的年龄层，我们知道做什么事都必须擅长。我们必须有求知欲。有爱国心。比别的家伙更好。有教养。还有宗教信仰。还要**小心谨慎**。我们必须小心谨慎因为我们得为了谋生、为了带着安宁的感觉苟活度日而跟有敌意的体制周旋。作为一般群体而言，我们做得不错。我们创办了自己的教育机构，教育自己。公共教育是一个比较新的概念。亚特兰大的第一所高中，布克·T.华盛顿高中，1940年代建造的。"

"你现在对这些谈得多吗？"

"不，不多，没有什么可谈的。你说什么都是在吹嘘自己能生活得有多好。那什么都不是。要不然你就自吹自擂，在我家和我们这样的家庭那相当于罪孽——那是虚荣心。"

我问他教堂的地位。

"教堂是基本的。我没那么虔诚。教堂是我学习尊重自己和他人的地方。那是基本的。十诫——那是法则。就是这样。我小时候就觉得它们是我母亲的法则，而且我很想知道别的孩子是怎么开始听到同样的东西的。"

他很平静。然而别人——我提到马文·阿灵顿——并不平静。

他说阿灵顿那种人是"演员"。他强调了这个词，然后进行解释。

阿灵顿是律师。"只在黑人教育机构受过教育的美国黑人，跟去白人教育机构接受高等教育的人比起来，态度上有所区别。

"做事的时候谁都想获得成功。学习就是你和你精神面貌的一次转变，非常痛苦。如果你打算在美国作为律师变为成功人士，就只能模仿或者变成白人。这个职业——不仅仅针对法律职业——为你指定了那个方向。你会成为促成自身灭亡的一个因素。"

灭亡——死亡。那可是个很重的词。不过他的意思是灵魂的死亡；并且，正如他看到的，是随着取消种族隔离和其后社群失落而以某种方式来到黑人中间的那种死亡。这正是霍华德——现在显得那么遥远——在我们从教堂走回他母亲房子时提到的主题。

鲍勃·威默说："我是指灭亡。我告诉你为什么吧。在教师职业、法律职业和任何职业中，你从白人机构那里学习黑人的某些事情，有百分之九十是侮辱性的。弗雷德里克·道格拉斯①是我的偶像之一，他说不翻耕土地就无法栽种——别人也这么说过。有一段时间，由于金博士可以跟世界其他部分沟通爱与同情，全世界有很多人感到在种族问题和对待黑人方面有些事是歪的、错的。不过这些好人一直都知道，他们早就知道。金博士所做的是为白人来一次精神宣泄。他对美国白人来说就是一次伟大的心理健康治疗。他为黑人做的是让他们的权利变成合法的，激励大量黑人为人民和自己采取行动。

"不过黑人一旦进入白人机构，就会发现待在自己的机构里要好得多，当美国白人没什么了不起。我们以为一旦有了相同的权利，我们的难题就都结束了。实际上我们保留了百分之八十的历史问题，现在还得应付所有跟成为白人有关的事情。

"我给你举个可笑的例子。如果你是个用人，为白人家庭做晚餐，你知道他们会吃多少，还知道多做一点儿就能顺手带回家。你总是那么做。那是内置经济的一部分，隐藏的经济。"

还有别的例子，没那么好笑，实际上光想想都觉得难为情。在种族隔离时期，黑人不能待在酒店或汽车旅馆里，在餐馆也得不到服务。有些地方在后窗给黑人提供服务；那种事在厨师得知订单是后窗订单的时候经常发生——如果他正在做汉堡，就会多加一块肉。这就是吉士汉堡的由来。没有给黑人住的酒店，有些黑人家庭或房子里逐渐形成了"旅客之家"，黑人们可能会暂时住在那里。本地黑人通常都知道这些地方在哪里，还能带旅行者去。"旅客之家"通常是某人家里的一个房间，给一些人提供了谋生之道。

"民权运动让我们平等了。我们不用再非得足智多谋不可了。我们

---

① 首位在美国政府担任外交使节的黑人。他主张废奴，通过"地下铁路"逃到北方后，毕生为黑人争取权益。

需要的是一张信用卡和一份好工作。那么，损失了什么呢？经营旅客之家的史密斯女士没办法谋生了。我们从一个家庭每晚四美元——包括早餐和你带走的一份三明治，还有交流——涨到假日旅店房间每晚十四美元。"

通过旅客之家的交流：那是种族隔离出乎预料的成果之一，也是鲍勃·威默强调的事情。他说，由于这种交流，新舞蹈在黑人中间传播得非常快。在没有电视的日子里，它就像魔术：这个国家不同地方的黑人遇见时总能跳起同样的新舞蹈。随着种族隔离取消，这也没了。

"全美国的酒店都有一次类似假日旅店的巨大增长。我记得没出门旅游过的人会去市中心住假日旅店，因为他们有这个权利。"

宗教就像空气里的东西，一座人们可以根据需要随时激发的情感仓库。宗教职业牵涉颇广。对有些人来说，职业包括服务和社群的概念。对于自我感觉更强的人来说，他们带着赢的愿望来到世间后来却由于各种原因退出，这项使命之出现是由于人们渴望阐述诺言、布道、向上帝和曾经存活的人的生命献祭。

在一所宗教学校的一群成年学生中，我碰到一个做过买卖的白人一度"对上帝感到谦卑"。他孜孜以求的资本给出报价让他得以维系业务，随后他很快就做出了宗教上的决定。那次资本报价是一次引诱，但他没有堕落。他是个英俊的男人，有迷人的蓝眼睛；他不可能不了解自己的外貌；他或许期待更轻松地在这个世界穿行。同样的情况很可能也能拿来形容亚拉巴马长相标致的黑人女子。她把自己的美丽说成某种理所当然的东西，某种仍是资本的东西。不过她离开南方以后生活穷困潦倒。还有音乐家丹尼，他也像做过买卖的人那样对上帝感到谦卑——他用了同样的词。

丹尼说："我把我的生活描绘成一面破碎的镜子——这里一块，那里一块。"

我太被这些吸引了——安妮·西顿谈过这种纷乱——忍不住对他宗教生活的发展感兴趣，我想再跟他聊聊。我们定了一个时间。他没来，我打电话，他正吃东西，从声音能听出来；他说他做的事比原先设想的多得多。我们又定了一个时间。他来了。

他皮肤黝黑，健壮结实，穿着黄色短袖开襟衬衫，在丽思的休息室里看起来非常随意，那天早上他们正在那里制作一段酒店的录像，有个男模特，他们变换着周围非常明亮的灯光。这就是我们讨论宗教和浮华世界的背景。

我问起他对上帝感到谦卑的那种感觉。这是他故事开始的地方。

"我一辈子都是这样一个赢家，总是追逐名声，甚至在高中里。我做什么事都是第一名。在音乐里，我一定要当领头的。我是足球队队长、篮球队队长。我是班级里毕业致辞的人，我获得了全班级所有应届毕业生的最高成绩。就连在家里做家务，我也会尽最大的力气，因为我知道父母会夸我。我就是喜欢让人们夸我。我觉得我是这世界的特例，我觉得那跟天生的、神赐的恩惠及天赋有很大关系。

"我的父母也是专家。我父亲是牧师和教师，我母亲也是。他俩都是专家，这让我们住的小区也变得有些独特。我小的时候就很自豪。我们住在得克萨斯的小地方。

"我甚至能想到，小区里大部分人还没有室内卫生间的时候我家就有了。尽管我从不拿那种事吹牛，不过对我总是有所影响的。我们是第一家或第二家搞到电视机的。我父亲实际上像小区的领袖。种族融合后第一个进学校董事会的黑人。

"我明白这个事实，变得喜欢自夸和得意扬扬——让它展现在表面——这使得人们不喜欢你或者厌恶你，所以我一辈子都知道怎么变得谦逊，不过是为了赞扬。

"我有一项音乐奖学金、一项足球奖学金和一项篮球奖学金。事实上我一个也没有接受，因为我不知道自己想做什么。我估计最后音乐会成为我的最佳路线。一年级和二年级的时候母亲在教我，我姐姐和我总是在教堂的节目里表演或独唱，所以音乐一直是人们关注我的一种方式。那不是我脑子里琢磨的东西，那就是我非常确定的东西——你演唱时每个人都坐下听，关注你。我以前甚至经常到杂货店里，给那里的人独唱，为了得到一些糖果。

"当我离开家去念大学看到了足球运动员，我决定围绕音乐发展。足球场上的家伙那么高大野蛮。那会是一条艰难的前进之路。

"大学里有一次才艺表演。我当时正穿过宿舍楼，听见楼下有人弹吉他，便下去看发生了什么。我回到房间，拿起单簧管下楼，跟这个家伙一起演奏——歌曲。引来一群人。人们开始下楼听，之后来了更多乐手。从那一刻起，我们决定练熟一两首进行才艺表演。那一晚我们很成功。礼堂里有位夜总会老板，他邀请我们当晚去夜总会演出。我们不为钱演出，而是为了甜甜圈。我们那么喜欢演奏，除了那两首什么也不懂。但就那么开始了，这个团队成了这座城市最热门的团队。我们有了经纪人。我们环游全国。我们给自己树起了名声。

"我挣了那么多钱，还那么受欢迎，而我只有十九岁，只是大学高年级学生，住在一座极好的公寓里，我想我是上帝给女人的礼物。后来学校一下子变得没有吸引力了，看起来确实丝毫没有关系了，因为我已经走在通往名声和财富的路上——我把名声放在财富前面。

"于是我离开学校，一心要当明星。在十七年里，跟几家唱片公司一起环游美国和加拿大、非洲之后，我的生活变得支离破碎。"

说起来只是一瞬间。不过丹尼的言外之意是他误解了音乐世界，误解了他在其中的位置。他的位置一直就是附属的、辅助的。他太急于以明星自居了，让自己被迷惑。

"我开始感觉对生活失去控制，甚至觉得上帝对我不公平。因为我知道自己的天赋不比这个行业的任何人差。但我一直被利用。他们从我的歌里汲取想法，却从未把我的资料向全国推广。"

"你的意思是你没有经纪人？那么多年？"

事实证明，他大学的第一位经纪人并不长久。"有件事情是，我的人生里只有自己，所以我就是一切。我猜我可以给自己当经纪人，所有事情。我不唯唯诺诺。骄傲让我丧失了最早的经纪人跟我说的理智——如果我留在他的团队，他会在金钱上支持我。但是我想把自己的名字放在最前面。于是我们年复一年地四处游荡。唱片公司和推广人知道艺人沉迷于一件事情——娱乐。于是他们利用我们，而我们允许自己被利用。

"我失去了自己的团队。危机就是那一刻到来的。在一家俱乐部里，我记得正在思考，'我最成功的时候是当学徒的时候'。那个词奔向我：学徒。'一个有人脉也有钱的人的学徒'。

"回顾过去，我认识到那时候主正在处置我。那时候我正经历某种谦卑，甚至认识到我要追随某个人，而不是被直接控制。但我正在从音乐方面严肃地思考，也许我需要加入一个正在做事、正在去什么地方的团体，成为追随者而不是领导者。

"接着出现了一个重大机遇。我记得在一间录音棚里，正在为给我报价的公司准备一张专辑里的一首歌——就像一次试听。我糟透了。我在录音棚里崩溃了，哭得像个婴儿。

"我记得在棚里祷告。我说：'主啊，你为什么让这发生在我身上？我回家怎么跟他们说我错失了这么好的机会？'我曾经给全美国的人打电话，告诉人们留意我，因为我最终会当上大明星的。甚至尽管我父母从未赞同我做的事，我也能感觉到他们同样盼着我成功，我会梦想成真。我梦想的大事就是用一辆劳斯莱斯和一百万美元的家给我母亲惊喜。"

"你为什么认为你在棚里的失败那么糟糕？"

"我看上去就不像能成功的。我很沮丧。感觉生命已经结束了。我感觉那像给我的最后一击，把一切都击碎了。一辈子靠骄傲为生，然后被揭发，就像叫我冒牌货一样。或许我从来就不是自己以为的那样。

　　"于是就在那段时间，我开始考虑另一种方式。我这辈子脑海里好像总是听到一个声音说：'首先，你有没有可能当一名作曲者。让别人来录你的歌——那是为你准备的最佳路线。'我就是感觉到了那个。但是我太骄傲了。我不想以作曲者的身份成功。我想唱自己的歌。但现在我已经到了这个地步，那是个终极抉择。因为，哪怕我处在最低谷，也没有彻底放弃过，所以这是为我准备的一个谦卑的关键时刻，或许我应该试着当一名作曲者。于是我把一首歌给了当地一个乐手，一位了不起的乐手，我成了他的制作人和经纪人。在当地来说，我们是成功的。

　　"正是在那段时间，我遇到一个人向我说起基督。他是牧师，一位黑人牧师，六十岁出头。他也是一个乐手。我去办公室找我妻子，遇见了这个人。遇见他时，他的表情就像有光从眼睛里射出来——就是炽热。这笑容恰好穿透了我。他带着那么多爱看着我。与此同时，我感觉他的表情正在把我拉向他。不过从内心里，我感到污秽、不洁和羞愧。我想朝另一个方向前进。这些都发生在他和我妻子工作的保险公司的办公室里。

　　"他就说：'我一直盼着见你，久仰大名。'他是吹萨克斯的，不过他说他只演奏圣歌，还问我们可不可以用萨克斯一起演奏圣歌。我内心没有渴望，没有意愿那么做。但我跟他说可以。

　　"大约　周后，他来之前送了我一本《圣经》。那是一本'当代圣经'。最前面有选来论述特定问题的经文。有一句是：《圣经》如何谈论成功？它给出的所有经文都与成功有关，还有你痛苦沮丧的时候怎么做。那些经文都跟对主的信赖有关。信就行了，他会做的。重点是他。我这辈子的重点都是我。我会做，或者我能做，或者我做过。"

　　想到我早就做过，丹尼笑了，仿佛开了个玩笑。

　　"跟这位老乐手在一起的时候，我接受了基督。他跟我分享基督。

他向我打开了《圣经》。

"送《圣经》之后一周，他来到我家。那个时候我妻子恰好不在。他是带着萨克斯来的。我们演奏了一会儿。他确实开始对我的歌声感兴趣。他跟我分享了基督。我们做了祷告。我知道——不过主要是我自己读《圣经》并看到我背负生活重担的地方，要成功，要幸福，把那重担扛在肩上——我通过《圣经》看到，上帝通过基督给我提供了我追求过的一切。

"于是我祈祷并邀请基督来到我的生活中。我相信上帝化身为人来承担我们的罪过，这样我可以生活在上帝的正义里。有段与此有关的经文深深地吸引了我。那是《加拉太书》第五章第二十二节。'当代圣经'是这样表述的：圣灵想在你身上结出果实。'果实'，单一，却复杂。果实，即：爱、快乐、安宁、容忍、善良、温顺和自制。那深深地吸引了我。要成功就要让一切与我同在，因为决定我幸福的不是环境，而是我与上帝的关系。所以，成功不再取决于个人成就，而仅仅是拥有了解上帝爱你的安宁和快乐。那么多爱，以至于我做过什么事情他都会宽恕。

"就在那一晚，在家里跟老音乐家一起祷告后，我跟他去监狱参加过一次礼拜。这成了每晚都会做的事情——访问监狱。他传道我唱歌。"

"你怎么看监狱里的人，那些囚犯？他们怎么看你？"

"我爱他们。我开始看见人。我一辈子看见的都是自己。我的爱是一种导向自我的爱。我开始看见人们给我的比我给他们的多得多。换句话说，我开始用看见上帝的方式看见人。

"在这段特殊时期，我周末仍会跟一个乐队演奏。不过我的歌变了。我开始把世俗歌词换成关于耶稣的歌。我开始在台上传道。"

"人们是怎么接受的？"

"当成笑话。"

"黑人听众还是白人听众？"

"都有。我开始在去特约演出——我们这么叫它——的路上研读《圣经》。跟几位乐手一起。一有空就研读《圣经》。这个团队变得比以前更受欢迎。与此同时，引领我到基督的那位绅士耐心而亲切地告诉我，会有某个时刻，到时我会做出一个决定——绝对服从基督。

　　"而那是我挣扎——我斗争——的时候。我日日夜夜告诉主，我可以成为夜总会里的见证者，因为那里的人不去教堂也不想去教堂。但我一直读《圣经》，并在脑海里倾听。'与他们分别。务要从他们中间出来。光明和黑暗有什么相通呢，或者义和不义有什么相交呢？'

　　"那个时候，一天晚上，我和妻子在家。我有一个幻象。在得克萨斯的家乡。离我们的房子大约两百码有座池塘。那是我最喜欢的地方，现在也是。我在那里钓鱼，放来复枪，游泳。我看见自己走在通往池塘的田地里。这时我听见一个声音叫我摩西。我抬头看，在上面。我听出了那个声音。我知道那是上帝的声音，说：'你已经尽你所能走到最远了。'我立刻闭上双眼，躺在地上。突然，另一个起初透明的形象从躺在地上的形象中产生。这个形象很强健。随着它爆开衬衣，我可以看见自己手臂和肌肉的血管凸起。我脸上是坚毅、雄心和强有力的骄傲。我继续向池塘走，每一步都变得更加热切、自信和雄心勃勃。这时，我突然再度听到一个声音说：'摩西，你只能走这么远。'这次我带着怨气向上看。我在脑海里说：'不，你现在可不要拦我。我几乎已经到那儿了。我能完成。'

　　"上方的力量，我始终在对抗的力量把我压在田地里。我双膝跪在地上，仍在抗争，我的皮肤开始溶化，骨头也开始溶化，直到变成一个外表可怖的生物，像恐怖电影里的东西。但是我继续抵抗，直到只剩液体——我是一摊液体。接着另一个形象，起初是透明的，从地上那个形象里产生。这一次我很平静——这个形象的脸是平静的，我的脸上，我的心里也有爱和快乐。顺从，愿意服从并信赖给我指路的那个声音。

"我醒的时候，我——在幻象里——在水中摩挲自己的脚。妻子醒的时候，我坐在床上，眼泪像水一样从脸上淌下，浑身起着鸡皮疙瘩。我坐在床上，依然在场的力量唤醒了我妻子。妻子醒来时很害怕，她大叫：'亲爱的，怎么了？亲爱的，怎么了？'我开始唱：'没什么不对。上帝正在召唤我。'她立刻躺下，回到睡梦中。

"不久，我彻底屈服并加入牧师行列，从有热门唱片的地方走开，明白了神的爱和顺从上帝的愿望就是成功。

"过了些日子，我三十四岁生日时，我向主许诺，他派我去哪儿我就去哪儿，让我做什么我就做什么。他带我加入卫理公会^①，我成了牧师候选人。现在，这个教派坚持认为人要念神学院。我选的学院在我的家乡，很贵很贵，而我身无分文。我到那儿就被拒绝了。他们告诉我有钱才能念。拒绝我的人是委员会的牧师。他说：'先生，你来这里可谓很有胆量。你一个子儿也没有。'我说：'主派我来的。'"

讲着自己被拒绝的故事，丹尼笑了。

我问："他到底说了什么？"

"他说了一些这样的话：'让主给你一些钱，再回来。'"丹尼又笑了，仿佛他理解那是多么诱惑人，一个身为牧师的人那样回答。

丹尼说："他很粗暴。那是在星期五。那个星期天我指挥唱诗班在我们的教堂里表演了一首萨克斯歌曲。教区督察那个星期天过来了。听说我是牧师候选人，他深受感动。星期一早上，我接到送我走的绅士的电话。他说：'肯定是上帝派你来的。我们打算让你入学。'学费已全部付清。到目前为止超过两万美元。那是在三年前。"

我问老乐手的情况。

"他仍是我最亲近的朋友。我爱他。我叫他父亲、兄弟、朋友。我讲这个故事，也愿意让它为人所知，这样也许有人会被耶稣感动。"

---

① 基督教新教主要宗派之一，主要在下层群众中传教，认为求得"内心的平安喜乐"便是幸福。主要分布于英、美等国。

第二章　查尔斯顿：往日的信仰

州际公路直通查尔斯顿半岛，所以你可以很方便地抵达历史区域。去过亚特兰大之后，它就像玩具城。酒店大堂里的人们身穿旅游服装，脚步声和说话声在墙壁和大理石地面上弹回来，汇聚成喧闹声悬在奢华枝形吊灯的上方，时不时有新来的人把相机对准那里，好像这跟酒店大堂的许多商店一样是查尔斯顿景区的一部分；奴隶集市和南方邦联博物馆位于外面十八十九世纪的街道上；翻修过的旧市场里有很多货摊和小店，还有面目严肃的黑人妇女坐在人行道上，编着篮筐。查尔斯顿景区不光是十八世纪的市镇，奴隶制和南北战争，也有一些今日加勒比海风景区的景象。

在历史街道区域，四轮观光马车总是跑来跑去，马有"尿布"接住马粪。其他游客在散步和巡视。还有人以固守仪式的奇怪姿势，稍稍向后倾斜，一次两人在脚踏四轮车上踏车环游，一种新的观光风格。

历史区域很小。看上去不大可能有真实的东西留存。不过查尔斯顿确实有漂亮的十八世纪街道、教堂和墓地，而且在历史区，还有人的名字被用来命名街道。（"他们现在做什么呢？"有天早上晚些时候，一位观光客问他的四轮马车车夫。他问的是路过的老宅里的旧家族。

他还天真地相信买票进来游览的这个世界是完整的。马车夫没有辜负奇闻传播者的角色，说："哎呀，他们还没起床呢。"这次交流是在一座房子那儿偶然捡到的。我就是在那个地方听到的，作为查尔斯顿市中心的观光客和被观光的事物之间存在小小距离的佐证。）

事实上，正是观光贸易让有历史的查尔斯顿保持正常运转，让老家族仍旧待在原处，尽管在可以预见的未来，观光贸易可能会通过推高房价赶走一批人。查尔斯顿发生的故事是金钱开始回到一些老家族，人们一度只满足于地名之古老，现在据说也有赚钱的意识了。地名——它们确实是某些建筑的牌匾上所传颂的。众多事件本身很渺小，是殖民地时期的，对游客来说不值得纪念。

在查尔斯顿景区，游客很快就会感到窒息。但有座更大的城镇。半岛之外有富庶的郊区，有查尔斯顿军港，还有各种黑人区。有大片精致的中产阶级地带，是在一段白人恐慌时期形成并巩固下来的。在中心，在以前肯定是些老宅邸的场址上，有黑人住宅区，单调的砖块建筑孤零零戳在坑坑洼洼的地面上，这些建筑迫使人们走出家门，并将他们、他们的孩子和晾衣绳曝露无遗，如此一来，对贫民窟的印象、对很多人在小空间里生活得一览无余的印象，便跟对黑人面孔的印象一样不可避免。查尔斯顿东区也是黑人的。那里的房子是旧式的，有些有人照看，很多则没有，属于古老的查尔斯顿风格，但没有观光客。于是，见识过查尔斯顿其他老城区那玩具城的一面之后，这些黑人就像是鸠占鹊巢，闯入了查尔斯顿大舞会。可他们跟这些老家族同样古老。

只有从查尔斯顿半岛横穿到曾是奴隶种植园的地方，这座城市的广阔腹地，奴隶往事才变得生动起来。尽管大部分地方如今只是森林。

土地平坦而多沼泽，绵延数英里。森林——橡树、胶树、枫树、松树、美国梧桐、木兰；高树森林——证明土地是肥沃的。土地的平整、适宜和广阔表明过去需要大量奴隶劳力，它们也让那种劳作的想法变得令人不快。

现在一切都平静了。森林里时不时有出入口，暗示土地已经被大公司收购；有一座老教堂，还有黑人定居点。这些定居点颇有历史。它们大多是在旧种植园的遗址上，这些种植园在南北战争后被联邦政府占领，割成六十亩的小块土地分给从前的奴隶。现在的旧地产都和历史有关，有的房子很好，有的则比较差，不过土地在没有遗嘱或契约的情况下传递了一百二十年，大部分产权都没办法确认。

我在一个星期天的早晨见到了这片滨海的南卡罗来纳森林。我的向导是杰克·利兰。他是一位退休的查尔斯顿新闻记者，出身老家族。对观光客来说，所有的土地和森林都如此相似，他却一清二楚。这里的一草一木他从小就熟悉，对他来说依旧很迷人。很少有种植园现在还种东西。有些养着牛。有钱的北方佬把剩下的买下来弄成了狩猎保护区。

"北方佬的这第二次入侵，我父亲是这么说的，始于 1880 年代，一直持续到 1930 年代。是件好事，因为保留了老建筑，给本地黑人提供了工作，还让经济提高了很多。"

这片土地以及在上面劳作的黑人，往昔的纪念——这些依旧在杰克·利兰的挂念之中，尽管他自己家族的种植园五十多年前就转让了。而我们星期天早晨的短途旅行则有纪念之意。

我们要去的是米德尔堡种植园。那里有一座两百多年历史的小教堂，有被冲走的危险，曾由联邦政府拨款加固地基。那天早晨小教堂要举办一次仪式，一次特别的春季仪式，也是一次感恩仪式。米德尔堡种植园六年前还归吉布斯家族所有，杰克·利兰的岳父老吉布斯先生给他认为想参加的人发了仪式邀请。之后种植园宅邸的空地上会举办一次野餐。宅邸已经由购买产权的房产代理修复了。

小教堂位于森林里一条绵长小径的尽头。小径没有铺砌，软软的，地面上有明晃晃的阳光斑点。森林的荫蔽处有点儿冷，温度在阳光直射之下很快便升高了。教堂被称为庞皮昂山教堂；在南卡罗来纳平坦的沿海土地上，几英尺高的地方都算一座山。教堂矗立在一片曾经种植水稻的沼泽旁边。水面是一片片翠绿斑块。南卡罗来纳州这部分原始稻田是曾在东印度群岛学习种稻和筑堤的荷兰人修整的。如今，由于离这里很远的一座大坝或水利工程，沼泽地的水平面已经上升，正是这种提升威胁到了这座 1763 年的小教堂。靠联邦政府资助，水边绕着"山"建了一圈保护性的石墙。

汽车在松软小径上一路颠簸到了小教堂。老吉布斯先生穿着大格纹外套，迎接每一个人，给每个人指停车地点。

小教堂是一座只有一个房间的红砖建筑，由两边的侧门进入；里面粉刷成白色，没有装饰，除了巴洛克风格的圆顶和一端的壁柱，建筑上再无花饰。地面平铺着地砖，杰克·利兰说，铺地砖对殖民地居民来说尤为难得。唯一醒目的布置是布道坛，用本地雪松做的，它和小教堂是同时代的，手艺出自查尔斯顿一个家具匠，他的名字现在依旧为人所知。IHS①，种植园主和奴隶主的虔诚，现在是另一种虔诚的记号。实际上，老吉布斯先生被人认了出来，沿着地砖慢吞吞走上去，对帮忙保护的人一一致谢，布道的主题——沼泽里不时传来摩托艇比赛的嘈杂，不过它激起的波浪此刻拍打在灰色岩石护岸上毫无危害——是把人们团结在一起的宗教。社区现在有一种特殊的意义，既减弱又放大。

我们随后前往种植园宅邸。砖垛，绿色大门，出入口没有墙，从小路通往一条非常宽阔的橡树大道。这些橡树有一百五十年了，南卡罗来纳橡树有中美洲雨树的树形和伸展姿态，曾作为某些农作物——可可和咖啡——的遮阳树引入加勒比群岛，并开始从那里遍及远至马来西亚的地方；靠着从世界各地带来的植被，帝国时代的热带种植园

---

① 拉丁文 Iesus Hominum Salvator（耶稣是人类的拯救者）的缩写，经常在天主教堂中出现。

和殖民地就这样获得了类似的外貌。在南卡罗来纳，就有类似特立尼达雨树的东西。

明亮的阳光透过树叶，再次在荫蔽的地面洒下耀眼的斑点。然而，在这条又长又宽的大道后面，修好的种植园宅邸却不太起眼，一座白漆木建筑，楼上三间房，楼下三间房。这颠覆了人们对种植园生活奢华的想象。杰克·利兰说这座宅邸之所以小，是因为建造者是胡格诺派教徒。英国种植园主在收成不错的时候会变得奢华，胡格诺教徒则会保持节省和简朴，一再投资土地和奴隶。（据介绍此次修复的小册子说，最初的种植园宅邸更不起眼，底楼只有一间客厅和一间餐厅，前后都没有阳台或门廊。）

与主楼分离的是一间"外屋"，附属建筑就是被这样称呼的；这间外屋状态还算良好，是带有砖砌烟囱的伙房。另一间外屋已经烧毁了，现在只剩下砖砌的烟囱。黑仆粗心大意的，杰克·利兰说。正是由于这种粗心大意，查尔斯顿有法规禁止盖木质外屋。主楼可以用木头建造，外屋必须用砖头。

米德尔堡种植园宅邸的空地上还有其他外屋：开阔田野尽头的马厩和粮仓。杰克·利兰认为我应该去看看这座粮仓。这是一座两层建筑，上层楼面是木瓦，下层是砖瓦。稻米储存在楼上。底楼有两间小牢房，窗户上有闩。这些是给奴隶准备的，不是惩罚式的牢房，而是"扣押"牢房，每次关一个人，执拗的新奴隶会逐渐习惯或者说适应种植园生活。

执拗的奴隶会被扣押在牢房里。另一间有一名老奴隶，已经习惯种植园方式的人。这名老奴隶没有锁在牢里，来去自由，会跟新人聊天并让他冷静下来；会吃东西，展示它多好吃，还会提供食物；而新奴隶的恐惧和怨恨应该会有所缓解。

我走过明亮的田野去粮仓。天气很热，有虫子叮咬，真算不上春天的田野。田野的一侧是绿色的池塘，像冲破土地的沼泽地，水面上都是白花。莲花，杰克·利兰说过。但它们不是精致的印度红莲花。这些白莲很容易就适应了南卡罗来纳，已经变得像沼泽里的物种，密密麻麻地生长，把自己挤出了水面。在粮仓的远侧，是两间奴隶牢房，仅用格栅隔板隔开，大地就是地板，还有装了铁条的小窗高高在上，高不可及。

它们确实是小地盘，高隔间。很容易让非洲新人感到恐惧，"新黑人"，西印度群岛是这样叫的，可能几周或几个月前从非洲腹地被抢走，走到或被带到海边，扣留在达喀尔离岸的戈雷岛①人贩子的栅栏或围墙里，最后被转移到一艘船上横渡大西洋。很容易让他感到恐惧，被从以前的现实中一步步带走的人的恐惧。也很容易进入别人的内心，隔板另一侧可靠的奴隶跟他坐在一起，跟他聊天，努力向他展示安逸富足的新生活，唯一真实的生活。

午餐的时候，老吉布斯夫人想知道我有没有看见新奴隶被"驯化"的牢房。（我以前没听过这个词，后来才知道南方都这么用。）那东西一定要去看看，她说，那展示了种植园主要解决的难题，让他们的奴隶更放松，那是种植园生活里鲜为人知的一面。

野餐在树荫里的折叠桌上摆开。在种植园大道的高大橡树下，四周都有野餐聚会——教堂礼拜的圣餐仪式延伸到这场盛大野餐中，在修复的种植园宅邸的空地上。

宅邸的餐厅里，桌子上为客人们摆了丰盛的酒宴。另一张桌子上是复建工作的照片，也有在宅邸工作的老黑人的照片。野餐会没有黑人，但这些仆人被记住了。希尔先生的家族从吉布斯家族手中买下种植园，为了修复它费心费力，作为对社区、历史和这片土地的一种姿态，他告诉我，宅邸的文件中有些档案可以用来追溯许多黑人的祖先。他穿着蓝条纹泡泡纱套装西服，一个壮实而友好的大块头，正式欢迎

---

① 欧洲人在西非最早开拓的殖民点之一，濒临塞内加尔海岸。达喀尔为塞内加尔首都。

人们光临宅邸。

许多公司和个人都为复建做出了贡献。房间本身由不同的室内装潢公司进行修缮。这能解释我在广告里看到的对宅邸令人困惑的描述："米德尔堡种植园设计师事务所 1987。"例如，十九世纪的"大厅"由低地装潢和低地古董公司修缮。它们追求"在装有软垫的传统物件上选用生动活泼的织物"。在其他物品中，它们选的配饰是"大约画于1894 年的一幅黑人丫头的漂亮油画"和"绘有树木和植物的新丝绸，现代家庭主妇对自己'时间太少'这一问题的答案"。

这些房间实际上是一间展览室，旨在提供一种时代感；修好的宅邸是给人看的。后门廊的一头，给期待中的游客连接了礼品店，另一头则是厨房。

复建工程完成得很仔细。大家没有试图让宅邸比过去更宏伟，想的是现在完成的这些就能让宅邸再留一段时间。偌大的宅院保留了下来。杰克·利兰的老岳父在宅邸里住过一段时间，对宅邸能幸存下来深为感动。她的女儿，杰克·利兰的妻子安妮也是如此。小的时候，她曾在宅邸度过"乡野"时光。那时候还没有电，她上床睡觉还得点油灯。

土地和过去被授予荣誉，种植园和后面的河是为稻田修建的，就像东印度群岛那样。不过奴隶小屋被遗漏了。种植园宅邸，甚至还有幸免于难的外屋，缺少了它一度最重要最显著的特征。杰克·利兰跟我说奴隶小屋本来是建在橡树大道边上。这些小屋被称为"宿舍"或"村庄"。它们从来不会移出种植园宅邸的视线。而且，考虑到那段时期的公共卫生，几乎可以肯定那里实际上是奴隶种植园里最脏的地方。

但现在种植园没有了小屋倒显得更整洁。那里只有美妙的橡树大道，生生不息。从心理上，很难把小屋放进更多是古老欧洲乡间住宅透露出的庄严宏伟之中。只有人们一走出森林的荫翳就纠缠在身边的沼泽闷热，以及光线，头脑中才会浮现热带作物快速生长的念头：劳作、汗水、人、肮脏。

用如今稍稍不同的眼光看去，周日午后空荡荡的道路再度穿入森林，穿入散落的黑人社区，由整整一百二十年前一度短暂战胜主人的奴隶们传下来。

靛蓝、水稻、棉花，主要的奴隶农作物在这里都已停产，恰如在加勒比地区，椰子患上"锈病"，还有某些岛上种植园主语言中一度称为"国王"的可可，差点儿因丛枝病灭绝。于是，表面上看，当特定农作物的种植量超过一定规模，会由于矫正平衡的病害或经济损失而备受折磨；就像瘟疫会让人口减少一样，当兔子太多而变得不可爱的时候，多发黏液瘤也会让它们数量缩减。

离乡村道路与公路连接处不远，一群黑人正走出一座大教堂。满眼都是西装、礼服、帽子、汽车。米德尔堡的野餐之后，一种回应社区的观念：消失的奴隶小屋现在变成很不一样的东西，不光变成森林里的老乡村社区，还变成查尔斯顿本身的黑人定居点，有些是中产阶级，很多人住在"国民住宅"①或者东区的旧房，被乘坐四轮马车或踏板车的度假游客尽量避开。

一位上了年纪的女庄园主住在历史城镇中众多宅邸中的一座，听说我出生在特立尼达，说道："我家族有个故事就是费城的伯克祖先被留在了特立尼达岛。"

我们坐在小花园里，喝着柠檬汁。隔壁宅邸尽管是砖头造的，看上去却过于古老、小巧、扭曲和古怪。

我说："整座岛？"

"整座岛。故事就是那样的。南方人喜欢去感觉，起码过去他们很有钱。但他们死了，伯克家族，在温沃德航道②，他们去索取土地的

---

① 政府出资给低收入者建的住宅。
② 加勒比海的一条海峡，在古巴和伊斯帕尼奥拉岛之间。

时候。"

我问事情的年代。

妇人走进屋，拿出一张家谱，画得简直像一棵树。她母亲在那上面可花了不少时间。下方左侧分支上是伯克家族的铭文："死于1795年5月，当时前去索取特立纳达的土地。"**特立纳达**——家谱拼错了，暗示着在家族故事里，特立尼达跟查尔斯顿和跟费城之间的浪漫距离。

这个故事对我来说很有趣。特立尼达被发现后，将近三个世纪几乎都是西班牙帝国里被遗忘的部分。十八世纪末，出于保护南美洲领地的愿望，西班牙人才决定向移民开放岛屿，并以圣多明各、牙买加和巴巴多斯的模式，将这个灌木岛变成产糖的奴隶殖民地。但西班牙人自己提供不了移民，他们没有人，他们的帝国太大了。为了尽量保护自己，西班牙当局要求特立尼达的移民必须是天主教徒；作为回报，他们按照移民带来的奴隶数量的比例许诺给予自由土地。他们脑子里预想的，以及最后去的大部分人，都是法属西印度群岛的法国人，当时正处在法国大革命后的动荡中，后来又有杜桑·卢维杜尔[①]在圣多明各领导的黑人革命，有拿破仑战争的征服和再征服期间加勒比海发生的所有剧变和改旗易帜。

1795年人们去特立尼达"索要土地"的故事不是凭空想象的。在某种意义上，甚至可以说整座岛都会被索取。对我来说，新鲜的是费城爱尔兰人也想过要去。他们不可能有很多奴隶，也不会被授予自由土地。

但这个故事里的伯克家族没有成功。他们淹死了，特立尼达变成了他们巨大财富的一个神话。在家族纪事里，有一个续篇。查尔斯顿的女庄园主说，布克家族的律师娶了家族的护士。两人暗中瓜分了布克孤儿的遗产。过了几代人，罪行败露。有一天，律师的后人碰巧在

[①] 黑人起义领袖，原为种植园奴隶。1801年颁布宪法，宣布永远废除奴隶制度，并成为圣多明各终身总统。后被诱捕到法国，死于狱中。

款待孤儿的后人。律师后人展示了一些祖传的瓷碟。只有十一个。孤儿的后人说："我有第十二个。它是我最宝贵的财产。我祖上传说另外十一个被偷走了。"

一个南方故事：一个老家族的故事，一个往昔财富之梦。不过我对它感兴趣另有缘由。最早和特立尼达事务有关的几本书里，有一本是费城的一个小册子作者写的。他叫皮埃尔·弗朗·麦卡勒姆，此人观点激进，甚至是革命的，用他自己的话说，他是憎恨权力的人。他去特立尼达是在1803年，被英国人征服后第六年。他对英国总督怀有敌意，也普遍对英国当局怀有敌意，事实上敌对到让他最终被驱逐——从西班牙港非常简陋的监狱被带到码头，然后装上去纽约的船。

麦卡勒姆这个法国名字暗示他有部分法国血统。这或许能解释他的某些激进情绪或反英情绪。但同样出现在他书里的是，在对抗特立尼达的英国总督和英国当局的活动中，驱使他的更多是可怜的苏格兰人和爱尔兰人被抛弃在南北卡罗来纳的方式所激起的怒火。对我来说他一直有点儿神秘，这个有一半法国名字的费城小册子作者。现在他没那么神秘了。在这个两百年前在特立尼达全家覆灭的查尔斯顿故事中，我能看见一个再度移民和淘金的故事：穷困潦倒的人从贫瘠的费城到刚刚开放的特立尼达的某种迁徙。

肯定有什么事情从历史中消失了。只有最广泛的迁移和主题被记录下来。各种变化无常、个人的危险和冒险以及失败，全不可能被记录。历史充满了秘密，哪怕家族历史也满是缝隙和点缀。特定的事件失传了，对我这个从印度到特立尼达的第三代移民而言，连祖父母这样亲近的祖先都是神秘莫测的，有些无从得知，才过了一百年，已经无法给这样的问题一个好答案："你的家族从哪里来？"

现在不容易记起的是，在奴隶岁月，加勒比海和美国南方蓄奴区的关系有多密切。西印度群岛的法国种植园主为了在特立尼达定居跟西班牙当局协商条款时，施加的压力之一就是威胁带着奴隶去美国南方。他们说，那里待他们这些种植园主更好，尤其是打完仗——独立战争——以后，美国看起来在这个半球的地位更重要（因此更有能力保护人民）。而卡罗来纳的海滨低地很平坦，雨水充足，肯定会向眼里只有群岛的人展现它的富足和诱人！

我在特立尼达长大，要是那里的黑人再来一次反转，在南北卡罗来纳出生并经历截然不同的历史，想想就很奇怪。主要的区别是这两个社群与奴隶制的距离。奴隶制1834年在英国殖民地被废除，加勒比殖民地后来被抛诸脑后，所以英属加勒比的黑人与奴隶制分离了一百五十年。美国奴隶制终结于南北战争，但也许可以说直到1954年自由才来到黑人中间，所以美国黑人争取到他们所争取的东西也不过才三十年。在那三十年里，美国黑人开始慢慢看到机会；与此同时，英属加勒比稍大的独立区——特立尼达、牙买加、圭亚那——各自被掠夺并衰败着。

也许是已经开始习惯南方口音，我经常感觉在查尔斯顿黑人的言语中能找到巴巴多斯独特发音里的某些东西——我从小就很熟悉。奇怪——渺小的巴巴多斯在宏大的南卡罗来纳找到了共鸣！不过十八世纪的巴巴多斯盛产糖和奴隶，是充满机会的殖民地。在本杰明·富兰克林的《自传》里，这是职员和律师都跑去挑战命运的地方，费城太穷了，有时候连硬币都没有。巴巴多斯是南卡罗来纳种植园殖民地的样板。巴巴多斯还是老查尔斯顿人杰克·利兰贵族气质里的一种元素。

他有两件最贵重的财产来自巴巴多斯。它们是水手橱柜，是在南卡罗来纳殖民地建立十五年后的1685年，由巴巴多斯的先辈带来的。这些橱柜归杰克·利兰所有已经四十年了，是一位阿姨传给他的。他曾向一名历史学家谈起这些橱柜，得知那种橱柜是照着航海的尺寸打造的，适合放在船的横梁中间。它们是木工或细木工匠的手艺，不是家具匠的手艺。它们高大而未加装饰，边角榫接，没有棱角，整体上是平的；在餐厅里很显眼。

他生活在老查尔斯顿市中心非常狭小的老旧"独栋房"里。房子宽约十五英尺，地基很小，是一座不太起眼的房子。然而即便住在狭窄街道的简朴房子里，他仍是老查尔斯顿人的代表，几乎算是象征了，为家族而非金钱感到自豪，为土地以及与之长久联系感到自豪。

他随身携带着它的历史。在米德尔堡的周日之后，我去拜访他，他先向我展示一幅有些年头的当地地图，上面是所有的老种植园，很多。我们沿着走过的道路，尽管比巴巴多斯的长得多直得多，比起曾经存在的东西也不过是一个角落而已。每个种植园都曾经自成一体，都是种植园主统治下的小王国，都有一座房子和住所；并且按照杰克·利兰所说，每个种植园的住所都在中间，免得不同种植园的奴隶相互交流。

地图放在房子的楼梯平台上。楼梯位于狭小房屋的中间，隔开前屋和后屋。屋子的入口是在侧面。那种中间的侧门和楼梯对查尔斯顿"独栋"房屋这个概念来说是必不可少的，这里的独栋房不像我想的那种独立小木屋，出于私密的缘故，入口不在前面而在侧面，入口和楼梯两侧还各有一个单间。双排房在楼梯两侧各有两个房间。

据说独栋房的概念是外来的，跟种植园奴隶殖民地的概念一起，大致来自巴巴多斯和西印度群岛。我在特立尼达没见过查尔斯顿那样的房子。不过特立尼达是西印度的晚期基地，它的起源是西班牙和法国。查尔斯顿参照的西印度殖民地是那些更久远的英属殖民地。

对我来说，在查尔斯顿这样重提作为祖先和血统标记的英属西印度殖民地，总是怪怪的。那种想法，殖民贵族重返根据地，在我那个年代的特立尼达从未真实存在，如今在这个前英属西印度领地也不存在。理由很简单：英属西印度殖民地差不多在1830年代随着奴隶制废除而关闭，随后停滞不前。大英帝国移向东方，然后转移到非洲。如今在前英属西印度群岛声称自己最先到达是没有意义的。在一个成为泡影的地方，或许真的不能说有什么上层社会，他们这些人只是去错了地方（像鲁宾孙·克鲁索）。大陆历史上的诸多大事件都声称与查尔斯顿有关，它那微不足道的开端现在浪漫得不可名状，但当时它跟安提瓜或巴巴多斯或牙买加这样的奴隶殖民地不相上下，还找它们寻求贸易和支持呢。

原则上，殖民地的重要性取决于它的经济前景。法国人用加拿大（或者他们概念里的加拿大）交换非常小的西印度产糖岛瓜德罗普。荷兰人 1667 年把纽约给了英国人，交换南美滨海殖民地苏里南。（我 1961 年在苏里南时，一位荷兰女教师告诉我，荷兰学校里的人说荷兰人占了便宜，因为英国人已经失去纽约，而荷兰人仍旧拥有苏里南——1961 年。）没有美国当靠山，后种植园时代的查尔斯顿或许会像南美的苏里南或圭亚那以及中美的伯利兹一样，在财富消失后，奴隶主或继承者最终不得不离开大陆上这些以前的奴隶殖民地，把此地留给奴隶和取代奴隶的人。然而幸存下来的查尔斯顿，旧家族的查尔斯顿，观光客前来游览的浪漫传奇，是一座白人城市，黑人（尽管数量超过白人）在那里倒像是入侵者。

于是，从亚特兰大（1837 年作为铁路终点站创建）往东南方向只有五小时车程的地方，历史与亚特兰大迥然不同。尽管如此，跟亚特兰大和佐治亚州北部一样，那段历史可以层层揭剥开来：旅游城市、种族隔离、南北战争、种植园、大量奴隶人口、财富、十八世纪的殖民地。

早年的财富是在靛蓝中创造的，杰克·利兰说。

"革命开始时，英国在靛蓝上支付了一笔政府补助金。靛蓝是一种好染料。印度还没有在这幅蓝图里出现。大量的英国靛蓝就是产自这里。革命之后，没有了英国市场，靛蓝便渐渐消失了。1800 年之后，不再栽种靛蓝了。种植园主把注意力放在水稻和棉花上。跟靛蓝一样，这些农作物他们早就有了。

"水稻种植园主在顶端，棉花种植园主在他们下面，普通农场主跟小店主一起往下，在底部。这就像一个等级系统。你还会听到人们说起某个人，不过如今没那么多了，'他在做买卖'，意思是他有点儿被排挤。现在变化得很快。钱成了一个重要因素。以前的时候，家庭总是比金钱重要。"

英国的社会偏见被殖民地的财富强化了——从这个解释看来（且不说奴隶制的事实），胜利刚一来到查尔斯顿种植园，几乎立刻开始消解自身。不过这片土地是受保佑的：它如此肥沃和灌溉充足，如此平整和宜人。

"靛蓝减产之后，这个地区变得非常繁荣。从北卡罗来纳到佛罗里达的这片土地很可能变成了世界上最富庶的农业区。这些种植园主是开创罗得岛州纽波特的人，他们在那里建造避暑别墅。

"南北战争是第一次重大打击。这场战争解放了奴隶，种植园主想让他们工作就得付钱。这场战争之后，种植园实际上就土崩瓦解了。"

现在那对我来说很容易想象。我只要想象米德尔堡的橡树大道，在橡树下安置奴隶小屋，想象在休假或有叛意的奴隶人群；想象水田里水稻的生长，长得很快；想象广阔无垠和酷热；黑人的数量和白人的稀少。并且很容易看到曾为几代人创造财富、建在查尔斯顿的房屋和罗得岛避暑别墅的小小王国可以突然垮台。

"最后的打击是大飓风。一共有三次，1885年、1893年、1912年。它们冲破了堤坝，没办法修复。与此同时，密西西比、路易斯安那、阿肯色和东得克萨斯开始出产水稻。水稻种在高地上，轻轻松松就让这些种植园主破了产。于是到了1920年，这里再也不种商业水稻了。我们种得很少，只是满足自己需要。

"棉铃象甲出现在 1915 年前后，不到三年，就杀死了海岛棉[1]作物。这些农场主随后从事货运农业，也就是种蔬菜——土豆、豆类、西红柿、南瓜——供应纽约和东部市场。那种状况一直持续到沙漠灌溉之后加利福尼亚登上舞台。沙漠土壤非常肥沃，给它浇水就行。"

"于是，在特定阶段之后，种植园的故事是一个关于厄运和衰退的故事？"

"那让我非常难过。我的家人以前有奴隶。我认为他们是很好心的主人。几年前，我跟从前的一些奴隶见过面，现在他们都死了——他们在我家族的地方住过。他们对于自己被对待的方式颇为称赞。奴隶制是错的，我不能为此辩解什么，但它就是存在过，曾用来建设我们所拥有的农业经济，而那是一个相当好的、行得通的制度。"

"有没有什么特殊时刻让你开始了解种植园的过往？"

"我在一个种植园长大，那里还有二十座以前的奴隶小屋，都被黑人占着。从一开始，我就认识到这些人实际上一度属于我的家族。我们很友好。"

"这时候，家族的命运已经慢慢衰落了？"

"水稻没了，接着是棉花，接着是货运农业。然后大萧条就来了，我的父亲只好把它卖了。那就是它的终结。"

我后来听说，也就是在这个时候，查尔斯顿老宅的很多家具转到了贩子手中。查尔斯顿家具现在遍布全美，非常值钱，尤其是查尔斯顿细木工匠（就像为庞皮昂山制作布道坛的那个人）制作的那些。这个失落的故事使我想起 1840 年代帕克曼向西部迁徙时在俄勒冈小道[2]看见的东西，他们因小道的危险和旅程的严苛耗尽了体力，把希望带到新家的珍贵家具都扔掉了。

---

[1] 高档棉纺织品的重要原料，又称长绒棉。最初发现于美洲大西洋沿岸群岛，后因传入北美洲东南沿海岛屿而得名。

[2] 十九世纪前半期美国西进运动的主要路线。东起圣路易斯，西至俄勒冈州，全长三千余公里，几乎横跨美国。弗朗西斯·帕克曼是美国历史学家，著有《俄勒冈小道》《英法在北美》。

尽管这片土地已经转让,杰克·利兰对它仍然怀有深情。

"这片土地不属于我,但我觉得那就是我的遗产。""遗产"一词,我将不止一次从他这里听到,仿佛这个词能解释他对查尔斯顿、家族和祖先的大部分态度。"那个特别的种植园,我出生的那一个,1832年由我的家族买了下来。但我父亲在1935年失去了它。所以它在我的家族里延续了一百零三年。不过也有财产在我家族里留存时间更长。

"我家族里不寻常的一件事情是我的利兰祖先是真正的新英格兰人。南卡罗来纳第一位利兰是阿隆·惠特尼·利兰"——他对三个名字全都很讲究,慢慢重复以便我写下来——"他来自马萨诸塞。他刚从马萨诸塞州威廉姆斯学院毕业,南下此地在希本家当家庭教师"——那个家族的名字也很重要——"他们那时拥有现在芒特普莱森特的地方,港口的东岸。而且我认为,作为一名精明的北方商人,他改了宗并娶了那家的一个女儿。就这样开启了这里的利兰家族。他从一位论派改宗长老会,他甚至当上了长老会牧师。

"但我父母家族成员是在殖民地初创时就来这里的,1670年。"正是从那些早期家族中的一个,他继承了现在客厅里的水手橱柜,放在中间楼梯的另一侧。

他是怎么意识到家族的贫困的?

"我们有非常好的生活。有充足的食物。实际上我并没有意识到我们穷。当然,我们比黑人和我们所谓的蛮荒白人境况要好。我并没有意识到我们在经济上的贫乏,收入非常少。

"我有一年在上这里的查尔斯顿学院。那时候还是一所私人学校,我祖母替我付钱。后来她去世了。我找一份暑期工作,找到了挪威货船上的这份工作,货船从古巴运香蕉到查尔斯顿和佛罗里达州杰克逊维尔。然后船长,拥有船的三分之二,有一舱煤要送到阿根廷。我们在阿根廷的时候,他揽到了一桩去澳大利亚的生意。我最后就去了澳大利亚,在一次三角航程从悉尼到新加坡再到马尼拉,然后回到澳大利亚。1939 年 8 月，我们回到这个国家，途中在洪都拉斯拉走一船香蕉，来到亚拉巴马州莫比尔。我们驶入港口那天，希特勒入侵了挪威，让这艘船变成了交战国的船只。美国边境巡逻队建议我下船。我回到家又重返查尔斯顿学院。第二年当然就是二战的征兵了，而我是查尔斯顿最先被征募的一批人。"

于是他错过了一些正规教育。他本可以在大学度过的岁月用来当了海员。他有没有感觉错失了同辈的陪伴？

"船上很多人说英语。英式英语。这是一次极大的教育。战争也是一种教育经历。英国、北非、西西里、意大利。而且我有那样的背景——我父母都是很爱读书的人，已经慢慢给我灌输了阅读和学习事物的能力和愿望。

"我是 1945 年回来的，又回到学院。然后我在当地报社谋得一个职务，从那时候起就没离开过报纸。"

"你见证了查尔斯顿再度崛起？"

"我也见证了它的转变。我小的时候，查尔斯顿没有黑人街区，也没有白人街区。白人和黑人并排住。转变始于大萧条时期，当时大批农场和种植园破产，在那些地方干活的黑人开始搬进查尔斯顿，也有去北方的。接着二战爆发，有了一次巨大的经济推力，因为这里是个大的军事港口，他们还修了一座机场，就更吸引大量黑人从郊区搬到这座城市。

"战后，年轻人开始回来了。这个地区住的大多是十九世纪移民——德国人、爱尔兰人，还有意大利人和希腊人——这些家庭还生活在现在是黑人街区的地方。一个中低收入地区。但是战后过来的年轻人没法从银行贷款买城里的旧房子，只好在住宅小区建新房子。他们一这样做，父母的房子就开始闲置，黑人就搬了进去。如今我们有大片黑人区。老查尔斯顿，查尔斯顿半岛百分之六十是黑人，百分之四十是白人。公立学校百分之九十五是黑人。"

"对于一座依赖种植园的城市来说，那是怎样的命运啊！"

"要这么说的话，的确是一次巨变。这座房子，我现在住的这座房子，是大约七年前修复的。这座房子是一个爱尔兰木匠在1840年代建的，他可能是为了逃避土豆大饥荒①到这里来的。房间实在太小了。开发的建筑师是个好建筑师，他利用了每一寸空间。现在我们是街区里唯一的白人家庭。我应该说，在这条街上。这条街只有两个街区那么长。剩下的全是黑人。

"现在，隔壁的房子。你也许会感兴趣，也许不感兴趣。几年前，我岳母约翰·E.吉布斯夫人发现，吉布斯家的一些老仆——她这么叫他们——正在被人占便宜。她把那座房子买下来修好，变成两套公寓，还有后院的小外屋。吉布斯家的老仆们现在就住在那里，她向他们收的钱够付税费和保险就行。他们是能雇到的特别好的人。很照顾我们。

"我们也有一个那种廉价住宅工程，就在这条街的南头。那些人太可怕了。那里面全是黑人。那项工程就是罪恶渊薮。那儿总是发生点儿什么事，或者说住在那儿的人总是犯事。"

"对你来说，对黑人没有威信的时候跟他们住在一起会很艰难吗？"

"我总是跟黑人住。经常这么做。他们帮过我。我们是好朋友。不过在社会上，我们是隔开的。用不着藏着掖着。但是去年，我的继女结婚是在圣菲利普圣公会教堂，那是美国东南部的一座安立甘宗大教堂。一次盛大的正式婚礼，随后在南卡罗来纳会堂有款待，仆人们来到婚礼上，他们就像家庭的一部分。不藏着掖着。有位老人年纪跟我岳父一样大，已经八十二岁了。他是在洛根街上的吉布斯家后院长大的。这个老仆人不会读不会写，是个法律意义上的文盲。我岳母拿过他的食品券给他兑现救济金。他确实觉得自己是吉布斯家的一员。有他们我感到非常幸运。"家族的老仆们住在隔壁修好的房子里。"他们

---

① 1845－1852年，爱尔兰的土豆大幅减产，导致严重饥荒，人口减少近四分之一，一百多万人逃荒到北美。

很照顾我们。"

"你考虑种族问题的发展途径时，偶尔会不会觉得奴隶制对南方来说是一场灾难？"

"奴隶制以前就是一场灾难。结局总是没法避免的。不过你别忘了新英格兰的人也有奴隶。他们没有那么多，但有小农场。南方经济靠的是黑人奴隶。结局的开端发生在1800年之后不久，大英帝国宣布奴隶贸易不合法时，美国也通过了一项法律反对进口奴隶。"

"所以早在种植园鼎盛的时候就能看到结局了？"

"巨大的财富刚刚建立。"

"考虑到现在的影响，你会不会把它看作对这个地区的削弱？"

"是的。更年轻的黑人，六十岁以下的黑人，从来没有真正跟白人的生活方式产生联系。"他的意思是，那个年龄段的黑人生活在自己的社区，不像父母和祖父母那样在白人的房子里服侍。"他们站在外面往里看，也不接受白人的标准。

"现在——就是一个生孩子的问题。你可能知道，是黑人妇女把家庭团结在一起。他们有很多孩子。至少在南卡罗来纳，每年的非婚生子女中黑人占了绝大多数。没有问责——当然，现在白人家庭中也有所转变。这些人愿意靠救济金生活，或者他们就是靠救济金生活，我不清楚意愿有多大。黑人教会一度是黑人社区的中心，也从来没有对私生的情况问责。他们接受了。这个形势真是令人沮丧，这些年轻的黑人女孩十三四岁就有了孩子，也没有丈夫给钱。"

我问他民权和战后政治方面的内容。

"1947年，有位联邦法官朱利叶斯·瓦蒂斯·韦林"——他强调了这三个名字，并把中间那个难以分辨的名字拼给我，我后来才知道这个特别的名字在查尔斯顿是如何不光彩——"朱利叶斯·瓦蒂斯·韦林。他出身一个非常古老的查尔斯顿家族。他宣布了一项裁决，黑人不能再被排除在民主党候选人初选会之外。他的裁决是对的。黑人不应该被排除在外。那时候，民主党候选人初选会在州里是真正的选举，因为没有反对党。而到了1952年，黑人开始大量参与投票。他们现在是选举制度中一股强大的力量。他们已经取得了很大进展。很不幸，他们实在太缺乏领导力了。他们的领袖倾向于否定对手，能言善辩的政客，但是对真正的政府运作知之甚少。"

那就是他强调的地方：真正的政府运作。查尔斯顿有一位"煽动政治家"，但黑人官员里有些好人。而且，经历这么多转变之后，他现在更理性了。"我觉得我们这一路走来还挺棒的。"

我想了解他在种族问题上的想法是怎么变化的。

"我是在这样的家庭长大的，我们被告知可以跟黑人交朋友，还必须尊重他们，不可以利用他们。但你没办法把他们撑升到同样的社会等级。我成长的时候对此深信不疑。"

另一天，我想起他跟我说的，又聊回到这一点，他说："黑人有自己的等级制度。在查尔斯顿，过去有一个砌砖承包人叫平克尼。他是黑白混血。在修复查尔斯顿老房子的时候，他做了大量的瓦工活。但他知道在父亲的那一系，他出身南卡罗来纳的顶级家族。而且他会把他的工人称作'我的黑鬼们'。这让我震惊，因为我父亲说永远不要用这个词。

"黑人家仆看不起农场工人，提到他们的时候总是嗤之以鼻。'麦田黑鬼'。家仆们造出了那个词。屋里的人只跟自己人来往。

"我去那艘船上工作时才十七岁。在那个岁数，你对什么事都不会有高见。不过，进入加勒比海、南美洲、马尼拉和新加坡的港口以后，我开始稍稍转变了对其他种族的想法。回到这里，中国人被叫作中国佬。在新加坡那里，他们操控着局面。他们高人一等。

"我跟你讲这样一个故事吧。我在陆军航空队的时候，去伊利诺伊州夏努特菲尔德学习气象学。班里有四个黑人都在塔斯基吉上过学，他们对数学几乎一窍不通。在学习气象学的过程中，你什么都得学，自然界的各种力量，还有大量相关的数学。但这些年轻黑人——对他们来说这太不好懂了。学校里大多是北方佬。我是少数南方人之一，我了解这些黑人的问题。我提供了帮助却没什么用，这些黑人没法毕业。我永远忘不了：我准备好去佛罗里达，已经贴出了公告，我必须赶上夏努特菲尔德那里的大巴，这四个黑人来送我，还带了一瓶威士忌作为告别礼物。那所学校的北方佬会跟黑人交朋友，但他们不明白黑人需要帮助，他们也不会做什么事情去帮他们。而我被教育必须去帮助黑人。这是你的职责、你的传统的一部分。

"我猜那就是你生活的一部分吧。比方说，今天如果我走在街上有个白人想向我乞讨，我会无视他。但如果是个黑人，我会停下来跟他说话，看他是真的需要帮助还是正在讨一杯喝的。我认为很多黑人，我熟知的那些人，理解我这一点。但对别的黑人来说，我就是个白人，敌人，大恶魔的化身。我绝对愿意承认他们有理由不喜欢白人。

"真的很难让一名黑人坐在这里。"他指向他的靠背长椅，靠着独栋房子的墙，紧挨着门，门的另一侧有巴巴多斯的两个水手橱柜，1685 年进入他的家族并成为他作为查尔斯顿贵族的标志，巴巴多斯殖民祖先的标志。"很难让一名黑人坐下来跟我聊天。他们不会说他们的感受。他们不信任白人。这些汤姆叔叔——他们心里没有真理。1952年，我被派去报道这个州南部的所有县，搞清楚黑人准备怎么投票。1952 年的选举是黑人首次以一定数量进行投票。在沿海岸南下的博福特县，我自己被搞糊涂了。共和党是林肯的政党。但是我在跟大约一百名黑人聊完以后才发现，他们都准备投民主党的票。我把那种印象写成报道提交了，我的编辑有很多汤姆叔叔朋友，不肯相信。"

我问杰克·利兰对加勒比群岛的事务感不感兴趣，而这是否在某种程度上影响了他对美国黑人的观点。

他说："好吧，看看圣多明各发生了什么。那个岛被一分为二，一边是海地一边是多米尼加共和国。在海地，他们杀死了所有白人。而当你到了圣多明各，那真是白天和黑夜之间的差别。多米尼加共和国有稳定的经济。海地人正在挨饿。我在那艘船上有非常强烈的印象——我们去多米尼加共和国装载香蕉。我遇到一些说英语的人，他们把我带到了海地，就像白天和黑夜之间的差别。我不愿意去想是因为海地没有白人团体而多米尼加有。但是沿着这条线的某个地方，有些事情弄错了。当我看到今天非洲发生的事情，我不认为我的观点受到了什么误导。美国人已经不接受那样的想法了。他们的思维是全球化的。他们已经把想法转变到同一世界、同一民族。这是不切实际的，行不通。我不会用尼日利亚本地人的方式思考，他也不用我的方式思考。我们是不同的人。"

第一天见面我就知道杰克·利兰有一条伤腿。第三次或第四次见面时，他看上去特别不舒服，我问了他腿的情况。他说 1943 年 2 月在北非，他两条腿都受了伤。他曾在横跨西西里的轰炸航路上，最后一颗炸弹卡在了架子上。有命令让所有返回的人员跳伞，他跳了，那是他有生以来第一次用降落伞。他落在一块石头上，撕裂了两个膝盖的韧带，花了两个半月才康复。讽刺的是，下令跳伞的飞行员设法让飞机降落，没出事故。

这就是战争在他身上发生的经过。然而他把战争说成一段学习和冒险的时期，从没提及这持续的伤害，直到我问起来。这就像他的素养、举止优雅的一面，以及他没太听清我说什么时的"先生？"：这些举止成为南方观念本身的一部分。

"它更像宗教。"这位出身密西西比上流社会的妇女说道。她说的是家庭（以及其他类似的密西西比家庭）对南北战争和往事的特定态度、家里的老房子，以及这些房子被展示时有些日子要穿的当时的衣服。不是假面舞会，不是名利场，更像宗教。往事作为宗教这种观念在查尔斯顿也会浮现在人的脑海中。

那不只是老房子和老家族、老名字，地方历史或州历史里古物研究的一面，还是作为伤口的往事：由废弃或转让的种植园讲述的往事，许多还有旧时的有形纪念物，宅邸、外屋、橡树大道。由如今黑人多过白人的城市所讲述的往事，奴隶制和南北战争的往事。

自从我来到南方，没有一天没在报上读到或在电视上听人说起谢尔曼将军。并且在报纸或电视那种渠道，当一个众所周知的名字要用讽刺或其他方式强调时，他经常被给出带有奇怪的美国印第安人中间名的全名：威廉·特库姆塞·谢尔曼。[①]

查尔斯顿在战争中幸存下来，州府哥伦比亚则没有。它在1865年被谢尔曼烧了。那次焚毁是由一位年长的女士、哥伦比亚州议会大厦附近大教堂的向导说给我听的，她说得就好像事情刚刚发生似的。汉尼拔去世一百年后在意大利和罗马可能就是以类似的方式被人们记住的吧。大教堂是哥伦比亚少数几样没被谢尔曼烧毁的东西之一，这位女士说。或许因为谢尔曼认为那是罗马天主教的，他妻子是天主教徒。而在接近旅行的结尾，当我们谈及镶嵌在教堂窗户上的彩色玻璃时（在一座会被夷为平地的城市里是如此脆弱），她停下来说，像是再次献上感谢，"大教堂没被烧毁真是个奇迹"。

我读过哥伦比亚被烧毁的内容。不过那天下午这个事实并未出现在我的记忆面前。这次关于焚烧的谈话——大教堂里通过一名年长女士之口——造成了可怕的印象。我没打算找这座大教堂，是注意到墓地以后才进去的。我正在去州议会大厦广场瞻仰邦联纪念碑的路上。我被去拜见的一位法官指引到那里。他说纪念碑上的铭文值得研究研究。它有诗意，还包含很多本来的南方概念。

纪念碑的一侧刻有：致1861－1865年南卡罗来纳州邦联军队的死难者。另一侧写有：南卡罗来纳州妇女敬立。1879年5月13日揭幕。

---

① 南北战争中的北方联邦将领，因火烧亚特兰大而闻名，有"魔鬼将军"之称。

那样提及妇女是一种修辞手法；悲痛和复仇的纪念物，或者悲痛和虔诚的纪念物，它们描绘妇女因悲伤而躬身的时候最令人不安。

纪念碑的另一侧朝向繁忙的道路，上面写着：这座纪念碑让忠实于出身的天性、忠诚于父辈教诲、对本州之爱矢志不渝、献身职责的人永垂不朽：他们用生命中质朴的男子汉气概、苦难的坚忍和赴死的英雄主义去颂扬一项倾颓的事业，并在身陷囹圄的黑暗时刻、在医院的绝望无助中、在战场上短暂而剧烈的痛苦挣扎里，借由不会在家乡被遗忘这个信念找到了支撑和慰藉。

另一侧面向州议会大厦，人们要是不想踩踏纪念碑后面的草地，就只能歪着身子费劲地读，那里写的是：让未来时代可能读到这段铭文的陌生人认可这些权力不能腐、死亡不能惊、战败不能辱的人，让他们的美德为他们献身的事业之公正评判进行辩护。让另一代南卡罗来纳人记住是这个州教给他们如何生如何死。她在破碎的命运中，为子女们保留了记忆的无价之宝，教导所有同样主张天赋权利的人，真理、勇气和爱国主义将永垂不朽。

一侧是出身、信仰、责任、苦难和死亡，另一侧是未定义的无名事业因这些美德而高贵。不过，这些词倒很气派。失败的痛苦人人均可分享，因为每个人在生命的某个阶段都理解某种失败且内心有将其抹去的愿望，至少让他的事业能被明确无误地看见。不过邦联纪念碑的痛苦非常沉重，它讲述的失败是彻底的。这样的失败通往宗教。它可以是宗教：钉死在十字架上，如基督徒的悲叹般永恒，对伊斯兰教什叶派来说则如同阿里和诸子之死。悲痛和对正义事业的确信；失败对应着对每一个道德的观念、每一个好故事、正确的故事、它本应如何的观念；邦联纪念碑的眼泪接近宗教，对不能频繁上演的冤屈的那种无依无靠的悲痛和愤怒（正如什叶派熟悉的）。

南卡罗来纳这座中央广场有更多那样的东西，是这个州发动了战争：更多痛苦、更多耻辱、更多对终将平反的冤屈的揭露。在下面的花岗岩台阶上，有一座真人大小的乔治·华盛顿铜像。附有这样一块牌匾：1865年2月17-19日哥伦比亚被谢尔曼军队占领期间，士兵们向这座雕像投掷砖块并将手杖下半截打碎。手杖依旧挂在半空。台阶下部的柱子上还有一块牌匾：这座州议会大厦始建于1855年，直到1865年2月17日谢尔曼烧毁哥伦比亚。工程于1867年恢复并陆续延至1900年。

邦联纪念碑，由南卡罗来纳州妇女竖立的那一座，是1879年建造的，当时北方占领军已经撤走，该州也通过重建恢复了元气。州议会大厦的牌匾带着所有有关谢尔曼和这次焚烧的悲痛，二十多年以后被挂了起来，而这时候世界已经大不一样。这种变化的证据就在那里：州议会大厦的前院铺了砖，里面有一块纪念碑是轻快活泼的，庆祝的是1898年美西战争，铭文是吉卜林风格。①

就像是邦联纪念碑的悲痛在其他纪念碑的轻快中找到了补偿；好像未曾提及的南方事业依然存在并在后来的帝国主义战争中找到了正当理由；好像南北战争以后未曾提及的种族困境，后来针对黑人的冷酷，都已经融到什么东西里面，不像住着南卡罗来纳州衣衫褴褛的漆黑奴隶的奴隶小屋那么脏乱，正像有些南方人说的，融到了白人文明更广泛的事业中，蔓延到非洲、澳大利亚和东印度群岛。

但南方的真实往事是已经消失的东西：战前的世界，接着是战争本身。那种悲痛是特殊的，就像宗教，将超越十九世纪帝国的衰退、超越帝国概念的本身而延续下来。当下美西战争的纪念物令人尴尬，这个片段本身很难被想起来，州议会大厦广场上继续让人感动的，仍旧能感到发自内心的，是邦联纪念碑上的词句。关于这项事业的那种困境依然存在。

这样一项事业该如何辩解呢？

---

① 约瑟夫·吉卜林主要写殖民地题材，代表作有《吉姆爷》《丛林之书》等，多带有爱国、帝国等元素。

1952 年的一天，在牛津大学的图书馆里，我无意中发现了一本私人印制的小书，是给大学的一份礼物，作者可能是一位美国老校友。这本书是 1920 年代印的，写的是奴隶制。作者希望消除世界其他地方对美国奴隶制的误解。作者就是那么说的。不过他晚年安定下来以后的这本小回忆录写的是他的童年和童年的欢乐。奴隶制是他童年的一部分，要是跟奴隶制的背景及特殊礼仪分开，他的童年就无法想象。作者说，白人小孩经常和同龄的奴隶小孩一起玩耍打闹。作者说他也有"自己的黑仆"。就是如此，作者曾有自己的童仆，这个事实作为这种习惯的充分解释被讲述出来。

一本优美的、值得庆贺的书，《五十年代的卡罗来纳水稻种植园》，1936 年由威廉·莫罗出版社在纽约出版，背后是那样简单真诚的东西。

书名中的五十年代是 1850 年代，南北战争以前，当时奴隶们劳作的种植园还红红火火。这本书的历史核心是 D. E. 尤吉·史密斯（尤吉是一个老查尔斯顿名，有特殊的查尔斯顿发音："伊由－吉伊"，就像"U"和"G"这两个字母）一篇描写当时的小回忆录。此外还有爱丽丝·R. 尤吉·史密斯[①]画的三十幅水彩画，完成于七八十年以后；还有一段"记叙文"，实际是历史随笔，作者是赫伯特·拉韦内·萨斯（萨斯也是一个老名字，源于德国；拉韦内用法语发音，1987 年在查尔斯顿的标示牌上还能看见这个名字）。

种植园景色的水彩画很浪漫：有时候是处理种植园的工作，一群黑人工人修筑被冲毁的堤岸，妇女把大米装到种植园的平底驳船上；有时候是水和森林的气象研究；有时候纯粹是挂历（或"苏联式"）艺术，白人种植园主和妻子（像儿童书插图里的父母）在微笑的黑人中间优雅地走来走去，还有个金发小女孩——另一幅画里——正从黑人孩子手中接过一束花。

---

① 自学成才的艺术家，毕生住在查尔斯顿，作品多描绘当地静谧的街景和田野。

我在查尔斯顿餐馆里能看到堤岸修筑场景的大型复制品，作为某件来自旧日时光的东西也是很浪漫的，适合旅游城市。这些绘画的浪漫是真诚的。它们不是出自1850年，奴隶时期。如果是的话，也许会有所不同，更偏地形化和写实，也因此而令人不安。这些画是一个希望记录正在消失的世界的人画的（正如她在前言里所说），而画它们的人出生于重建时期尾声——1870年代——当时广阔的种植园世界，数百万亩土地的秩序已经完全颠倒。重建的羞耻和愤怒、对失败的悲痛、对世界旧日模样或往事印象的乡愁，都交融着——在这些水彩画里——画笔、颜料和画纸里的愉悦、自然世界的愉悦、画家对自身优雅的感知。

赫伯特·拉韦内·萨斯的散文里有什么东西也带着那种基调。他也用浪漫手法处理：橡树大道、种植园宅邸对面河流的美景；大种植园的组织；与潮汐种植园的漫灌和排水相关的技术工艺；种植园自给自足，几乎都自成一个小王国，有自己的领主，对臣民有一定的法律惩戒权。

毫无疑问，正是种植园王国这种概念让作者把稻米海岸看作"本质上是一次在美国重建经典希腊民主理想的尝试"。有一个段落行文奇特，没有提到非洲人、奴隶、黑人，种植园奴隶制作为有史以来提供给某些美国人的"最完整的'经济保障'"而合并到这种希腊理想里。"这种保障覆盖他们从婴儿到老年的整个生命期，对此有一个代价。""一个代价"——为了保存古典世界这一概念，奴隶制就是以这种沉默的方式提及的。而这个"代价"，考虑到这种保障是提供给谁的——又没提——作者补充道，"也许不完全是过分的"。

但是，当希腊的一面被搁置一旁，谈论奴隶制还有一种方式。"对于南方，奴隶制问题变成了黑人问题，现实是，卡罗来纳州从1831年到1865年一直对抗的是对黑人问题的胁迫式'解决'，这会把他们毁掉。"这个州需要奴隶，没有奴隶维持不下去，但奴隶的废除总是威胁着这个州。于是卡罗来纳稻田里种植园主的特殊生活方式就变成了"白色文明"，那正是必须保留的东西。

这种推理方式中有种煎熬，受过教育的人和有宗教信仰的人，还有敏感的人，一度不愿说他们保卫的东西无非就是他们已知的世界。当种植园世界变成比自身高贵的东西，变成希腊城邦一样的东西时，总是有缄默存在——没有提及黑人、橡树下的奴隶小屋。五十七年前，那也是属于哥伦比亚邦联纪念碑的缄默，死者的品德使事业变得崇高，事业本身却从未被定义。但是，在 1879 年或 1936 年，哪怕在帝国主义的鼎盛时期，难道受过教育的人就能为奴隶制辩解？

我是不经意间在一位出身名门的女士的藏品中发现这本水稻种植园的书的。她在查尔斯顿的老宅里生活得极为简朴，从"步廊"（在查尔斯顿指"走廊"或"门廊"）望出去，一座绿色的庭院掩映在一棵老橡树下面，院子不算整洁也不算芜杂。小块土地旁边（或者说栅栏外面）挨着的宅院后面没有窗户。这是查尔斯顿风格，为了保持私密，门廊是在侧面。不过隔壁房子正跟着收音机跳摇滚；对此可毫无防护。

就在那条步廊上，家具简朴，因风吹雨打而变硬，落满了灰（杰克·利兰跟我说过，查尔斯顿的微风来自南面或西面，而人们就把步廊放在那里，以便吹到风），承蒙这位女士的好意，我有幸在那里见到了五十年前为种植园的书写下"记叙文"的人的儿子。

马里恩·萨斯五十多岁，瘦高个，弓着腰，对这个炎热的查尔斯顿下午来说穿得太多了：褐色花呢夹克衫随意罩在套头衫外面。他瘦削温和的脸上有双忧郁的蓝色小眼睛。他靠着房子的墙边坐，不想背对风口。空气中都是花粉。我的双眼有些沉重，感觉要咳嗽；跟马里恩·萨斯一样，我也穿着夹克衫。在步廊塌陷的地板上，面朝凌乱的花园或院子，简直像在一出南方戏剧的布景里面，在隔壁收音机的声响中，我们聊着天。

他有点儿腼腆，说话轻柔，目光向下或望着远处。作为查尔斯顿人，他直接聊回到了亨利·伍德沃德，此人曾为 1670 年的奠基而探索并保护这片土地。我问为什么这样一位查尔斯顿祖先不是负担，为什么不会对人构成限制。他说那就是一种负担。让他留在查尔斯顿的事物之一就是祖先。他（尽管姓氏是德国的）大部分时间喜欢生活在英格兰，他故去的妻子是英国人。正是英格兰及其对人的奇妙影响——他说，太多人第一次见识英格兰就把那里当成家——让他聊了好一会儿；而我感觉，要不是有这么一件如此简单、毫不复杂的事情，他确实更愿意聊英格兰。但这里有祖先的负担，还有他的南方人本性。正因如此，那一刻无须我提示，他就转变了话题。

他父亲赫伯特·拉韦内·萨斯生于 1884 年，1958 年去世。所以水稻种植园这本书在 1936 年出版时，他父亲是五十二岁。十八年后，他父亲七十岁的时候，主要的民权事业已经得到承认。马里恩·萨斯生于 1930 年。他本该和父亲一样感受到一些政治的挫败，但正像他所理解的，南方事业仍活在他身体里。他跟我说，学校取消隔离的时候，他父亲曾冲破北方强加于南方观点的"纸幕"，在《大西洋》杂志上发表一篇文章，暗示混合的学校会导致混合的种族。马里恩说，那已经被证明是错的，通过取消隔离，这些种族实际在社会上更多地保留了自我。但那也没有减少他对政治工作的需求，如今他在这上面花的时间比在法律业务上还多。

现在聊到政治工作，他说，听起来好像他致力的是把人选进政府里。他也这么做过，但他现在更关注"反抗"。反抗北方的征服，反抗美国化实际上亦即北方化。据他观察，最重要的一些"美国"事物——可口可乐和乡村音乐，甚至超级市场的想法——是南方的，尽管这很讽刺。（就像有的瑞典人可以列举五项——或六七项——让瑞典富裕起来的工业发明，马里恩·萨斯要列举南方对所谓美国的贡献显然也易如反掌。）

没必要定义南方的价值观。"南方文化不只是农业文化对抗工业化的问题，也不是光荣的理想反抗粗俗的商业价值观。南方人身份之所以重要，是因为它是南方的。我们是南方人。那就够了。就像爱尔兰人。不过，他们爱尔兰人可没有中间夹杂外来人口这种可怕的负担。"

他父亲在水稻种植园一书中写记叙文已经过去了整整五十年，与"这个问题"的关系也有点儿模糊了。作为一名思考者，他是怎么处理种族问题的？

他说："我们怎么处理？我尽量不碰种族问题。白人至上主义的事业很多是在北方，跟南方毫不相干。南方事业和南方问题实际上是不一样的东西。北方一直利用黑人来针对南方。他们1860年就这么干，本世纪他们也干过。"

北方现在非常关注自己的少数群体。也许有人想到过他们会把南方看成少数群体地区。但他们没有。正式的北方观点可以这样表述："南方白人不是少数群体，他们是落后的美国老乡，在压迫一个少数群体——黑人。"

最近看过父亲写的种植园的书吗？

没有，最近没有。但他很熟悉这本书，对往日的种植园生活也有些感觉。

我说："但你怎么可能对不了解的东西有怀旧的感觉呢？"

"尽管我不是在种植园劳作生活的知识里长大的，不过，种植园——我们小时候去过——的生活更像旧式的南方乡村，哪怕我们没有蓄奴。那是悠闲自在的旧式乡村生活，种族关系差不多也跟以前一样。于是我就能感受到对往事的怀旧。"

他忧心忡忡，甚至备受困扰，就像他父亲曾因为南方表面上被破坏而忧心忡忡一样——公路、快餐连锁店——还因为有些种植园被让渡给外面的人和公司而痛心不已。

往事纯粹是一场梦，往事是悲痛的根源，往事是宗教：恰巧是在贪婪和野心摧毁这个刚刚被拯救的世界之前，伊斯兰教什叶派对高贵和奉献的激励，对先知和最初四位哈里发的美好时代的梦。那恰巧是哥伦比亚的邦联纪念碑的激励。只有从种族问题的悲惨中移开，那极其特殊的南方往事，还有事业，才会被净化。

我们从椅子上起身走进屋——又像在布景里面——享用女主人准备的沙拉，我说我感觉他正在处理的情感并没有头绪。他同意，不过紧接着说正在梳理头绪。

谈话变得泛泛无奇。我们看女主人有关南卡罗来纳的一些旧书。我们看她家信的副本，很多是种植园的信件，快两百年了：这些信件用打字机打出来装在厚厚的对开册子里。当他们——马里恩·萨斯和女主人——谈起种植园的名字，费尔菲尔德、奥克兰、米德尔堡、米德尔顿、汉普顿宅邸，就像在聊乡下的院子。但我随后就理解了，他们恰恰是以暗示的方式在聊许多跟他们沾亲带故的家庭。

他开着凌乱的旧车送我回酒店。他被我说的没有头绪的情感所困扰，第二天一早，给了我一封信的副本，是他1983年写给当地报纸的，还有公布一项南方出版计划的广告。这些副本装在特大的旧信封里放在酒店，上面用很小的字写了我的名字和他的名字，信封上印着一家健康组织的名字。

随后他打电话过来；听着他说话，我能想到他瘦削而敏感的脸庞。他说，他没能完成广告上承诺的出版，但广告激起了响应；他感觉自己拨动了一根弦。他对我说，由于1950年代的发展，他父亲最终成为南方分离主义者，那也是他自己目前所处的位置。我感觉，南方的失败，李的投降，对他是一种无法平息的痛苦。

我问他知不知道哥伦比亚的邦联纪念碑。他说他在哥伦比亚学过法律，喜欢这座很多人并不喜欢的城市。他对邦联纪念碑上的字句耳熟能详，在电话里聊到了一些。他认为这些话有可能是W. J. 格雷森写的，此人在1850年代曾写下史诗《雇工和奴隶》，一首蒲柏风格的押韵对句诗①。诗的主题是南方奴隶的境况要好过马萨诸塞州的产业工人。他没有把这首诗念一遍。

他的事业出于一种无法平息的痛苦，而我觉得那只能导致进一步的痛苦：他自己清楚南方思维现在还有一个方面，或许更突出。我想起安妮·西顿在亚特兰大说的：在一定年龄对囤积情感的需求，从公众事业中抽走一些热情留给自己的精神挂念的需求，与年龄及自身人性状态的弱点和解的需求。我在电话中尽可能地聊那些。他说他可以理解，但依旧忧心的是，他有时候会那么耽溺于自我，连自己的事业都忘了。

接着，作为礼貌的回复，他说愿意读一读我写的东西。不过他的眼睛有点儿麻烦——那双敏感的眼眶和细小的眼睛曾让我印象深刻。他两只眼睛都需要做白内障手术。现在据说那种手术很简单，不过在收到的传单里（或许装在他用来装给报纸写的信和出版广告的那种大信封里）他了解到有很复杂的可能性。他希望尽可能长久地信任自己的水晶体。

一个炎热的早晨——人人都说，对于 5 月来说太热了，花园所需的雨也没有下，这雨有时候每天午后都下——在这样一个早晨，杰克·利兰带我穿越了他所谓的"领地"。

我们先去了芒特普莱森特，在查尔斯顿港的东边。那里一度是种植园主的"避暑胜地"，现在则是一片绿树成荫、风光旖旎的郊区。往南不远处就是大海。我们看见一艘拖网渔船止准备出海。杰克·利兰说，葡萄牙人是最先在查尔斯顿使用那些拖网渔船的，在 1920 年代。他记录了所有与城市相关的事情。我们曾到芒特普莱森特去看希本的老房子，杰克·利兰的新英格兰祖先来这里的时候是家庭教师，在家

---

① 英国诗人亚历山大·蒲柏（1688－1744）擅长"英雄双行体"，形式整齐优美，节奏跌宕多变。

里的房子里住到结婚。那是在一条死胡同的最里边，一座两百年的有立柱的房子，曾经拥有这片郊区所有土地的人的房子——祖先们的故事提供了让人意想不到的真实。

再度上路，他指向黑人社区在小片土地上成长起来的地方，那是在战后，南北战争以后，给予他们的。"他们做得不好。这些黑人直到二战都有土地，也都有园子。他们的食物大部分都是自己种的。如今乡下的黑人家里几乎看不到菜园子了。"

我们驶过一个黑人村庄，杰克·利兰给我看他两个黑人"朋友"的房子。他从这些朋友那里买东西：他对黑人朋友的定义是南卡罗来纳式的。有些房子暗示主人的境况颇为良好。我问他们是不是做小买卖的。他说不是，那些房子里的黑人很可能在海军船坞工作，或者有联邦政府的其他工作。当地这些黑人搬到北方城市以后已经把自己最有雄心的部分弄丢了，几乎所有黑人的雄心都消失了。

"斯泰平·费奇特这个名字对你是否意味着什么？"

那当然。我小时候斯泰平·费奇特颇受特立尼达的黑人喜爱。他受人喜爱不光是因为他很滑稽，用看似关节脱节的身体做奇妙的事情，有奇妙的步态和奇妙的嗓音，还用夸张的词语讲话；他受特立尼达黑人喜爱是因为他在电影里出现，那个时候好莱坞代表着不可思议的魅力；最重要的是，他受喜爱也是由于那个时候特立尼达的诸多种族在社会上是隔离的，而且世界似乎就永远那样固定了，北边跟美国隔离，非洲由欧洲统治，有那样子的南非（根本不是当地黑人关注的话题）以及那样子的澳大利亚和新西兰——那时候在特立尼达，斯泰平·费奇特是跟白人一起从屏幕上看到的。而对于特立尼达的黑人——他们那时候瞧不上非洲人，非洲人每次跳起舞或带着长矛出现，他们就在电影院里大喊大笑——斯泰平·费奇特跟白人在一起的景象就像一个更欢乐的世界的梦。

然而，杰克·利兰当时说的并非这个受人喜爱的人物。事实上，他还有一种本地态度。他说："有雄心壮志的人去了北方，我们被留在这儿跟斯泰平·费奇特们待在一起。"现在有一种回归运动，不算大，但惹人注意。

稍后，我说，我印象中南卡罗来纳黑人的肤色非常黑，不像加勒比群岛的黑人是混血。他说这里很少有种族的混杂。种植园主认为跟女奴隶发生关系是辱没自己的身份。有个故事说战后的北方士兵倒没有那些顾虑。但这里没有很多混血人口。

那会让种族之间的关系更困难吗？

不，它让关系更简单。"黑白混血、四分之一混血这些人都是愤怒的人。"

后来，沿着公路向北开了一段距离，我们拐弯去看一条壮观的老橡树大道，部分已经成了废墟；马里恩·萨斯的父亲便是通过那种大道开启了对种植园岁月的眷恋回忆。我们驱车向前，大海在我们右边被森林掩藏，河流则在我们的左边。咸水和淡水：有咸水的土地上，过去种的是棉花；有淡水的地方，种过水稻。现在，沿路有一段是一大片奇异果种植园。

我们接着拐到一条小路上，杂草丛生的土地上突然出现了一小片墓地，附属于一座1696年的长老会教堂，杰克·利兰说，那里埋葬着最初的一批殖民者。

我们正在进入神圣的领地。

跨过一条小溪，就是胡桃林的老种植园。那是祖传的地产，1832年获得，1935年大萧条期间卖出。依旧跟我们在一起的，是路边的林地。而且，现在有黑人村庄，南北战争后曾将种植园分成小片土地给了黑人。

"孩子们还小的时候，"杰克·利兰说，"我们跨过小溪，我停车让他们下车冲着东边鞠了三个躬。神圣的领地。"

"孩子们怎么想呢？"

他笑了。"他们大受震撼。他们来这里的时候，仍旧会这么做。我跟他们一起做。人们看见我们鞠躬，可能以为我们疯了。我们有可能疯了，不过是好的疯。"

现在，驱车穿过他的领地，在特定的地点进行回忆让他把持不住，他又说了一些早就跟我说过的事情。他们一度很穷，收入很少。但是他们从不缺吃的。"虾、蟹、牡蛎、蛤蜊、鱼、野鹿、野火鸡、鸭子、獐子、松鸡，这里恰好有丰富的野味可以吃。当然，我父亲有农场可以种吃的。"在某个早晨，杰克·利兰会带着霰弹枪出门，他打的鸟就可以上桌了。狩猎生活在这里很重要（对黑人也是如此），你一看到这片土地就会理解。这片土地还隐藏了别的东西。不远处，有一条水流非常清澈的小溪。小溪被称为"支流"，游客们会被人用波本酒和支流溪水招待。

我们拐进一条更窄的路，路过一座树木繁茂的庭院里的房子。

"那是个怪客的家。乡下白人，穷苦白人，就像他们说的。那里也是一个怪客的家，我会说。或许七十岁。他们是图画的一部分。你不能把他们漏掉。"

他有当地人的眼光，就像在马来西亚，当地人通过如何利用周围的土地，就能区分华人和马来人的房子。他描述为怪客之家的房子对我挺有吸引力，有大树、树荫和灌木丛。

他说："它们有一定的吸引力。但是周围有很多垃圾。你可以通过垃圾和这个地方普遍邋遢的外观来辨认怪客的家。比方说，半打废弃的汽车。那一度是非常典型的。"

怪客，就像黑人，在当地等级制度里有自己的位置。

"我成长期间跟他们一起读高中和文法学校。但是我们不来往。我们的社交生活完全不一样。怪客大多是浸礼会、卫理公会或五旬节圣洁会教友——那是大叫大喊的宗教。然而，我的家庭和这里的其他家庭主要是圣公会教友，也有长老会的，在这堆人里面是最高的。

"我告诉你吧。我们在桃树林里有座夏天的小房子，我父亲的弟弟和他们的朋友夏天就会在那里待着。房子在河边，有四间屋子。这是1902 年以后不久，我父亲刚结婚把新娘娶回来。他是十一个孩子里的老大。

"有一天，我父亲早晨起来，六点，像往常一样喝上一杯咖啡。他看见他的几匹马站在大门旁边，装了马鞍但缰绳却是断的。不一会儿，弟弟们和他们的朋友就出现了，走着。他们跳方块舞的时候去过沼泽地，怪客们住的地方。后来他们没有找到马，只好走了回来。我父亲警告他们别再回去了。因为，他说，这——割断马匹的缰绳——是怪客们在警告你别乱动他们的女人。'下回他们会采取更极端的行动。'

"但是他们不听，又去了。他们穿过沼泽地里的小路骑了回去，这时候怪客们拿着小刀从上面的大树枝上跳下来。就像印第安人。接着跟我叔叔在一起的一个人就被杀死了。那是在夜里。死无对证。没人被绳之以法。这是沼泽地的法律。你就是不能跟这些人来往。我父亲总是说，他的房产宁愿让黑人住也不让那些怪客住。"

黑人看不起怪客，怪客也恨黑人，因为黑人直接跟他们竞争。但杰克·利兰说，怪客跟黑人一样被利用，白人雇主有可能待他们更差，因为觉得对他们责任更少。

"怪客在南北战争以后数量开始增加。南北战争以前，在这片种植园区，只有种植园主和黑人，中间除了工头可能就没别人了。"

杰克·利兰想带我看一座教堂，与桃树林那个有所联系的家庭教堂——圣詹姆斯，在桑堤教区，桑堤是河流的名字。教堂沿着国王公路伫立，名字是殖民地时代传下来的，暗示着在大多数人由水路出行时期有条路是奉国王之命修筑的。路没有铺路面。要是有往常 5 月那种降雨量，会很难走的，但它很好走。很快我们就到了：一座有柱廊的红砖旧教堂，后面还有一条柱廊。教堂一度有意为法国人和英国人服务，但后面留给法国人的柱廊如今被堵上了。在潮湿的热带气候里，红砖有某种被忽略的外观。

"来吧，"他突然说道，不顾受伤的脚踝快步走起来，带我穿过栅栏，"来，我给你看看我将被埋葬的地方。"

天很热，没有风，有蚊子的嗡嗡声。在松林里，四周是各种鸟的叫声。干燥的教堂小院子全是棕色的叶子和掉落的松针，里面有墓碑。

"这些人全都是亲戚。"乔纳·柯林斯 1723 年生 1786 年去世。"他是从巴巴多斯带来水手橱柜的人的儿子。"威廉·图默 1866－1955。"我母亲的叔叔。一位律师和法官。"他靠近葬身之地时兴致之高让我吃了一惊，继而让我敬畏。

"那里。"

一片光秃秃的普通土地，墓石之间的一小块空地。那就是他要被埋葬的地方。

"我想葬在平顶大理石的坟墓里，就在这里挨着乔纳·柯林斯。会有我的姓名，我出生的日期，我死去的日期。下面还会有一行：杰克请你喝一杯。我会留两千美元给教堂，这样每年春季仪式时他们就有葡萄酒、威士忌或任何东西了。我觉得这样人们就会记住我。"

蚊子和其他昆虫是个麻烦。他已经有所预料，带了一罐驱虫剂。一丝微风也没有，热得让人难以忍受，脑袋都要晒焦了。但这里通常是有风的，他说。

"没有声音比得上嗖嗖穿过松树的风声。而那就是我想被埋葬的地方，这样我就可以永远听着它了。"

这座教堂很普通，里面有人们不常用的建筑的霉臭和密封气味，又没有那种闷热。教堂建于 1763 年。（所以庞皮昂山小教堂是在同一年建的。）地面很简陋，铺了地砖，建筑材料是砖头、灰泥和木料。这些部分都没有用石头；窗户边上镶了木头，装潢得像石头：当地的活计，当地的树木，或许是奴隶的活计。靠背长凳是被围住的；靠背长凳里的家庭会被藏起来，好像是高墙围起来的盒子，顶部是开放的。杰克·利兰说，那样做靠背长凳可能是为了把孩子放在里面，又或许是寒冷天气里容易取暖，靠的是为此烧制的热砖。

他对死亡和典礼的观念是怎么获得的呢？

"英国牛津大学有一位奥格教授。他二十五年前顺道来过。他说了一个我从未说的故事。有一个水稻种植园主的儿子，特拉皮尔先生，他在1830年代造访牛津。南卡罗来纳州乔治敦水稻种植园主的儿子——在1830年代进行修业旅行。款待他的是一些特别研究员"——杰克·利兰准确地用了这个词——"新学院的。我认为那是新学院。他要了一杯薄荷朱利酒。他们从没听过薄荷朱利酒。于是回来的时候，他请人做了一个纯银大水罐，作为礼物送回学院，附上买薄荷朱利酒的钱。"

我们继续前往麦克莱伦维尔，在海边，家庭的夏季度假胜地。那里实际上仍是一个家庭度假胜地。村子里的白人差不多家家户户都有同辈或亲戚。黑人大多住在村子的界外。杰克·利兰了解每座房子的历史。那株木兰树是他父亲1892年栽的，栽的地方当时是杰克·利兰祖母的院子。他父亲是用工具皮包从桃树林把树苗带来的。杰克·利兰在前面的街上种过一排橡树。他是在1934年种的，他父亲被迫卖掉桃树林的前一年。如今它们已经非常高大了。不过那类植树是联邦计划的一部分——它们也相当于提醒了那些日子很贫困。管理这项联邦植树计划的是位女士，她大概雇了十五名高中男生，每天付给他们一美元。

我们的午饭是在路边一家餐馆吃的，离麦克莱伦维尔不远。结果发现非常年轻的女招待姓利兰；她是个远房亲戚。

我把哥伦比亚邦联纪念碑上的词句念给他听。他被感动了。

他说："我觉得那很伟大。"

他对南北战争还有感觉吗？

他有。"小的时候，我家里有个故事讲的就是一个家庭种植园在战后被烧。这个地方的主人是分裂条例的起草者之一。那是 1860 年。当然，那招来了战争。南北战争后，整个区域都处于军事管制，掌管基督教会教区的地方长官是比彻上校，哈莉特·比彻·斯托①的兄弟。他们是新英格兰伟大的废奴主义者，我觉得还可以说，从挑起战争这方面来说，没有哪件东西比得上《汤姆叔叔的小屋》那本书。它激怒了南方，那里只有百分之十三的人有奴隶，它也对北方人民产生了强有力的影响。

"这个故事是比彻上校的夫人在基督教会教区四处焚烧种植园的房子。我从小就觉得那可能是一个民间故事。不过近几年，马尔西医生的日记广为人知，他是北方军的军医。很多人奉命取走书、艺术珍品以及那儿的房子里面的所有东西，并用船运到北方，他就是其中一个。而我的女儿——她正在研究米德尔顿庄园，多多少少变成了米德尔顿——拿到了这本日记的副本。在里面，她读到了月桂山被烧。那是起草分裂条例的人的宅邸。那本日记里有证据。她大概烧了二十座宅邸，比彻夫人。放火烧人们的房子。比彻全家都是清教徒。这些人的心态很难揣摩。他们派传教士去非洲的时候，第一件事情就是让非洲人穿上衣服，遮羞。"

午后不久，重新上路，我们经过的黑人教堂会众散场，驱车离开。我问起黑人和汽车，记得特立尼达黑人是二战后才普遍拥有汽车的。他说有些年不准黑人开车，他们被认为是鲁莽的司机。"他们的确是。"他说，过去黑人教堂在下午举行礼拜，因为很多黑人妇女早上会在白人房子里干活，做午饭。

绿色的公路标记划出我们返回查尔斯顿的进度。有一小会儿杰克·利兰停下来向前倾，他把手放在我座位的靠背上。

---

① 即斯托夫人（1811－1896），她的代表作《汤姆叔叔的小屋》是南北战争的导火索之一。

他靠回去说:"我们现在出了我的领地了。"

指引我去邦联纪念碑的是阿历克斯·桑德斯,南卡罗来纳上诉法院的首席法官。我有他的一份介绍;我们在哥伦比亚初次见面的时候,他请我在大学的教师俱乐部吃午饭。我们就是随便聊聊。我感觉他被我们不太明确的见面弄迷糊了,但我不可能确切地告诉他想从他那里得到什么,因为很简单,在这种旅行中,人们在交谈之前并不知道想从一个人那里得到什么。

他身材魁梧,作为律师说话精准、简明扼要,但口音强烈到让人分神。他后来说,他把我送到纪念碑那儿是让我更理解南方的某种东西。他自己对这项事业并不确定,虽然觉得那些话很感人。

"第二代信奉失败的事业,或者把它浪漫化了。"纪念碑是 1879 年建的,战争结束十四年之后。让他吃惊的是人们 1879 年就筹到钱修建纪念碑,那时候可是连饭都吃不饱。他记得跟一两名邦联方面的老兵聊过。其中一个说:"为了乡亲的那些黑鬼,我的屁股都被炸没了。"

"你瞧,他一无所有。在那场战争中战斗的人绝大多数都一无所有。他们是上层社会的弹药。身份认同不光是要记住过去。我们必须成为类似于博物馆馆长的人。明朝显然有很多美妙的东西,但我敢说也有不少垃圾。馆长的职责就是精挑细选。"

然而在成长的过程中,他对南方难道就没有一种态度吗?

他没有,最多是一条鱼对游过的海洋的态度。"我长大离开以后,才养成了一种态度。而最初,我的态度是为此感到羞愧。不过随着年岁渐长,我越来越意识到南方的犯罪就是人类的犯罪,那里总有些东西是高一等的。南方有种文化态度是信奉对家庭、上帝以及某种程度上对故土的尊重。爱国主义在我的清单里并不在最高美德之列,尽管如此,爱国者相信某种比自己更大的东西,所以那也是一种美德。南方有种态度更多的是面对整个生命,而不是某一时刻。"

"荣耀呢？它是一个主题。那么多人讨论。"

"我接受过类似的训练。相信真诚是一种至高的美德。生命的口号是无私。"他顿了顿，"但是我不清楚这里有什么是南方特有的。然而，我倾向于认为，你越接近赤道，你的生活就越容易被夸大。"

"为此感到羞愧之后，你有没有试着让自己疏远南方？"

"跟北方人在一起的时候尤其如此。哪怕在南方，我也明确反对我不喜欢的东西，也就是种族主义。"

"那肯定会造成困扰，转身去对抗伴随你长大的东西。"

他说："会造成某种精神分裂。不过随着年岁渐长，我变得更宽容了。我变得对不宽容更宽容了。如果有一名三K党徒跟你说话，你问他三K党象征着什么，他会说象征着法律和秩序，还有爱和友谊，以及手足情谊。你要是问他怎么着手去达成，他会说：'不惜一切代价。别管是要炸毁那座建筑还是袭击那个人。'他看不到那两个概念之间如何不匹配。你不可能应付那种精神分裂。"

我们吃午饭的时候，他谈到南方接受民权是南方对其早期立场的不道德的某种确认。我想知道他能不能描绘出那种确认的几个特定阶段。

"我有段时间很难向自己解释。那件事非常奇妙。如果你在五十年代末六十年代初对我说不久的将来我们就有一个种族融合的社会，我不会相信你的。当时我觉得恐怕要一百年才能到来。甚至是很神圣的，已经发生的转变，我不知道。难以理解。但人们一下子就明白过来那是错的。让人们说自己的行为有道德缺陷，简直不可思议。从来没有人在那种尺度上进行忏悔。我们现在说的可不是某一个人、某一个个体，而是整个社会。"

现在商业上的压力正带来社会变革。最近传得沸沸扬扬的是，IBM公司有一位黑人执行官被哥伦比亚一家俱乐部拒绝赠予会员资格。结果，IBM不想在当地办厂了。IBM和执行官都不希望谈论这件事情或者把它变成种族问题，所以人们不太好处理。俱乐部这边倒是风平浪静，他们只不过更改了规定并邀请一些黑人加入。

桑德斯法官讲话的时候像个律师。通过法律，他已经达到更广泛的身份认同。

他说："普通法是一项宏伟的事业。它有非凡的能力去解决纷争，这样不光会保留文明，还促进文明。对我来说，判决的时候发现自己是被一千年前一个法官的判决引导着，这没什么特别。我很清楚自己正在为一个更大的文明服务。我知道我正在为它服务。"

"所以你没有身份认同的问题，背景和职业之间没有困扰。"

"不再有了。我对自己更加平和。当然，大概是因为上了岁数，少判断、多理解。"

他的家族已经"永远"留在南卡罗来纳了。母亲一系早期有位祖先向印第安人传教，后来向奴隶传教。

第三章　塔拉哈西：与非理性停战 Ⅰ

　　查尔斯顿人曾抱怨午后少雨。似乎为了有所补偿，我离开那天，几乎就在刚刚出城向西的时候，暴雨大作。大树来回摇晃着，叶子都翻卷过来了，大的枝条也都分别猛烈地抽来抽去。雨水拍打着挡风玻璃，汽车亮着车灯紧张兮兮地停在行车道外面。到几英里外，又变成了晴朗的下午三点，尽管仍不时有车辆迫近，开着车头灯，警告人们暴雨将至。

　　热带的气候，大陆的强度，与景色相称：南卡罗来纳的湿地汇入佛罗里达北部的沼泽，芦苇绿色和褐色相间，斑驳的水面或银或黑，景色因广阔而令人印象深刻。很快，这片热带湿地，查尔斯顿——人们开始觉得这么完美的造物是理所当然的——慢慢远去。很难想到那座城在这里，正如很难把整片滨海土地跟非洲奴隶制联系起来，这是代表新大陆、如此与众不同的土地，是人们想要关注、想要踏入的神奇土地。

　　英属加勒比群岛的奴隶制开始显得规模很小，甚至是家庭式的。英属加勒比群岛的奴隶制确实是一种十八世纪的制度，奴隶制 1834 年在大英帝国被废止时，英国已经是一个制造国和贸易国，有条件将这些种植园和群岛报废。美国南部的奴隶制在十九世纪上半叶是最重要的——最重要的，在奴隶制开始变得落伍这个节点，是指在一个处于工业化进程的国家里这件事很荒谬。但做生意的人只关心此时此地的事（获悉奴隶主有意愿将种植园奴隶制扩张到西部疆域，让人害怕），还因为废除南方奴隶制发动了一场战争。自由奴隶以不可避免的人数留了下来，不再只是劳力和财富的单元，一种通货；而且，正是他们——为了他们才打起仗来——承受着南方之剧痛的正面冲击。

奴隶就是奴隶，主人不用想是否在羞辱或折磨他。在奴隶制终结后的一百年里，黑人在南方备受折磨的诸多方式我无从得知，直到我开始在那个地区旅行。杰克·利兰说过，在汽车出现的早期，南卡罗来纳是不允许黑人开车的。我听说，在塔拉哈西，黑人不准在商店里试衣服，他们试了就必须买。在密西西比，黑人不可以接受超过某个程度的教育；南卡罗来纳人有段时间试着全部停掉黑人教育。

南方还有些事情是我们在殖民时期的加勒比地区从未了解的：暴力，法律的缺失。黑人家庭听到私刑作何反应？那些尸体怎么样了？他们怎么埋葬？我遇见的一个人告诉我，他小时候父亲不让他去当送报员。这位父亲怕有白人妇女指控这个男孩是偷窥狂或者企图强奸。

在加勒比地区，黑人在殖民地被忽视了一百年，与殖民地分离一百年之后，才发现自己在自己的岛上成了大多数，拥有选举领袖和政府的权力。大约同一时期，美国黑人发现自己刚刚解放，但在世界上最先进的国家里仍是少数，而且是那个国家权益被剥夺得最厉害的人。作为美国人，他的发展潜力远比西印度群岛那些人要大，不过对于大众来说向前的趋势可没那么容易，他们已经经历太多，奴隶制和奴隶制以后的非理性已经导致很多人的非理性和自我毁灭。

每天出现在新闻里的就是：毒品、犯罪、街头生活、学校里"同龄人的负面压力"（黑人殴打在学校表现出色的那些黑人）。在亚特兰大，安妮·西顿曾谈到她长到一定年龄就要隐藏感情，为自己保留一部分自我。所有年龄的黑人——在生活中活出了他们的理由——似乎都觉得有类似的需要。不过在更令人绝望的条件下，这种内省会将他们与事业分开，并且经常背道而驰。

"最后，我认定，我生命中最困难（也最有回报）的事情是这样的事实，我生来就是黑人，因此被迫与这一现实达成某种休战。"詹姆斯·鲍德温^①（最优雅的语言操控者之一）这段话我大约三十年前读到的时候就一直伴随着我。"现实"——我记得的和我接受的；现在，在南方，在我自己旅程的中途，我很想知道每个黑人都在寻求的休战实际上并未伴随在他周围世界的非理性之中。某些人的成就开始显得更宏大。

柏妮丝·克劳赛尔牧师住在塔拉哈西的乔·路易斯大街。"没在国民住宅，"她在电话里说，"跟司机说不在国民住宅。"而白人司机不但径直开到房子前面，还在街上用车灯照亮了这位女士的领圈，她正跟一名会众交谈。

克劳赛尔是浸礼会牧师，佛罗里达这一带唯一的浸礼会女牧师，还从事一些社会工作，因此有点儿名气。她上过新闻，因为派一个救济团去密西西比，去图尼卡镇^②，一个叫糖沟的贫困区。她送出的补给装了满满一卡车。卡车侧下方有一条横幅，上面用专业印刷体印着：塔拉哈西到图尼卡。我觉得，那时候为了效果有种写广告的感觉。不过在出租车司机指认时我在街上看到的女士毫不让人讨厌，毫不强势。

她身材娇小苗条，面容和善，戴着领圈看起来很有学院气，这个人适合住在安静的居民区街道，有小房子和整洁的院子；肯定不是"国民住宅"里的街道。

---

① 美国作家，关注美国种族问题和社会运动，代表作有《向苍天呼吁》《乔瓦尼的房间》《另一个国家》等。
② 密西西比州西北部小镇，一度是美国最落后的地区之一。

她跟一起的妇女说再见，并向我致意。她说那名妇女是她的会众，在她去教堂关灯的路上拦住了她。她叫我一起去。离这里只有几座房子的距离，在路的另一侧：各各他浸礼会教堂，一座白色建筑，有块木板上写着她已故丈夫的名字，詹姆斯·阿隆·克劳赛尔。他创建了这座教堂。

小教堂周围的草地跟宅院里的草地一样修剪整齐。门廊的白炽灯就这么亮着。

克劳赛尔——那是什么姓？她说是法语。来自路易斯安那州，是早期一个重要定居者的姓。她丈夫是浅肤色，跟他家族的许多人一样。

那条街上教堂的创建还有一个故事。克劳赛尔一家在家里主持祈祷会，人们被救护和施洗。一天，克劳赛尔牧师问她："我们打算为这些人做什么？"她说："我们办一座教堂吧。"他说："我不需要教堂。我在那么多教堂当过牧师了。"她说："好吧，亲爱的，我想的不是你需要什么，我想的是人们需要什么。"这座教堂就是这样办起来的。克劳赛尔牧师去世后，妻子柏妮丝响应会众的请求当了牧师。

这座教堂外观非常洁白朴素，里面放满了东西。无疑在经常使用，看上去就像会客室或者会众的聚会地点。主厅大约五十英尺长三十英尺宽。满是鲜花，还有一架钢琴和管风琴。地毯是蓝绿色的，靠背长凳上有绿色织垫。主厅的尽头是一幅巨大的耶稣和抹大拉的马利亚画像，至少十五英尺宽五英尺高。画像是二十三年前从波士顿附近的印刷行买来的。基督明显是白人，金色长发，稍有点儿——跟我在其他地方注意到的一样——像卡斯特将军的某些画像。

我问柏妮丝·克劳赛尔画像的情况。

她说："那不会让会众困扰。我教育他们说肤色并不重要。白皮肤基督总比没有基督强，毕竟基督是没有肤色的。"

不过她也有个黑皮肤的基督给人看，黑皮肤的基督带着黑皮肤的门徒。这幅画像很小，她可以握在手里。

关于地毯和靠背长凳，她说："都是捐赠的。给什么我们就用什么。那就是为什么它们都不配套。"

窗户上是纸绘的彩色玻璃式样，做成长条贴住。纸条上印的是花的图案。它们是从一家邮购企业斯宾塞礼品店订购的，是从一个目录里选出来的。

教堂的门开了，有个女人的声音向牧师问候。柏妮丝牧师认识这位访客。她表示抱歉并向女人走去。我没有转身去看，我在看波士顿壁画。进来的女人说话声音很低，柏妮丝牧师的声音跟她差不多。她们的话听不清楚。只有柏妮丝牧师的一句话，从乱嗡嗡的对话里跑出来进了我的耳朵。"你不需要跌到地板上再跳到天花板上。"咨询持续了一会儿：那天早上第二个找牧师来解答心灵问题的人。

在多声道别和感谢之后，访客离开了，柏妮丝牧师解释道：

"她女儿上周来皈依基督。她准备接受洗礼。她女儿十四岁。不过有些人告诉她女儿，她还没准备好——他们确实想阻止她进教堂。有些教派不会让你加入的，直到你做出某种情感上和身体上的反应。那就是我为什么跟那位母亲说，现在不需要跳到天花板上。"

我请她再多解释一点儿。

她说："你生下来就是印度人。我们并非生下来就是基督徒。我们生下来是黑人。"

最后一句话从牧师嘴里说出来好像有点儿奇怪。不过也许她的意思只是说人们必须选择基督。

"当基督徒不需要很多情感。在我们的礼拜里，只有非常受感动的时候才会情绪激动。"

她带着我进入主厅后面的屋子。那是主建筑的附属建筑，被称作克劳赛尔友谊礼堂，以纪念她故去的丈夫。看起来是居家的。有个用来烹饪的炉子，四周全是为教堂的施舍尤其是"济贫任务"收集的衣物。这位和善的女牧师一本正经地说起这项计划的口号："那是我们的分享关爱计划。"是"塔拉哈西到图尼卡"救济团的一部分。架子上、盒子里、麻袋里和桌子上（盖着绿布）有衣物。她说她为大概六百英里之外的密西西比州图尼卡穷人的吁请已经触动了会众的神经。

这间侧厅四周的墙和木板上都是美国黑人的照片。"我们一直把美国黑人的历史摆在人们面前，这样他们就能了解自己的一些传统。"那里有马丁·路德·金、理查德·艾伦（宾夕法尼亚州非洲卫理公会教堂的创始人）、布克·T. 华盛顿、哈莉特·塔布曼①、弗雷德里克·道格拉斯，以及帮助别人的美国黑人英雄们，还有一张黑人开办的亚特兰大人寿保险公司的照片。

我们离开侧厅，往回穿过教堂主厅。紧靠前门的墙上有很多柏妮丝牧师1972年去欧洲旅行的彩色快照，和所有东西一起，让这面墙有一种虔诚信徒的剪贴簿的感觉。不过那里不光有这些。这位年长的黑人妇女作为黑人曾体验过更大的世界，广为人知的世界，并把这些经历的少许魔力带回给黑人会众。就像授予她的荣誉被看作授予黑人的荣誉，因此也就是授予所有黑人的荣誉。

教堂门廊有杂志上黑人和白人家庭小组的剪贴。柏妮丝牧师用这种方式提醒会众过母亲节，还用心展示了黑人和白人的家庭小组。她说："我们是双种族国家。"这个词对我来说是新的，不过她随即进行描述和阐释。"我们是黑人，但这个国家不全是黑人。我们有很多种族。所以在描绘家庭的时候，我们有不同肤色的家庭。"

空气中由于有花粉而让人感觉沉闷。在路的另一边，她房子所在的地方，地面下斜，于是房子处在一片小凹地里；空气更加沉闷。车库里有一辆车。她的小客厅远比人们从外面或许会认为的更小，里面有更多照片、纪念品之类的东西。一面墙被镶框的证书和饰板盖住了。客厅里很暖和，哪怕门是开着的。

---

① 美国废奴主义者，她本人就是一个逃跑的奴隶，曾帮助许多黑奴逃亡。

她出生在佐治亚州，九个月的时候被父母带到了俄亥俄州哥伦布。"我不知道爸爸是做什么的。我爸爸是个工人。他是小个子。他干不了太多。"很可能是父亲遗传的，她自己也身材娇小。"我们在哥伦布待了一小段时间。然后我母亲去世，姨妈带我们去了纽约。我爱我的姨妈。我年纪太小无法了解我母亲。在纽约，周围什么都有——抽大麻、凶杀、吸毒——不过那影响不了我们，因为我们有教堂生活。"

她突然转而讲乡下黑人到大城市时必须做出的适应。"你失去跟家庭、社区、教会的所有联系，然而那里有机会让你获得新的联系，即使是在纽约那种大都市。你可以加入一个小一点儿的团体，还能在那个小团体里独立发展。比方说一个教会、社交俱乐部、政治团体或者就是一个街头团体。有些年轻人从南方搬到北方，还想依附于一个团体。于是很不幸，他们加入了街头团体。"

她怎么解释黑人强烈的宗教本能？

"我认为那源自奴役，甚至在奴役之前，源自非洲。他们就是有强烈的宗教传统。在奴役中，上帝是他们的拯救者，而且他们感觉总有一天上帝会来解决的。"

有时候那是在逃避现实吗？

"对于有些人来说，那也许是一种逃避现实的方式。我不会否认。但是根本上来讲，基督教信仰是一种生活方式。我敢说据我所知白人的教堂跟我们的差不多。他们正在做特别多的传教工作，比我们多，因为他们有财源。宗教在打破种族隔离这方面起了非常大的作用。

"我必须私下说。在离开纽约去华盛顿特区生活之前，我没有经历过种族敌意。是 1941 年，当时我二十五岁，我去为政府工作，才有了这种让我心烦的经历——第一天。陆军部大楼的自助餐厅还没有开放，于是我们大概四个黑人女孩去一家三明治小店吃午餐，我们买了苏打水，准备坐下来吃，那里的女的说话非常刺耳：'你们这帮人不能坐，你们这帮人就不能找个别的地方去吃吗？'当然，后来我们都没有胃口了。"

"这动摇了你的信仰或者思考方式吗？"

"有些影响，让我想弄明白我的国家。在那之前，我百分之百是个爱国者。我爱美国。不过那件事开始损害了我的爱国热情。没有动摇我的宗教信仰。事实上由于宗教训练，我不会对三明治店里的妇女心怀怨恨。华盛顿特区没有取消隔离，那才是让我难以置信的，国家首都没有取消隔离。

"当我们去陆军部大楼的大自助餐厅，我们在那里工作，白人不会想跟我们坐在同一桌。我们要是坐在他们旁边，他们就换位子。我们刚开始了解这种情况。那让我成为一名斗士，好吧。我们在那里加入贵格会教友打头阵的团体，我们的目标是解除这座城市一些便餐柜台的种族隔离。我们会聚会——贵格会教友都是白人——做祷告并决定去哪儿。他们还告诉我们，人们对我们表现出的任何暴力都别去回应。我们得接受培训。你都没法想象我们听到的那些东西。人们会朝你脸上吐唾沫。如果我们正在喝酒，他们会把酒杯扔出去。基督说转过另一边脸①。不久以后，华盛顿终于取消了隔离。"

空气沉闷，是因为花粉和佛罗里达北部的潮湿。我的双眼已开始刺痛，而现在，想到那些祷告聚会，我开始流泪。

她说："人们已经变了。现在那些人有的都不相信他们当初曾经那么冷酷。"

多么好的表达方式。她自己并没有宽恕。她谈到了内心更大的转变。极为感人。

她说："这些经历有助于塑造我，给我更多个性和力量。"

但别人怎么样呢？

"有些人接受不了，就放弃了。他们认了。对那些人来说，那也许

---

① 《圣经·马太福音》："不要与恶人作对，有人打你的右脸，连左脸也转过来由他打。"

是能做的最好的事情。不是每个人都适合战斗。《圣经》上说，让强者支撑弱者的软弱。"①

她在小客厅的靠背长椅里如此纤弱和安分，认为自己是强者。

"那仍然是个问题。没有了种族隔离，但种族主义还在。更加微妙了。"

我想知道她对往事的态度。不过跟几乎所有和我对话的黑人一样，她的过去停在了某个特定的点。

"我从未探究我的根源。我可以回溯到祖父母那一辈。1900年前后。那就是全部了。"

现在除了种族主义，还有别的问题。这些问题包括少女怀孕、吸毒、辍学，以及在校学生被报出的殴打那些比他们学习出色的黑人的行为。

"学校里都是黑人的时候我们没有那种问题。现在，我讨厌这么说，种族融合已经毁了一些黑人孩子。因为在黑人学校，我们必须定期拜访家长的家。如果我们有问题，我们会去家里，而家长都非常配合。我们在学校里有宗教活动。我们有十五分钟晨祷。混合学校里有些黑人孩子开始把一些不求上进的白人孩子当成榜样。家长跟学校没有紧密联系。从事这项工作的那些人必须更努力地工作。现在你在学校里做不了太多。"

她把自己看作一个强者。宗教信仰给了她一些力量。有没有什么经历让她坚定了自己的信仰？

她说："很多。时时刻刻。上帝与人交谈，正如他过去做的那样。我十六岁就知道自己要去布道。我跟我在纽约的教会说了。我不知道那是怎么来的。我就是知道。我知道1971年上帝曾与我对话，当时我是一名牧师。上帝说话时，说的都是我心里的那些话。不过有几次

---

① 《圣经·罗马书》："我们坚固的人应该担代不坚固人的软弱，不求自己的喜悦。"

上帝开口跟我说话，当时他叫我的名字，而我环顾四周看是谁在叫我，没有人。第一次有听到上帝讲话的经历时，我还是孩子。他说：'起来去加入教会。'我当时没有这么做。

"不过自从当上了牧师，上帝每时每刻都在跟我说话。用言语。他会告诉我做某件事情，我则会大声回答他。有些会众知道那些经历。有个礼拜天，上帝跟我说起会众里的一个小孩。我就转身回到布道坛，上帝说：'为那个孩子祈祷！'我转身看见这个孩子坐在一个人的膝盖上。命令很紧急。我说：'那是谁的孩子？把那个孩子带过来。'我祈祷。人们哭了。一周之后这个孩子生了病，不过并没有夭折。感谢上帝！"

她一般不提这些经历。有一次这么做是在任命委员会面前，那是纽约城一个黑人浸礼会教友团体。"我必须证明神对我的感召。我讲了上帝是如何对我讲话的。我跟任命委员会说的时候，他们非常理解。"

她的宗教信仰曾帮她度过 1941 年及以后在华盛顿的艰难时期。

"你看，就是圣灵在这些情况下指导和保护我们。"

"你曾经感到被抛弃吗？"

"我从来没有觉得被上帝抛弃。"

"是他告诉你要成为一名斗士吗？"

"不知道。那就在我身上。而且我感觉已经尽我的所能去做了。"

她尊重马丁·路德·金的记忆。不过她与贵格会教友在华盛顿的反抗是二十世纪五六十年代民权运动之前很久。她比她所说的更勇敢。不过她把一切都归于她的信仰。"太多宗教体验，太多上帝的体验。"她很欣慰女儿们也都有宗教倾向，有一个还把自己"完全奉献给教会"了。她正在传递女牧师的火炬，到了那种地步。

"我小时候在纽约，会众里有女牧师，所以对我来说那不是什么稀罕或者与众不同的事情。嫁给一个牧师的时候，我完全抛去了当牧师的念头。我丈夫不相信女人能当上牧师。不过他知道我想当牧师。他这个人很有悟性。他年龄比我大很多。他知道我想当牧师是因为我有时候会在教堂里起身宣讲。圣灵行动的时候，你就行动。他明白我是真诚的。1971 年上帝对我说话时，我没办法再按丈夫的想法去帮他了。这次我必须回应那个召唤。我必须倾听上帝的声音而不是我丈夫的声音。"

我该走了。她给我一本影印合订的小册子，都是关于她自己的，是六个月前在佛罗里达农工大学向她致敬的庆祝活动的纪念册。小册子里有塔拉哈西《民主报》上写她的文章的复本，还列出了她的许多奖项和荣誉。卷首插图是她自己的一幅整页照片，封面上她被描述为"基督的仆人"。

她还给了我名片。这张名片上，各各他浸礼会教堂被描述为——我认为也是广告词——"乔·路易斯和亚利桑那拐角处的友好小教堂"。我一度感觉那非常"美国"，现在我多了一些理解，也明白了柏妮丝牧师那样的教堂不光是礼拜场所，还是社区中心、社交中心，并且取决于牧师的个性。

莫里斯·克罗克特，一个高大挺拔的英俊男子，棕色皮肤，五十六岁，是佛罗里达州假释委员会的理事。当地黑人成功故事的代表人物，我知道他。这也让我想见他。他同意见我，但不明白我要干什么。一天午后我被带到他的办公室——桌子整理过，他把头靠在交叉的双臂上休息，但毫无睡意——他没有马上表示欢迎。

他像是准备好了一个声明，说："外面大多数人从种族上把我们看成缺乏教育的半文盲。"我们若那样继续的话，是谈不出什么东西的，不过当他了解到我是来倾听的，态度就缓和了。很快，他天生的风度取而代之；他聊得很轻松，急于抹去不太友好的第一印象。

他说："我当上部门领导管辖黑人和白人的时候，白人可不高兴了，我不得不在警方保护下生活了两三年。"

现在看起来那不太可能，他的职员普遍都很有礼貌。

"那也许是一种过激反应，但你永远不会知道。有好多恐吓电话和暗示。很多白人还辞职了。"

战斗并不令人愉快，但是必不可少。

"解除隔离的时候白人黑人皆大欢喜，有些人想让我们有这样的印象。但那不是真的。我不觉得有思想的人在那种环境下高兴得起来。我从来承受不起快乐。我的选择太受限了。我儿子如今有不受限制的职业选择，我没有。1964年我自认为应该晋升，他们开车带我兜风，说我够资格但他们还没准备好让有色人种做那类职位。我回到家，我跟你说，我哭了。那还在伤害我。

"由于我的职位，我儿子从未经历过那种拒绝。在这里的工作中，我主要被白人包围，而这正是我儿子成长的环境。"

他儿子在白人公立学校上学，后来被放到当地一所黑人大学附属的黑人学校。

"他接受不了。他从没在一个全是黑人的环境里待过。音乐不一样，举止不一样。迈克尔一直听白人孩子的音乐。在他的童子军团里，只有他一个黑人孩子。"

莫里斯·克罗克特熬过了一段艰难时光，过得还不错。但有没有人在压力下放弃了？

"有些人退出了。你退出的方式就是让自己卷入教会，卷入大大小小的家庭事务。所以你为了所有实际的目标把自己跟现实隔开。教会里全是黑人，去那里的时候，每个人都很友好，你不会被恐吓，就像重新回到了发源地。"

不过他有一种特殊的力量来源。

"大多数黑人孩子主要是有母系家庭，而我跟着一个男人长大。他是我的继父，对我来说就是榜样和向导。母亲对男孩一般不太严格。男孩子需要男人给的那种条理。我认为如果家庭基本结构中有男人的话，今天很多黑人孩子就会去上学。不过由于缺少职业机会，黑人男性连安顿自己都举步维艰。"

我问起他的儿子，从白人学校带出来送到黑人学校。

莫里斯·克罗克特说："他已经开始意识到他是个黑人，每个人都不爱他。他在塔斯基吉开始第三年的学业了。不过迈克尔仍有白人朋友的圈子。"

由于目前的成功，由于新的保障，莫里斯·克罗克特正在重新发现、重新肯定自己的黑人身份。他需要宗教，但需要的是黑人的宗教。

"我不是个大喊大叫的人，但喜欢去一个还有那种东西的教会。我们很多人想效仿别的标准，也必须那么做。但我依然认为，跟大多数民族团体一样，你不该让自己和根本的文化分开。尤其是我去教堂的时候。教会是我的救星。教会让我的头脑保持清醒。"

救星、头脑清醒，我没听过这两个词连在一起。但假释委员会理事的工作有特殊的需要。

"干这项工作，有些时候努力跟上时代的那种压力让你回到家很痛苦。我们不得不做的最有压力的一件事是为死囚举行面对面的最终采访。我们的确要去监狱，跟囚犯和他的律师坐在一起。我们的会面由一名法庭书记员转录。当世界给我太多压力的时候，我就去教堂。教堂就是给我们南方黑人的拯救恩典。"

"你现在有没有感觉到成功？满足吗？"

"我不满足。我到死都不会满足的。我从始至终都想改进。人们想说我们想从树上来到地上然后吃一辈子西瓜。我想让他们知道那种老套的说法用错地方了。我在工作中接待了很多访客。外面大多数人从种族上把我们看作缺乏教育的，语言运用不熟练。我想他们把我们看成了半文盲。"

那是我们对话开始的地方。现在他又说到那儿了，还附上了一个解释。

"但这是错的。如果你那样来见我，我会让你知道我这个人可不会让你那么来对付。"

他自己与非理性的停战——他是怎样处理的？关于往事，以现在这个距离来看，什么最让他吃惊？

"我发现现在很难理解我是如何包容愤怒的。我认为你得明白愤怒解决不了问题。有时候你得坐下来跟自己较劲。"

他偶尔还会较劲。他附近住的都是白人。他牵着狗去散步。无论早晨或下午的什么时候，只要他牵着狗，街道一头的房子里总有个白人老头出来坐在走廊上盯着他看。老头就好像是在等克罗克特先生路过似的。

"但重点是什么呢？"

我并不理解克罗克特先生给出的解释。"他想让我知道他在那里。他想要让我知道我正在被盯梢。"克罗克特先生用手指做了个手势，划了一条水平线。

"他会说什么吗？你们说话吗？"

"说。我总得找些话给顶回去。他上次说的是，'我不知道谁更慢，是你还是这条狗'。我只好找些话说，一些蠢话，像'你比我们俩都慢'那种废话。"

不过这位邻居也许是个宗教徒，浸礼会信徒，基要主义者。难道那会导致某种特殊的交流吗？

克罗克特先生拒不接受。"白人基要主义"——把它跟黑人基要主义看成很不一样的类别，那是他在黑人教堂里喜欢的，并视为黑人文化的一部分——"那是他们回到过去好日子的企图。白人教会现在有一所附属学校，他们称为'基督教学校'，主要是为了保持隔离状态。白人基要主义教会消费了这些人也消费了这些议题。那是很荒唐的企图，它想建立的结构早就跟舞台一起灰飞烟灭了。"

是一位西海岸作家的建议，最初出身塔拉哈西的一个人，把我送到塔拉哈西的。我听说，佛罗里达北部跟南部完全不一样。佛罗里达北部，这个州的狭长地带，是南方腹地的一部分。但那让我花了很长时间来找路线，在这种旅行中此类情况时有发生。

　　塔拉哈西，该州州府，是一个人造行政中心，位于狭长地带两个端点的中间，彭萨科拉和杰克逊维尔这两座城镇的中间。在塔拉哈西与墨西哥湾黑色小溪及白色沙坳上的海滨别墅之间，那方圆几英里的区域就是我能了解到的全部乡下了：食品店、餐馆、活动房屋、加油站、提供活饵的地方和教堂构成的一道假日风景线——"红脖子"乡下任意丢弃的建筑，（我得知）以前黑人要想在那里定居的话会被放火轰走，那里几乎仍旧没有黑人。

　　然而，就在塔拉哈西之行的尾声，我看到有种东西跟那条假日风景线并不相同。大概一小时车程之外，我在公路——美国公路让州和州看起来都一样，州的每个部分也都一样——后面看见废弃的泥土路，曾经是田地的森林，曾被整个遗弃的房屋，杂草丛生的院子里的车棚和车库。有点儿像非洲，在扎伊尔或卢旺达，被遗弃的欧洲人城镇。

　　这里曾经有一个老社区。现在它很难存活。农业已经无法支撑，农业没有收益了。在荒废的房屋之间——大树、矮树和灌木似乎朝它们伸了出来，使得院子的开放空间变暗——到处是仍有人生活的地方，黑人和白人，没准备好离开的人都在坚持，可以说他们正在开发出自身性格里的怪癖。比方说，在低矮的门廊上晃来晃去的年轻胖子是黑人农民的儿子。他选择那样度日，选择隐居。我想起霍华德村子里的酒鬼，星期天从家里的窗户往外看，但远离社区生活。这里不再有社区，年轻胖子在灌木丛中晃来晃去。

　　我的向导是格兰杰。他是白人，四十多岁，在附近镇上的酒店工作。他那么做是为了挣现钱，让自己的农场维持运转。是个小农场，一百二十亩地。祖传的土地。那是南北战争前十年成为宅地的，印第安人的土地，划出来向联邦政府索取。当地浸礼会教堂于 1856 年建立，格兰杰是浸礼会教友。这片土地从未被奴隶耕作过。"我们感觉自己像第一代美国人。"格兰杰一个亲戚对我说。形形色色的祖先从南卡罗来纳、弗吉尼亚和佐治亚搬到了佛罗里达这一带。

家族几个支脉有些故事讲的是古老的财富。有个故事是一位祖先在英国拥有三分之一个郡。有个故事稍晚，来自南北战争兵燹之后的时期，一位祖先在中国贸易中大获成功并把一箱金币带回家，金币倒在农宅地板上的时候，升腾起一片纯金的尘雾。

现在格兰杰在一家酒店工作，上两天班，休息两天，并照看着祖传农场留下的东西，这么做倒不是为了钱，而是为了虔诚，欠祖先的债，这么做也是因为对他来说务农的日子很美好。务农意味着待在这些田地里，待在这些树林里。

我们坐着他那没有空调的旧皮卡驶过他的田地。一头母牛刚产下牛犊。我们把皮卡停在松树中间，在稀疏的阴影里，在牛粪堆和松果、松针、易碎的枯枝中间。他下了车，隔着一段距离跟母牛和正尽力站起来的污迹斑斑的初生牛犊交谈着。他等这件事已经有些日子了。这正是他正在做也喜欢做的农业，曾赋予他和善。

但是开发正在到来。城里有工作的人正在乡下建房子。老农场正在受到威胁。以印第安人土地被划分成宅地为开端的一个循环正在走向终点。（三十八岁死于联邦政府囚禁的塞米诺族酋长奥西奥拉的坟墓离查尔斯顿不远，在能看见萨姆特堡① 的地方。）

大约五十英里之外，仍旧在狭长地带里，建筑开发和农业失败正在终结另一种社区，黑人佃农社区。自从奴隶制结束之后，黑人就在这片土地上生活。所有人都曾经是亲戚，这些土地限定了所有人的视野。如今路已经通到那里了，社区暴露无遗，正在解散，旧的田地上

---

① 以独立战争英雄托马斯·萨姆特将军命名。1861 年 4 月 12 日，这里遭南军炮轰，林肯随即对南方宣战。

有松树种植园，新生的松树从大量灌木里长出来。但并非每个人都准备搬到城里去。

这片土地上的生活不同于格兰杰在他那一百二十亩地上发现的生活。对于祖先、历史、虔诚，这里有不同的观念。对于带我参观的三十多岁的黑人巴雷特来说，这片排外的黑人社区的农业生活单调乏味，令人羞愧。

巴雷特是中产阶级，父母都是谦逊的专家。他来自一座颇大的城镇，那里黑人很少。来塔拉哈西以前，他认为南方的黑人就跟他的家庭一样，他还在因塔拉哈西黑人生活中那些不符合他原先概念的方面感到心烦和激愤。他的教养中很大一部分是认为自己是少数派，大街上一眼望去全是黑人，他跟我说这对他太重要了，一度很难习惯。他那么说倒让我很喜欢他，很少有人会对如此简单和有侵蚀性的事情供认不讳。当工作将他带到那个古老的黑人农业社区时，他说，他遭受了"文化冲击"之苦。

我不觉得他给我看的东西都那么坏。话说回来，我也没有他那些期待。怒气再度在他体内聚集，愤怒之余还想再看看最坏的情况，向我展示，于是他开车带我上了一条岔路，说道："看看那个。没有窗户的房子。"

那很特别，一间修修补补的破旧木屋，在光秃秃的院子里独自矗立着，周围没有树，后面野地里有灌木丛。

我想我现在理解莫里斯·克罗克特希望为儿子保留的东西了：在"白人"中长大再像巴雷特一样不得不做出调整。

关于黑人宗教信仰，巴雷特不像莫里斯·克罗克特那样，认为大喊大叫的宗教是自身黑人文化的一部分。他说，结婚以后他和妻子聊过应该去哪个教会。他们很严肃地聊过，决定加入长老会。

他比莫里斯·克罗克特年轻二十岁，没有年长者的那种需求。

刚开始驱车旅行，我留意过他的种族激情。他希望首先批判某个人，但接着被自己的话引开，去到一种更普遍的气愤。我问过他的种族激情，他好像只有那么一个主要的话题。他听明白了我的问题，却没有回答。现在，我们快要回到酒店，他说回那个问题。

他说："你问我那个，我考虑过。我认为我是因为自己是黑人才愤怒的。我不知道这个理由够不够好，但就是这样。"

回答得好。他一向诚实。

在酒店的车道里，我慢慢辨认出一个黑人的身形。他头戴黑色头巾，穿着奶油色印度长衫。他正在大声朗读，唱诵一本阿拉伯文的书，可能是《古兰经》。他丝毫不留意身边的熙来攘往。他像学生一样大声朗诵；他把厚书凑在面前；他坐在一堵矮墙上；他不可能被忽视。

柏妮丝·克劳赛尔牧师、克罗克特先生、巴雷特，他们代表了发展中的黑人进步运动的方方面面。杰西·杰克逊①有天来到塔拉哈西，为他的总统候选资格寻求支持。即使没有多少人见到这个人，但他的存在却被感知到了。他的随从几乎挤满了金鸡酒店。那天深夜，一辆打开引擎盖的豪华轿车停在一家俱乐部外面，候选人正在那里会晤当地人。如此做派，如此开销，而这还只是一天，总统候选人日历上不那么重要的一天。

如果这个运动广泛地向前发展，如果黑人——赢取了法律权利——正成为自身命运的主人，从历史的角度看原本应该令人满意，靠智力进行管理也应该更简单才是。然而在这项运动的另一端，足以威胁这个运动的（尽管杰克逊党派的男男女女在金鸡酒店强势存在），是非理性和自我毁灭，也许还有此前无人知晓的一种绝望。

就像奴隶制最后的残暴：如今，在一个本该充满可能的时代，大约近一百年以来信念和社区不断发展，很大一部分黑人却发现自己并

---

① 黑人民权领袖、浸礼会牧师，1984 年和 1988 年是民主党总统提名候选人。

未得到这方面的支持。在加勒比群岛，在奴隶制最稳定的日子里，奴隶们在夜晚假装拥有自己的王国：一种对于西非种植园信念的移情——仍在象牙海岸流行——真实世界在日落之后开始，而在夜晚，人们改变或颠倒了白天的角色。连这样的幻想也没有，没有非洲的千年王国梦想来支持被剥夺一空的黑人元素。进入他们的空虚是很难的。

"我什么都不是。我只是存在。"感化中心的一个年轻黑人说。"您的双手很柔软，"另一个年轻黑人说，用的字眼在我看来是很久很久以前的，"您的双手柔软得像棉花。"他自己的手也很柔软。他很聪明，有一种少年犯的危险魅力。但是他可怕地迷失了，他不可能被触及。还有一个人说："对黑人来说，迈出极小的一步都特别困难。"

过几个月他们都会被释放。但他们在外面的世界一无所有，他们坚持那么说。他们都说得好像生命已经被预先安排，且早已完结。

"将近八百万双手要么帮你向上抬起重担，要么把你身上的重担往下拽。我们在南方的愚昧和犯罪里至少会占三分之一，或者在智慧和进步中占三分之一；我们将在南方的商业和工业繁荣中贡献三分之一，或者将证实一个名副其实的死亡、停滞、让人沮丧的主体……政治主体。"

这些话读起来像特别的恳求，确实也是。它们出自布克·T.华盛顿 1895 年在亚特兰大的演讲，当时他才三十九岁：一次建立声望的著名演讲，他还做了两件显然无法调和的事情——让南方白人冷静下来，在一段近乎绝望的时光中为黑人提供希望。特别的恳求，有点儿夸张了，不过 1895 年亚特兰大演讲的那些话如今读起来就像预言。

第四章　塔斯基吉：与非理性停战 II

我从小就知道《超越奴役》。我父亲给我念过这本书里的一个故事，我确信自己后来读了这本书的更多内容。我父亲出身贫寒，很有抱负但一直很穷，喜欢那些自强不息和从贫困中出人头地的故事。他在特立尼达受苦，而我本来应该知道《超越奴役》有种族的含义，本该跟自己岛上那些事情联系起来。但我太年轻了，处理不了那类信息。父亲给我读布克·T. 华盛顿的故事时我几乎是当童话接受的，它留在我的那部分意识里，种族和历史时代都已经剥离了。

在一个人努力奋斗并出人头地这个更大的故事里，所提到的是一个考验的故事。小男孩孤身一人，正要迈入这个世界，被要求整理一张床（在我的脑海里这个故事就是这样）。处于成败关头，取决于床能否铺好的，是小男孩的整个未来。

要忘记那个故事很难（我每次铺床它都萦绕在我脑海里）；童话式的考验，把看上去琐碎或不相干的事情做得极好。像去诱惑被正义驱动的骑士或者许下誓约的圣人的故事，像其他神话故事里的神奇考验：捡起稻谷，猜矮人的名字，把稻草纺成金子。

不过我脑海里留下的这个故事有个细节是错的。这个衣衫褴褛的男孩，生下来就是奴隶，他夜以继日地走路去一所特殊学校接受教育，在那里他一开始没被要求铺床，而是打扫房间。这个男孩把房间打扫了四次。设置考验的妇女当时并没有简单地说："好吧。你通过了。"她把手指放在墙和地板上划来划去，在检查。最终，男孩还是判断对了。这项看似简单的任务他完成得非常好，他用同样的方式，把另一个试图折磨他的人也争取过来，把她变成了神奇之旅的伙伴。

在我的记忆中，故事从打扫房间变成铺床是有原因的。床对奴隶男孩很重要。在单间奴隶小屋里，在农场厨房里，男孩曾跟母亲住在一起，他睡在泥地的破衣烂布上，而当他地位提高，第一次被赠予一张铺好的床时，他都不知道怎么用。他不知道该睡在两条单子的上面、中间还是下面。（我对那种窘态感同身受，我十八岁从热带的特立尼达搬到温带的英格兰，在特立尼达我们用自己的方式铺床：一张单子盖在床上，另一张单子或毯子叠起来，晚上需要的时候当成宽松的盖被。我可能已经把自己早年的窘境转接到我对这本书的记忆里了。）后来在亚拉巴马州的塔斯基吉，在给像他这样刚刚脱离奴隶制的人建立的学校里，布克·T. 华盛顿注重教导学生们如何使用床铺，并注重用更普通的方式教给他长大后才理解的良好的家庭礼仪。

一个寓言似的感人故事：一度睡在奴隶小屋地板上的男孩成了那个年代最有名的美国人之一，曾与总统一起用餐，并且从未停止为人民服务的事业。不难理解《超越奴役》是怎样影响安德鲁·卡内基那种白手起家者，并从他那里拿到一大笔钱来创建塔斯基吉学校的。

与此同时，恰恰是布克·T. 华盛顿故事的寓言性，似乎让它跟人们在图书报纸上写的美国南方或种族问题更阴暗的一面分隔开来。这个人的伟大声誉起过什么作用吗？伟大成就怎么了？于是这本书变得很模糊，只留下了铺床考验的记忆（在我脑海里一同出现的是中年托尔斯泰的故事，在想当农民那段时间，希望自己铺床）。然后，这个书名就被威廉·巴克利①拙劣模仿的书名《超越自由主义》（*Up from Liberalism*）搞坏了。

我开始策划这次旅行，直到有人让我有了去塔斯基吉的念头，这本书才又变得真实起来。我到艾尔·默里的哈莱姆公寓去见他时，变得尤为真实。

在我见过的人里面，艾尔·默里是第一个在塔斯基吉受过教育并被人提起的。是他开始让我对布克·T.华盛顿的伟大和复杂（还有苦恼）有了一些印象，给中性的童话人物加上了种族属性——奴隶男孩的父亲也许是个白人——并把他放入合适的历史时代。学校1881年创办时是一所普通的职业学校，黑人有选举权，学校还获得了亚拉巴马州的一些小额补贴。二十年后，《超越奴役》出版时，黑人在南方实际上被剥夺了公民权。正是在这种与日俱增的法律无能为力的背景下，布克·T.华盛顿创办了学校。这件事在稳定时期已经够艰难的了，在偏见、隔离和屈辱的高墙不断移动、逼近的情况下，自然愈加艰难。布克·T.华盛顿就那么做了，艾尔说，是因为他了解资本主义美国的运作方式，他知道如何向美国的那一面展现自己。重要的是别忘了布克·T.华盛顿是十九世纪的美国人，跟卡内基家族以及他选择借钱的那些家族旗鼓相当。

艾尔·默里对他的大学及其创始人的钦佩，使得他给我看收录在路易·R.哈伦所著两册传记里的黑白老照片特别感人：布克·T.华盛顿颇有气派的照片。年轻黑人衣着正式，有男有女，正在干家务和农活，这些活计几年前还是奴隶干的，现在则（像他们老师自己打扫房间的考验一样）成为迈向美好生活的一个台阶。

那是一种特殊的传奇，随后我开始旅行，离开塔拉哈西和它那让人麻醉、诱发哮喘的花粉，前往亚拉巴马和塔斯基吉——穿越佐治亚

---

① 美国媒体人、作家，秉持保守思想。《超越自由主义》是他1984年出版的书。

州的平原北上，接着穿过佐治亚州哥伦布周边小镇的一片灯红酒绿：色情演出、当铺和快餐店；从那里进入宁静、田园、似乎被遗落的亚拉巴马。

塔斯基吉成为路牌上的地名，成为一片森林的名字——说到1830年以前、种植园之前的印第安往事，又给了这个不同寻常的名字一层联系，并最终成为一个城镇的名字。

我期待中的城镇跟路边那些比较像。这个更小更破：小小的餐馆、几个大型快餐品牌（我怀念那些高大、明亮、竞争性的标志，势均力敌的路边生意和骑士三角旗）、肮脏的车库、小杂货店，仍是个穷地方，几乎没有场景是为大人物的成功故事准备的。但是紧接着校园就出现了，它比我想象的以及我确信父亲想象过的东西都要宏伟。我父亲在特立尼达读励志书，无疑是把自己比作在工业化的英国成为工程师和架桥者的穷小子；尽管父亲可能会在布克·T. 华盛顿早年经历中发现自己的某些方面，但一个人的潜力取决于他找到自我的那个地点的诸多可能。塔斯基吉丝毫没有奴隶或特立尼达那样的东西，没什么要开脱的。不管人们对它了解多少，它都是真实的，放眼整个美国也算是一项成就：大批佐治亚风格的深红色砖楼矗立在做过景观设计的高低起伏的地面上。

"你得明白，"一位年迈的女士几天后对我说，她几乎一直在塔斯基吉工作，"一直到1930年代，美国的黑人就是没有钱。"

校园给我的第一印象肯定跟人们在隔离时代见到的一模一样，当时它应该代表了黑人少数几种向前发展的方式之一，而对当时微不足道的人来说，它应该像做梦一样。

艾尔·默里为我预订了大学里的宾馆。宾馆叫多萝西会堂，1901年修建的时候是女子工业学校。它现在差不多在校园的中央，与布克·T. 华盛顿揭开人民的无知面纱那座大铜像隔路相对。

那座雕像很有名，是塔斯基吉明信片的主题。我对它有所了解，但仍吃了一惊。雕刻家把真的只是一个措辞、一个比喻的东西实实在在地塑造出来了。布克·T.华盛顿身穿三件套，按照字面意思表现成正把一块布从蜷伏的年轻健壮黑人身上揭开，黑人膝盖上有本老式对开书籍：人物和道具放在一起竟如此出人意料，让人想知道这个健壮的黑小伙——身上除了正被揭开的布之外一丝不挂——跟他的大书在被单下面藏了多长时间，以及他为什么待在那里，为什么要让布克·T.华盛顿像魔术师一样展示他。

但是两三周前我跟一个黑人交谈过，他以前被带到塔斯基吉上学的时候，觉得这座雕像特别感人。"或许你必须成为黑人。"他这么说。在抵达的一刻，我其实愿意用大概四十年前他那双眼睛来看。

它就那样，依然浮夸，又有点儿絮叨，跟传奇总是有那么一丝格格不入。我不会让任何人把我拖拽得低到让我恨他。另一个时代刻的词语，无能为力的哲学——就像同样刻在雕像底座上的这些词：一旦我们学着尊重和赞美劳动并把头脑和技能投入生命中的普通职业就能获得相应的成功。这种人的哲学是迎难而上、振作又不想有所冒犯。如今，已经取得了巨大的成就。

我转身离开雕像，前往多萝西会堂的入口。我看到窗户有待修缮且需要刷漆。楼上窗口有个窗框松了，挂在那儿。这座旧楼漂亮的深红砖需要补砌。这些砖是塔斯基吉早期的学生经历三次心痛的失败，亲自用砖窑烧制而成的。

大楼朝西。现在是下午三四点钟，非常热。我问有没有电梯，好帮我把行李送到楼上。我被告知大楼老旧，电梯不再运行了。在闷热的楼梯里上上下下三次继而穿过二楼大厅进入房间，把行李提上去的时候，我的肺又发炎了。那个地方的压迫在塔斯基吉会一直伴随着我。

二楼闷热的俱乐部镶了地板，颜色就跟绅士俱乐部的颜色差不多。那里有一幅白人军人的油画像，楼梯平台的墙上是一张泰迪·罗斯福①的照片。多萝西会堂于1901年建成，《超越奴役》在1901年出版，布克·T.华盛顿那一年在白宫与泰迪·罗斯福一起用餐。旧的历史，旧的尊严，旧的战役。我后来得知不少知名的美国人都在多萝西会堂住过。

几乎住到最后，我才发现电梯在哪儿。指给我看的是校园里最年迈的人之一。他是个乐手，或者说曾经是。1913年他还是个十四岁的男孩，来到塔斯基吉，当时布克·T.华盛顿还在世，他参加了1915年布克·T.华盛顿的葬礼。这位老乐手在当地非常有名，我遇见的许多人都觉得我应该见见他。我到的时候他没在城里，不过他传话说会在某天十二点到多萝西会堂见我，他按照这个时间准时出现。他为守时而自豪。他说这是布克·T.华盛顿传统的一部分。而他的故事——他马上就开始讲——属于那个久远的传奇时代。

"我1913年来的时候，这里就像天堂。我从没见过这样的地方。我离家出走，口袋里只带着一块五就来了这里。不过布克·T.华盛顿从不拒绝任何人进学校。"

老乐手的穿着富有艺术气息：粉衬衣、蓝领带、浅绿色格纹外套。他高大挺拔，八十八岁了，为身形笔直而骄傲。那也是布克·T.华盛顿训练的一部分。整洁的衣服、笔直的姿态、坚定的步伐：没有旧时的拖沓。正是布克·T.华盛顿想要的作风。每件事情都要井井有条，每件事情都要干净整洁。布克·T.华盛顿每天都会在校园里转悠，把出错的地方口述给秘书记录下来。

老乐手来自亚拉巴马州的一座小镇，在塔斯基吉以北大约一百五十英里。"我父亲是一名普通劳工，我母亲的家族看上去像白种人，也有教养。"老人解开粉衬衣，展示他的浅皮肤。"那里许多白人都把我母亲的家族当作同族。我来这里只带了裤子和袋子，没有学费。这里有个老

---

① 即西奥多·罗斯福，美国第26任总统（1901—1908）。

奴隶，贝克先生，跟我说人们要是发现奴隶在学习写字，他们会锯掉这个"——老人晃着右手大拇指——"他们会锯掉这个，因为奴隶要是会写字了，就能给自己写一张离开种植园的通行证。奴隶未经允许不能离开种植园。那是贝克先生年轻时看到的。

"父亲能教给我这个长子的就是这些，这没什么错，但不足以取得成功。他是这么教我的。别跟老人顶嘴。不得鲁莽。跟坏伙伴划清界限。还要帮爸爸照顾家庭。那些都是好的，但不足以取得成功。我舅舅去了塔拉迪加学院。白人创办的——白人组建的美国传道会在南方为自由人开办学校。塔斯基吉不一样。奴隶被释放以后，我们这里可以投票了。黑人。当地有个政客想要我们的选票，亚当斯先生对他说：'你要是能帮我们搞一所学校，我想我可以让深肤色的人都来投你的票。'于是这个县的人就投票给这个白人，州里也拨了两千美元创办这所学校。

"在我北边的家乡，我每个月付给学校的教师五十美分教我阅读、写字和算术。摩西教授在小镇西边有一所学校。卡迈克尔教授的学校在南边。我住在南边。但我父亲不知道，我每个月付给卡迈克尔教授五十美分。我在擦皮鞋。我父亲过去常常卸火车上的煤。清晨四点。一天一美元。

"我到这里看到这些大楼，还有餐厅，还有桌布，每桌十四个学生，一边是女孩，一边是男孩，就像天堂——我从没见过那样的地方。那座老教堂！有成年人来我们这里。他们会走到这里，想学习读书写字。布克·T. 华盛顿会帮这些成年人找工作，镇上白人给的工作，白天工作，晚上就能学习并支付自己的食宿。"

他喜欢过去，这位穿戴时髦、脾气和善的八十八岁老人。他活力四射，充满热情，还在自己开车。他开车带我看了最早的校舍旧址。"你是说还没人带你去那儿看？"随后他决定在他说的那个时间把我送回多萝西会堂。刚回多萝西会堂，他就给我看那里的小电梯，讲了它的故事。

亨利·福特[1]1941年来过塔斯基吉，当时乔治·华盛顿·卡弗博物馆已经开放。卡弗，塔斯基吉的农业科学家，当时大概有八十岁了。亨利·福特看到这位老人步履蹒跚地走上多萝西会堂的楼梯，非常震惊，立时出钱买了一部电梯。如今电梯已经失灵并淡出人们的视线，而这位比1941年的乔治·华盛顿·卡弗还要年迈的老乐手只好艰难地爬楼梯了。

提到乔治·华盛顿·卡弗牵出了久远的回忆，很像我对布克·T.华盛顿铺床考验的那些回忆。

我在特立尼达上的小学里，老师多数是黑人。他们大都很安静，只有一两个很凶的会用鞭子；一旦世界给他们的很少，他们表现种族姿态时会采用很平和的方式。典型的问题可能是这样的：谁是世界上最伟大的板球选手？如果你说是布莱德曼——澳大利亚人——那恐怕是错的。更好的答案，甚至是准确无疑的答案，应该是牙买加黑人海德利或特立尼达黑人康斯坦丁。[2]

乔治·华盛顿·卡弗的名字在我脑海里跟那所小学和黑人教师深藏的种族自豪联系在一起。我记得有部小电影肯定是某天在上课时放映的：小棚屋里担惊受怕的一家黑人，外面则是白人骑手。我记不清故事是什么了：对这部电影的记忆很模糊。伴随这部电影有节课是关于乔治·华盛顿·卡弗的，一位黑人科学天才，用普通花生做出了令人惊叹的事情，每个部分都派上了用场，除了壳。

他用花生做的那些令人惊叹的事我深信不疑。不过他对花生壳无能为力一直让我很感兴趣。既然竹浆可以用来造纸，为什么花生壳不

---

① 福特汽车公司创始人。

② 唐纳德·布莱德曼是板球运动员，多次创造得分纪录。乔治·海德利是巴拿马板球运动员，有人称其为"黑布莱德曼"，而他更喜欢人们将布莱德曼称为"白海德利"。利亚里·康斯坦丁，1928年参加英国板球赛，让英国观众第一次见识了西印度群岛板球运动水平之高。

能？在我看来它有竹子的质地（我想到的是非常腐烂的竹子）。问题就出在那里，我每次剥花生就联想到乔治·华盛顿·卡弗——为什么不能用壳做些什么。就像布克·T.华盛顿的故事跟铺床联系在一起一样。

但是——无疑是因为我所选的求学道路——我从未在更广阔的世界里听说过乔治·华盛顿·卡弗。我在小学以外从未听说过他，而且我渐渐感觉到，他不光是一个幻想的黑人，还是个被当地荣誉夸大了成就的人，就像特立尼达《卫报》夸大了本地人在宗主国的所作所为。

我从未将乔治·华盛顿·卡弗跟布克·T.华盛顿和塔斯基吉联系在一起。而现在他们都在那里，都是真实的，在一个绝妙的地理环境中，有座博物馆是以乔治·华盛顿·卡弗命名的。博物馆于1941年开放；1941年，亨利·福特来到这里并资助了电梯，几乎就在那一年，在特立尼达的小学，当时我八九岁，看了屋里是黑人一家而屋外是白人骑手的恐怖电影（很可能由美国领事提供）。

现在全都清楚了，因为我看过美国国家公园管理局的宣传单，上面把卡弗博物馆和布克·T.华盛顿住宅都定为历史遗迹。他出身奴隶，这个乔治，隶属于一个姓卡弗的人。他也许出生于1861年，南北战争期间；曾跟母亲一起被人绑架，那些人在一个州绑架奴隶卖到别的州。乔治从绑架者那里逃回卡弗家，但乔治的母亲再也没有找到。乔治自学成才。1897年他来到塔斯基吉，在那里度过余生。

除了农业研究，他还收集黏土作为绘画颜料，画画，做针线活。他给主日学校授课。他嗓门大，有些女性化。博物馆里有一段录音，你可以听卡弗朗诵据说他最喜爱的诗：

> 自己去解决吧，我的小伙。
> 最伟大的人拥有的并不比你多：
> 双臂、双手、双腿、双眼，
> 还有脑子可用如果你想明智一点。

照片显示他身材瘦长、面容清秀，英俊，异于常人。

在布克·T.华盛顿的传记里，路易·哈伦很少写到卡弗，仅有的一点也不总是好的。在哈伦看来，他喜欢争辩，对白人毕恭毕敬。不过作为一个不太阳刚的男人，孩提时代曾被绑架并永远跟母亲分开，随后又不得不依赖一位仁慈有爱心的前奴隶主，他的世界观或许只能是一个奴隶的世界观。又或许，在那个世界观里，塔斯基吉对他是终身的避难所。

亚拉巴马的避难所——不久我开始逐渐这样看待种族隔离时代的塔斯基吉。我遇见这么多人都在塔斯基吉度过了生命中的大部分时光。尽管不无偶然，不过很多老居民是浅肤色的人，有些几乎算是白人了，温文尔雅，做事干练，曾被外界的侮辱伤得极深，现在哪怕到了暮年，也不想放松警惕。

不过避难所这个说法——当我把它与乔治·华盛顿·卡弗放在一起说的时候——有个老校工拒不接受。他说布克·T.华盛顿关注的从来不是给谁提供避难所。他请卡弗来塔斯基吉，是因为一如既往地想把最好的人带给学校。

不是避难所，这个人更喜欢"绿洲"一词。

"我二十多岁来这里，那时候还没铺好路。整个地区，黑人地带，是一片贫困区，而塔斯基吉对于黑人来说确实是一片绿洲。方方面面。这里有学术氛围。相对而言，校园很漂亮。我们不会去过黑人在乡村忍受的那种生活，尤其是大萧条时期。我们有自来水。我们有自助餐厅里的食品。我们有安全保障。如果我被扔进'真实世界'，可能就有所不同了。我可能变得更好斗，我不确定自己会干出什么来。

"我脑子里并没有刻意去寻求安全。那只是我的生活展开的方式。不过这个环境确实给人提供了很多保护，避开那些日子里人们所屈从的很多事情——我指的是黑人。在外面的世界，我们不可能有白人依法拥有的那种保护。一走出校园，你就会备受侮辱。一切都隔离开了。

"我们都很清楚白人的态度，也为此不开心。最可怕的是你不知道什么时候才到头。不过我们在学院里不考虑这些事情。"

老人开车带我逛校园，向我展示它的范围，解释此地各个阶段的发展，又带我逛了逛这座不大不小的城镇，现在都是黑人——老人告诉我，以前黑人若是绕着塔斯基吉湖一带闲逛可不太明智，哪怕是在车里。

外面的轻蔑；在校园里，直立的姿势，军队式的正确性。然而总是——非理性多么折磨人！——有必要向外面的人发出信号，你没有自高自大。

古兹曼女士1923年来到塔斯基吉，在《黑种人年鉴》工作多年，回想起学校的旧教堂还是镇上的小文化中心，有电影、音乐会、演讲。"镇上的白人也来。小教堂里最好的位置是留给他们的，前排座位。很多师生对此表示不满。不过那是惯例。白人坐在前排，黑人在他们后面。等到来了一位年轻校长不再那么做，白人就不来了。"

不过，二十世纪二三十年代看上去是老派奴性的东西在布克·T.华盛顿的年代只能算谨言慎行而已。华盛顿坚持认为人人都该学一门手艺，背后或许是某种直觉的智慧，展现给外面能轻易压垮黑人学院的那些人的和平。这反倒促使外界对学校产生了误解（也许并无损害），有些人就把塔斯基吉当成一所实业学校、职业学校。（路易·哈伦说，白人有时候来信索要训练有素的仆人；有个人写信要一个"完全的黑种人"，非常黑，要带去法国。这些信一概都告知收悉。）

当然，远远不止于此。罗斯金与托尔斯泰关于手工艺、反工业工艺、技能培养的想法在十九世纪后半叶方兴未艾。罗斯金1904年在南非建立凤凰农场（1986年被非洲示威者烧毁），当时他肯定是在为甘地的想法撑腰。尽管两人截然不同——华盛顿是顾不上非洲人和亚洲人的美国人，甘地则是顾不上非洲人的印度人，精神漂泊——但他们的目标和手段却巧合得很：通过劳动和奉献给国民灌输自尊。

有趣的是，跟我在塔斯基吉交谈的不少老人在学到的手艺里发现了某种美、知足和人类圆满。老乐手1913年到塔斯基吉的时候还是个孩子，学了制鞋。（托尔斯泰有时候喜欢在研习中做些小修补。）这位老人说："我不到二十分钟就能用手缝一双鞋底。很多人都不知道我会那门手艺。他们只知道我是个乐手。"路易斯·拉布先生曾在塔斯基吉学商业管理，后来在塔斯基吉的资助下到哥伦比亚大学继续学人事管理，在西北大学学习医院管理，随后在塔斯基吉有一个漫长而杰出的职业生涯。他小时候从密西西比到塔斯基吉高中以后，做了四年裁缝。那门手艺是父亲给他选的，拉布先生颇为自豪地说他还在自己缝衣服。

但在塔斯基吉绿洲外面，世界是冷酷的。图书馆有排书架上放着布克·T.华盛顿的档案盒，另一排书架上是六十三个标有"私刑记录"字样的档案盒。

取下华盛顿档案里1903年那一部分，会让人更钦佩这个人。这么多普通人的信件，铅笔写的信，有些写在碎纸片上，倾注了需求和希望，八十多年后还保存得如此完好，如此崭新。每封信都被读过，回复过，很多复写纸的回复中有首字母"BTW"。我注意到有一封信是牙买加岛的学校教师写的，长达数页，出自一位一丝不苟的学校教师之手（显然是一份"清稿"）；还有一封来自多巴哥岛上的黑人妇女。塔斯基吉档案里的这些信件也许就是这些人现在仅有的遗迹。

在粉色的窄纸条上，有淡紫色的小签复印件，是布克·T.华盛顿在校园散步时或骑马环绕校园之后口述给秘书、给塔斯基吉工作人员的著名小纸条。还有信是写给华盛顿的人的，更具政治性，处理的问题让不知情者难以理解。那里还有生活的那么多面向，太多已经失去的东西。

这个人起步这么晚，又几乎一无所有，是如何获得这些条理和细致的呢？秘密之一或许是没有感情用事。普通黑人的信件让我动情，布克·T.华盛顿则可能比较冷静。他知道刚摆脱奴隶制的人很难理解教育，经常把它当成逃避体力劳动的手段。他知道很多几乎不会阅读的黑人转向了布道，因为布道提供简单的生活。他经常嘲笑这样的人。在《超越奴役》里，他曾让一个受教育有限的黑人这样说："噢祖（主）啊，棉发（花）太茂盛，工剁（作）太辛苦，太央（阳）太热，说（所）以我相信这国（个）黑人柴（才）被叫过来做祈祷！"[①]塔斯基吉创建者的这种滑稽玩笑实在太棒了。但他可以一边开这种玩笑，一边继续为事业奋斗，这恐怕是他天才和韧性的一部分。

图书馆有些东西让人想起这种背景：六十三盒私刑记录。我都不敢看。我觉得会包含非官方的调查或声明，也会充满不堪承受的内容。但我取下一个盒子，发现那些记录主要是剪报，就放心了。

塔斯基吉刚刚开始，就要直面那种敌意。敌意阻挠过学院里一些有想象力的计划——例如向黑人农民推广农业的工作——同样也刺激了学院的成长，哪怕是布克·T.华盛顿去世以后。种族隔离和敌视定义了黑人的需求，同样有助于定义学院的目标，并为学院的成长提供逻辑。

种族隔离结束的时候，没有什么可抗争的了，学院的功能也不可能再像以前那样。当黑人可以加入空军，也就不用在塔斯基吉学习飞行了。当黑人被允许进入美国最好的蒙哥马利医院，也就不需要塔斯基吉的医院了。

这座城——黑人学生曾把身穿塔斯基吉制服当成一种保护——现在安全了：黑人赢得选举，塔斯基吉的白人就搬走了。所以，这里有过某种胜利。但被接管的城市又小又穷，黑人的穷，完全没有白人大学城奥本的生活和财富，才相距二十英里而已。而塔斯基吉学院，现

---

① 此处译文稍作处理。这个人说话时语法和发音都不标准。

在是塔斯基吉大学了，可以说曾对当地胜利做出贡献，如今正在衰败。

我刚到就有的那些快速转变的印象——宏伟、感染力、衰退——一直存在并不断增强。里根总统不久前曾到学校访问，为一座耗资一千八百万美元、用于空间科学和健康教育的新大楼揭幕，大楼冠以丹尼尔·詹姆斯将军之名，这是首位黑人四星空军上将，1950年毕业于塔斯基吉。学校里专门为此在总统走的路上铺了沥青。不过别处的路就不太好了，校园其他地方电力支柱上的破玻璃罩依旧破着。跟我交谈的人（尽管我没跟官方人员交谈）没人可以保证，大学能负担起与航天大楼相匹配的一个系。

对我这个路过的访客来说，衰败已经够伤感的了。我不觉得能跟把生命献给塔斯基吉的人谈论那个话题，他们曾收获那么多回报，布克·T.华盛顿的服务精神和自强不息对他们曾经那么重要。这个话题没有出现。有网球场吗？是的，有，就在图书馆后面。但杂草穿透两片（或三片）场地的沥青表面正在生长。访客被强加以某种沉默，就像在私宅里，特定事物不会被看见。

在人们感觉更安全的场所——例如兽医学系，据说是全国最好的之一，也表现得恰如其名——衰败的主题更容易出现。那样一个院系成功游说到联邦基金（它最近有个新项目被拨款六百万美元），可以基于自身的优越性存活。但其他院系就没那么容易了。现在全国的大学都需要优秀的黑人学生和教师，塔斯基吉无法再向政府或基金会特别申请资金了。曾被布克·T.华盛顿魅力所吸引的北方富豪慈善家不复存在，那种做事方式已经结束了。

但有人认为塔斯基吉仍要服务于一些特殊事业。在大学标准入学考试中，黑人学生不如别人得分高。塔斯基吉一直准备好接收这样的学生，它的档案还显示，可以为职场培训这样的人。一位退休官员说："塔斯基吉会在学术和社会方面栽培学生，并通过个性化的照料和关心，花四五年时间让学生全面实现自我。"

有些人觉得塔斯基吉仍有必要存在，有一个理由甚至更重要。塔斯基吉实际上仍是一所黑人大学，它可以提供一种"黑人体验"，随着种族隔离废除，越来越多的黑人似乎感到有这种需要。

在佛罗里达，假释委员会理事克罗克特先生告诉我他如何觉得要把儿子带出一个过于白人化的环境，他先把男孩送到一所黑人高中，再送去塔斯基吉。而现在，我在听一个二十三岁的漂亮女人说她为什么要来塔斯基吉，她来自一个黑人很少的偏远州，也没考上大学。

"我在其他地方上的学校里全是白人。他们不关注你是个黑人。他们教你一些你们的历史，但不是很多。在别的地方你要努力前进，思考，'要能像他们一样，我也可以的'。你失去了一些自我。你真的不确定你是谁。"

"你来这里的时候，最初的印象是什么？"

"最初的？'回家。'从一个不错的城市过来，大都市，不错的设施、小商店、大商场。后来，这里，看看这些小土路吧——不是真的土路，只是有些地方没有人行道。在家里，我习惯了经常去市中心，习惯去各种场所。这里没有公交设施。我到了这里才认识到，'这里什么也干不了。哦天呐，我困在这里什么也干不了。天气还又热又潮。'我觉得这里的人真的是乡下人。他们是闭塞的。他们很友好，但是有自己小乡村的那一套。"

还不光是适应。"有些地方很危险。有东西要修，门要修。电灯开关上下颠倒。我会注意到这些事情，因为我来的地方很漂亮，他们在那里做事很漂亮、很细致。"

但她仍留在这里，很明显需要一个理由。"来这里是我的主意。我母亲不想让我离开家。我想住在一个全是黑人的城市，不想成为少数而想成为多数。这里还有件事情我确实很喜欢。别的地方你有时候去一个场所，发现自己是唯一的黑人。但在这里，当你进入一家企业，业主或经理是黑人，工人是黑人，有助于让你感觉你能朝着目标前进并实现它们。

"这里你在跟同类竞争。他们也许会对你很苛刻，因为他们在努力你也在努力。在家里我习惯做一个得分 C−D 的学生。这里我成了一个得分 A−B 的学生。我在观察别人做事的过程中受到鼓舞。这种事在这里经常发生。现在我准备离开了。我很可能想去另一所黑人学院，也许在亚特兰大吧。不过不用非得是黑人的。塔斯基吉已经提供了一个目标。"

那是布克·T. 华盛顿理念的一个版本，持续了一个世纪。对这个年轻女人（还有像她一样的人）来说，塔斯基吉理念依然存在。不过她说来塔斯基吉以前对布克·T. 华盛顿几乎一无所知，只知道他是很久以前做了一件非常出名的事情的黑人。来之后一个月，她读了《超越奴役》。"这里的老师鼓励你去找跟学校有关的内容，你也会去领会。"

塔斯基吉仍是一项持续发展的事业。它有一个全心投入的群体，并且仍在用心做事。它的财政困境是黑人学校普遍遇到的困境，况且它的境况比有些学校还要好。它的实际条件远远好过田纳西州纳什维尔的费斯克大学，那里的校园有一部分看起来像是废墟。费斯克也有一座令人伤感的铜像，原意是确立荣耀，但现在像是在照看废墟。这座雕像属于 W. E. B. 杜波依斯，华盛顿的竞争对手和批评者。

杜波依斯认为塔斯基吉把重点放在职业培训上是错的，华盛顿表面上默认种族隔离和黑人被剥夺公民选举权，只能导致进一步受辱。然而，还有别的选择吗？光是布克·T. 华盛顿的伟大成就，他当时对黑人的重大贡献，难道不是已经广为人知并让人钦佩了吗？人们可以阅读书籍和文献，但想象重新进入那段苦涩时期，感受黑人日常生活的沉重，这可不容易。

这两人的争论——杜波依斯和华盛顿，都是黑白混血——非常出名。杜波依斯看上去也许更有现代感。不过他最为人熟知的《黑人的灵魂》（1903 年）是一本散文和文章集，有点儿故弄玄虚。正是这本书的书名有点儿奇怪，甚至怪诞。抒情而神秘的语气（掺杂着社会和经济现实，有时候带着一些浪漫虚构）使人回想起十九世纪晚期英国乡村作家理查德·杰弗里斯的一些散文。（下面就是热情奔放的杜波依斯："我看见一片正与太阳嬉戏的土地，孩子们在那里歌唱，起伏的山丘横卧如因丰收而放荡的激情女人。在国王公路那边，有个人从过去到现在一直被幔布罩着屈身而坐……"）

我甚至能想象出，杰弗里斯为英格兰南部农民做的那些事情，杜波依斯也会试着为南方黑人去做。这两位作者与笔下人物的关系都有某种不确定性。杰弗里斯是小农场主的儿子，几乎是一个劳动者，尽管有些迹象表明他在社会上很可能一帆风顺；杜波依斯是个黑白混血。杰弗里斯模式能解释杜波依斯偶尔的推诿，还有华丽的辞藻（比方说，用诗意的"幔布"比喻种族隔离）。如果说布克·T.华盛顿能讲黑人的笑话，那杜波依斯则会谈到"我们习惯与种植园黑人相提并论的欢乐放纵和嬉闹"，会说"即使在今天，大部分黑人劳工需要比北方劳工更严格的监护"，他还会问："奴隶制对非洲野人意味着什么？"

但透过杜波依斯的写作方式和布克·T.华盛顿的男性气概，我们可以读到这一时期黑人生活的现实，看到两人在如此凄惨的背景中界定自己并建立自身尊严时可能遭遇的困难。像是表明面对那种困难的决心，杜波依斯的书似乎为了抒情而抒情。黑人和荒废的种植园看来能当成诗歌的道具来用。它经营的是泪水和愤怒，并未提供方案。

杜波依斯这种开端里也有他的结局。他很长寿，而临近生命终结时——以非理性面对非理性——他离开美国移居西非的加纳：一个前英国殖民地，独立后迅速成为非洲专制国，不久便回归丛林和贫困，把劳动力出口到邻国。

本世纪[1]初期，布克·T.华盛顿在《超越奴役》中以维多利亚晚期

---

[1] 指二十世纪。

饱经世故者的风格，恰好对那种关于非洲的多愁善感提出过警示。"在我们多次拜访过的英国下议院，我们遇见了亨利·M.斯坦利爵士①。我和他聊到非洲及其与美国黑人的关系，我和他会面后变得比从前更加确信，美国人靠移民非洲来改善自己的境况是没有希望的。"

在这次旅程中，我读了两遍《超越奴役》。读第二遍时，我在南方待了将近四个月，之后发现这本书有所变化。它变得不再只是一个穷人出人头地的寓言故事。我开始把它看成痛苦的密码之书，每一段都有单独的信号传递给北方人、南方人和黑人。

我也开始把这本书看作一个长期专注为学校筹款的人的作品。这一点本来应该很明显的，但并没有，已经被寓言的力量卷走了。然而，在基本的恳求后面还有别的东西：这个深谙处世之道的人代表不幸者很聪明地向富翁求助，让自己表现得体面、受人尊敬、有男子气概和教养，同时小心翼翼地做相反的事情，讲清楚他作为黑人知道自己的位置。

因此，他那广为人知的自信演讲，像十九世纪末所有中坚公民一样，谈的是"最好的人民"，以及"下层阶级民众"的"恶习"。不过在一次从奥古斯塔到佐治亚州亚特兰大的火车旅行中，在一节"全是南方白人"的卧铺车厢里，当两名"似乎无视南方习惯"的波士顿女士坚持邀请他共进晚餐时，他感到窘迫。晚餐显得格外漫长。一有机会，他就从女士们那里逃到吸烟室，男人们正在那里"看事态如何发展"。没关系，这些男人知道他是谁并急于向他介绍自己。

在英国，他逐渐获得了上层社会的高度尊重，获得他们献给慈善事业的时间和金钱。他对仆人之顺从印象深刻，这些人对当一辈子仆人感到满足，不像美国仆人，用起"主人"和"女主人"这些词毫无节制。在那种模棱两可的观察中，有些令人欣慰的消息是同时给黑人

---

① 英国探险家，曾深入中非刚果河流域。

和南方白人的。他说，他开始对萨瑟兰公爵夫人友善起来。她是一位有名的美女。不过作为黑人，他直接这样说是很不得体的。他写道："我还可以说，我相信萨瑟兰公爵夫人被人说成是英国最美丽的女人。"

那么多陷阱，那么多人要取悦，那么多矛盾要解决，那么多毁灭的可能性。成就巨大。然而代价又是什么呢。他五十九岁就去世了。

在去密西西比的路上，往西是破旧不堪的小村落，像是塔斯基吉城贫困的延伸。我在边界上的木材种植园里过夜。那里仍有点儿殖民前的荒凉：柏树，树叶半数剥落，光秃秃的树根像一种驼背的水生动物从泥水中升起；漂移的沼泽，边缘杂乱分布着树林；巨大的湿热。这片土地并不古老。塔斯基吉到 1830 年才有人定居。

两个月后我再度进入亚拉巴马，不过是从北面，从田纳西州的纳什维尔驱车南下，从山丘下行到亨茨维尔附近的平地。亨茨维尔所在的地方凭借吸引到的空间研究和工业，已经在南方创造了一片全新的地貌：宽阔的大道、低平的厂房，只为赏心悦目的宽敞广场。亨茨维尔还靠近 1873 年亚拉巴马第一所为黑人开设的州立师范和工业学校。那段往事已被淹没，尽管这座新兴工业城市的边缘依然种着棉花。

从国家航空航天局博物馆——满是亚洲游客，印度人、中国人（就像跟我一起的南方商人说的，"来看看他们想来工作的地方"）——塔斯基吉似乎属于另一个年代，存在于一个令人伤感的时空隧道。它让人想起人们为自己和他人创造的精神牢狱，如此不可抗拒，诸多事物在很大程度上似乎只能这样发展，然后突然之间稍微一转，就变得如此虚幻。

第五章　杰克逊，密西西比：边境，腹地

即使在亚拉巴马——重复的元音听起来像是在模仿"吗–吗吗"或"吗–吗咪"，并（因为这些歌）让人联想到班卓琴、黑人和种植园——我发现即使在亚拉巴马，密西西比的贫穷和种族冷酷也是出了名的。

但塔斯基吉的黑人（实际是棕色皮肤）药剂师也曾告诉我，越向西走，我的哮喘症状就会越轻。事实的确如此，在塔拉哈西的湿热之后（我住的玻璃塔楼让情况变得更糟，西边的墙壁午后不久就开始散发热量），经历过塔斯基吉多萝西会堂二楼密封过道里的热空气（有时候爬上楼梯，我就感觉热量卡在喉咙里，无法呼吸，直到走进凉爽一些的房间），我在密西西比州杰克逊的华美达复兴酒店里空调处理过的空气中才恢复过来。

空调系统很安静，窗户上的染色玻璃挡住了刺眼的光线和交通噪音。四周都是大公路。城市东面一片绿色，树木掩映着欣欣向荣的住宅开发区。东北面是一片新建的大型购物区。令人愉快的视野：很少有我曾担心的贫穷。我也感激这座城市像变戏法一样让我摆脱肺部的压迫感。

当然，杰克逊也有另外一面，就在市中心。周日下午很容易看到，在没有商业交通的街上，内城是黑人的，那里有"猎枪"房屋组成的街道。那是我第一次听到这个有表现力的词语：狭小的木屋（像活动房屋或者旧式列车车厢），前屋通向后屋，前门和后门排成一列。星期天下午，人们都来到街上，于是立刻出现拥挤、贫民窟和黑人：仿佛户外生活，屋子外的生活，是贫穷的一个方面。

在街角，一片开阔地，炙热的午后阳光下有一场祈祷会。没有听众。在那里人人都是表演者。妇女为礼拜日打扮起来，男人穿一身西服系着领带，只有牧师身穿白袍。这是主在基督教会西杰克逊圣保罗之十字军分会①。音乐和舞蹈的场合。在那个盛装人群中，许多人都有机会走上布道坛或者手握麦克风唱歌。

这些歌似乎是只有一句歌词的变奏。

没有耶稣我可怎么办？

一名穿褐色西装的中年男子唱的全是这些，他斜靠在布道坛上，用吐露心声的方式俯身拿着麦克风，仿佛有大批听众，而不是空无一人（除了我们车里的人）。这个男人靠什么为生？他真实的——或别的——职业是什么？

合唱团的领唱是一名穿白色连衣裙的大块头女人。她稍稍站在合唱团的前面。连衣裙的纯白、她的体形和嗓音可以把她与他们区别开来。轮到她用麦克风的时候，她并未走向布道坛。她拉过麦克风的线，在站立的地方唱：

不要让任何人改变你！

---

① 主在基督教会（Church of God in Christ）是美国新教教派之一。

那是她的那一行歌词，变奏似乎是自然而然的。

不要让——
不要让任何人——
不要让任何人改变你！

这群人跳起了舞。舞者中有三个小男孩。有一个站在前面。他很小，可能才五六岁，穿的长腿裤上有吊带。另外两个男孩稍大一些，他们在后面。舞蹈——他们用双腿展现出的所有复杂和别出心裁的东西——似乎一惊一乍地传到他们那儿。有那么一刻，他们就像成年人场合里的孩子，冷淡而疏远。接着他们突然着了魔，舞蹈像涟漪一样穿过他们。接着他们好像突然就要跳完了，哪怕歌唱还在继续，穿白衣服的女人刚刚唱到一半；他们去做刚才做的动作，他们的关注点显然很幼稚。穿白袍的牧师随着女子的歌声跳起舞，他的现场舞蹈扰动长袍，有了自己的节奏。

那天下午他们不是唯一在西杰克逊活动的宗教团体。另一个团体乘坐大巴经过，那辆漆成白色的大巴有细长的红色标记。大巴驶过之后，离正在跳舞的福音团体几个住宅区之外，我看见一个男孩在跳舞，这次是跟附近的黑狗，男孩握着狗的前爪。

唱完以后，白衣年轻女子走过我们停车的地方。她在午后高温中跳完舞，前额上方渗出了汗，现在高温又因为街道和建筑的反射而增强了。她用甜美的嗓音问我们是否见证了这个仪式，还递过来一本小册子。

小册子里有一张牧师的照片，没穿白袍也没戴十字架，没有摆出能暗示他自己的舞蹈节奏的姿势，而是穿夹克衫打着领带，目不转睛地看向摄影师。他是杰西·凯利长老。除了是教会牧师，他还是"西杰克逊十字军的创建人、WOAD[1] 的本地播音员、JSU[2] 毕业生"，"目前在卫斯理圣经神学院攻读神学硕士学位"。这种宗教感召背后或许有一些故事——丹尼或者塔拉哈西克劳赛尔牧师那样的故事——包括（根据白衣女子给的小册子）一所主日学校、一个夜间俱乐部牧师团、一个电台牧师团、一个街头牧师团和帐篷服务。

音乐和歌声吸引了我们，舞蹈吸引了我们，我们可以赞叹这种宗教奉献。但我们只能当见证者，无法参与其中。而白衣女子一靠近，反倒让我们想离开。

在特立尼达中部，我祖母的房子旁边有一扇高大的门，在木架上用波纹铁制成。这是房子和院子的主要入口。我最初的想法——六七岁时——是有两个世界：门里的世界，门外的世界。走出那扇门会进入一个与房子里面截然不同的世界，下课后穿过那扇门回来则会摆脱外面的世界等诸般想法。每个人都抱着这样的想法生活，每个人都有不一样的行为模式。不过在种族杂处的社会，尤其是在种族是大问题的地方，这不一样的世界就有种族的属性或寓意。特征和差异可以有禁忌的力量——事情是感觉到而非有意识地展开的。在这样一个社会里，参与不同于见证，它们吸引的是人的不同面向。正是带着熟悉的宽慰，我结束了西杰克逊十字军歌唱和舞蹈中的欢愉，回到城市北边华美达复兴酒店的空调房进行无声的康复。

在密西西比，我期待着尽可能从白人的角度看待事情。纽约有人跟我说过，那可不太容易。然而在密西西比，我发现人们在捍卫自身的名誉。这似乎让我有了一个开始。然而我并不确定。

例如，我似乎很快就触及艾伦的观念和记忆的极限了！她六十岁，家境很好。她有自由主义的姿态，她的表述似乎也很难超越那些姿态。

---

[1] 杰克逊市的一家福音广播电台。
[2] 杰克逊州立大学的简称。

她说："我感觉我们从 1960 年代起就在密西西比经历一场革命。这里像是两个隔离的社会。现在黑人的工作比以前好了。以前每个人都得在家干活——我说的是妇女——现在她们在麦当劳、银行或商店里干活。"

我们就那样待了一段时间，艾伦好像没说更多——也许是我还不够敏锐，或者还没学会跟密西西比人交谈。我甚至把笔记本放到一旁。她很温和，热情，渴望交谈。但我对她提不出问题。她的乐观、对进步和转变的观念几乎覆盖了我想到的一切。我们最后开始聊她的童年。那时候我重新拿起了笔记本。

"我在大萧条时期长大。不过我自己倒没有感觉太糟。其他人个个都穷。我感觉不糟是因为我有很多阿姨、叔叔、兄弟姐妹等等，一个大家庭，不过我不知道怎么称呼它。他们爱我也有时间陪我。我会出去跟他们一起度夏。他们总有时间跟你聊天并给你准备最爱吃的食物。他们甚至给我做衣服。"

那种小社群的概念，每个人都了解别人，都是亲戚——我发现对很多人来说那是过去生活方式之美的一部分。

我问艾伦："那些叔叔阿姨住在哪儿？"

"他们住在密西西比州最保守的镇上。"

保守小镇上的欢乐夏天。家庭团体之外有什么呢？作为孩子艾伦对红脖子有什么感觉吗？是不是真的有一种东西叫"红脖子心态"？

有。她比划出来。"'别惹我。'"她抬起纤弱的双臂摆出拳击的姿势。"一种战斗心态。"不过她曾被保护起来，免于遭受这种不幸。"有个姨妈给我念了很多。她有很多书。实际上她是邮政局局长。她鼓励我成为最好的自己。我猜这听上去有点儿势利，但她会说：'艾伦亲爱的，有些事情我们就是不做。'有些人我们就是不来往。"

她回到童年经历的爱的话题，曾经部分塑造她的那种爱。"它帮我拥有了正面的自我形象，尽管当时我们不那么说。我觉得这里的人还留有大萧条的伤疤。对我来说这里的情况好像非常糟糕。这里就是没有工作岗位。我姐姐比我大，受的苦也比我多，不过那是因为她曾有更多的东西要去开启。她拥有某些已经失去的东西，而我只是在贫穷中长大。

"离开南方以后，我变得更为自己是南方人而骄傲。我丈夫去东部上学，我在工作。这是在二战之后。那时候，我们有个政客，一个叫比尔博的参议员。比尔博是种族主义者，他主张把所有黑人都送回非洲，以此来解决问题；我猜，他绝对也受到密西西比人民的钦佩。但他在马萨诸塞州也绝对被跟我一起工作的人痛恨。是我一起工作的一个心理团队。他们正在研究群体动力学——偏见之类的。

"那时候我开始寻找关于南方和密西西比的正面事物。我琢磨这些人，也琢磨我们经历过的艰难——当你想到他们经历过的所有事情，不可能期待人们会表现完美。在 1946 年，马萨诸塞人还很惊讶密西西比人能读会写，而且我们还'穿鞋'。在有些地方那仍然真实存在。人们对密西西比的印象非常非常坏。不过正在变。"

"是因为作家们吗？"

"写作是从泥土和这种谈话的热爱中长出来的，谈话。"

聊回她在马萨诸塞州的时候，艾伦说："跟我一起工作的人，他们想知道我是不是真的这么做。有个到访的黑人，猜猜他们让谁带着他到处转？好吧，是我带他到处转。他这个人很可爱。我向他学习。我感觉他们很惊讶。他们从来没有明说。我也没给他们机会。你明白我们走得有多远了吗？"

不过密西西比州的粗暴可是出了名的。

"城南的红脖子就是低劣。他们这样是出了名的。他们特别喜欢拳击。有些故事就是讲他们的。比如，要是有走街串巷的推销员路过，他们就会把他绑在犁上，让他整晚耕地。我不知道那是不是真的。他们周六晚上会喝得醉醺醺的，互相打架，互相消磨时间。那确实是密西西比最恶劣的一部分。就是出了名的坏。不过除了那群人，这里还有一些出色的密西西比人，包括一些优秀的神职人员。那表示还有希望，不是吗？"

还有种族问题，在密西西比和南方永远不会忘记。

"我跟兄弟姐妹一起玩，也跟黑人孩子一起玩。他们是用人、洗衣女工之类的人的孩子。那就是为什么我认为南方人对黑人的感情比北方人好。我们称他们为黑种人——'黑人'是个新词。我已经习惯用它了。在家里我们不用'黑鬼'。"我没有问艾伦那些词，也没有提示她，她是自然而然说的。"我的亲戚也不会叫人黑鬼。我猜他们的教养稍好一些，哪怕他们住在外面的乡村。"

艾伦第三次或第四、第五次说道："我在一个有爱的环境里成长。"

她想起一段回忆。她一度停下来说我们的谈话开始让她把事情拼到一起，唤醒了往事。

"我爸爸喜欢钓鱼。他带我去钓鱼。我不觉得我像有些人那样态度苛刻，"——她是指种族态度——"因为那个。"她又停下来微笑。"我在乡村的夏日很重要，不是吗？"

"多少个夏天？"

"好像是我生命中最早的那十二年。我知道我跟有些人的感觉不一样，不过我就是不知道为什么。"

"宗教？"

"我确实认为我的宗教会导致差别，还有我们都是按照上帝的形象塑造的那种感觉。很可能不是作为一个孩子。我不得不用更多的同理心去思考那些。"她接着说，"还有人们干卑劣之事的那些故事。"

卑劣之事，在有爱的童年？

艾伦说——记忆运转，不相干的往事片段组合在一起，正如她说的，她交谈时它们已经开始起作用了，回答以前没人问过她的问题——"我母亲跟我说过把女仆藏起来不让三K党发现的事情。那恰好显出我们已经有多进步。我母亲有个女仆。叫莫莉·惠勒吧，我想。三 K 党想抓住她。我不知道为什么。我母亲对此没有说太多。我觉得三 K 党由于某种原因想把这个女仆痛打一顿，然后把她赶走。我母亲说她把女仆藏在家里的洗衣篮里保护起来。当然，他们不会进我母亲的房子。这实际上是在我出生以前。他们——三 K 党人——很可能是年轻人，在镇上算说得过去的人。"

"这让你害怕吗？"

"没有。那让我对三 K 党之类的事物有强烈的厌恶感。"她补充道，"红脖子——我告诉你的那个故事，很可能发生在我出生之前。"

我能理解，艾伦现在说的这些比我说出来要好。没有什么形势或环境是绝对相似的；不过我童年在特立尼达的印度村子里，有很多谋杀和暴力行为，这些暴力行为使得语言、宗教和文化早已与岛上其他人隔离开的特立尼达印度人恶名在外。但是对于更接近谋杀和世仇故事的我们来说，要紧的是其他事情。家族或村庄的世仇经常关乎荣誉。也许是一个农民观念，对于一个无法诉诸或相信法律的社会来说，这种荣誉观念可能尤其重要。

想象二十世纪二三十年代特立尼达印度村庄里的这种场景。比方说，村里有个重要人物被谋杀了。第二天早晨，在法定程序之后，尸体放在棺材里展示，也许摆在他家外面道路的两把椅子上。这是受害者家庭发出的反抗宣言。凶手就在前来吊唁的人里面。他必须来，他不能躲，而且几乎肯定会被认出来。现在两个人的生命被践踏：凶手，还有不得不杀死凶手的死者亲属。规矩要求得不能再少了，一个人若想大摇大摆地走开是无法接受的。

这种荣誉观念对我来说太深刻了，以至于《罗密欧与朱丽叶》这部电影（由巴兹尔·拉思伯恩① 出演）作为我最早的真实戏剧体验之一，

---

① 英国演员，曾出演莎士比亚舞台剧，1940 年代因出演福尔摩斯系列电影而闻名。

在我看来不太像一个爱情故事，倒更像家族世仇。当鲜血染红茂丘西奥的衬衣时，随之而来的究竟是怎样的恐惧、怎样的惊骇！荣誉——这才是我在我们周围发生的某些谋杀里所理解或看到的，而不是局外人强加给我们的——我后来才明白——野蛮。

这种感觉方式有一些我会归结到艾伦身上，她在小镇的童年时光，曾与她的大家庭一起度过那么快乐的夏天。那里的暴力不会像对纯粹的局外人那样，向她赤裸裸地表现出来。附着了太多别的东西。

当时的暴力；现在也有暴力。她童年时的暴力曾是白人的。人们现在谈到暴力是指黑人，而且是城里的。

她说："我觉得那就是挫折。如今那么多暴力发生在黑人社区里。黑人不喜欢我这么说，但是如果你去州监狱，就会发现那是真的——大量的年轻黑人。"

她是怎么养成她的修养、冷静、对公平的愿望的——在一个有着密西西比那种名声的州？

她说："我去念了大学。我觉得那对我管用。我有一位非常好的教授。他会对你这个人感兴趣。我小的时候父亲就去世了。我才十三岁。那时候我开始观察自己和别人。我觉得我只能快快长大。我住在小镇上。父亲没给我们留很多钱，于是我母亲不得不出去工作。她以前是个护士，又回去工作了。而我——我回去跟姨妈生活，上学，在同样的乡下小镇。我母亲非常努力地工作供我上大学。她在她那个行业非常成功。她是一位坚强的女性，她相信要对所有的人一视同仁。她照护人的时候训练有素。她在成长过程中对所有人都尊重有加。"

随后，放下这些不经意间想起的回忆，艾伦突然说："这个故事确实让我印象深刻。前不久我还跟一个亲戚聊到。这真的发生了，而我也在。我八岁。我在姨妈家做客，她有一个很好的女仆，我的几个表兄妹也在。默特尔——这个女仆——会弹钢琴。她不管听到什么旋律都可以弹奏。她用音乐还有所有东西让我们这些孩子快快乐乐的。她曾有一辆小敞篷车，还带我们去兜风。我们真的爱她。她是个黑人女仆。车可能是她一个男朋友送的。她是个好女孩。她涂艳丽的口红，前面还有一颗大金牙。

"不管怎么说，有一天她失踪了。她住在我姨妈房子后面的一间屋子。最后他们出去找她。他们发现她的时候，她已经死了——在一个衣柜里，上下颠倒。她被一根松树节瘤打中头部。他们叫它点火节瘤——用来点火的。他们觉得凶手是她的一个男朋友，但是我们无从得知。那真是可怕。我知道那是错的。姨妈悲恸欲绝。我觉得要是一个白人妇女被那样杀害，他们应该会找出是谁干的。不过我觉得也是我现在这么想而已，我觉得我八岁的时候不会那么想。对我来说，默特尔就是默特尔。我不去想她是黑人。她会打响指和跳舞。"沉浸在回忆中的艾伦坐在软垫靠背椅里，摆了个姿势，并打了个响指。"她就是很逗。她是挨家挨户洗衣服的女人的女儿。她们在大盆子里干这种活。这是在农村通电以前，当时大多数房子里开始有了自来水。我姨妈有自来水和室内浴室，因为我爸爸在那儿住的时候——我出生前——盖了一座水塔。

"我回到她的屋子。"默特尔母亲的屋子，在艾伦姨妈房子的后面。"他们已经把尸体搬走了。但我看见过它在那儿。看热闹而已。我姨妈不愿意让我去看。但我想去，她也就由着我了。"

怎样的一个故事啊，十二个欢快夏天的一段记忆！那个故事也释放出艾伦心中另一段记忆。

"我父母过去常常跟我说他们什么时候会在法院广场绞死人。合法的绞刑，不是私刑。那时候我父母还小。我爸爸出生于1897年。那让我非常憎恶——他们也是。你长大的时候人们会跟你说这些故事。我认为我们已经取得很大的进步。人们看起来正变得越来越文明，希望如此。"

别人在艾伦成长过程中给她讲的故事是边境故事，我是那样理解的。它们大量模仿了西部电影，值得重视的是从一个快六十岁的人那里听到。然后在生命中某个时期，她似乎已经从边境文化，或边境文化的遗迹，搬到了二十世纪末的杰克逊和美国。那给我提供了一个新的思维框架，我跟人们的谈话也有了一个新框架。

有些电影导演更愿意在自然光线里工作，可以用的光线，他们找到的光线。我正在进行的旅行就是这种类型，按主题旅行，取决于意外的事：在旅途中读的书、遇见的人。用我这种方式旅行就像在亚克力或湿壁上作画，事物快速凝固。一段叙述的整个轮廓可以由某次碰巧的会面、某个听来或设计好的警句决定。如果遇见别的人，我的思维可能朝不同方向行进，不过对自己待过的地方的感觉最终可能殊途同归。

直到我们分开之前，艾伦想到的都是父亲，是她十三岁的时候去世的。"父亲告诉我绝对不能踩着别人的背往前走。我们要一起向上走。"

到目前为止，那是我在南方旅行中最大的发现。在世界其他地方，我还没发现人们如此受良好行为和良好宗教生活的想法驱使。那对于黑人和白人都是真实的。

我的思绪游走在边境，游走在一种文化尽头的生活里。有一天刚过中午我去看露易丝，她快八十岁了，独自住在杰克逊的大房子里，有一座现在对她来说太大的花园，几个星期没下雨了，很干燥。

她的旧书柜或许是 1840 年的美国手艺，樱桃木将近一个半世纪后呈现出优雅的深色，里面有 1847 年一家费城公司发行的《旁观者》——艾迪生和斯蒂尔著——的一个版本，皮革装订的几卷。让人想起本地的殖民往事，还有修养和教育的观念，与周围世界如此格格不入。《旁观者》1847 年的再版——美国出版商在那个年代对英国书有着如今英国出版商对美国书的跟风态度。《旁观者》过时一百年了，那时候帕克曼正在俄勒冈小道上旅行，偶尔会遇到一些物件，几乎如白骨般恐怖，提醒他们那条路上曾有移居者经过：废弃的家具或许是

1840 年代早期的，像露易丝的书柜一样，那些移居者把它们装上双轮马车和四轮马车，本来想带到西部去的。

在樱桃木书柜的一个抽屉里，是与露易丝家族历史相关的文献和复本。她的家族可以追溯到殖民地时期。

她丈夫的祖先来自宾夕法尼亚，大约在 1820 年来到密西西比。"全是荒野，你知道的。"他属于同一个群体，几个内部通婚的家庭。这些人没有直接去密西西比。"在迁徙中，他们一起经过佐治亚、田纳西和亚拉巴马。"她用这种概念表述迁徙群体的亲属关系："当这两个年轻小伙"——她丈夫的祖先，还有这群人里的另一个男人——"到了结婚的年龄，他们去了牛津"——密西西比的牛津，在三角洲东边的丘陵地带，平坦的冲积河流平原——"娶了他们碰到的两位坦科斯雷家的女孩。"坦科斯雷是迁徙群体中的一个家族。"土地还没有开垦，旅行也很艰难。他们到那儿以后就留了下来。

"我祖父参加南北战争并在田纳西州夏洛作战时，还是个十六岁的孩子。他活了下来，回到亚拉巴马州东北部，组建家庭。南北战争以后的事情很艰难，接着我祖父就去世了。我父亲十五岁离开家，去密西西比的三角洲跟　个叔叔住。他受过一些教育，还花钱让一位浸礼会牧师教他记账，他开了一片小店，开始在三角洲买地。那里是美丽的乡下。现在那里是一大片棉花地，全部开垦并排干水了，但当时就像威廉·福克纳的《熊》——他最出色的作品之一。那里就是荒野——尚未采摘的大橡树。这是在种植园之前。简直漂亮极了。

"那里的地上开满了鲜花，各种各样的野生鸢尾花和紫罗兰，荷花和短吻鳄。他们刚开始在三角洲经营种植园。很艰难。你瞧，我们得了疟疾。我小时候每个夏天都得疟疾。开垦三角洲花了点儿时间。那里每年春天都发洪水。

"当时我是个小姑娘——大约 1915 年——他们还在开垦。他们会去这些大橡树周围砍啊剁啊，会让它们死去，接着砍断。他们准备开垦出一块田地，就会杀死这些树。我从来不关心这个。那是他们干的。我觉得理所当然。我在树林里玩耍。如果没回家吃饭，你就会被罚，因为你已经走得太远了，他们还得认真地出来找你。那时候每个人都有不少孩子，你知道的。没有生育控制。我们有太多人了。有些家庭损失了很多孩子。"

拓荒者的土地，密西西比的三角洲地区。然而密西西比作为边境州，从河边的棉花种植园年代开始，与奴隶制有种奇特的融汇。边境、拓荒者、荒野，不过还有廉价的黑人劳工。露易丝现在怎样想？在她小时候因森林里的野花、大树而感到愉快的那个乡下，如今黑人数量非常庞大。

她说："没什么理由待在三角洲，除非你是个大地主。你几乎不可能自己开垦。有一部分就是藤丛。"

"我看到过那个词。那是什么？"

"一种野生的甘蔗，跟你耕种的所有东西都不一样。我们有足够的帮手，仆人们。他们获得自由后，就待在他们所在的地方，你知道的。他们到处生活和繁衍。很多白人长大以后就离开了，但黑人留了下来。他们留下来的一个理由——现在去读那些讣告都很有意思——是他们非常喜欢群居。他们不太纠结于结婚证书之类的东西，不过他们对家庭是全心全意的。"而且黑人喜欢返回他们认为是家的地方。

那种观念，关于家庭的重要性，我在西非听说过，在象牙海岸。那压倒了其他忠于婚姻的观念——如果非洲人果真有的话。有人跟我说，把不忠当作离婚理由在象牙海岸会被认为是轻率的。那和另一个非洲观念也是一致的：你不是跟一个人结婚，你是让自己跟一个家庭结盟。

露易丝说："我感觉跟黑人事物、黑人问题切身相关。女佣今天早上告诉我，他们满大街跑来跑去朝空中开枪——这些年轻黑人。"扭曲版的边境，就在杰克逊这座城市。"我不知道我们怎样才能摆脱。他们有些人很聪明，有抱负。有些人还没有开化。一些白人也是，但可能不太多。我们不像他们繁衍得那么快。"

她讲了一段不相干的记忆，对拓荒生活和黑人的看法交融其中。"在三角洲，我有个保姆，我猜是吧。她甚至做过我的奶妈。那时候没有配方奶。医生们对婴儿一无所知。事实上，他们知道的也就只比水蛭多一点儿，但也多不到哪儿去。他们没有什么技能。"

三角洲绝美的森林，孩子可以在里面的野花丛中嬉戏，已经被砍伐一空。她父亲也建了一个种植园。那个种植园怎么样了？

"我父亲去世的时候五十岁。就在大萧条之前，他卖了大概一千亩地，还留着大概七百亩。"但没有森林了。"冬天是泥浆，夏天是尘土。我父亲买了一辆查尔默斯牌①汽车。这甚至早在广播时代之前。是一种消遣。"有时候他们就坐在查尔默斯里，哪儿也不去，就是觉得好玩。"我们安安静静地生活。要是哪座镇子在五英里外，距离就算很远了。"不过后来，道路改良汽车也改良以后，三角洲的人在密西西比州开始有名，因为他们愿意长途跋涉去吃一顿正餐或进行其他娱乐活动。

接着露易丝谈到一个主题，把三角洲地区跟我自己那个印度社区的特立尼达联系了起来。中国人曾被带过来给三角洲干活，就像废除黑人奴隶制以后，中国人和葡萄牙人以及印度来的印度人——印度人持续时间更长——曾被带到特立尼达和大英帝国的其他殖民地（包括南非）给种植园干活。

中国人在这里，密西西比河畔！

露易丝说："中国人完全自己住。他们还是这样。有个人曾住在万斯，下层白人会无情地欺负他。如果太糟糕了，我父亲就会照顾他。父亲死后，这个中国人也离开了万斯。他们戏弄他。学童们在回家路上路过他的小店时会说：

---

① 二十世纪初期的汽车品牌，一度颇为兴盛，1923 年停产。

奇科中国佬
爱吃死耗子。
细细嚼一嚼
就像脆姜饼。

"他就跑出来——那或许是他的幽默感——晃晃拳头，他们就笑着跑开。"

这首没有意义的儿歌仍然留在她的记忆里，无疑来自另一个国家，改编以后用来说三角洲的中国人。我自己的脑海里同样有一首儿歌从孩提时代就挥之不去，说的是特立尼达的中国人，黑人小孩唱的儿歌——同样没有恶意：

中国佬，死不了。
鼻子塌塌眼睛小。

最初是谁编的呢？一个成年人还是一个小孩，自然而然地说顺口溜，就像有些孩子那样吗？我的中国人儿歌，还有露易丝的，最初肯定是有人编出来的。

再聊一会儿密西西比儿歌原本会很愉快，但露易丝有别的回忆。她现在有点儿累了，不再像开始的时候能说出一连串的想法。

她说："那段时间那个地方还很平静，但黑人太受压迫了。他们做的不是现在做的这类事情。我们很少有麻烦。他们走他们的路，我们走我们的。我们习惯有帮手。在大萧条期间，我姐姐有个女佣，女儿跟她同岁——"不过这个故事一直没讲完。或许是想起来过于痛苦，或许露易丝希望就让它被埋葬。那意外地引出这种想法："我对黑人所谓的穷苦白垃圾抱有很大的尊重。我认为他们是受难的。他们也需要机遇。"接着露易丝不耐烦地说,现在好像带上了疾病和年龄的重量,"不过世界的需求太巨大了,他们被压垮了。"

黑人、需要跟别人同样多帮助的穷苦白垃圾,还有她姐姐和大萧条,这些想法组合起来,翻出了这个故事:

"在大萧条最严重的时候——我们还没有经历过类似那次大萧条的事情——我们住的地方离一个劳改农场不远。"她想起了准备要讲的故事,说:"不过那件事情很可怕。那里有个模范囚犯在劳改农场的雇员家里干活。啊,那件事震惊了三角洲!那里一个看守的女儿——他们说她跟一个黑人囚犯有染。闻所未闻。不过,总之,这个囚犯杀死了她父亲。接着他们开始抓捕他,悬赏两千美元。当时这可是一大笔钱。一名年轻的种植园主儿子就走进谷仓阁楼想把他捉下来。这个囚犯当然就开枪射死了他。二十三四岁,你见过的最英俊的人,还是个优秀的年轻人,但他立刻就死掉了。当然他们抓住这个黑人并把他杀了。这件事发生在离我们大约十英里远的地方。真的让每个人都闷闷不乐。当时那种事情非常非常少见。现在他们不怎么重视了。我当时还年轻,大概二十岁吧。那件事对我的影响非常深刻。很不幸。不过那种暴力也是偶尔才发生。"

我们聊到1955年埃米特·蒂尔谋杀案。埃米特·蒂尔(跟大悲剧联系在一起时人们的名字变得那么特别)是一个黑人青年,他被指控吹口哨调戏一名白人妇女而被杀。那件事让密西西比的坏名声雪上加霜。

露易丝说:"我的家族还有人住在三角洲。他不光向她吹口哨。我兄弟在进行审讯的萨姆纳有家药店。我们不是那种人。"露易丝说到三角洲的社会特质。早先,关于她家族作为种植园主的地位,她说:"每个地方都分阶级。"而她现在的意思是作为店铺职员的这个女人——就像据说埃米特·蒂尔吹口哨调戏的女人——属于不同的阶级。"我母亲和姐妹们从来不去那样的供销店干活。我们总是雇帮手。""供销店",一个种植园用词,意思是种植园商店,工人们在那里赊账买东西,从薪水中扣除。"我父亲觉得那地方不是家里女人能待的。三教九流都去那儿，有时候还醉醺醺的。"

在艾伦对童年的讲述中，我早就被好家庭里的人的正派职业吸引了。艾伦的一个姨妈曾是邮政局局长，而现在露易丝说她兄弟经营一家药店。南方的贫困中，阶级这种东西仿佛存在于一个家庭的思维和意识里，与好的、得体的行为和观念有关。

露易丝说："民权运动改变了一切，那有好有坏。"她补充道，思绪似乎通过联想重新回到脑海里，"我更愿意住在没有黑人的地方。我一辈子都生活在他们中间，也喜欢他们。而现在"——她的意思是尽管杰克逊有犯罪，而且这座城市黑人日益占了上风，不久也许还会有一位黑人市长——"他们热心又幽默。我会想他们的。但是，如今在杰克逊他们人数太多了。而且无论在哪里，他们总是一大堆人，因为他们喜欢同类，也不准备在没有黑人的地方定居，他们会寂寞的。这个女人在爱荷华州能挣更多的钱，但回了这里，因为那里对她来说太寂寞了。不过，在杰克逊，他们正结成帮派。如果他们能分散在乡间，那更好。但我们又不是俄罗斯，我们不能那么做。"

我差不多该走了。她有点儿想摆脱谈话，不过她还有一面，既然开始聊了就希望继续。她再次说起三角洲的童年，那时候田地还是森林。

"我们自给自足，不过生活在现在所谓的贫困线以下。在三角洲生活是一种特权。在夜晚，我们会听见森林里的动物叫，一头美洲豹，听上去像女人在哭喊。"

如今到了暮年，她独自生活时，再度接近她的是童年的寂寞，三角洲的孤独。

"我继母过去常常讲一个女人的故事，森夏恩·伊斯特林小姐——森夏恩·伊斯特林！——想去参加一个派对。不过没有交通工具，只能沿着铁轨走。于是他们就去了，沿着轨道，用一辆手摇车。上下抽动，你知道的。"

我不知道，真的。我小时候在特立尼达，只在美国系列惊悚电影里见过她说的手摇车。

"然而，"露易丝说，"他们被货运列车撞了，森夏恩·伊斯特林小姐一辈子都瘸着腿。那个故事是为了阻止我们对社会生活有太多向往。那些日子我们无疑被隔绝在三角洲。

"我记得有个圣诞节我得到了一顶最漂亮的真獭皮帽。那肯定是从马歇尔·菲尔德[①]那样的商店运来的，因为附近没有哪家商店有那样的东西。而且我戴着獭皮帽也没有什么地方可去，于是圣诞节下午我就戴着它沿着铁轨走，希望有人能看见我。但没人。那时候我十二岁。"

六十七年之后，仍是独自一人，在发展超乎她想象的杰克逊，寡居，她生命中几乎所有的冒险都是过去的，她回想起更早的孤寂记忆。屋外，她那枝叶茂密的院子，都是大树，土地干裂，发黄，等待雨水。

几天后（雨水已经来过）我去拜访尤朵拉·韦尔蒂并提起露易丝獭皮帽的故事。韦尔蒂女士只比露易丝小一岁，她知道露易丝在1920年圣诞节能得到的那种帽子。

"那些帽子叫作玛奇·埃文斯帽，以一个女童星的名字命名。只在杰克逊的一家商店有售。很多年以后，我碰见了这位女童星。当然，我碰见她的时候她已经不是孩子了，不过还在从事演艺事业。我是在纽约遇见她的。她比我大一点儿。她说：'我知道你的作品，因为你在一个故事里有一顶玛奇·埃文斯帽：我就是玛奇·埃文斯。'她戴这顶帽子的时候跟我们一样是小姑娘。这种帽子四周有宽边，有从背部一直垂到腰间的飘带。它们是极好的帽子。还有夏天的草帽。那些日子你什么时候都戴着帽子，连去主日学校都戴。"

---

① 美国高档百货公司，创办于芝加哥，后来发展为一家连锁店。

三角洲再也没有露易丝熟悉的森林了，如今沿着密西西比河有一条堤岸每年保护着平坦的土地免遭洪水侵袭。

大地如此平坦，连树看起来都很矮。而且，从车里望去，种着小棉花的田地倏忽之间形成一条长长的、让人昏昏欲睡的透视线：棉花的绿色在大地的土黄或深褐色中交错出现。不过农业在困难时期已经衰落，尽管还有一些名为"埃及"的那种优质种植园，但三角洲不再是露易丝描述的"一大片棉花田"了。

不过，埃及能让人瞥见往事，以及种植园文化的社会魅力和区隔。庄园宅邸和种植园供销店背后是亚祖河①，非常混浊，仍有驳船顺流而下；内河汽船最后一次在那里停靠是在1932年。午餐时，凉爽的庄园宅邸给人一种空间感，感觉到将一个人与邻桌隔开的巨大距离。书籍、对历史的关注（"埃及"在这个世纪大部分时间由同一家族所有）和绘画（原件，大部分是肖像，也有复制品），甚至还有会客厅壁炉台上的黑人头小雕像，这些都暗示着一种早已从三角洲特殊的劳作世界中移除的文化。

甚至吃午饭的时候，防治害虫的人还一直在外面忙碌。紧挨着宅邸的庭院，就是它完全赖以生存的平坦土地。价值百万美元的设备在那些田地里进行耕种、收割和施肥。过去设备很少，劳作者会更多。

占地颇广的几座房子在平地上排成一排，向天矗立，住着现在所需为数不多的黑人劳作者。房子前面，路上——看得很清楚，就像在舞台上：大地平坦和天空高旷所致——黑人孩子们在嬉戏、乱跑或转圈。在庄园宅邸，午餐时，有人可能觉得像是去了阿根廷的大牧场庄园。外面，考虑到那些劳作者的房子，有人以前也许是在一些非洲国家，很可能就是肯尼亚，如果背景里有山丘的话。

尽管近来价格有所提高，但棉花不再是绝对的三角洲之王了。在

---

① 密西西比河的支流，周围曾是主要产棉区。

高速公路上，平坦大地背后隐藏的是，如今数千亩三角洲土地都转养鲶鱼了，复杂、大型、美式机智，还有机械化、大胆冒险，跟三角洲所有投机事业一样。

有天早上我驱车去杰克逊见证一些鲶鱼池塘的"收成"。这些"池塘"每个大约十五或二十亩，前一天晚上已经围网捕捞。这种围网就像人们知道的那种围网，不过是由两辆拖拉机拖曳的，堤岸上一边一辆；堤岸上到处堆放着覆盖着灰尘的死鱼，现在不像死鱼倒更像一种皮质原料。池塘里有时候有蛇，还有金鱼，在围网和从池塘装鱼到卡车的铁丝网漏斗里闪烁着红光。金鱼偶尔有一两条的时候是漂亮玩意，在这里则成了"杂鱼"，在加工厂与鲶鱼分开，要么被扔到池塘引来的其他杂鱼（有时候是鸟扔下来的）里面，要么磨成肥料。

任人摆布的大自然有点儿乱了套。金鱼被引进来原本是吃水藻的，这些水藻让鲶鱼有了坏味道。但金鱼繁殖得实在太旺盛了，堪比密西西比另一个大祸害葛藤，从日本或中国引进来阻止本州的丘陵水土流失，如此喜欢自己发现的这个地方，已经蔓延到方圆数英里，爬上电线杆把它们拉倒，杀死树木，到处长出巨大的悬垂物和摇晃物，用厚厚的、丛生的——几乎是字面意思——无法根除的藤蔓将林地覆盖（葛藤就是为此引入的，因为奇特的根系能牢牢抓住土壤）。跟刚果河里的水葫芦一样，葛藤已经变成了扼杀者。

味道对鲶鱼来说是个大问题。迄今为止，加工厂和鲶鱼研究所的所有研究都没能解决。鲶鱼会产生怪味，尤其是在夏天：泥土或焦木头，抑或某种带石油味的东西。

于是，加工厂在准备捕捞的鱼身上要做五六次味道测试。活鱼的尾巴被割下来，煮熟以后品尝味道。加工厂的采购经理说："我们带着鱼皮把鱼切开。我们不想通过任何方式有所掺杂。它刚从卡车上卸下来，尾巴割掉，就放入微波炉。它不会被剥皮什么的。"

煮熟和尝味是同一个人的工作。"我们的试味员一天轻轻松松就能品尝两百个样品。会有变化。我知道他一天最多能尝三百五十个样品。他有独特的方法把碗碟洗干净。如果一条鱼的异味很大，他就打开厨房的风扇，因为有异味的那条真的会把试味厨房弄得臭气熏天。眼下，在夏天，送来的十五条里只有两三个样品可以接受。冬季的接受率会高一些。"鲶鱼养殖者只能希望有被拒绝样品的池塘能变得正常，那里的鱼下次还有机会通过味道测试。

所以那天早晨装到加工厂卡车里的鱼只差一道测试就全部过关了。加工厂还有最后一道。前往加工厂之前的两天，鱼没有被喂食，这样就没有什么会干扰它们的味道。现在，口味纯正，份量从一磅到一磅半，这些鱼差不多到了它们十八个月养殖循环的终点。

在一间孵化场，一间小棚屋里，它们从一开始养就能看见：水槽里的鱼卵，保持在恒温八十度^①的水中，一个电动桨叶取代了雄鱼波动的尾鳍，没有那种扰动，鱼卵就会死掉。在五天的生命里——从小黑点开始——长成鱼卵，接着鱼苗被放入池塘，开始了十八个月的生命。

池塘持续充氧，没有氧气鱼就会死。池塘的氧气含量夜以继日每隔两小时测试一次，鲶鱼养殖者不能离开鱼太长时间。喂鲶鱼的饲料和谷物由电脑控制，在固定时间扔到池塘深处。鱼在喂食时间游到深处。它们是有习惯的动物，如果不规律地喂食或喂得太多，它们就不吃了。池塘里的鲶鱼如果太少，鱼就吃得不多，长不到有销路的重量，因为（像它表现的）竞争减弱让这种动物跟放养在河水底部的野生鱼种一样"懒散"。那么，那天清早装进加工厂卡车里的鱼喂养起来到底投入了多少呀——得有多少试验、意外和损失！

工厂在印第安诺拉小镇上。加工室里的工人午饭时间坐在外面斑驳的松树影里，隔着从厂里铺筑出来的道路。他们穿戴着血迹斑斑的白袍和看似塑胶浴帽的东西。这些工人大多是黑人，很多妇女。他们

---

① 华氏温度，约为 26.67 摄氏度。

坐在木桌旁的木凳上，吃着午饭。有些人正在吃汉堡——一种食品加工业里的工人吃着另一种食品加工业的产品：工业社会的平等交换。

午餐结束，加工恢复。加工厂的卡车放出运来的鱼——在泉水里，尽量保持鱼的清洁——进入一个金属笼子。鱼在笼子里被提起来送进一个电动震晕机，一个漆成绿色的箱子，再传到加工线上，在一间机器轰鸣的房间里，鱼在那儿被去头、去内脏和剥皮。

去头、去内脏和剥皮——带我们四处参观的采购经理说起这些难懂的词就像另一个年代的人们说起罪犯被绞死、拖往刑场和肢解一样轻松。那种过程里有什么东西与此相关。不过鱼类工厂里的重点在于速度，给鱼保鲜的速度，到最后一刻还是活的，接着短短三分半里去头、去内脏和剥皮，此后立即放进（至少是鱼片、鱼排、鱼条或鱼块）混合着冰块的极冷的水中。冰块在那个阶段很重要：这个过程的每个细节都是设计好的。采购经理说，冰块也算是一种清洗剂，去摩擦切成块或切成片的鱼肉。三十分钟内，鱼被彻底加工，准备投放市场。

"于是，"这位采购经理说，"客户当天傍晚正餐时就能吃到一条早晨还活蹦乱跳的鱼。这种新鲜程度任何水产养殖品都比不上。至于海鲜，忘了它吧，有些海鲜在船到码头之前已经在船上躺了四五天了。"

"去头"——这个词对我来说是新的。不过它无疑是对的。人可以被斩首，人不会被去头就像鱼不会被斩首，"去头"暗示卷入了工业过程。这种操作速度部分取决于去头者或采购经理说的锯头匠的技巧。好的锯头匠一分钟能切下五十五个鱼头。不过鱼必须被震晕，不再扭来扭去，绿箱子里的震晕机必须起作用。男人和女人都能干锯头的工作。我研究过一会儿的那个女人戴着黄手套，将震晕的鱼快速滑过垂直的手锯。去内脏是用吸力完成，用的机器跟将近二十年前我在加利福尼亚州蒙特雷的约翰·斯坦贝克罐头厂街①保留的东西里看到的一样。

---

① 罐头厂街是为纪念约翰·斯坦贝克的同名小说而命名的，曾是盛极一时的沙丁鱼罐头产地，如今已成为旅游景点。

外面，加工后的鱼内脏和其他血淋淋的东西从两个漏斗倾泻到红色卡车里，被带到别处，也许会变成肥料（不过我没问）。

在办公大楼里，只有秩序和寂静，女孩子们都是白人。在休息室里，一张彩色照片上有两个漂亮的白人女孩，她们是1985年和1986年的鲶鱼小姐。

1969年在罐头厂街，我曾被人带着四下参观无声的废机器，那人把它买下来，正巴望着卖掉。他告诉我一旦你把它"用活"，那个机器并不难——哪怕罐头加工机器表现得很复杂和烦琐。我感觉这家加工厂的总经理（还有采购经理）以那种方式"用活"了鲶鱼。但罐头厂街那个地方死气沉沉的，塞姆·海诺特则在构建一项新兴产业。

他四十五岁，出生在亚拉巴马并念了奥本大学。这个名字使我回忆起在塔斯基吉时，傍晚驱车赶往那个镇以及邻镇欧佩莱卡去吃晚餐。而且，我想起在塔斯基吉听说的关于两所大学兽医学系的优劣比较，我说："奥本。不过那是塔斯基吉的竞争对手，黑人大学。"

塞姆·海诺特笑了。我是客人，他有耐心。他说："塔斯基吉是一所黑人学校。不过奥本不是它的竞争对手，奥本的竞争对手是亚拉巴马州立大学。"

他开始干这一行时是一名经济学家，处理粮食价格和其他商品价格的市场分析员。随后，作为内布拉斯加州奥马哈市一家大公司的经济研究主任，他的职责变成了为公司寻找新的商机。他就是那样进入鲶鱼产业的。

"我们最后在1969年买了一家涉及鲶鱼业务的小公司。这家公司有一个孵化场和一家加工厂。他们的业务是向养殖者出售鱼苗，再回购市场所需大小的鱼，对包装好的鱼进行加工和销售。我觉得很像早年的鸡肉生意。"

他的分析是对的。1981年他在印第安诺拉开始经营的水产养殖合作社有五十名雇员，现在则为一千四百人提供就业，间接的就更多了，很多都是当时只能在棉花种植园做季节工的黑人，春天"切棉花"，清除可能有毒的杂草，秋天在轧棉机里工作。很多养殖者避免了被迫离开养殖场的命运。"许多养殖者不想卷入鲶鱼产业，但是他们几乎没有别的可做。对养殖者来说，一旦成为养殖者就很难放弃。对他们来说那是一种生活方式。"

塞姆·海诺特做了很多颇富成效的广告。"作为一家公司和一个产业，我们花了大量广告费用提升鲶鱼的形象。我们雇用专业的厨师，就像这个家伙"——他拿起一本小册子，里面有张照片，一位厨师两手端着一道煞有介事的菜品——"来帮我们改变鲶鱼的形象。"鲶鱼，鲶鱼——像塞姆·海诺特那么专注的人，说起这个词似乎从不厌倦。1986年成立的鲶鱼研究所出版过各种小册子。塞姆·海诺特给了我一本《慰人以渔——用鲶鱼烹饪》。那一度是个美国式的运动，也产生了美国式的成果。鲶鱼产业目前的销售额共有两亿美元，将近一半来自印第安诺拉的工厂。塞姆·海诺特认为，十年内这个行业的销售额将达到十亿美元。

尽管人们无法绝对控制其他活物——罐头厂街由于沙丁鱼从那片海岸消失而停止运转——也没人绝对有把握说鲶鱼会怎么样——什么突变、衰弱——作为这种密集型养殖的结果，这件事发生在这个地方仍然令人惊讶。露易丝了解的这个地方有荒野、疟疾，易发洪水，却被野花点缀得很漂亮，而现在，这些鱼离开池塘几个小时，鲜红的内脏就被卸到红色的卡车上，它们的生命周期结束了。

没有哪一处风景像我们儿时的风景。对于露易丝，尽管她父亲曾是种植园主，但种植园主们在三角洲创立的"大片棉花田"是对她从小熟悉的森林的玷污。而对于玛丽，四十年后出生在三角洲，没有哪一处风景会像她成长于其中的大片平坦大地。

她说："我觉得没什么东西比平坦的大地和广阔的天空更美。"

她当时正在领我看杰克逊以北约十五英里的小乡镇坎顿，为我此前驱车经过却未能理解的破旧赋予意义。我只留意到了穿镇而过的主路上的衰落气息，并意识到小镇上有大量黑人，在这里显然无所事事。现在，玛丽带我穿过主广场周围的街道，历史的层次忽然变得清晰可见，就像南方很多地方发生的那样。

　　这座小镇建于 1830 年代中期。不过广场上的大楼大多是 1890 年到 1910 年这二十年建的。南北战争曾一度介入，离主广场不远的一条街就是第一个提醒。

　　那条街有漂亮的老房子，但跟黑人一起。他们有些人可能就坐在门廊下。大街中部是一片开放的绿地，有一座灰色大理石方尖碑。一侧刻着：W．H．豪科特立，纪念南北战争期间追随哈维童子军的优秀而忠诚的仆人们。另一面：献给我忠实的仆人和朋友威利斯·豪科特，一名有着罕见忠心和诚实的有色人种男仆，我以深深的感激来珍视对他的记忆。W．H．豪科特。第三面是：他们每个人都忠诚、忠实、真实。方尖碑的第四面是空的。

　　这名奴隶，威利斯，随了主人的姓。难道这名跟主人上前线的"有色人种男仆"真的是个男孩，抑或一个到死都是男仆的成年人？① 真情实感就摆在那儿，不过这座方尖碑是战后为了称颂奴隶的忠诚修建的，里面包含多少反抗呢？

　　方尖碑在一条黑人的街上。哈维童子军的纪念碑在别处的白人墓地里。这座奴隶纪念碑仍有人照看。灰色方尖碑周围的草地修剪得整整齐齐，底座上有一束人造花。黑人坐在不远处的门廊下。黑人在我们瞻仰时从一旁经过。他们不介意吗？

　　他们不介意。但是，玛丽说，有些事没有发生在他们身上。假如有一天有人过来把某些事情强加到他们身上，他们也许会介意。

---

① 英语 boy 兼有"男孩"、"男仆"之意。

在几条街之外的白人墓地里，座落在中央的是哈维童子军的纪念碑。那也是一座方尖碑，但不像给仆人们的那么普通，上面刻有交叉的旗帜、一颗星和新月，底座上有块金属牌匾，还刻了一些诗句：

> 许久之前就已擂响归营的战鼓
>
> 骑兵厮杀之处如今一片静穆
>
> 他们军刀闪亮无所畏惧
>
> 一马当先的是艾德·哈维

令人不安，那有瑕疵的最后一行，让人觉得前面三行是抄来的。然而有过牺牲：艾迪生·哈维上尉 1837 年 6 月生 1865 年 4 月 19 日遇害国旗永久收卷之时死亡让他从战败的痛苦中解脱。

在墓地远端，距原有的犹太人坟墓的角落不远处，是小墓石，五个一排，延伸到墓地最远端，每块石头上都标着无名邦联士兵。在这个小镇墓地里，对这些无名者的关注让人震惊。玛丽说，尸体或残骸应该是战后某个时间收集的。这些墓石可能建于 1870 年代。哈维纪念碑，还有给黑人奴仆的纪念碑应该是后来建的。

墓地仍在使用。其他人带着更沉重的需求行驶在小路上，像我们做过的那样。那里有两座新墓，绿色凉篷下标着承办人的名字，布雷兰。不远处是承办人自己的家庭宅地，有标着布雷兰的大石头。玛丽说："有些人觉得那是广告。"

坎顿这么小，却自有社会和种族的区分。铁路轨道分开这座小镇好的一边和坏的一边。在坏的一边，黑人的一边，很多房子处于失修状态，其中不少是猎枪屋，前面一间屋，后面一间屋，房子都是紧挨着建的。也有稍好的黑人地区，不过就算新建的住宅看上去也像要倒了似的。坎顿似乎没什么事可做。镇上老旧的那部分是定居点，与以前有过的一家木材工厂相关。锯木厂是白人工人的。紧挨着的是黑人区，有一个使人回想起奴隶种植园小屋的名字：锯木厂区。

坎顿仍有一个家具厂，镇外还有两三家别的工厂。不过工业区是一团糟，看上去就像热带的贫民窟。我们到了乡村俱乐部——会员是坎顿和杰克逊的专业人士——的区域，很难想象那两个地方的气候和植被是一样的。在一个地区，日光似乎是毁损和麻木的一部分；另一个地区，在大树和精心修建的车道中间，阳光就像这个地方特权的一部分。

"日光""阳光"——对我来说这两个词一直就不一样。"阳光"是个美好的字眼，"日光"则更刺耳，是特立尼达清晨的阳光在大约八点要去上学时变成的样子。在我小的时候，特立尼达葡萄柚果汁标签上的口号是"在热带阳光中成熟的水果"。我一直觉得这些字眼太漂亮了。对我所生活的气候来说，"在爆裂日光下成熟的水果"更真实，不过那样一来可能就不太像口号了。"热带阳光"——我总觉得这是一个旅游用词，而事实上，对于对其他东西一无所知的人来说它们并没什么意义。

如今的农业衰败和工业衰败；二三十年前的民权运动；在那之前的大萧条；重建；还有南北战争——考虑到人们在坎顿这种地方能看见各个历史层次的纪念物或遗留物，南方好像是在危机和危机之间周旋。在一切的背后，是制度为大部分危机播下了种子或使它们恶化：奴隶制导致当下这种黑人过剩，机器时代不再需要的人。

玛丽说："我一度很沮丧，因为问题深重到让我明白自己看不到它能解决了。看到人们那么活着真是心痛。那会阻碍这个地区进步，经济上和文化上。这些人不看书，甚至不看报纸。只有电视这种东西。事实上，他们有些人很可能不会阅读。不是用你和我阅读的方式阅读。他们能看懂一个标志，但不理解一个想法或概念。"

我们驱车穿过这座城镇时，她曾指给我看一所红砖墙高中，在学校废除种族隔离后变成了一个家具店。

"在公共体系注册使得这座建筑变得多余。"她的意思是白人让孩子退学，转而把他们送到私立学院，通常还是基督教的学院。不过现在，那对有些人来说有经济压力，人们又开始考虑公共体系了。"我最近受到鼓舞，因为这里有人不会被看成自由主义者，他们正意识到这座城镇未来很大一部分是跟学校体系绑在一起的。"

"这里还有废除种族隔离的苦涩吗？"

"六十年代的苦涩很多已经进入第二代。不过如今更多是对经济的不满。人们讨厌看见食品券之类的福利计划，还有给婴儿提供食品和牛奶什么的。当然，看到你努力工作才能挣来的东西被免费送给某些人，那些为了家庭努力工作的人肯定会不高兴。医疗保险是另外一回事。这里有些诊所人们去的时候是按收入付费的。这意味着他们得到了联邦政府的支持，也就是说，别人的所得税。

"在种族方面我不是个软心肠，相信四海之内皆兄弟。人们太不一样了。我相信上帝，但不虔诚。这里是圣经带①。因为种种原因，南方人对信仰极为宽容——黑人和白人。我参加过一个礼拜仪式，那里的人们虔诚极了，我感觉自己正在错过什么东西。但那不会持久。宗教在这里非常社会化——社团成员、教堂晚餐之类的事情。我想我也不是特别社会化的人。"

"你什么时候开始觉得自己是个南方人，是个不一样的人？"

"我一直有这种感觉。我们太自豪了。我们就沉浸在南方很特别这种感觉里。我的家庭一直对文学感兴趣。我们对我们这里的作家感到非常骄傲。"

另一面呢？顽固，暴力？有没有一种观点能将其全部容纳？

"我明白另一面。暴力、贫困。我成长的时候有件非常丑陋的事。就是埃米特·蒂尔的谋杀。他是从芝加哥搬到这个地区暂住的黑人男

---

① 美国中南部和东南部地区，主要信仰福音派。

孩。他因涉嫌向乡村小店里一个白人妇女吹口哨而被枪毙。这都发生在离我当时住的格林伍德不远的地方。是在 1955 年。我十一岁。我记得最早是在报纸上读到的。我有个朋友，她认识小店里的人。我还记得学校的人说那不是真的，他还生活在芝加哥，而人们试图给密西西比抹黑。哪怕刚十一岁，我也知道那是一种可悲的思考方式，那么想的人跟小店里的女人属于同一个社会阶层。"

又来了，强调社会差别。在生活如此孤立和受限的三角洲，这些差别是怎么运行的？

玛丽说："我祖母会说有些人不是乡亲。那可能是她最喜欢的说法。她很能意识到谁是乡亲谁不是乡亲。"

"谁是乡亲？"

"一般说来，乡亲不是只在这里住一段时间的过客。你了解他们的家庭。如果他们不是搬过来的，比方说从拉斐特县，你会了解他们的家庭。"

"但是，除了纳奇兹的一些人，没人在这里居住超过五代。"

"没有。那不过意味着你知道他们是同一类人而已。他们知道怎么表现行为举止。他们不说'黑鬼'，也不说'安特'①。说'安特'和'黑鬼'的人不是乡亲——那么说肯定立刻就把你划出去了。她对规矩非常挑剔。如果你把胳膊肘放到了桌子上，要是没有客人，她就会拿起那些沉甸甸的银餐刀打你的胳膊肘——那些日子，人们用很沉的银器，不用不锈钢的。我觉得我们这么表现是因为我们由衷地觉得这里——南方——是世界上最好的地方。严格说来，我祖母是从亚拉巴马来的。她一结婚就住在密西西比。我能记得父母跟我谈起种族问题，并试着解释。由于没有人真正理解——"

我对那个想法感兴趣。我说："没人跟我提过这一点。"

---

① 此处为音译，ain't 是美国南方人的常用语，"不是"的意思。

"我不觉得他们提过。理解种族问题。我现在仍然不觉得他们会提。我了解祖母那一代人——她那代人和同代的黑人有种亲近，现在已经不存在了。那些日子里，没人有钱。你知道，大萧条什么的。很多工作黑人是要依赖白人的——屋里的和院里的。但白人也依赖黑人。我觉得那时候种族之间更互相尊重。"

"外面的人可没有那种印象。这里有私刑啊。"

"这里确实有。不过我说的人们——而且我确信人们的暴力倾向比我认识到的还多——也不是每个人都那么残暴。"

"坎顿的实际样貌对你有什么影响？你带我看的这座城镇。"

"那类问题让我们有所辩解。"

"不，不。我不想听那些。"

"我带你看了什么？建筑和田地。"

"你领我看了很多破败的东西。它们在历史上不怎么知名。"我的意思是——尽管说得不太准确——除去墓地和主广场，坎顿很少有什么地方不是当代贫民窟。这片土地和环境很难与一段伟大而艰苦的历史联系起来。在这种环境里，她是怎么维持自己的历史感的？

玛丽说："它也许不知名。不过我觉得贫穷和匮乏不光南方有。我觉得我们现在讨论的是经济问题而不只是我们做过什么事情。人们把黑人和白人的问题当成群体来处理。"

"你喜欢南方的什么？"

"那是个对生活很有滋养的地方。我喜欢这里的人，虽然我并不接近他们。如果有什么不幸，人们会聚在一起，哪怕他们不是我的家人。往事的感觉也可以让人满足，哪怕我的家庭不是从这个地区来的。福克纳是怎么说的？过去比当下更真实？我记不清具体是怎么说的了，说到过去，确实就是我们所有人生活于其中的什么东西。大地方的人们可能不会把重点放在过去。我们专注于过去。有些人认为那是因为我们战败了。"

于是我们兜兜转转差不多又回到了开始的地方。我问过，在墓地纪念碑上看见某个军人模样的人像时，他穿的是不是邦联军制服。但是纪念碑不是我想的那种东西。玛丽也说了："没有制服。快结束时，他们幸运地有鞋穿了。"

威廉说："北方人认为他们对这里的问题和人知道得比我们还多。他们以为自己知道黑人怎么想、白人怎么想。他们在黑人问题上很可悲地想歪了。"北方在 1860 年瓦解了经济上更活跃的南方，二战后又做了一遍。

我想让他多讲一讲。

他说："在你做笔记之前，有些东西我们先好好聊聊。"

我收好笔记本，开始随意交谈。他是一名商人，出身密西西比的显赫家族。他四十多岁。他热爱户外生活，体格强壮相貌英俊。他在很多方面仿佛都受上天眷顾。然而几分钟交谈下来，原来他是个极为重视宗教的人。他的一些判断，甚至我们刚会面时他说的最强硬的几个，都包含在他对宗教生活的想法里。那也是我们重新开始的地方。

我们坐在他办公桌前的摇椅上：门廊的惯例，从这里转移到一间有空调的办公室。

威廉说："《圣经》说主帮助那些自助者，我真的信。我感觉努力自助的人不够多。我不觉得这些人需要的帮助是一张空白支票。"

我问到他信仰的发展。

"我两边的祖辈都是浸礼会教堂非常坚定的工作人员。我父母到现在都是教会的坚定成员。我不记得我们有不祈祷或不读《圣经》的时候。我七岁就立誓信教了。我猜我先去见了父母——听到主日学校的教师谈论耶稣和上帝以后，我也相信他确实来自天堂并走到我们中间为我们而死，为的是给我们一次追随他去天堂的机会。最后我公开说：'我想接受基督。'他们说：'很好，我们去见牧师吧。'然后他就和我交谈。我猜他们感觉到我的情感足够坚定，我七岁时受了洗礼。我围绕它成长，我接受它，并完成了立誓。

"在那前后我做过一个梦，不过好多年以后才突然想起来。我跟祖母一起过夜。我睡在门廊。我记得直直地坐在床上——真的很快就醒了——还觉得自己看见耶稣基督从后门走过。这扇门有个小门环，绳子上牵着一个小木球，我记得听见门环响，门开了。我就有了耶稣基督走过那扇门的幻象。我记得我一宿没睡，看他会不会从后门出去。但他没有。那个梦我没琢磨太多，直到六七年前。我当时正沿着公路开车，突然闪回了我的脑海。在那一刻，我真正认识到那是耶稣基督进入了我的内心。我没看见他离开那扇后门是因为他根本没有离开我们。我只是没有跟家人说那个故事，但我记得那个梦和那个夜晚，仿佛就在昨天。我感觉耶稣基督那天进入我内心就再没有离开。"

"那改变了你对别人的态度吗？"

"我希望我对人更有耐心。我希望我先看到善行而不是短处。我当然尽量对不好的体验别记太长时间。我尽可能宽恕和遗忘。"

"没有宗教信仰的人呢？你怎样看他们？"

"我猜我觉得要是给他们树一个榜样，就能鼓励他们对宗教少一点儿漠视。我也不会轻视跟我的宗教不一样的人。"

"你有没有感觉自己在一个宗教社群里？"

"我想是的。我不确定社群里面信教的部分能否赶上人口的增长。我不确定教会的成员会不会持续增长。不过我意识到有很多基督徒。人们对加里·哈特－唐娜·赖斯那种状况①没有什么耐心，这让我很受鼓舞。我当然被这个国家的基督教和上帝的工作鼓舞。"

"为什么你没去教堂？

他误解了这个问题。"我昨晚九点还在那儿呢。"

---

① 参议员加里·哈特曾两次寻求成为民主党总统候选人。1987年《迈阿密先驱报》揭露他与唐娜·赖斯的婚外情，在社会上引起轰动。

"不，不。我问的是你为什么没进牧师团。"

"我相信上帝对我们每个人都有意愿，有一个给我们的计划。他知道他想让我们做什么。如果我们都是建筑师，我们就都会有漂亮的建筑，但那就没有农民种粮食了。我认为他造物的计划是挑选很多人组成这个世界，而他需要这些领域的所有劳动者。"

"这就是为什么你做事的时候能感觉到那些无所事事的人？"

"我可从来没有那样表示过。不过我觉得那就是为什么我能感觉到自己做事的方式。"

"你觉得人们需要去工作吗？"

"毫无疑问。上帝创造了伊甸园，他把亚当和夏娃放在那里，当他们犯了错，他就把他们赶出伊甸园，让他们去工作。"

"你认为人们工作仍是为了抵偿那个过错？"

"我不认为我现在还是为抵偿他们的过错而工作。不过我觉得我们所有人都有过错。人类是一个有罪的种族，这就是我们的处境，我们现在必须应付的就是那个。我有强烈的感受，我们被要求工作六天并在第七天休息。上帝谈论着给每个个体天赋，并让我们去用。我觉得要运用那些天赋很重要的一部分就是去工作。有些人是作家、农民和建筑师。这些是上帝赋予他们的天赋。

"几个月前有人写信给我父亲。他在信里说：我享受我的工作；一个成功的商人怎样继续当基督徒呢？他应该留下来经商，还是应该回到教堂呢？我父亲写信解释为什么信奉基督教的商人有必要在世界上存在。我们这里的牧师也说过好多次，随着电视牧师陷入这样的困境并招来这么糟糕的关注，他看到有些门正在关闭，而引领人们信奉基督教的职责更多地落在了普通教徒肩上。"

我说："如今有些人说那是魔鬼干的，电视牧师惹上麻烦了。"

威廉说："我在什么事情上失败了就是失败了。我感觉就像我得去承担失败的后果。我也知道有外部力量对我不利，不过开始之前我就知道，所以我没办法推卸责任。也许是魔鬼让我做了那件事情，但那仍是我的问题，我的职责。最终责任是我的。"

我请他谈谈责任。

他深吸一口气。"呀！很难公开讲。我猜那可以追溯到爸爸妈妈教我的东西：你有职责就负有责任。职责越多，受影响的人就越多。而且我认为对基督应负的责任就是我的终极职责。对于爸爸妈妈有关职责和应负责任的内容，这也给我提供了一个背景。也许最依赖我的人是我的家庭，然后是跟我有业务联系的人。他们赋予我特定的职责，而我负有责任。我们在业务中要服务客户。那样一来我们就又要对一部分人负责，我们永远见不到的人。

"你跟我说过你那次去鲶鱼养殖场。那些鲶鱼将会走遍世界。养殖者必须意识到鱼重要的是口味——对准备吃掉那条鲶鱼的那个人，对那条鲶鱼最终抵达的地方。如果我们做得对，他们就会回来。如果我们做错了，他们就不会回来。"

于是，神赋才能、工作和职责的宗教观念与充分的商业实践相辅相成。这也适用于别的宗教团体，这种宗教奉献与商业感觉的一致性：呆种奉献的激励，甚至正在变成另一种奉献。在某些印度教的种姓群体和伊斯兰教某些少数派或异端派中，就是这样的。不过宗教和文化有自己的特性。这一种和那一种就是不像。神赋才能的观念被包含在印度教的**法**的观念里，不过印度教的宗教－商业奉献与威廉说的奉献并不一样。无论印度教商人的商业实践看起来显得多么包含服务的想法，他只和神有合约，和人没有。

威廉要讲的就是他跟人签订的合约。他说："对我来说，没有宗教就不会有目标，是宗教给了我们现在的目标。这个目标就是侍奉上帝，而我们侍奉他的唯一方式就是服务人类。我们没法给他他已经有的东西。我们达不到。没有什么东西不是他早就拥有的，除非是我们的心。"

威廉把一些业余时间花在了教会工作上。他有时候做"祈祷"，有时候在主日学校授课，跟童子军一起干活。他对教会这么全神贯注，会不会根据信仰程度来评判人们呢？

他把这个问题解读成半政治性的，与"平等机会"和种族问题相关。他说——莫名其妙，除非你已经理解了他觉得他正在回答的这个半政治问题——"我尽量不把个体当个体来判断。我没有据以判断的事实。不过我尽量根据必须完成的工作来判断和权衡他的行动——以我能诠释的去权衡他的力量和弱点。尽管我常常听别人说，这个人适合这个特定岗位。他们也许适合，也许不适合。但是那样会导致个体在直觉上认为：'我在这儿是因为有人跟你说过要把我安排在这儿，跟我的工作表现无关，所以我在这儿干什么都行。'而那个时候，人就失去了动力和恰当的动机。"

不过威廉谈这些的时候无精打采的，好像他以前谈过很多次，也拿不准他现在说的这些平淡无奇、显而易见的事有没有人留意。

接着，话锋一转，他撇开平等机会的话题，说："我对早期美洲土著有那么一种审慎的尊重。我真的感觉他们相信上帝住在地球上每一样东西里面，岩石、树木、灌木、动物——上帝住进每一样东西里——而他们也是它的一部分。他们对自然有一种近乎虔诚的尊重，我就是这么看早期美洲土著的。对他们来说，草的生命与大水牛的同样重要。他们不加任何区别。他们可能比地球上目前最伟大的科学家都更多地认识到在这个地球上一切都息息相关。他们理解那种连锁反应，搞得大自然的一种事物与其他事物失衡了。而且我认为，由于对所有生物的敬畏，他们曾对人类怀有一种尊敬，我不确信我们还能不能看到。"

"你是怎么发现印第安人这些的？"

"我读过几本书。我去过几次西部，还在路边跟几个印第安人聊天。而他们对小细节的关注之精准给我留下了深刻印象。有作用就有反作用。现在最让我担忧的是，在我看见新的公路与住宅区的地方，在他们正在开垦土地的地方，总有对无法复原的动物和植物的大规模破坏。

让我对此感到不安的是，它不是有意的或有什么利害关系，只是牵扯到美元而已。

"趴下把肚子贴在地上。对着一平方英尺的草地盯上大约四十五分钟。凝视生命，那些昆虫。再把它扩展到一个住宅项目那么大。"

"但密西西比需要投资。"

"我不知道那会怎么解决。你对这些小事和生活的那一面多一些关注，就会对邻居多一些关注。"

跟别人签的合约，通过服务人类来侍奉上帝——它们是威廉回报的主题。

"我感觉人和自然必须在一起。上帝把我们作为万物的守护者放在这里。我有很多想法是与宗教和上帝造物紧密相连的。"

在我看来现在可以回到他一开始说过的东西了，有史以来北方对破坏南方经济的渴望。不过当时他不想说回事情的那个方面。他想在更神秘的想法上再稍作停留。

我觉得自己开始理解他的基要主义信仰——从外面看备受约束——实际上是多么完整而灵活。《圣经·旧约》和《圣经·新约》的混合、耶稣的生平和《创世记》，构成了一个整体。已创建世界的神圣、良知的美好生活、爱邻如己——它们汇到一起，似乎符合密西西比的特征和历史：对自然和户外生活的热爱，对印第安泛神论的钦佩，对家庭和社区的爱，对外部干扰的怨恨——让人觉得几乎是带着宗教准则的干扰。

关于宗教，威廉说："我不会把它戴在袖子上。我希望自己别到处去炫耀。那只是我的一部分。我不想当一个伪善或假仁假义的人，因为我不是那样感受的。我只想成为上帝造物的一部分。他的造物在万事万物之中。我们对他的造物多一些尊重，对我们同胞就多一些尊重。"

塔拉哈西和塔斯基吉之后，我在密西西比想尽可能从白人的视角观察事物。不过到那儿不久问题就摆在了我面前，因为该州黑人的高比例，也因为杰克逊可能很快就会有一名黑人市长，我得去见一些黑人政客。

安德鲁，密西西比州的年轻政客，一天午餐时这样提示我，而且认为我去见的人应该是威拉德。那天安德鲁自己也是第一次见威拉德，在午餐后，他觉得我应该跟他一起去。"如果会面进展顺利，"安德鲁说，"我走了你就能跟他聊了。我别的时候总能跟他聊的。"

安德鲁并未寻求黑人的选票。他当政客的雄心是修订1890年的密西西比州宪法，为此，只要能获得的政治支持他都要。这回与威拉德初次会面，他的着装比较正式，穿了一身浅蓝色的泡泡纱西服。

会面安排在不远处的一家酒店。我们离开餐馆的凉爽，走进停车场的强光里。汽车是热的。空调调到"强风"，嘶吼着，车里变得比外面还热。空气刚开始变凉，我们就到了酒店，不得不下车，进入另一个停车场的强光里。总有这些东西提醒人们留意最初几代人的不便之处，对他们展现出的能量颇为诧异，更诧异的是在这样的高温中本该打过一场大仗才是。

我们坐在门厅里等威拉德。直到威拉德应该到的时间，聊天都很轻松。之后变得尴尬，因为我俩都在等威拉德。安德鲁说："我还没见过他。"他说了两三遍。他一度起身走过门厅向某个认识的人致意；他的举止没有瑕疵，魅力经久不息，政客角色现在明显是他的第二天性。

接着，约定时间已经过了十五分钟，我们已经放弃威拉德的时候，他来了。他穿着衬衫和长裤，没打领带，出乎意料地普通，完全不是我想象中安德鲁要如此对待的某个黑人领袖或未来领袖的样子。我原以为是一个魅力令人不安的黑人。威拉德毫无魅力可言。他四十多岁，胖乎乎的，身体强壮，身上没有劳苦的印记。他为这次会面准备了一张严肃的脸。要是有人不知道他被看成一名政客，就会错过他眼里的愤怒，或者把那种蓄意凝视解读成好色。

威拉德是个十足的本地政客。在密西西比，根据 1890 年的宪法，最基层的公职也由选举产生。这条规定本来旨在不让政府机构有太多权力，并且试图把黑人挡在哪怕小小的岗位之外，现在却对黑人有利，还让在别处本该是纯粹专业性或技术性的岗位有了政治意味。威拉德负责某县某区的道路：实际上是一个非常小的岗位。

我差不多刚见到威拉德就离开了。不过，部分由于安德鲁的斡旋（会晤肯定很顺利），我与威拉德的会面安排在几天之后。

那是一次清晨的会面。我从别人给我的方向判断地点是在杰克逊市内，没问有多远。不过开车在一条州际公路上走了大约二十分钟，我发现正在开回亚拉巴马。

最后，安排会面的时间已经过了，出口才出现。在那时，我才意识到别人给的不是什么住宅或办公室的地址，我凭着一个县区的编号就一路开过来了。然而，我继续往前开，心想跨过县境的时候可以打探一下。我路过一块指示牌，上面有县名和区号。不是别人给我的编号，不过我觉得应该在后面大楼那儿停下来问一问。四周停着汽车。我到了大楼，看见停着的汽车中间有个空位，是留给威拉德的。按理说这就是我应该来的地址。不过他没在。

我推开门，发现自己在一座隔成几间办公室的小屋子里，里面都是黑人。在前厅或者说小隔间里，有个黑人姑娘拿着电话，其他黑人围着她。

这个姑娘伶俐地问我的姓名。我说了。她说她找了我一早上，而威拉德先生昨天也找了我一天，说威拉德先生不可能在这个地址，不过在指定时间一小时之后他就有空见我了，在杰克逊。他会在杰克逊我住的酒店跟我见面。他们打电话给杰克逊城里的所有酒店去找我，但没找到。他们给喜来登、假日酒店都打过电话。我目前住在哪儿呢？我告诉了她。她说威拉德先生一小时之内会到那里。她怎么把消息传给他呢？通过无线电，她说。我感觉无线电很重要，办公室的象征。

我请她等我到那儿的时候再给他发广播，这样我就知道他收到消息了。她说不用担心。于是我开车返回杰克逊，沿着那天早晨一度显得如此漫长而无望的路线，临近结束时我还有些心慌意乱的，以为自己要迟到了。

当我回到华美达复兴，威拉德不在。当时不在，下午也没在。我打电话给他的办公室，那个姑娘说威拉德先生在无线电里跟她说，他打算如期赴约。他甚至知道我的房间号码，她说。不过威拉德没有来，第二天也没有他或他办公室的消息。

后来我把威拉德的小——或者大——玩笑告诉安德鲁。安德鲁说："我真的不了解他。我那天跟你一起是第一次见他。"我问他设想的政治协作之类是不是真有可能，安德鲁说他必须乐观。黑人问题很糟糕，而密西西比州有很多黑人。他说，如果他不是一个乐观主义者，就搬去俄勒冈州好了，那里只有百分之十的人是黑人。

安德鲁说："每个人慢慢都明白了，黑人社区中正在发生一场灾难，我们必须得谈谈这个。斯文媒体的那种态度再也不行了。"安德鲁至今只知道他知道的，"关于这个社会我读到的比我亲身经历的更让人反胃。我是从电视纪录片和特别报道里看到的。我没有真正经历过。我从没跟黑人或红脖子聊过。有些基本问题我必须当机立断。我们要是达不成一致就失败了。"

台面上的乐观主义，背后的非理性。

我与威拉德的冒险故事肯定被传开了，因为有天我接到一个叫刘易斯的男人打来的电话。他说他是黑人，想把真正的黑人文化介绍给我。他在一个县局（像威拉德监管的那个）的储备科工作。他开始指给我如何去他的住处，但随后又说他会来酒店带我过去。他说一小时内到那儿。

他言而有信。他一走进华美达我就认出了他。他为人随和，轻松友好。他举止如此随和，我都准备进行一般或中性的聊天了，至少一开始如此。可当我们一进入他车里的私密空间，甚至还没开出华美达的停车场，他就说要是在过去他不可能住到现在住的地方。他曾帮助"整合"邻里。事实证明那个街区不算太大，房子又小又密。听完他说那些话，让人惊奇的是他的院子。那里杂草丛生，在悉心呵护的邻里间显得引人注目。

在里面，房子凌乱，狭窄，不通风。他绝口不提这种凌乱（客厅里甚至有些杯子和盘子没有洗），一个劲地说妻子带着孩子们回娘家住一段日子；那里的条理连凌乱都谈不上。

客厅墙上是照相馆拍的两张黑白老照片，放大之后镶了框。是他祖父母。那个年代的服装、脖子在项圈和皱领里的憋闷，以及长时间保持表情的目不转睛都怪异得让人感动。在放大的照片里，色调已经逐渐淡化，人看上去发白，有黑色的眼睛。这些照片有个孟菲斯照相馆的印戳。

刘易斯说："密西西比人。他们去了孟菲斯。人人都去孟菲斯。我父亲在战后回到密西西比。你知道他们是做什么的吗？照片里的人。你想让我告诉你吗？他们是仆人。那两个人塑造了我。我身上没有培育怨恨，因为他们教我永远不要怨恨。这个词在他们的家里永远不会用。'做个好男孩。'那就是格言。'对每个人好。'你天天都能听到。我被教会那个——要好好的，要好好对待每一个人。"

客厅里很热，因为空调出故障了。我问他能不能打开一扇窗户。他说不能，会有虫子进来。于是我们就在刺鼻、燥热、发霉的气味里坐着。

他说："我祖父去世的时候，祖母把祖父的一些衣服送给了我父亲。仆人的服装，西服。这些衣服还很好呢，你瞧。还有人穿。我父亲留了一套给我。我有天穿上了。只穿上衣，不过我感觉它刺痛了我的皮肤。"

"你还有那套衣服吗？"

"我不知道放哪儿了。"

"可是，都过去那么长时间了。"

"但往事总是很有意思。了解往事，我可以做得更好。那对我是一种唤醒，想想往事。有时候是一种警醒。想想以前发生的一些事——我住不进现在住的地方，想都不敢想。我坐在公共汽车的后排。我祖母给白人洗衣服，洗一篮筐五十美分。为什么他们不多付给她一点儿呢？但我听到的时候也没有质疑。现在那是一种警醒。他们还在保护着我远离怨恨。它就在那里。我住我的黑人区，他们住他们的白人区。怨恨就在那里，在我周围，但我却感觉不到。他们没让我受影响，我的祖父母，他们之后是我父亲。我听说过杀害黑人的事情。但我父亲从来不让我们谈太多。我会跟你说的。直到死的那天他还在对白人说，我父亲：'是的，先生！''不，先生！'无论他们多么年轻。"

"对此你现在想到什么？"

"那不会困扰到我。他是我父亲。他给了我们——他的家庭——很多。所以我不会对他说：'别这么说。'"他继续说，"我自己每天都力争过得快乐。每一天。那是我唯一为之奋斗的事情。要让自己满足，要快乐。"

他想借此表达什么？

"我改变不了周围的事物，但我可以自尊自爱。我给你讲个故事吧。我有一次去我母亲的姐姐的房子。黑人士兵经常跨过马路到这座房子，受到住那里的年轻女士款待。一天一名士兵抱怨皮夹子丢了。处理此事的警察到我母亲姐姐的房子，这位年轻女士在他来的时候正坐在门廊那里。他走过去对她说：'姑娘，你拿了那个小伙子的皮夹吗？'她说：'没有，先生。'他说：'上车。'她弯腰上车的时候，他在后面狠狠踹了她一脚。我永远，永远不会忘记的。"

"对此你的感受是什么？"

我想知道，因为我拿不准他正说的一些事情、他正浮现的回忆的要点了。而且在这间令人窒息的小房子里，光线也在变暗——他对此似乎跟对不通风和凌乱一样漠不关心——他说话的时候渐渐也很难看清脸上的表情。他正把若干想法混在一起。他希望快乐、满足，他曾被保护远离痛苦，而贯穿其中的是对曾设立界限并教他在一个非理性世界不惹麻烦的祖父的钦佩什么的。

"我怎么看那个警察和那个女人？我不知道。我太年轻了。我没跟别人聊过这件事。我就是看见了。那很残酷。但我不知道我对这种残酷的真实感觉是什么。这件事时不时浮现在我脑海里。哪怕到了今天，我也忘不了。但我不知道该怎么想。"

这样沉浸在往事里，尤其是现在时代已经变了，岂不是有点儿耽溺吗？

"是的。我现在正在享受收获。但我不觉得自己像一个向往自由的斗士、前行者那样做了很多。"

"那让你苦恼？"

他什么也没说，接着大笑起来。"我不知道我对此有什么感受。我猜我是在自己的小世界里。我猜我很自私吧，在自己的世界里。我应当疯狂、愤怒、好斗，但我不会发疯。"

"这是一种源自宗教的东西吗？你的祖父母教你那样吗？"

"我不信教。我不像人们那样每个礼拜天都去教堂还想当执事。"

"你要是不知道有什么想法，为什么要回顾往事？"

"我喜欢聊往事。"

往事会回溯到多远？回溯到奴隶制岁月吗？当然不会。他喜欢聊的往事是能记起来的往事，那被奇妙地隐藏起来的往事。

他说："如果我祖母一天才挣五十美分，我应该对自己现在挣的感到满意。"

关于祖父母，他现在记忆犹新和喜爱的是什么？

"自尊。自尊。我祖母经常穿着紧身裙端坐在教堂里。非常有自尊，非常有文化的样子。非常优雅的女士。我不知道她和别人是从哪儿学到的。很可能从白人那里。现在我看不到了。他们是体面人，但并不拥有什么。我猜我也没有。但你肯定知道我真的尊重我的过去，就算被种族隔离，就算充满种族主义，不管怎么样。因为我感觉我在世界上有一席之地，而我要去搞到它。"

电话响了。他在昏暗中拿起来。他听的比说的多。他正因为没有守约被他认识的什么人斥责。

他放下电话，说："我开车送你回华美达。"他在电话里说的就是到那个地方去见那个人。"我们明天再聊。我六点钟来找你。"

从屋里走到户外是一种放松，尽管空气闷热。

现在，开车到杰克逊北部，刘易斯似乎界定了他在家里说的一些事情。在家里他似乎没能把关于民权运动的想法结合起来。现在他带着对马丁·路德·金的尊敬说了起来。

他说："如果他没有把它变成非暴力方式，他们会把密西西比的每一个黑人都杀了。南方的所有黑人。"

我从言语中听到了真正的恐慌。

我又问起他的"小世界"。真的保护了他吗？

他说："我认为我了解外面的一切。我感到害怕——我认为。"

接着，没有我的任何提示，他开始谈到上帝。他在家里说他不像大多数人那样信教。现在他说没有上帝他就一事无成，没有上帝他就一无所有，没有上帝他就不知道怎么忍受。

在华美达复兴的停车场里，他开到了一排停车位的边上。一辆停着的车里有个黑人。刘易斯介绍我。车里的人避开了。

刘易斯第二天六点没有来，六点半也没来。我打电话没人接。大约八点他回电话了。他听上去又疲倦又冷淡。

"我生病了。我去看了医生。今天没去上班。"

"我一直打电话但没有应答。"

"我在医生那里待了很久。"

他请我立刻去看他。我叫了辆出租车。他家里的空气流通稍好一些了，但还是那么乱。他看起来特别不一样，光着脚，穿一件敞胸的家居服，头发上有一顶黑色网帽。这身打扮就像鲶鱼厂里工人的浴帽和白袍的黑色版。

他说："这网帽是让我头发一直卷着。"

我开始对他的病情说些礼貌的话。他不理会这个话题，光脚在客厅里走来走去。"我要告诉你我祖父的事情。我觉得他知道怎么应付那种人，尤其是南方白人。'是，先生！''不，先生！'把帽子递给他们然后咧嘴笑。但他成功了，在他那个年代。不管在今天或昨天看来多么平庸，但就是成功了。就是那样。"

"没有为民权运动多助一臂之力会困扰到你吗？"

"狗从来不咬我。那困扰我吗？我不知道。得由你给我判断。"

电话响了。

又是他朋友，昨晚那个。

刘易斯对着电话说："他在这里。我们想让你一起。"他笑了起来，似乎失控了，对着电话大笑，跺着光脚，有点儿表演给我看的意思。

他放下电话，说："我朋友怕你。"他用新的方式大笑。"你得脱掉夹克。脱掉那件夹克，我带你看看黑人真正是怎么生活的。我会带你到一些地方。你会闻到堕落的气味。"

他做了个手势，就像厨子暗示一种诱人的芳香。把事情拼在一起，然后我就理解了，他不是在隐喻。祖父开始的发展界限以他为终结：他自己的小世界，现在跟他长大的那个不一样了。

他开始穿衣服去见朋友。他说："我会带你回酒店。"——可我才刚到啊。

他穿上裤子和衬衫，我们走到外面。他让门虚掩着。我向他指出这一点。他说："我得做点儿什么。我去屋里。"

我等了他一会儿。他出来的时候下巴上有一片白色面霜，白色在昏暗中发光，映衬着他的黑肤色。

他说："黑人有卷发。你明白吗？毛发长在皮肤下面，特别难修理。我涂的这种面霜会让它软化。回到这里的时候，我就准备剃须，我会搞一次特别光滑的修脸。"

他就这样开车送我回到这座城市陌生的白人区，头发上套着网帽，下巴和上嘴唇涂着白色面霜。

他约我改天去见他。不过他定不下来，我一点儿也不奇怪。我打电话的时候他听上去非常疲倦、迟钝和冷淡。他请我晚上晚一点儿再打电话。我打的时候没有应答。

就像一个人亲身体验之前很难理解美国的距离和南方夏天的酷热，在密西西比州和杰克逊市，很难理解七十岁的人经历过许多不同的世界，中坚公民的童年时期会留下边境生活、原始条件和封闭社区这些记忆，如今很难再去体验了。

尤波拉小镇位于三角洲东部的群山之中，如今在82号公路边上。但萨格法官这样的人——生于1916年，1983年从州最高法院退休——还带着童年时期的记忆，那时候尤波拉大黑河上没有桥，只有一片浅滩。所以，河水高涨时就不可能跨过去，人们留在原地，待在小社区里，直到洪水退去。

"我们有土路。没有电。我见过各种奇妙事情在这个世界上发生。我享受现代文明的奢华。即时的电视，即时的娱乐，即时的一切。我全都享受。早些年生活对我们来说很艰难。南北战争结束的时候，我们很穷。解放的奴隶没有受过训练。我们花了一百年来重建我们的资本基础。我们的奴隶没有资本。我们是个农业州。"

日期是相关联的。对于我，1890 年，如果我把它放到特立尼达那样的地方，并由此放到我的印度先辈刚刚移民到新大陆的那个年代——那个日子对我而言是一段黑暗时期，有些神秘，非常久远。把它放到英国，我会想到现代世界：奥斯卡·王尔德、年轻的吉卜林、正在伦敦学法律的甘地（比吉卜林小四岁）。在南方，年代以这种方式变得有所关联。看到很多人到了特定年纪总有一类特别的成功故事要去讲述，我现在能理解了。很多人开始的时候几乎两手空空，只带着一个文明的概念就在筚路蓝缕中开始了。（很多人开始时跟我祖父母在特立尼达一样一无所有；但是——更具相关性——他们发现自己所在的地方有更丰沛的可能。）

"人人都劣。我很幸运。我父亲是商人，还当了一任县里的治安官。他经营一家日用品商店。商人借钱给农民，向农民供应商品，一年结束时，农民卖掉收成来结算，主要是棉花。如果年景不好，商人就会跟农民一起受苦，因为农民要是付不起钱，商人就收不了账。没什么东西是写下来的，没有期票之类的。俗话说：'我的话就是票据。'"

一个属于法官的成功故事。不过在他出生前的七八十年里，先辈们过的就是这种很少向前发展的生活。那也值得细细思量。

"我两边的家族都是 1830 年到 1840 年之间来密西西比的。我祖父在南北战争中丢了一条腿。他几乎不会读写。他出来以后明白一条腿的男人没法像农民那样谋生。他去念了三年书，接着又教了三年书。然后他在卡尔霍恩县当了四年司库，又在韦伯斯特县档案馆当了四年办事员。他买了一块农场。他有七个长大成人的孩子，还有一些佃户。这些佃户是黑人，以前的奴隶。我大概十年前去过那里，遇见一些老人，他们是我祖父手下佃户的后代。我离开韦伯斯特县那会儿，大约三分之一的人是黑人。我是个乡下小伙，你知道。我还没习惯在城市生活。

"每年有一个帐篷集会。人们管他们叫'肖托夸'①。他们大概会在镇上待一周。他们有音乐节目，有时候有一个人讲课，而你会看到游戏、戏剧。那是我们的户外娱乐。他们坐火车来，他们只能那么过来。在星期天下午，有一列客运火车经过。我们一天有四列。但星期天两点三十分，有一列往东开的客运火车。镇上三分之一的人会到火车站看火车，看谁在火车上，谁在下车，还有谁正离开镇子。每个人只是享用欢乐时光——那是备受期待的事情。

"我记得我真正年轻的时候，我们收到消息，林林兄弟马戏团②将在午夜后抵达。差不多半个镇子的人都起来看马戏团的火车路过。你能看出来我们没有娱乐。那车厢有一百多节——当时看上去就像那样。"

不像三角洲那样分成富人、穷人、等级或阶级，山里没有社会区分，除了黑人和白人。

"我们没有私立学校。每个人都去教堂。我们没有一片社会区域，没有一本社交名录。我们就是普通百姓，有很多不识字的白人。大萧条的时候我们一年只上六个月学，其他时间上八个月。就是因为没钱付给教师。正规教育举步维艰，但老一辈人很多是自学的，像我父亲。他写一手好字。他用的是规范英语。

"我特别想看见我读到的事物。纽约对我来说只是在地图上。我想都没想过会去那里。我知道中国在太平洋对面而欧洲在大西洋对面。我做梦都没想过会去这些地方。是的，我梦想过，但我觉得不会成为现实。

"但大多数人留在他们所在的地方就心满意足了。我们是紧密相连的一群人。镇上只有一千三四百人。你要去别的地方只能通过铁路，

---

① 十九世纪末二十世纪初，各个领域的专家为社区提供娱乐与文化教育的活动，一度在农业地区非常流行，后来随着广播、电视、电影的崛起逐渐消亡。

② 1884 年由约翰·林林等五兄弟创建，逐渐成为美国最大的马戏团，后期主要在佛罗里达州发展。2017 年关闭。

那样一个地方不可能保守秘密。

"我相信紧密性是某些密西西比特征得以形成的原因。当你那么紧密地跟别人在一起生活，就得跟他们友好相处，否则会被排斥。你学着接受他们那样的人。有很多怪人，讨厌的利己主义者。我一位朋友有一天说：'我们好像产生不了以前那种特色了。'我说：'我们自己现在就是特色。'"

社区的那种紧密性、贫穷、劣质教育导致了暴力。人们不觉得要有什么约定，也不会锁上房门，有些门连钥匙都没有，但是脾气会很暴躁，这里有凶杀，冲动犯罪。

"他们直接就发火了，陷入争吵，发脾气。有些人会喝醉。他们可能会吵起来打·架，有人会被杀死。他们不容易激动，不过你要是让有的人愤怒成那样，就会有人受伤。除此之外，他们也是乐于助人的人、可爱的人。"

自力更生是密西西比乡村特征的另一方面。"我们屋后面有两亩半土地。要开发就要辛苦劳作。那让你认识到这个事实，你想要什么东西，都必须为它劳作。那还关系到宗教信仰，因为我们在教堂里被教导，工作是光荣的，你不能懒惰，不该为了生计而依赖别人。在箴言里，有很多关于工作、惩戒和奖赏的引语。"

于是它又来了，拓荒往事的想法里贯穿着宗教的想法。

"我猜我大概是从拓荒者算起的第三代或第四代吧。我猜有些东西还保留着，但我没太意识到。追想童年的时候，我就会想起我读过的关于新兴国家的东西。它们刚刚开始，有些人认识到可以过更好的生活，但必须从已有的东西出发，并接受教育和训练。这个国家是建立在辛苦劳作上的。

"前不久我去旅行，我妻子和我，去亚利桑那。我以前去过那儿。沙漠地区有一种吸引力，有开阔的空间。我们开车转悠了四天。我开始琢磨第一批去亚利桑那定居的人，他们穿越峡谷和河流、寻找水源并为了自保避开不友好的印第安人——不全是，但有一些——的艰难时期。能生活在有这种民族传承的国家，我实在是很欣慰，他们愿意眺望比地平线更远的地方，并追求一种愿景，为了让别人享受更好的生活而去开发新区域。

"我认为宗教在拓荒精神中至关重要。因为在拓荒精神中，你从心底就知道为了后面几代人要把事情做得更好。有一部分动力来自宗教。我认为它们交织得太紧密了，分不开。"

边境、自然、信仰、工作、与别人签订的合约，在萨格法官的世界观里，各种想法与商人威廉的世界观里一样是互相联结的。浸礼会信仰使这两个人完整，以各自的方式。不过萨格法官还曾被他的信仰和过往（两者几乎合一）引向一种未必可靠的怜悯——对于构成他故乡小镇百分之三十人口的黑人。

"跟我一起长大的黑人我都很熟、一起玩，很多同龄的黑人。我认为他们绝大多数是精神属性很强的人。我们的教堂关门后，我们经常在礼拜天晚上去黑人教堂，站在外面听他们歌唱，也会去看。我们享受去聆听和观看他们。我记得有个老黑人，我们叫他史蒂夫叔叔。我不记得他姓什么了。他是敲手鼓的。很多时候那就是唯一的伴奏，不过已经足够了。他们很有节奏。你听歌的时候很难一动不动。很多歌是他们编的。那些歌有很重要的寓意。"

所以，很多城市里的黑人身上发生的那些事，包括杰克逊的，肯定让他不开心吧？

他说："黑人不是原因。很多白人也处于那种境地。原因是他们没有精神上的价值观。一次有人问耶稣最重要的戒律是什么。第一条是：爱上帝。第二条是：爱邻如己。对我来说日常适用的基督教原则就是这种作用。"

密西西比针对黑人的暴力是出了名的。"尤其在 1960 年代，很多人不愿意承认黑人拥有其他肤色人种的权利和特权。我认为这是奴隶制年代的残留，当时黑人是奴仆，被当成财产而不被当人。我们白人必须认识到这样的事实，上帝爱每一个人。"

我跟他说了自己和南卡罗来纳州上诉法庭法官亚历克斯·桑德斯的交谈。桑德斯法官曾说，在南方的内心转变，白人认可黑人的权利，可能早就有神圣的理由。

萨格法官说："我相信上帝必须创造一种内心转变——源自我们对我提到的原则的秉承。他已经把原则立在那儿了，我必须接受。他不会用一道闪电击中我说：'嘿，孩子，爱那个黑人。'别忘了我成长的那个社会是不允许黑人从前门进的。他们是仆人。我必须做一些深刻的反思。"

"你是什么时候开始那么做的？"

"早些年。六十岁之前。我最后得出结论，当他说爱邻如己的时候——我得出结论，黑人也是你的邻居。而且，在白人至上的社会里长大的那些人会有的态度，我相信我已经克服了百分之九十九点九了。

"好吧，又说到了我还没被一道闪电击中过。从世界开始以来就伴随我们的真理，那是一个很缓慢、很稳定的接受过程。例如，我现在教 个黑人读写。他三十九岁了。我把他当成朋友。我们一起去钓鱼。他读书读到了八年级，但他住在农村。他父亲是个农民，所以学校 9 月份开学的时候，他还得待在家里摘棉花、收割玉米和其他庄稼。于是等他 11 月份进学校的时候，书本全都发完了，他就在班上干坐着。有时他得缺课去砍柴，春天要辍学去准备耕地。结果有一半学年他都不能去上课。他会读一点儿，写一点儿，但在社会上不够用。他是个好人，有份好工作，工作努力。他笃信宗教，已婚，有三个孩子。文盲并不笨。他们大多数人有真正良好的思维。"

萨格法官就这样聊着占据他退休时间的工作：给文盲和"国际人士"教英语。

"我把那当作宗教工作。让我有机会跟我教的人分享我的信仰。基督教信仰是建立在我们必须帮助同胞这一伟大原则上的。"

他六十岁时，当时还是法官，曾在一个浸礼会讲习班教第二语言英语。他是在妻子的鼓励下那样做的。

"我在这个讲习班教了两个月，这个年轻人出现在我面前，被指控盗窃。他十五岁。我判他去少年犯教养所。第二天他一个姐姐过来告诉我，他惹上麻烦是因为哥哥拉他去做从犯。这个哥哥有前科。这个年轻人的父母都酗酒，而他只在某一年上过一阵学，他这辈子在学校里也只待过那么一段时间。这位姐姐告诉我，如果我给他一次机会，她会给他一个家，帮他找一份工作。我告诉她，如果她给他一个家，我就教他读写。于是我做了。一年多一点儿的时间，他已经能读会写了。他父亲不再酗酒，我便让他跟父母回了得克萨斯。"

这位法官的职业生涯有一种感人的对称。这个人在独立的内向型社区长大，如今在忙碌的退休生活中找到了一项使命。他的信仰曾见证他经历周边环境的变化。每一个时刻，他的信仰都是他世界完整性的一部分。

我对红脖子的概念最模糊了。一些褊狭无知的人，这个词暗示的就是这个。符合我在纽约得知的内容：有些汽车组织为成员穿越南方提供安全路线图，引导他们远离红脖子猖獗的地区。此外，我还发觉这个词被一些中产阶级用成了一个浪漫的词，而由此生发开来，代表四肢发达、头脑简单的人，（比如）一个不介意当众说"妈的"的人。

直到遇见坎贝尔，才有人给了我一个完整、美好、抒情的描述，这个描述把它整合起来了。坎贝尔对红脖子既鄙视又喜爱，说到红脖子的高兴事，他动情地承认自己是半个红脖子。

严格说来，我被引介给坎贝尔并非因为他是红脖子。我听说他是那种新型的青年保守派，在种族和福利方面观点强硬。（萨格法官跟我说过，那类人仍在不断涌现，但他自己那条路，关于理解和促进，是通往前方的路，也是大多数人最终会走的路。）坎贝尔这个人也代表了信教的南方的另一面：专制的一面。我们聊的是家庭、价值和权力，全都不出所料，直到我突然问道："坎贝尔，你从'红脖子'这个词理解到了什么？"

接着——好像有所准备似的—— 一种泰奥弗拉斯托斯①式的伟大"性格"，一种近乎十七世纪性格特写作家风格的东西，从坎贝尔身上喷涌而出。那本来也许是伊丽莎白一世时代底层写作的东西或约翰·厄尔②的《世界缩影》或托马斯·奥弗伯里爵士写的东西的现代版。（托马斯·奥弗伯里爵士写英国乡村绅士，1616 年："他的旅行很少远过邻近集镇，而他探究的是玉米价格。当他旅行时，会为了节省费用绕道十英里到亲戚家；他离开时通过握仆人们的手来奖赏他们。"）

坎贝尔说："红脖子是下层蓝领建筑工人，他绝对不喜欢黑人。他喜欢喝啤酒。他要穿牛仔靴……"

坎贝尔就用这种实实在在的、抒情的方式说话。不过此刻最好还是回过头来听听他是怎么说自己的。

"我父亲出生在亚拉巴马，他的家庭离开他们拥有的农场，三百八十亩地，离开它去密西西比接受教育。他父亲，我父亲的父亲，和他母亲说：'我们必须让你们这些孩子去那儿，让你们接受好的教育。'他们显然为此攒了些钱，一收拾好就走。他们留着这个农场。爸爸五六年前把它全卖掉了。他们到了密西西比，兄弟们不上学的时候全都找到了工作。我父亲在 1923 年至 1924 年离开亚拉巴马。1928 年毕业。最后开了一家汽车修理厂和加油站。但他们很快乐。我父亲这辈子没让我听过一句脏话，真的。他所有该死的时间都在工作。我们没有真正亲密过。他没时间亲密。

---

① 古希腊哲学家，师从柏拉图和亚里士多德，后来接替亚里士多德领导"逍遥学派"。他的名字意为"神一样的说话者"，据说是亚里士多德因他口才出众而起的。
② 英国主教，《世界缩影》是他的一部诙谐作品。

"我母亲是学校老师。我在浸礼会教堂里长大。差不多是被迫去的。教堂一开门我们就去。每个礼拜三我们会去祈祷。我们会参加夏季复兴活动。每天晚上去，无聊死了。"

接着，丝毫没有停顿，坎贝尔说："从长远来看，那是我拥有过的最好的东西。我爸妈给我的价值观在我二十岁的时候又回来了。但我宁愿叛逆。大多数孩子都顺从了。我真的想做疯狂的行为。我喝酒更多了，跑得更野了。我十二岁就开始在一家杂货店工作，那就是该死的真相。我爱它。你遇见三教九流的人。你跟所有黑人做买卖。他们坐在饲料袋上，当妈的带着四五个小孩到镇上来，还得给两个孩子喂奶。我喜欢在那里工作。总有什么人到那儿去。一直有驴叫。来的人你全都认识。那是一家好店铺。这是礼拜六。我喜欢钱。开始我每天挣四美元，离开的时候我大概挣到七美元。

"我这就长话短说。夏天我开一辆该死的翻斗车。他们正在修这条州际公路，他们需要会读写的人计算装进飞机的化肥袋数。他们给道路两旁施肥让草长高。那太无聊了。这些日子一去不复返了。有意思的是你怎么改变并且成熟。我想变得疯狂。我尽情享受疯狂的时刻。"

"你想成为这些男孩中的一个？"

"那在杰克逊东北部是很重要的，我们所谓的受人欢迎、被别人念叨。但我跟教会没有关系。我圣诞节的时候跟我妈一起去，无聊死了。但是教会价值观——做好事、做正确的事、不酗酒、不杀人、不偷盗、十诫、不得觊觎邻居的老婆——那些价值观被灌输到文化里，这种文化有些部分我是不信的。那些孩子爬上爬下，我在房车停车场工作过，我们在那儿碰上一些难搞的角色，他们的屁股应该被打个稀烂，我的屁股就被打得稀烂过。

"我觉得那是因为家庭破裂。父母都没尽到自己该尽的责任。我把孩子拉扯大是得尊重我的。我觉得他怕我，我觉得那挺好，因为他明白我不会对什么都忍气吞声。我每天都抱他亲他。有些人说我是对的，有些人说我错了。我怕我父亲。我怕我屁股会被打个稀烂。无论如何我都不喜欢。人们说'呀''呐'——油嘴滑舌的孩子——我觉得他们每天多努力工作十分钟就能干得好很多，如果他们说'是，先生''不，先生'，你就抽他们屁股抽到他们说对为止。

"我觉得那都要说回到被正确养育上。让一些价值观回到家里。我们现在说的是黑人。让他们待在学校，让他们该死的屁股保持安静。我愿意当个独裁者，让这个地方规规矩矩的。我就是一个集法律与秩序、血腥与胆量于一身的家伙。"

坎贝尔四十出头或将近四十。他是个身材矮胖的壮汉。他穿得五颜六色的。他说话的时候像是在模仿什么角色，但声音或脸上完全谈不上幽默。

他曾见证杰克逊黑人区的扩张。他还从中赚了一笔，从逃走的白人手里买进再卖给搬来的黑人并从中获利。有一年他那样卖了十套房子，赚了六万美元。

"那又不坏。我牟取暴利。我应该被枪毙。"

我不确定什么是"性格"，什么是真实。接着我说："坎贝尔，你从'红脖子'这个词理解到了什么？"

这个男人摇身一变。

他说："红脖子是下层蓝领建筑工人，他绝对不喜欢黑人，他喜欢喝啤酒，他要穿牛仔靴，他不一定要戴牛仔帽。他打算住在兰金县外面某个地方的拖车里，他打算一天抽大概两包半香烟，晚上喝大概十罐啤酒，如果吃不到一些玉米面包、豌豆、油炸秋葵和一些油炸猪排，他可就气得不行了——我还从没见过这些婊子有谁不喜欢吃炸猪排的。而且他会拖欠拖车钱。

"他就是那么被养大的。他父亲就跟他一模一样。狗娘养的喜欢乡村音乐。他们喜欢打猎和钓鱼。他们整晚去珀尔河。他们拿出曳绳——伸到河对岸的一根长绳，上面每隔四五英尺就有个钓钩。他们用该死的老鲶鱼引诱它们，那根绳子会沉到河底，而他们就去河边，拉屎，喝一宿酒，他们点个大火堆。他们一晚上查看两三次，看有没有弄到一条鲶鱼。那会是好鲶鱼。这些狗娘养的红脖小子说他们宁要河鲶鱼也不要塘鲶鱼。说是味道更好。

"你知道，我喜欢那些红脖子。他们那么闲散。他们什么也不在乎。他们什么也不在乎。"

"因为他们是拓荒者的后代吗？"

"毫无疑问。他们是拓荒者的后代。他们觉得住在房车里挺满意的。我一直没弄明白我父亲怎么那么有教养。你要是看见他从哪儿来的——他来自密西西比－亚拉巴马交界的森林里最地道、最荒凉的地方。红脖子有拓荒者的态度，没错。他们不想去该死的乡村俱乐部或者玩高尔夫球。他们不会挣该死的十五美分，他们就是高兴得要命。

"他们祖上是苏格兰－爱尔兰人。他们大多是内部通婚、内部杂交。我现在说的是好的老红脖子。他打算干八点到五点的老派工作。但有一种高端的红脖子，他要收拾得很干净。院子里的草是除过的，后面有个小花园。老妈，她想穿名牌牛仔裤而他们打算每三个星期就去肖尼餐厅①搓一顿。"

我在公路旁边见过几次那种餐馆，但没进去过。它们像麦当劳吗？

坎贝尔说："在肖尼餐厅你会把肉汁浇满。那可是件大事儿。他们会爱上它。我了解那些狗娘养的。

"他或她要是搬到北杰克逊，就变得高级了。他就不会有那么多鼻音了。但是这个好老伙计，他一年就只工作六或八个月。他会跟老婆说，'我会去工作的'。但他不会去的。如果天下雨了，他不会去工作——妈的，不去。他会去他能找到的最脏的垃圾场，他会开始喝啤

---

① 一家连锁餐厅，主要在美国东南部、中西部以及大西洋中部各州运营，总部在田纳西州纳什维尔。

酒，打台球。他到家就跟妻子小吵一架，他喝个半醉，吃点儿玉米面包，然后不省人事，那就是该死的真相。而她会理解的，因为她已经习以为常了。

"她不喝酒。一般是红脖子男人喝酒——威士忌或啤酒。她有一些微不足道的活儿。她很可能就是收入的基础。她会每天努力干活。而他总等着那种每小时十五美元的重要工作，不会有的。他一度有一份工会介绍的工作，每小时十二美元。他觉得还会有的。为了再找一份十二美元的工作他能等上十五年。除非挪挪屁股去亚特兰大、佐治亚或者纳什维尔，某个天气炎热的地方，否则他不会得到的。这周围倒是肯定不热。但他就是满足得要死。这狗娘养的就是满足得要死。当他得到四美元的工作：'不，我要十别的。'今天我就能给五个男人提供一份工作，最低薪水。每小时三美元三十五美分。但我就算找上该死的一整天也找不到五个狗娘养的。'你想为三美元三十五美分工作吗？''不。没钱也不会为了狗娘养的三美元三十五美分去工作的。'

"于是他会把六美元当成平均数，一小时六美元到六点五美元。六美元就行，一年八个月。你瞧，他不想干一整天。能维持生计他就心满意足了。他们不喜欢别人告诉他们该干什么。那就是独立精神。那就是老拓荒者的态度。'我够吃够喝的，还有个小地方住。我还想要什么？'

"宗教？老婆把他们揍个半死他们才会去教堂。但他不会穿套装打领带什么的。他不会那么做。他会踢她的屁股。

"他们不太有性欲。他们宁愿喝一扎老啤酒。跟其他男的一起闲晃，去打猎、钓鱼。我们现在说的是那些好的上了年纪的红脖子。不是高端的那些。他们的鸡巴还硬着呢。那他妈可是一点儿不假。

"红脖子在白人里面大概占百分之六十到六十五。我把老红脖子和高端红脖子也算进去了，还有一大群中低阶层的红脖子。他们跟黑人一样看法都是老的。经常是爸爸在家多一些。但他们一无所有也乐得屁颠屁颠的。你都没法相信。"

我问起了着装，尤其是牛仔靴。它们为什么那么重要？

"那是他们必须突出表现的形象。他们会戴一顶老式棒球帽，帽舌就这样向下翻。他们不戴牛仔帽。他们想要那种特别的红脖子风格。他们想让人们知道他们不在乎。他们想让人们了解：'我是个红脖子而且很骄傲。'

"确实得插一句，不得不承认，他们这些狗娘养的爱乡村音乐和西部音乐。那是南方家乡的音乐。那是又哭又喊的音乐。什么人在卡车上被杀，或者火车辗过什么人。或者谁谁跟谁谁的老婆跑了。

"你不会相信，普莱斯利是个红脖子。他是双重的红脖子。你要这么说的话，这里有些女的会用鞭子抽你的屁股。我自己很可能也是个红脖子。"

坎贝尔那么说的时候，让我服气了。

他说："我只是穿得不一样。波罗衫和卡宾休闲裤。"

我喜欢坎贝尔说起细节时的准确性，品牌名，流行密码的揭秘，而我只看到了鲜亮的颜色。

接着，他突然话锋一转。"要是我父亲工作得没那么辛苦——我知道那很重要，辛苦工作尽量做好——"

我让他回到红脖子的性主题。

"如果他们年轻，他们干得很猛。但是他们越老喝得越多，也就不关心那个了。而她就在那儿，每周去自助洗衣店里洗洗衣服。坐下来看着，抽几支烟，没错，她做的就是那些事。

"我跟你说吧。我儿子不会在兰金县玩弄红脖子女孩的。藏不住。谁都认识谁。我再跟你说吧。他们说的话都不一样。我想让孩子们待在他们的社会阶层里，那是他们要待的地方。我会说：'基思，你可不是被那么养活大的。把你的屁股挪开。你比那强多了，我们就在那高高的地方待着。'但基思是对的。他想穿得讲究，他想看上去好看，他想挣钱。

我们是在杰克逊东北部的人群里过日子。那里就应该是高端的。"

我说："但美女就是美女。漂亮女人在什么地方都有人爱慕。"

"美女就是美女。但她一张嘴，一开始说话，说她住在兰金县——呜－呜——可就什么魅力都没有了。不过那种情况可能永远不会发生在我身上。永远不会发生在我儿子身上，因为他已经知道红脖子是什么了。你知道那个词从哪儿来的吗？人的脖梗子被太阳晒红——"

但是发生了一些事——有人进屋，有人问了个问题——而坎贝尔没有说完这个想法。几天之后，我从一位密西西比老人那里听到"红脖子"这个词时，对我来说才算听完整了，在他小时候，"红脖子"这个词不是轻蔑语，实际正相反，是指一个人挥汗如雨地讨生活；到了1950年代，边境拓荒生活持续转变，这个词才有了让人不愉快的联想。

坎贝尔说："我钦佩他们的独立。但那跟当今社会不适合。毫无疑问。那是很久很久以前了。但现在不是。在现代城市你用那种心态干不成业务。我们必须改变那样的红脖子社会和那样的黑人社会，否则财富只会在少数人手里，一直在他们手里。就跟我有关的来说，我希望它保持原样。我应该被枪毙。"

他从那种政治高度说回来。他说："红脖子就像四轮驱动。四轮驱动皮卡。它们能穿过沼泽横扫每个地方。它们有点儿像那种老爷货车，涂了一半漆。涂了一半漆，因为他会修理这一边，但从不抽时间修另一边。他会一直开着那狗娘养的，开到它散架或爆一个胎，接着他就把它扔在那儿。他不会有备用的，你瞧。那天下午他会回来把它修好。他会让朋友搞个旧轮胎来，他们去修理。这些狗娘养的车上什么东西都能修。他们这些杂种什么事都能干。他们能把车拖到公路边上，用千斤顶顶起来，当场就修。"

上午过去了。坎贝尔有一个商业午餐。他就那样出发了，穿着鲜艳的黄绿条纹运动衫，特别宽的条纹。但他太享受谈论红脖子的生活了，这让他回想起那么多"疯狂"青春的记忆，激起那么多渴望，他想再多聊聊，答应下午再来，在午餐后和去佛罗里达的商务旅行之前。

他午餐后打来电话。我问进展如何。

"我闻起来臭死了。午饭吃了一堆大蒜。但能赚钱。我吃着商业午餐赚到了钱，还挺少见的。"

我们后来在酒店酒吧见面。他已经喝酒庆祝他的交易了。他双眼含泪，有一点儿充血。早上他说话时面无表情，现在说话时也面无表情，但是喝完酒他的话庄重起来。他讲话不带脏字，没有不必要或者骂骂咧咧的强调。

我说我仔细琢磨过他说红脖子的那些话。从他描述他们的方式，我把他们看作一个部落，跟印第安部落差不多，自由的灵魂在杳无人烟的地方自由飘荡。但他们现在一点儿束缚也没有吗，哪怕在密西西比？

坎贝尔说："那是一种美好的生活，但取决于可以获取的自然生活。我会说要是那些红脖子没有密西西比这些自然环境，他们会非常无聊，因为户外事物是他们最喜欢的消遣。而狩猎权现在变得太宝贵了，不出五年他们就会被挤出市场。现在很多人从路易斯安那往北这么远过来，就是因为我们有大量的鹿，大鹿，他们正在为狩猎权出高价。我打赌你开车四十五分钟出了杰克逊不可能发现没租出去的土地。那里会有一块'告示'牌：'这片土地已租给某某狩猎俱乐部。禁止擅闯。'我跟你说吧，早晚有一天这里会有谋杀。在这个州他们早就出现了几次谋杀。尤其是猎鸭——在三角洲那么有竞争性，那么值钱，在那里租一块地太贵了。你得有很多钱。猎鸭一年大概会花掉你三千美元。不过猎鸭更多是一项绅士运动，那些红脖子更多的是抓来吃肉。

"密西西比还是有很多土地的。他们会跑到某个人的土地上偷猎。否则他们就只能喝啤酒，没地方去，无所事事。那就是我替红脖子担忧的事情。他们不会让自己去适应，他们被甩在后面。随着人口的增长，外出狩猎对他们来说会变得越来越贵，他们负担不起的。

"现在他们有一些名犬俱乐部。他们进入一个真正便宜的地方，做些交易，与某个家庭的交易——一次家庭交易有十五、二十、三十个男人；亲戚，他们全都在家族的土地上。加在一起每年有十次或十二次。他们还会举办舞会。"

"那女人呢？她们出门参加那些旅行吗？"

"她们就在家里坐着。她们正担心下一袋土豆从哪儿来呢。但她们可以靠一周一百美元生活，比你我都便宜。她们也不是瘦得皮包骨头，有些人又肥又壮。我这是说什么呢？她们全都又肥又壮。

"吃完午饭以后，你知道，我回到办公室。秘书是个红脖子女人。我跟她说了我们今天早晨的谈话。关于红脖子和边境心态。告诉她这些日子并不那么伟大，你知道。时代不同了。而她说：'你知道，坎贝尔先生，我一度很羡慕你。我想要你有的东西。但现在我感觉我就是不一样。我就是生来如此。我什么都不会有的，我现在知道我什么都不会有的。'我说：'那是因为你没有找到正确的老公。为什么不让你老公滚蛋？'她说：'哦，坎贝尔先生，我不能那么做。他就是个老红脖子。'她的孩子们就跟他一模一样。

"普莱斯利，他是个彻头彻尾的乡巴佬。还有那边那个家伙，桌子那儿留着长头发和胡子的那个家伙。"

他说的是一个红格子衬衫挂在裤子外面穿的男人。这人正在地板上小心翼翼地走，生怕牛仔靴的皮底打滑似的。

坎贝尔说："他很可能在想，留着那样的头发和胡子，他是上帝送给世界的礼物。但他就是个乡巴佬。他像鹅一样迷失了。他这辈子都没有踩过瓷砖地板。他觉得这里是一家汽车旅馆才来的。他不知道干什么。他就在这里晃悠：'哦妈的，我这是在哪儿呢？'"

艺术圣徒，创造，让人看到。尽管别的人说红脖子别的事——尽管有个人说跟他们打交道的最好方式就是不跟他们打交道，因为他们的脾气太容易爆了，他们所受的教育少到很难处理被别人怠慢这件事，少到难以理解人类的行为举止或者跟自己不一样的人；因为他们对怠慢和荣誉的感觉很夸张，就连想着打爆你头的时候还在跟你有说有笑——尽管这是公认的常识，但坎贝尔对他们生活模式的描述让我在以前视而未见的地方看到了自豪、风格和一种时尚规则，让我注意到我至今没有充分留意的东西：开得闯劲十足的皮卡，标有某公司名称的棒球帽。

第二天，一个星期六，一大群人来到酒店和酒店停车场对面的餐厅里。而且，仿佛是在充实坎贝尔对红脖子风格的描述，三个男人从一辆有凹损的落满灰尘的车里出来，打开后备厢取出红脖子靴子。他们是穿运动鞋来的。他们走进酒店之前脱掉运动鞋穿上牛仔靴。有个人正用牙咬开一瓶啤酒。听坎贝尔说完以后，我现在觉得谁要做那种很红脖子的事都得有点儿勇气才行。进了酒店在瓷砖地面上走，他很可能感觉"像鹅一样迷失"。

坎贝尔的话在我脑海里盘桓了好几天，我也跟别人提起过。一天下午我去杰克逊城外的一座农场。那里有个人知道我最近的迷恋，走过来说："池塘那边有你的三个红脖子在钓鱼。"我赶去看他们，就像赶去看一只不同寻常的鸟或一头鹿。确实，他们在那里，一个工作日的下午，光着膀子，但是戴着很好看的棒球帽，在芦苇丛里的一条小船上——坎贝尔讲述之前我可能不会多看一眼的人，现在却被看作有特定过往、践行特定规则、遭受威胁的一类人。

人们在公路上看见的东西平添了一种新的诗意：棒球帽的帽舌"就那样向下翻"，红脖子风格的皮卡女司机前额上的束发带。连报纸上那些卡车广告——还有价格：大约八千美元——也有了一种新的含义。

拜访尤多拉·韦尔蒂时，我就是那么谈论红脖子的，边境人不太像样的后代。我来早了，在街边滴着水的树下面等。她早就准备好了，透过没拉窗帘的前窗看得很清楚。但我对太早敲门感到紧张。

于是有一阵子，在雨后的幽暗中，我们在滴水的大树下面等，她在潮湿的前院尽头的窗户后面，我在车里。等我感觉时机合适了，就走过潮湿的小径来到前门。门上是她用坚实的笔迹写的纸条，请人们别再带书来让她签名。她现在想尽量为作品节省能量。我敲门，她开门，就像只等着那么做。她比照片上更随和。

她的故事里有那么多地方提到边境：我刚刚意识到这个事实。她也乐意讲述边境人的性格。

"他不是坏人。但他有一面全是狡猾的。有时候会越界，他变成彻头彻尾的恶棍。黑人从来不会住在这个州的那一部分。他们过来在种植园里干活。大多数红脖子在没有黑人的环境下长大，但他们恨黑人。所有坏事情都是从那里起源的，那是他们做出的呼吁。红脖子在锯木厂之类的地方干活。他们也有小农场，都骄傲得要命。他们操纵着这个州的政治。政客和福音传教士来的时候，他们都很兴奋——在那些小镇上。惊吓每个人，哄骗每个人，狠揍每个人，杀死每个人——那就是边境人的心态。"

我跟她讲了艾伦小时候听到的红脖子的故事，发生在艾伦度夏的小镇南面：旅行推销员的故事，他被人动粗，套在犁上，被迫耕地。艾伦说过这个故事是过去传下来的，我一度把它看成过往时代之邪恶的传奇故事，人们在无法无天的情况下生活的夸张故事。但尤多拉·韦尔蒂很认真地看待这个故事。她说："我相信这个推销员的故事。我听过逼他们犁地来进行惩罚的事。"

我们说起密西西比及其名声的话题。

"有麻烦的时候，很多人过来拜访我。他们想让我证实他们的想法。他们都觉得我生活在恐怖之中。'你不是一直很怕他们吗？'有个年轻人过来说，他听说有位某某先生是可怕的种族主义者，拥有整个杰克逊，以及所有的银行和酒店，他正在对黑人做可怕的事情。那是幻觉。那不是真的。这里的暴力远不如北方——城市里——抹黑的那么可怕。"

一个边境州，文化上受限制——作为作家，作为女作家，她觉得难吗？作家的丰富性某种程度上取决于他或她所描写的社会。

她说："它，这个州的生活，背后有很多。到这里四处定居的人千差万别。随着你慢慢成长，会有强烈的察觉——你明白事物源自何处。这里教给我这个作家的大事是一种延续感。在变化不大的地方慢慢了解几代人。你能看到小镇历史或家族历史的完整叙事。"

我越来越多地听到不同寻常的密西西比州宪法，南北战争和南方重建之后于1890年起草的宪法。听说这部宪法要为人们至今仍能看到的很多事情负责，我为此去见了前州长威廉·温特。作为州长，也作为对本州历史知根知底的人，他在这个州声望很高。

一天下午晚些时候，在繁忙的一天结束时，温特先生在办公室里见了我，那天早晨他曾飞去阿肯色州的小石城。这位前州长现在是杰克逊一家法律事务所的合伙人。他说话准确而合法，准备了好几本书和一张地图，我们交谈时，他一直在书里找参考。

办公室墙上——在他的彩色家庭照中间——是这个州的一大幅旧地图。他给我拿冰镇健怡可乐的时候我站起来端详。它裱在亚麻布上，还装了镜框，是别人送给温特先生的礼物。那是一张法语地图，或许是1830年的。上面显示这个州只有南部各县有人定居，中部更大的区域规划成了未来的白人定居点。这一带几乎有定居各县加起来那么大，但地图上只称作海恩兹县（那个区域有一部分将变成坎贝尔一说起来就五味杂陈的兰金县）。东部和北部的区域在1830年仍旧是印第安人领地：乔克托人和奇克索人。

1830年这个州有一半是印第安领地；1860年，南北战争即将爆发；1890年，在南北战争和南方重建之后，出现了一部新宪法——这里的历史似乎是以三十年为间隔的。还有1873年、1874年、1878年、1903年的黄热病流行，还有大萧条。没什么是固定且稳定的。

这位前州长说："编纂 1890 年宪法时的氛围是由白人的需求支配的，找个途径让白人重新控制这个州的政治进程。1861 年宪法没有给消除黑人选民和黑人公务员提供手段。1890 年编纂宪法的时候，还有很多黑人公务员。"有两位黑人参议员、一位黑人众议员、一位黑人副州长和一位黑人教育负责人。"密西西比州 1890 年宪法成为南方各州的典范——在用足智多谋的条款阻止黑人投票这个方面。"

跟种族条款几乎同样重要的是反商业化条款。编纂宪法的人想让本州继续作为"田园州、农业州"。他们不想让大企业或公司进来，从而鼓励"与农业社区对工作进行不利竞争"。

"我们在企业发展的道路上架设了各种障碍。那对阻止在本州投资建厂起了作用。一家大造纸公司，盖洛德公司，想定址在密西西比州珀尔河。由于这里的宪法限制，那家工厂最后建在了河对岸的路易斯安那州，在珀尔河县能看到，事实上路易斯安那州新建了一个镇，博加卢萨。在密西西比州，公司的资产总额是有限制的，公司的资本有结构上的限制。哪怕在 1890 年，那部宪法也让我们在没有资本竞争力这个方面显得别具一格。

"整部文件都有一股老掉牙的腔调。我们现在需要的是一份二十世纪末的文件所带来的心理优势。其次，我们需要对治理该州的方式进行重构。我们必须废除很多旨在分散和分裂权力的程序。在 1890 年，任何个人对权力的任何集中都不信任。结果，密西西比州立法机构通过的法律没有一条是完全按照 1890 年宪法的。"

他搬出一本大部头法律书，给我看 1890 年宪法的第五十九章。

"法案可由任一议院发起，并由另一议院修正或驳回；每项法案应在各议院分别宣读三日，除非审理同一法案之议院有三分之二票数废除此项规定；每项法案在最终投票通过前均应立刻全文宣读；且每项法案在两院通过后，应由参议院议长和众议院议长公开签署；但二人中任意一人签署任一法案之前，应就此发布公告，暂停所主持议院之事务，宣读该法案标题，且若有任一议员要求，均须宣读全文；且此类议程均应载于议事录中。"

修正案里有一项条款，使法律得以通过。但不好对付的议员仍能导致延期。"我见过。我见过有个议员站起来要求宣读法案。"

制定这部宪法的人莫不是有点儿疯了？

"那是一部反政府的立法。它的意图是让立法尽量难以通过。这种心态是：我们拥有的法案越少，境况就越好。政府管得越少越好——这么表述很公平。"

"他们在 1890 年是哪一类人？"

"他们代表极端保守主义、种植园主、农业利益。他们很多人是南北战争的老兵。全体议员都有强烈的种族偏见。他们以在政治议程中削弱黑人的存在为己任。"

"你认为这里面包含对这片土地的浪漫情感吗？"

"那是地主对土地的情感，不是劳动者的。自耕农不是会议的显著特征。这部宪法代言的是起草者的经济利益。例如，它提到密西西比河沿岸堤防系统的维护——宪法里实在不应该有这种事的位置。

"故事是这样的。1890 年春天，堤坝溃决，三角洲部分地区被淹。为了处理这件事，制定宪法的人在那年晚些时候，1890 年，在宪法里加进了旨在应对那种灾难的整个条款。第十一条。"

他拿给我看。条款长达八页，在专业方面和财政方面论述详尽，包括堤坝的维护方式；它拟定税收来满足开支；提到了一些已经销声匿迹的铁路公司的名字。

"州宪法里确实没有这样一个条款的位置。但你能看见起草者的当务之急。他们正在照料他们在三角洲的农场。"

可能并没有对土地的浪漫情感。但前州长怎么解释宪法里的反政府语气呢？

"那反映了该州基本的边境一面。他们说的是：'我们要让政府解决那些对我们很重要的问题，但不会让政府干预我们的生活。'正像它被运用的那样，这部宪法竭力反对该州无权无势的人。但那种反对不再有效，已经做出修正了。"

这部宪法已经留下痕迹。"南北卡罗来纳州和佐治亚州有烟草加工厂和纺织厂。亚拉巴马州有一个运转良好的工业基地可以追溯到十九世纪。密西西比州从来没有发展过这类基地。"

在前州长的办公桌上，有张美国地图是为我们的会面准备的，上面显示 1984 年"有经济竞争力的"县和"贫困"县。有竞争力的县标为蓝色，贫困县标为粉红色。这幅地图显示贫困县集中在三个区域：墨西哥边境线、西部印第安地区，以及几乎一片粉红的亚拉巴马州南部黑人地带和几乎整个密西西比州。只有杰克逊周边是蓝色的。

然而，尽管有贫困——相对而言：美国的贫困不像其他国家的贫困——尽管许多人会赞成前州长说的这部宪法老掉牙的性质，有些人还是对变化有焦虑。这部边境宪法已经慢慢变成代表该州某种真实的东西。如今有很多人在缅怀那部宪法所保护的过去，当时生活"更安逸"，更有乡村气息；当时社区很小，每个人都相互认识；当时时间还不是金钱。

海恩兹县因有人定居而被标记在前州长办公室 1830 年的地图上，那些人的后代会变成坎贝尔诗意描述的红脖子。现在这些红脖子，就像之前的印第安人，发现他们的狩猎土地越缩越小了。

那曾是一个边境州，但总是跟这个矛盾的奴役联系在一起。在河边，纳奇兹周围的老种植园土地述说的就是奴役。那片土地跟南卡罗来纳的稻田一样平坦、温暖和松软，述说的是富足和对数以千计的黑人的需求。不过纳奇兹也有种植园宅邸，如今是每年两次"朝圣"的对象：南方的旧日情怀，分裂的心灵，过往的美丽与哀愁中包含着奴隶制不堪回首、蓬乱、黑色的东西。

那是一个破旧的小镇，浑浊河水一侧的"峭壁"——不太高——雨后雾气腾腾。雨水从红紫薇和白紫薇沉重的树枝上滴落。那里有过石油的繁荣。那次繁荣跟南方那么多繁荣一样，已经平息了。

　　路易斯安那州在河对岸。我开车到那里，期待找到一些实实在在、真真正正的地方——而不是什么观光贸易之类的——吃午餐。那是平坦的三角洲地区。透过汽车空调出来的空气闻起来像洋葱。就是这种呛味，土地也平坦无奇，而我的探索显然也没什么希望——只有公路边上的快餐店：上面是高大诱人的指示牌，下面是简易的建筑，鲜亮的色彩映衬着平坦的草地——让我开车回了纳奇兹。

　　路易斯安那州的这个镇叫作维代利亚。维代利亚也是一种洋葱的名字。在南方肯定是一道美味，我在不少地方见过路边自家涂写的指示牌，写着供应维代利亚洋葱。于是我一直闻着洋葱味，直到回纳奇兹，那里又有了丛林水沟的气味，河水的气味，跟巴西亚马孙河边玛瑙斯的丛林水沟差不多。就像生了锈的波纹铁屋顶，还有老木屋里坐着或站着或晃悠或盯着看的悠闲黑人，让人联想到西印度群岛，像塔斯基吉杂草丛生的网球场般扰动着一个人对地点的感觉：那些球场某天下午有非洲学生在玩，绝对让人想起非洲。

　　我弄错了路易斯安那的维代利亚镇。在一家略带河流风光的纪念品商店里，一位女士这样对我说。产洋葱的维代利亚是在佐治亚，不管我在路易斯安那的维代利亚闻过多少洋葱味。

　　这位受苦的——生意不太好——女士说："我丈夫喜欢维代利亚洋葱。星期天"——他们住在对岸——"我们一打算去俱乐部，他就说：'苏珊，带上俩维代利亚洋葱。'我就说：'带到俱乐部去？星期天？'他会说：'把洋葱给我带上。'俱乐部里有个黑人姑娘把他宠坏了。他喜欢面包、黄油、番茄酱，还有一片一片的维代利亚洋葱。她就给他收拾好。"

　　一场大暴雨。我打量着她的存货。她正卖东西给一个黑人保姆，那人穿着长长的红色连衣裙，套着白罩衫。

她说："我进货的那天对珀琳说——她是厨子——'珀琳，你知道我今早上做了什么吗？我给你带了两件。'这话让她放声大笑，说：'好吧，你至少得给我搭着买条裙子呀。'"

天放晴了，但我刚走到外面就又开始下雨。我回到店里。

我说："我可不想感冒。"

她说："开这家店的第一年，我每天都得支气管炎。要不是为了我丈夫，我可坚持不下来。不过后来不知怎么着我就有了免疫力。银器在这种天气里不出三天准会生锈。每三天擦一回，对这些银器不可能有好处。"

雨下得更猛烈了，四处飞溅的大雨点。她接着聊，在她的纳奇兹纪念品中间，乐得有个伴儿。密西西比河因雾气和雨滴而变得朦胧，大桥是模糊的，看不到路易斯安那的河岸。

等我沿着纳奇兹的印第安遗址大道回到杰克逊，才发觉雨水、酷热和对所寻之美的无知让我无缘见到纳奇兹的其他奇观。大河曾更改河道，某地的河岸曾被冲毁，种植园主那个年代的漂亮老房子有一些都倾颓到河里了。

> 纳奇兹峭壁上的每个姑娘
> 会在我们路过时哭泣，噢。

天气、高温和对种植园劳作的思考让我想起这些诗句：斯蒂芬·文森特·贝尼特①南北战争叙事长诗里的句子，也许被记忆弄乱了，我是四十年前看的。

---

① 美国诗人，他的长篇叙事诗《约翰·布朗的尸体》获 1929 年普利策奖。

第六章　纳什维尔：圣洁

一个暴风雨的下午，在密西西比州驱车从三角洲到杰克逊，昏暗的天空、大雨、闪电、汽车和卡车的灯光，还有重型车轮激起车窗那么高的水花，我为此感到兴奋，开始认识到南方旅行中获得的巨大快乐。浪漫，一道希望和自由的光辉，早已开始触及这次旅程的早期阶段：我抵达亚特兰大，从那里开车前往查尔斯顿。我几乎忘了在那两个地方有过的写作焦虑。

我觉得那天下午如果不用写东西，不用担心接下来做什么、去见谁，能纯粹地体验，都会让我的快乐完整无缺。但我若是不写下来，如果没有目标以及时不时的紧迫感，如果写作没有一个计划表、要去的地方，我又怎么会度过杰克逊公路旁边华美达复兴酒店里的那些日子？甚至怎么会来密西西比？

大地辽阔而多变，有些地方是荒野。不过几乎到处都千篇一律，对旅行者倒是很方便。一个后果是，没有哪本旅游手册是只有道路和酒店的（除非作者在写自己）。这类手册一百年前就能写。（范妮·肯布尔①1838年从费城到佐治亚州海群岛的旅行记述是一次真正的冒险，她乘坐火车和公共马车，有时候还要走堆着原木的路。）

这样一本书仍可以书写例如非洲的一些国家。去那种国家旅行的人，多多少少吧，经常会这么说："我就到这儿了。我就下了当地的旧公共汽车，由陌生的男孩领着，制订的计划不太妥当，去的住所脏兮兮的。我就在酒吧跟一些当地名流喝了酒。那天晚上后来我就迷路了。"

这类旅行者不是真正意义上的发现者。他充其量是一个面对异国环境来定义自己的人，他写的书可能也吸引人，这要看他是谁。要是有那样一本书写美国，就只能是作者在某种意义上假装自己是异化的、奇特的，并且让读者也相信。然而，这种方式在美国通常不会奏效。这个地方不是也不可能是以非洲国家异化的方式异化的。它已经被了解得太多、拍摄得太多、书写得太多了，而且它更井井有条，少了些轻松随意，没开放到可以随意查看。

从自己的旅程一开始，我就留心制定一些探询线索，去定义一个主题。这个方法有难度。我内心深处总是担忧，我到了一个地方所有联系都被切断，而我超越不了公路和连锁酒店的千篇一律（那天下午我在三角洲便是向那种传奇故事投降的）。如果你按照主题旅行，那这个主题必须随着旅行而有所发展。在开始阶段，你的兴趣可能是广泛而分散的，但它们随后必须更聚焦，旅程的不同阶段不可能简单变成彼此的不同版本。而且，比起其他旅行，这种基于主题的旅行更要靠运气。靠你遇到的人，你的灵光乍现。就像情节紧凑的日报第二天要推出的那一期，手头这一章的形式由于路上的意外而变来变去。

纯粹是运气——我们的交谈开始得那么乏味——带给我坎贝尔对兰金县红脖子的奔放描述：户外生活，边远地区自给自足的遗风，混合着对黑人的反感，还奇怪地与热爱乡村音乐相吻合，"南方家乡的音

---

① 英国演员，嫁给美国商人皮尔斯·巴特勒后移居佐治亚的种植园。她的日记持续五十多年，是了解当时英美社会的珍贵资料。

乐、又哭又喊音乐"和对埃尔维斯·普莱斯利的狂热。

跟坎贝尔那次会面（打消了我对福克纳和密西西比州牛津①的想法）启发了我可以怎么走。不过我对音乐知之甚少，何况普莱斯利还活着的时候，他的成就已经与我擦身而过了。

普莱斯利的出生地是密西西比州北部的小镇图珀洛。

带我去的商人说："他是卑微中的卑微。"他说得很严肃，没有怜悯，脑袋轻轻晃了晃。他脑子里对卑微的厌恶触动了某种骇人的东西。

我想起坎贝尔的话，并加以引用："'彻头彻尾的乡巴佬'？"

"比那还卑微。"

在杰克逊酒店的一本杂志上，我看见有两个窄房间的"猎枪"房屋的照片，前门廊通向卧室再通向后厨房。我一度期待在照片上找到城市废弃地里留下来的建筑。不过图珀洛是个繁华的小镇，密西西比州最繁华的商业场所，普莱斯利出生地周边已经变成郊区，房子本身就像某人在大树遮蔽下的配屋（或者叫"外屋"），四周都是草地。

前门廊有一把双人秋千椅，由固定在天花板的链条吊着。前屋是卧室。那里刚贴上墙纸，有简单的花朵图案，一面墙上是《如果》这首诗的印刷本，镶了框。

我问值班的女士，这首诗是不是早在普莱斯利的年代就在那儿了——是说普莱斯利父亲的年代，据说这座房子是他找人盖的。那是个蠢问题，女士没回答。那位商人说以前墙上糊的应该是报纸。

当然，这座房子的外观已经尽可能修得漂亮了，有秋千椅和床架，厨房里还有某个时代的物品，就像来自杰克逊的密西西比州农林博物馆，那里郑重展示着若干年前的手工制品、家用器具，尽管年代这么近，但因为它们是一种特殊的乡村往事的一部分，很多人用过而如今

---

① 牛津位于密西西比州北部的拉斐特县，是福克纳的故乡，也是他的代表作《喧哗与骚动》中杰弗逊镇的原型。

已经消失。(在英格兰，1920 年代触手可及，就像前天。在密西西比，1920 年代是很久以前了，近乎万物初生。)

在密西西比的博物馆里，正在展出的往事可以当作一种宗教、一种结合来感受。在被美化的猎枪小屋里也有那种感觉的东西。(但想想人们就住在那么狭小的地方：想想压迫、混乱。)对于坐在摇摆座位上拍照片的人——有点儿发福——来说，这个男人正是因为出身卑微才更加神圣。

房子后面是门厅，卖卡片、纪念品和几份 1977 年普莱斯利死后当天印的孟菲斯报纸，还有一座新的小教堂，装着染了色的玻璃窗。房子旁边是公园。普莱斯利的钱产生了那种魔力。就像人们听到的医院护士和其他普通人的故事——这些故事总是很动人，那么多种梦想都实现了——普莱斯利送一辆凯迪拉克作为礼物就让这些人惊喜不已。

在纪念品店里，那位商人说："你听见那个女人的口音了吗？听。"他说话时那种惊骇与提到普莱斯利出身时如出一辙。不过我的耳朵没有良好的本地调音，它们没接收到那位商人听到的东西。

商人的态度与历史有关，其先例几乎跟这个州一样久远。就算是范妮·肯布尔，1839 年面对佐治亚州的"松林人"也激动得狂怒和轻蔑起来，排斥同族里被她看成败类的那些人，觉得他们坏透了。人们认为范妮·肯布尔出身名门，憎恨不公，但作为一个非常重要的英国演艺世家的女演员，她也很在意人的外貌。她憎恨奴隶制，但不关心美国种植园黑人的外貌特征(她觉得西印度黑人更好看)。而且，写松林人的段落应该全文引用，那种絮叨正好捕捉到了作者复杂的情感和羞愧：

> 这些就是所谓的佐治亚州松林人，我猜是地球表面能找到的自称出身盎格鲁－撒克逊血统的最低下的人种——肮脏、懒惰、无知、粗野、自以为是、身无分文的野蛮人，偶尔跟野蛮本性的

恶习一并出现的稍稍高贵的品质他们无一具备。他们没有奴隶，因为他们几乎无一例外地一贫如洗；他们不愿意干活，因为他们觉得那样会降格为遭人憎恨的黑人；他们蹲着、偷东西、忍饥挨饿，在所有文明社会最低等的这片荒野中，他们的面容也见证了他们的环境之脏和天性之彻底堕落。说到奴隶制的罪恶，哪怕他们没有部分或大量地从中获益，也是为虎作伥的同谋，因为那是区分黑种人和白种人的藩篱，他们在它脚底下堕落得难以名状，躺倒打滚，却又因为那种将其与被鞭打的农夫区别开来的基本自由而无比自豪。

佐治亚是 1733 年给自由人建立的殖民地，但不到十六年时间，奴隶主就改变了它，创建了松林人那种从其他州搬来的穷苦白人的社区。西印度奴隶殖民地没有类似规模的穷苦白人群体，那里基本上只有种植园主和奴隶，释奴之后这些岛实际变成了黑色，没有红脖子，这些岛上没有重建以后的"南方"式历史。在新大陆和其他大陆其他新地点的移民过程中，都有巨大的暴行，不仅针对当地人，也针对运过来的人。早就没有什么群体能被追究责任了，后世几代人还要作为旧历史的受害者或继承者活下去。

我对图珀洛的普莱斯利膜拜开始有了新的感触：人民之子的出生地，人民的圣人，弄得漂亮得体，一座神庙。而我后来去密西西比牛津的南方文化研究中心，看到查尔斯·威尔逊形式不一的普莱斯利藏品中的那些东西，也就有所准备了。

最醒目的是一张海报，左下角是穿肥底紧身裤的普莱斯利弹着吉他，一座楼梯向上通往天空中的母亲和格雷斯兰——普莱斯利在孟菲斯的家。红脖子的满足感从一个层面看是社会的悲哀，而另一层面，作为宗教艺术，则有借自基督教的东西：中心人物的赐福，性感十足，格雷斯兰就像中世纪世界末日绘画中新耶路撒冷的翻版。

孟菲斯的郊区就是格雷斯兰。高速公路上的指向标宣示了这个地名。公共道路隔开了房屋、空地与格雷斯兰停车场、售票厅和普莱斯利两架飞机如今停放的地方：高贵的象征。

房屋和庭院的参观是安排好的，访客不得四处走动，必须从售票厅乘坐专门的观光大巴。我去的那个下午，一个半小时前观光就被预订一空了。所以我没有看到房屋，只好满足于随处可见的电视机里的故事、源自拉斯维加斯酒店房间的装饰、一个快乐和趣味简单的人的挥霍无度，他挣来的钱不知道怎么花，觉得亏欠自己更多，从自己最喜欢的简朴事物向外展望时陷入了麻烦。

在繁忙的售票厅里很容易——扬声器里放着普莱斯利的歌，热闹得令人不安：圣人的不朽——感觉到魅力、噪音的魔力及其曾经带来的不可思议的财富。这财富以人们熟悉的方式乱花：单纯被夸大再夸大，就像是给每个人的财富，像所有胖子——像普莱斯利那样乱花钱，不过仅限于他们能得到的东西，他们发现快餐食品永远很诱人，丰富且触手可得，就像吗哪①的现实生活版或者古典传说里某种东西的现代版——把成就感和富有的荣耀转换成个人脂肪并把脂肪当作个人财产。

从查尔斯顿酒店开始（尤其是在亚特兰大酒店里忙碌的商务人士之后），我已经见识了非常胖的人，已经（像生面团一样）上升到过度肥胖的特殊领域。不是一两个，他们几乎自成一类。查尔斯顿是一座度假城市。他们出现在那里，在酒店，身上穿着肥大两三倍的花哨度假服；奇怪的是，他们还成双入对地出现。有时候，酒店里至少出现四对——肥硕、堵塞走廊，不无侵略性（无疑是数量的作用）。

之后，我在别的地方也注意到了他们。不过坎贝尔第一个对我说起红脖子女人的肥胖，显得像一种区域特征或群体特征。有时候看见他们是一种快乐和刺激，可以看见每个身躯组织或安排多余磅数的独

---

① 《圣经》中的天降食物。古代以色列人走出埃及之后，在四十年的旷野生活中，靠上帝赐予的这种神奇食物存活。

特方式：这里一块赘肉，那里一个肉疙瘩，那里一大块肉，那里一大卷肉。看上去可能像一种自杀，但我也开始想知道——在格雷斯兰的售票厅里，在所有那些骄傲和兴奋的人中间——对这些边境人民和松林人的后代来说，在他们的肥胖里，到底有没有一些单纯的固执。

该怎么理解对歌手的崇拜呢？这些人有政治领袖，他们有体育明星、电影明星，有好多英雄。但那些英雄都只能远远地观看，而这位歌手跟他的歌迷们一模一样。他是歌迷们感觉自己也可以那样活的人：歌手为了他们，替他们经历。

在殖民时代的英属西印度群岛，奴隶制废除了大约一百年，黑人都没有英雄。他们很晚才开始有英雄，这些英雄是运动员，主要是板球运动员。在那种受限制的社会里不可能有别的英雄。但紧接着，等到殖民时期临近尾声，政治生活得以开展时，西印度黑人需要领袖，大多是工会成员，他们后来成为政治领袖，独立时当上了总理。对于自己的这些早期领袖，西印度黑人不只是敬仰。他们希望这些领袖代表他们，不光是在议会里。他们希望自己的领袖（出道时跟别人一样穷）变得富有（无论通过什么手段）、强大和光荣。黑人领袖的荣光成为人民的荣光。领袖为人民而活（或者满足），而人民则通过领袖而活。道德和理解的一般想法并不适用。领袖不需要谦逊和正确，那是其他世界的美德。领袖作为黑人被赋予一种责任：为了所有黑人的利益，变得崇高，高于生命。这种对领袖的观念已导致西印度群岛那样的浩劫，近来有所改观，不过依然存在。

普莱斯利膜拜的背后似乎是这种黑人政治崇拜的东西。有点儿奇怪——对我来说——音乐带着这么多人民的情感需要。在田纳西州纳什维尔，我去看一场"大奥普里"演出，长期上演的乡村音乐广播节目，感觉跟自己看的东西相当疏远。就像一次部落仪式，本来应该完全用外语的。

那里展示了多少才华？然而这种场合跟才华有关系吗？那些有名

的、深受喜爱的人只要把自己展现给观众就够了。礼堂满满当当的，过道里挤满了带相机的人。有些表演者的牛仔帽和工作服提供了线索：乡村音乐创造了一个群体，也是一种群体表达。

纳什维尔是乡村音乐产业的中心。那是一个产业，不过音乐区的街道都是一身度假打扮的观光客。

一位黑人长者某天开车送我回酒店，说起观光客："都是白人。你看见了吗？黑人讨厌乡村音乐。对他们来说那是红脖子的音乐，象征着压迫他们的全部和他们厌恨的全部。"

我问普莱斯利对黑人有没有那种态度。

这位长者说："跟普莱斯利聊黑人就像跟阿道夫·希特勒聊犹太人。你知道他怎么说的吗？'我想从黑人那里得到的全部就是让他们买我的唱片和给我擦皮鞋。'在唱片里说的。"

当我向艾伦·雷诺兹，一位制作人，提起这个时，他说："噢不！噢不！"

艾伦来自阿肯色州。他四十九岁，我感觉他可能有点儿厌倦了为南方的种族指控进行辩解。

他说："我在孟菲斯的浸礼会医院，埃尔维斯也在那里。可能不是病人，可能他妻子在那里。电梯旁边聚起一群人，我也在那儿。两名黑人护士着了魔似的从我身边掠过。她们说：'他在这儿，他在这儿。'捧着自己的心，飞奔去看埃尔维斯。我讲这个故事是因为它让我质疑黑人讨厌埃尔维斯的说法。"

艾伦在孟菲斯受教育。他爱这座城市，"在音乐和其他方面"，直到 1968 年马丁·路德·金遇害。那次谋杀破坏了与黑人音乐家和其他黑人的关系。也许什么都没说，但谋杀就在那里，一条界线和一个困境，一种沉默的根源。（在孟菲斯时，我自己也察觉到那里的酸味，黑人城市是辽阔的、难以复原的荒凉，而白人被围困，住在东面很远的地方。）

艾伦仍有些朋友在孟菲斯从事音乐业务。"有一个是萨姆·菲利普斯，自己开一家唱片公司。他可以说是我的偶像，取得的成就依然让我印象深刻。他在 1950 年代末做普莱斯利。他在密西西比州和路易斯安那州长大，小时候黑人音乐对他影响很大。孟菲斯就有这种音乐上的融合。萨姆热爱黑人音乐，他正有意去找有黑人"——他斟酌了一个词——"态度的白人。黑人能量。"

我问艾伦乡村音乐对他意味着什么。

"我的成长过程非常贴近乡村音乐，我找不到能定义乡村音乐的人。不过对我来说，那是真正的人民音乐，在歌词上和旋律上。而且直接源自日常生活。

"我祖父母每个星期天晚上都听'大奥普里'。我祖母兄弟姐妹十四个。有个小伙子小吉米·迪肯斯会唱一首叫《在床脚睡觉》的歌。我祖母会说，'就是那样'。人们做客的时候，才不会去搞张什么新床呢。成年人并排睡，孩子们就被放在床脚。最好的乡村音乐源自平常生活的情感。"

在乡村音乐里，音乐本身并不重要。有关系的东西是歌词，不过歌词都很少是很简单的，主题也很程式化。判断一首歌的质量很难吗？人会被垃圾欺骗吗？

艾伦说："我很快就能分辨出来。比如说，我现在正忙着做歌手凯西·玛蒂雅的专辑。她是个新歌手，这是她第四张专辑。这项业务的运作方式是，有些出版公司旗下的作者把走进办公室写歌当成了日常工作。我不觉得那套体系总是令人满意的。结果就是大量贺卡类的东西。当我宣布我们在给凯西这张专辑找素材的时候，收到出版商和作者寄来的一大堆歌，几乎全都没法要。"

那就能解释我在前门看见的打印通知，让人们把卡带从邮件投递口扔进来就行，不要进门交谈。

"我每周都得听一购物袋的卡带。纳什维尔就像大批追梦者的麦加。不过与此同时，我要一直跟出版商和作者会面，因为我在找素材，真正的战斗是找到真正的歌。所以前门的标记只是部分有效。"

"你找的是一首歌，还是一个作者？"

"都在找。我永远寻找真正的作者。我们有一些非常出色的。我知道的那些人背景大多很简单，农村背景，那并不代表他们没受过教育。他们来自全国各地，不过他们通常只有一部分出身背景是城市，他们跟小镇和民众有很强的联系。"

我想起了其他形式的程式化写作——复辟时期的喜剧，P. G. 伍德豪斯[①]的上流社会幻想——对形式的机智操控足以成为艺术。

艾伦说："我认识这个国家另一端的人。这个人写的音乐很广泛。他已经凭一些作品在乡村音乐领域获得成功，我知道这些作品，很有想象力，而且是基于这个人对程式化元素的感觉。这些作品中有几首放到现在都算是非常好的。"

"但你会说最佳作品中有一些是源自真实的认识。"

"还有创意。"

"那还有可能吗？"

"有的。但这个行业不太鼓励创意。至于其他写作，有百分之十是原创的，很多都是来得快去得也快。"

我们听了一些为凯西·玛蒂雅新专辑送来的磁带。在试听室里，确实有他说的购物袋。

艾伦说："在大部分磁带里我最先注意到的就是创意太少了，连标题可能都是一样的。好些歌是关于爱火，爱的火焰。很多标题都那样。无法熄灭的爱火。"

我们听的这首歌是关于爱，伤感、空泛，没有具体细节能联系到

---

① 英国幽默小说家，著有《无事忙俱乐部》系列和《布兰丁城堡》系列小说，背景是一战
　前英国的上流社会。

一个情境或一个人。

艾伦说："那是一种商业小调。贺卡。三个作者来写，可以说他们就是为了挣点儿钱。音乐也是。是拼凑。一点点流行，一点点乡村，一点点感伤。没有任何灵魂。只好把它扔回购物袋。"

试听室的架子上也有磁带。架子顶上是小丑瓷像。

我们听了艾伦准备用在专辑里的一首歌。

"歌名叫《十八个轮子和一打玫瑰》。他——卡车司机——在回家的最后一程给她带了一打玫瑰。现在他们准备做大量的修改。那不是一首沉重的歌。我被它的幽默打动了。乡村音乐里有些歌跟货车运输有关，很多乡村音乐的听众也跟汽车和卡车有联系。"

我拿起几行单独的歌词，看到它们用了一些数字："十八个轮子和一打玫瑰""整晚的广播里又有几首歌""他四天行程中的另外十英里"。

艾伦说："十八个轮子。人们都知道那是一种大型道路装备。"

他选了另一首歌演奏。歌名叫《为时已晚》。

他说："是反省的，悲伤的。涉及失去的感情，失去的爱。"他引用了一行："'你不知道那是个好东西直到它从指缝溜走。'"

我们还听到：

> 现在我倒上威士忌，敲碎冰块，
> 跷着脚，眼睛闭起来，
> 努力听我的心如何倾诉，
> 努力找到旋律带我回到过去，
> 跟你一起待在这里，天色已暮。

艾伦说："我爱那首歌，因为气氛和意象引发我的共鸣。旋律本身也吸引人，我听着很美。"

我们聊他对音乐的发现。

"在我生命中，家里有几件乐器并为了自己和朋友高兴而做音乐，是很自然的事。我小时候在阿肯色州，邻居们晚上会带着吉他、小提琴、口琴、曼陀林来，坐下来唱上几个小时。他们喜欢这样。在我祖母那个年代，夏天有老师会从一个社区奔波到另一个社区。他们有歌唱学校，儿童和成人每天都去学演唱与和声。在那一周的最后，他们有所谓的'大型全天欢唱'。

"在南方，教堂的吸引力中有一部分是音乐。他们享受的就是音乐、歌唱与和声。对我来说，不管是白人还是黑人，教堂和福音音乐对世俗音乐的影响是实实在在、显而易见的。埃尔维斯最喜欢的一些歌是唱给教堂的。他把世俗和福音、白人和黑人之间的相互关系拟人化了。"

凯茜·玛蒂亚的新专辑正在由艾伦制作，她在乡村音乐中属于艾伦所谓的"民间派"。还有一派。"我们有个最伟大的歌手和作曲者是洛雷塔·林恩，她是真正朴实的作曲者，一个传奇。她的音乐更多跟酒馆和家庭风暴有关。屋子里全是婴儿的时候她才开始唱。那是她身上某种自然的东西的体现——一种娱乐自己、表达自己的自然方式。而且她很穷。她只有一台收音机和一把吉他。艰难的生活，贫困的生活。"

尽管歌手们大部分是修道者——宗教是南方民众自然而然的组成部分——尽管同样修道的听众希望歌手表现家庭价值观，与此同时却有一种反向潮流。艾伦说："听众看见歌手正在与自身的恶魔斗争，他们认同这种斗争。"这会让听众仁慈、包容和忠诚，给某些表演者的生活和歌曲提供一种受难剧的元素。

在纳什维尔最繁华的区域之一，威斯敏斯特教堂的长老会牧师 K. C. 托米牧师说起乡村音乐："那是白人的灵魂音乐，跟上个世纪音乐为奴隶扮演的角色差不多。它在受压迫人民中间创建社群。我喜欢。我听它是因为我在歌词里听到对穷苦白人生活所经历的压迫的抗争。"

关于有些歌手公开的宗教信仰，他说："他们用特殊的方式修道。宗教对他们来说是一种共有的情感体验，而不是共有的教义。"

情感有时可能并无节制。我在纳什维尔的时候，那里出版了一本《阳光与阴影》，"大奥普里"歌手简·霍华德的自传。她打算开始在十六座城市巡回推广，纳什维尔报纸《田纳西人》的艺术和休闲版刊登了一篇书评：

"密苏里农村令人绝望的贫困中出生的十一个孩子中的一个，她八岁时被父亲的朋友强奸。十五岁结婚。她四年生了三个儿子，然后成为最终在精神崩溃中病倒的受虐妻子。

"丈夫试图杀死她，她带着口袋里的十美元、拖着儿子们逃走了。她叩响陌生人的门，请求庇护。她第二任丈夫，一名空军中士，被发现是重婚者。她跟他生的两个孩子都夭折了。"

此后，她的运气暂时好转。她在加利福尼亚遇见一位作曲家，嫁给他，搬到纳什维尔，成了明星。接着婚姻就结束了，乱糟糟的。

"当她从痛苦的离婚中恢复过来时，大儿子吉米在越南被害。不久，演员／歌手儿子戴维因毒品导致自杀……"

很难相信有人能经历过这一切还出来唱歌。尽管她可怕的故事在那份晨报中占了很大版面，但她出现在"大奥普里"的舞台上，纤弱苗条的身形，悉心打扮，面带微笑。奥普里的听众带着相机从过道跑上舞台，拍下她的照片，希望她继续前行，祝福她安好。

"南方家乡的音乐，又哭又喊的音乐"，坎贝尔就是这么描述的。不过那只是开始。白人的灵魂音乐；歌手是明星和受害者，在两个角色中代表着社群；在简单的音乐内外，通过模仿古代苏格兰和爱尔兰的里尔舞和吉格舞，有种忧郁和失落的情绪，流放者依稀记得的忧郁，或许只是对"古老、不悦、遥远的事情和很久以前的战斗"有种社群的意识。与此密不可分的是基要主义的边境宗教，为这些人保留了一种完整的既存世界和一个完整的神性约束准则的观念。

简·霍华德跟《田纳西人》提到写自传的困难。"再去体验一些糟糕的部分是很可怕的。有时候我坐在打字机前，发现自己抖成一团，事实上我都不能碰键盘，一碰就哭。实际上有时候我会祈求自己获得那么做的力量。"

音乐和社群，还有泪水和信念：通过乡村音乐，我感觉自己已经被引领着理解了整个独特文化，我从未想到美国会有这种东西。

我酒店房间里的杂志，混杂着隐喻，说纳什维尔是"圣经地带的搭扣"。教堂在黄页目录里占了十二页。《田纳西人》有一名"宗教新闻"编辑，每周有一版"宗教新闻"，上面有很多教堂广告（尤其是基督会教堂），一些附有外表时髦的牧师或传教士的照片。纳什维尔的新教徒大多属于基要主义的边境信仰，主要教派是南方浸礼派。

古典一些的教会，长老会和圣公会，从一定的社会距离之外观望着浸礼派的优势，没有敌意或竞争。

基督教堂的圣公会牧师汤姆·沃德博士说，有时候来教堂的南方浸礼派教友发现那里太安静了："'你们都不布道。'浸礼派的特质就是布道的那些话。那是南方基督教会的特质。布道意味着激动的宣讲而非英国教会的博学论述，宣讲那些话并计算被拯救灵魂的数量。但是我得说说这个。比如，说'我是南方浸礼派教友'，就是用另一种方式说'我是南方人'。我的意思是那就是特质，宗教上的。他们灵魂深处埋葬的是对地狱之火和诅咒的恐惧。我父亲 1931 年被赶出密西西比州默里迪恩的联合卫理公会教堂——当时他十七岁——因为他去跳舞了。卫理公会教堂就是那样。三 K 党的很多宣传材料是基督教的。复兴主义——为什么？重新点燃精神。什么精神？一步错，步步错，然后你就接受了三 K 党。"

威斯敏斯特的长老会牧师 K.C.托米认同南方浸礼会身份在某种程

度上就是南方身份。"很准确。你瞧，南方浸礼会教友把自己和美国浸礼会教友区别开来。美国浸礼会教友的思想开明得多，他们没那么死板。我补充一下南方浸礼会教友的情况：那跟共有的圣经直译主义①有关，跟品行有关。例如，要成为南方浸礼会教友就要成为禁酒主义者。品行、跳舞、喝酒——包含生活的全部。"

我问他复兴主义的情况。

"复兴主义者的思维定式是'回到上帝'。经常听到这些字眼。"

"'回到'？"

"他们会用'迷失'这个词，由此表达的意思是'被诅咒的'，所以他们需要被复活。"

纳什维尔的第二大教派是基督会。同样是基要主义的，起初也是边境信仰，从长老会脱离之后就开始了（K.C.托米告诉我的）；在某些方式上，它力求比浸礼派更纯正。

"他们已经发展成一个宗派或教派，相信自己才是唯一真正的基督教派。浸礼派教友不会那么说。但是基督会的人会说：'你不是基督徒。你必须加入基督会，那才是唯一真正的教会。'"

纳什维尔的基督会教堂比别的城市都多。詹姆斯·范迪维尔牧师属于这个教会，他告诉我为什么。

"中南部在中枢点上。它如此接近美国开始的地方。人们从沿海地区来，接着从这里搬到得克萨斯、俄克拉何马和大草原地区——在这些地区你都能发现基督会的人数优势。从文化和社会经济观点来看，这一带的人有共同的价值体系，基本上是农业经济。一般来说，那种群体的宗教倾向要多一些。"

范迪维尔牧师给了我很多时间。他乐于谈论他的教会，希望对我

---

① 严格按照字面意思理解《圣经》中的内容。

的探究有帮助。我发现他绝对公平。我想见见来自这个教会却又慢慢产生怀疑的人。他答应给安排，而且真的安排了。后来他甚至让我接触了一个已经脱离教会的人。

他是哈佩特丘陵基督会的牧师，离纳什维尔城南有一段距离。他在电话里给我指引方向时，把他的教堂称作一个"设施"。我到某条大马路或环形路时要左转，向前一百码会看见这座"设施"。我喜欢这个词。1983 年我在格林纳达以类似的方式第一次听到有人用这个词，当时正值美国入侵：在一次晨间发布会上，军队新闻发言人把为俘虏准备的临时铁丝网围地称为"设施"。

哈佩特丘陵的基督会设施用干净的红砖砌成：繁荣社区里的繁荣教堂。范迪维尔牧师四十多岁，体格强壮，戴着眼镜。他让我叫他詹姆斯或吉姆。

"那种不拘礼节适合我也适合我们的神学。我们尝试一切可能来消除教士和凡人的差别。"

办公室里放着音乐。

吉姆说："一个轻音乐电台。我下午工作的时候就打开。年轻一代会叫它电梯音乐。"他笑了笑。

他把衬衣当外衣穿，但打了领带。他坐在顶着隔板墙的三人靠背长椅上。头上方的画是一棵乔木，靠背长椅的一侧有一棵无花果。整面墙都是书架。

吉姆说："我用史上最简单的方式来解释基督会吧。我们在宗教中追求两件事。一件是将《圣经》作为唯一的信仰和实践准则。我们相信《圣经》绝对正确。"还有一件事教会正在努力做，就是回到最初的基督教信仰。"基督教初创的三个世纪之内，罗马天主教教义占据优势，直到路德、加尔文和伟大的宗教改革者们，这些人说：'让我们把《圣经》赠予平民，改良罗马教会。让我们戒除陋习，以及由此演化来的堕落。'

"总有一种路线是回顾《圣经》说，'我们按原样模仿吧'。十九世纪早期，这里因为西进扩张出现了这些边境人——和海边的人一样——而且我认为边境精神与此有很大关系。这些人代表了新教教义的广泛主流，尤其是卫理公会、浸礼会。基督会代表的是对新教教义的舍弃，并不代表就要回归罗马，而是回到信仰的最初，一路回到五旬节①，基督教文化最初的《圣经》日期。

"那是边境精神。'我们如今在边境上。让我们搁置差异，让我们在基督教里成为兄弟。'我不想扭扭捏捏的，但是我觉得我所在的这个教会是公元 30 年建立的。我是说这里的复兴运动是那种运动在美国土地上的一种历史性回溯。"

"那是什么时候？"

"早至十九世纪中期。那是我们称为美国重建的时期。"

"这种需求是什么呢，你觉得？"

"每次伟大的宗教复兴都是由回归经文激发的。"

"你们和浸礼会如此相近，又跟他们如此对立。"

"我们在很多事情上接近浸礼会。《圣经》、三位一体、教堂、福音主义、个人对基督的皈依。但我们在别的事情上是不一样的。我们唱歌没有音乐，我们每周领受圣餐，我们教育说洗礼对拯救是必不可少的，浸礼会教育说洗礼只是进入教会的一项要求。而且我们是自治的，每座教堂都是独立的。"

但是，与纳什维尔的教会同样重要的是，它正在衰退。满足边境人需求的教会不太适合城市居民。吉姆明白这些困难，他看得很透彻，也很直率。

"我们处在一个巨变的时代，对我们是真正的挑战。改变？从农业到商业和工业，从乡村到城市，从蓝领到白领，从下层到中上阶层。"

---

① 耶稣复活后第五十天派圣灵降临，门徒领受圣灵后开始布道，教会规定这一天为五旬节。

我在《田纳西人》上看过"宗教新闻编辑"写的一则新闻，六座纳什维尔基督会教堂正在考虑合并，"来应付高额开销……减少会员并重新点燃友谊和使命的热情"。这六座教堂的成员共有一千两百人：六座小教堂，属于更乡村的早期。

亨利来到吉姆的办公室。本来是这么安排的：吉姆先单独和我谈一会儿，接着亨利加入。亨利二十六岁，中等个头，头发整齐地梳到后面，穿白色牛仔裤和蓝色短袖马球衫。他一直都是学生，尽管博士学业处在没有下文的停滞状态，但仍有学术志向。他刚刚代表教会去了乌干达，为传教工作仔细考察那个国家。目前，他正在做木匠赚钱，靠每小时八美元刚刚达到收支平衡。

我问他怎么看教会在乌干达的机会。

他说："非常好。不过再次发生政变的时机好像就要成熟了。"（不过，没过几分钟，他就会让我明白他对非洲和传教工作的认识没那么简单明了。）

在乌干达东南部，他见过可怕的事情。他看见数百人被绑在一起，坐成几圈。那给他留下深刻印象，但似乎不知道跟知识和经验有什么关系。

我想了解他信仰的发展情况——这个穿牛仔裤和马球衫的年轻人。他有过某种心灵启示吗？他做过信仰告白吗？听说那是必不可少的。

他说："有个漏洞。一个讽刺。我父母都是信仰的支柱。父母和孩子之间有牢固的亲密关系。但是要说的是，我知道达到基督的拯救有什么必要的步骤。早在五六岁的时候，我就知道那些步骤是什么。根本没什么大不了的。"

"就像你身份的一部分。"

"当然。我八岁就遵守那些信仰的步骤。我被洗礼，整个浸在水里，八岁的时候。不过，回到你有关心灵体验的问题，坦白说，答案是没有。回想起来，我怀疑八岁那些行为根本算不了什么。"他顿了顿说，

"当时我在风暴里。我跟家庭已经有过一次决裂了。"

我很惊讶。吉姆答应过安排我见一个有怀疑的人，而我本来想着改天才能见到。

吉姆说："作为导师，首先我得说亨利是典型的在宗教环境里长大并做过信仰告白的人。"

亨利说："作为博士生，我已经开始怀疑客观性——理性过程——基督会——"

一开始我就注意到他怎样措词。现在他似乎很难完成一连串的思考：很多新东西正闯到最初的想法里面。

他说："我感觉对这些不吐不快。非洲经历强化了我的某种怀疑，可能有什么东西出了差错——我想说的是——西方人的思维过程或思维形式——我相信我可以把它扩展，不仅包括基督会还有其他保守的新教教会——我们理性的滥用——西方思维——保守的福音派——"

我注意到他系着圣罗兰牌的腰带。

吉姆说："我看你奔着一堆缩略的概念去了。"

"我去了非洲，我很抗拒传教士们做的那些事。他们不向非洲人讲授一世纪的基督教，而是讲授西方白人的基督教。尤其是，很多年轻的非洲牧师不觉得自己是用最恰当的方式履行牧师职责，除非，比方说，穿着运动上衣打领带，这东西完全不是非洲的。"

那似乎构成了一个整体：对基督会的看法混杂着对殖民模仿的拒斥。

亨利还在沿着那个思路前进。"基督教脱胎于一种东方框架——"

一个不便明说的想法向我袭来：蛮荒西部的东方宗教？早期基督会果真是那样向追随者呈现的吗？抑或宗教的东方性只是一个晚近的概念？

"——而且我们得知道什么时候把基督教真谛与西方文化包袱区别开来。"

那构成了整体，不过亨利接着说："从谁会去天堂这个角度看，我父母的心态非常排他。就像说谁才是真正的——强调'真正'——基督徒一样根本。真正的不安是我念大学的时候开始的。他们对此很不开心。我曾经对教会主体知识的几个部分提出质疑。这个观念似乎是那样的，我如果没有一套跟父母相同的信仰，就是在拒绝正确的信仰。"他没来由地说，"我对发生的事实在太麻木了。"

他说完松了一口气，好像乐得不再跟那么多毫不相干的新概念耍花样。

吉姆说："对保守教会持怀疑态度的人的典型。"

我说："有些人跟我说，我应该好好研究南方教会。因为不出十五年全都会变。"

吉姆说："我赞成。"

亨利说："我赞成。"他补充道："基督教这一整套正在困扰我。关键是，吉姆，我脑海里理智上正在发生的就是这些。但是从情感上，我对这种手足情谊有非常强烈的依赖。"

一次非洲的经历，受部落内战的震惊，对传教活动的新视野，引向了更广泛的质问：一度对完整、清白、封闭的世界来说很完整、满足的信仰无法提供答案了。而他"在风暴里"。

不过另一天下午我在吉姆办公室遇到的人，本，很平静。他出身基督会家庭，两边的祖辈都属于教会，父亲是一名专业人士。本十八岁。他不是从农村来的，他生在纳什维尔，但信仰很纯粹。他十六岁时第一次祈祷。

他说："教会的青年领袖鼓励我们去了解上帝——"

我问这位青年领袖的情况。

吉姆说："他是普通的全职员工。"

本说："这位青年领袖鼓励我们去了解上帝并与别人分享。他试图慢慢向我们灌输一种继续散播的热情。于是，当我对上帝的了解有所增长，当然就想分享。"

"你有没有被要求去做什么仪式？"

"在礼拜和教堂里我们会上课，还互相学习交流。不过在教堂外，我们会一起做事——在某人家里简单祈祷并一起吃饭。然后，跟有共同信仰的人待在一起，你会得到提升。大部分时间我们聊的是生活上的事。比方说，你如果没法和父母友好相处，我们就坐下来聊聊——既当成私人问题也当成普遍的议题或话题。"

吉姆对本说："一节互助课。"然后对我说："青少年面对同辈的大量压力。我们相信基督徒要活在真实世界里，不该从真实世界撤出来。"

本说："偶尔我们会——我们三四十人——出城去一个营地，在那里能摆脱很多干扰，电影和广播，外部影响，我们全都在一起，分成四五个人的小组。在人少一些的小组里，你的私事总会更多。相比三十人的群体，人少一些的小组更易于分享。"

我说："就像早期的基督徒走进沙漠。"

吉姆说："可以这么说。"

本说："我们精神生活的那种再创造，那是可以跟早期基督徒相提并论的地方。"

"那些露营是多长时间？"

"周五下午，周六一整天，还有周日大半天。一个周末。"

"欢乐的？还是庄重的？"

"不庄重，"本说，"有意义。"

"喜悦的场合？"

"喜悦。对自己正在休养和成长的内心喜悦。离开时，我们知道自己一直是更坚强的人，更靠近上帝，更靠近周围的人和自己。那就是整个周末的意义。"

"你参加过几个周末？"

“我参加过八次。”

吉姆说：“一年两次。”

我问他对上帝的了解，以及怎么得来的。

“哦，不神奇。不是什么上周三或上周四的事，而是我全天都能感受到他存在，我也知道他跟我在一起。那确实是最近几年我开始研读经文时才出现的。我们被鼓励研读经文。你不用非得读。是个人决定。”

“现在怎么看未来？”

“我希望能当律师。我觉得这是相辅相成的。我们拥有的宗教是人的宗教。就像范迪维尔先生能在布道坛上成为一种影响力，就像我作为律师可以轻松成为社区之光，并让人们把我看成仁慈的、品行端正的个体。”

“但基督会的兄弟会正在萎缩。”

“数字上可能减少了，但那些半途而废的人无论如何对信仰都不会认真的。”

在所有他的混乱中，亨利曾说起——吉姆·范迪维尔也曾向我指明——他对教会里的手足情谊有情感依赖。本喜欢手足情谊这个说法。不过梅尔文，他四十岁出头，过去五年渐渐与基督会疏远了，我说到团体时，他做了个苦脸。

他说：“不，不。团体会激怒我。我从不欣赏团体，决不。”

事实上，真的，很难看到如此优雅和有修养的人贬低自己的职业和职业技能——很难看到一个那么礼貌的人从本所描绘的这种周末中汲取养分。

他说：“那真的很无聊。”

而同时，如此干脆的反对显得无法反驳。不过梅尔文大半辈子都在教堂里。那个干脆的词语后面大有学问。

“我觉得也不总是无聊的。回到七十五年前，我觉得本来是令人愉快的，一种娱乐形式，伙伴关系。现在我同意说那是一种福音运动的延伸。一直让你介入，一直让数量上升。

"南方几乎完全是农业的。帐篷复兴大会是一个机会，几乎整个社区都能在一个地方聚会——主日仪式也是。你会发现，直到十年前，复兴大会在基督会的成长中都起了非常大的作用，它们是你能拥有的最无聊、无趣的经历。"

我说："美国是一种娱乐文明。"

"同意。他们在进行一场失败的战斗，而那是个非常大的因素，娱乐文明。参加这些大型福音活动的大多是年轻人，最后他们就不回去了。他们变得厌烦。那很不幸。教会不该想着提供娱乐，他们尝试这么做的时候就很无聊。那不会在感情或智力上刺激你。你要做的就是打开电视被娱乐。

"我认为我可以轻松捍卫这个观点。整个美国福音运动就是基于这些演出、这些马戏。现在最好的例子是奥洛尔·罗伯茨 ①。那些日子已经一去不返了。现在有电影、电视和旅行。可是假如过去你只能在农场里坐着，倒能让你在生活中歇一歇。

"它会彻底死掉，这个教会。或者我们可以说未来二十五年它不会像今天那样存在。假设它终究会存在，就必须回到它的教义。不，那是错的。我认为从一开始就可能是个错误。为了保持活力，它必须提供一种救赎性的答案。我的意思是那确实是它能做的全部了。它只能处理人们关于生活是什么的问题。它必须别再想着成为法官、艺人、聚会场所。在过去，它甚至是市政厅。你不会把你的问题带给律师。你去教堂。如今基督会会对你说，你不应该对任何人提起诉讼，你应该把问题带到教堂让教会来仲裁。在小型农业社区用这种方式处理问题非常有效。非常有效。可是教会作为法官和陪审团把道德负疚感强

---

① 美国卫理公会五旬节派电视福音传教士，创办了奥洛尔·罗伯茨福音传道协会和奥洛尔·罗伯茨大学。

加给了人们，他们因为民事犯罪感觉被上帝责难。"

作为一名冉冉上升的专业人员，他长大后开始排斥童年文化的完整性。宗教，边境信仰，创造了这种完整性，如今那种负担对他来说可有可无。在新的世界里，他希望有宗教的位置，就像其他的一切。但他知道他正在排斥自身身份的一部分。

"基督会在搞混传统价值观和基督教原则——通用的基督教原则——方面做得非常出色。结果当一个人怀疑传统的时候，没办法将对传统的疑虑与对基督教原则的信仰分开。那变得非常让人困惑，这种困惑有时难以承受。我能理解亨利说到某些事的时候为什么很难措辞。那里有内疚和疏远、放弃传承的念头。我有过很多内疚，内疚是最危险的，基督会有意慢慢向人们灌输内疚感。那是极为武断的。你要是攻击某些传统，就是在亵渎神明，几乎有种如临大敌的感觉。我想我得告诉你，我觉得自己是个跟宗教有关的人。事实上，我觉得我现在比以前跟宗教更有关联了。字面意义上的。"

与他熟悉的南方产生必然的割裂时，梅尔文心里有某种类似于悲痛的东西。

"南方正在丧失它的身份，那真可悲。做南方人是一种心理状态。我知道这么说都老掉牙了。那是观察你在世界上的位置的一种方式，比很多别的位置更受限的位置。你去过加利福尼亚吗？那里是什么南方就不是什么。有件怪事与此相关，就是很多商业概念始于加利福尼亚。快餐、州际公路、服装款式。因为有创造力的人在南方被压抑，他们从南方和别的地方搬到加利福尼亚。有创造力的人必须离开南方。那种压抑感要很长时间才会消失。我们这一代要打破这种联系。那不是什么我说起来很骄傲的事。也不会羞愧。不作评判。我说的纯粹是事实。"

打破那种联系以后，难道就没有可能出现一种新的知性生活、一种新的力量？

梅尔文对此并非毫无概念。他回到最初的论点。"这种联系被我这代人打破是因为我们不想要无聊的交易，与反躬自省的经历截然相反。'我反正不要这个'。教会真的被眼下发生的事情搞迷糊了。"

梅尔文说的事情可以由另一位杰出人物证实。此人告诉我，他的邻居们，专业人士，成功人士，来自小镇，以前都是浸礼会或基督会教友，现在全变成长老会教友了。一个原因（正如托米牧师暗示的）是长老会宗教信仰更被社会接受，另一个原因是它更宽容、苛求少、更不扰人或将你包围。如今宗教得有它的隔间，差不多就是它的社会位置。

边境已不复存在，它培育的各种宗教开始慢慢消亡。在过去，只要有人——通常没怎么接受过教育——自称牧师，人们就会看到自己在这些圣言阐释者中间进行反省。这种朴素的性质会让宗教看起来像是社群的创作，个人、亲密、不可侵犯。现在需要的则是特定的距离。

鲍勃·迈克迪尔是最成功的乡村音乐词曲作家之一。南方是他的最佳主题：红脖子庆祝活动，依托的背景是中年男子亲身经历并讲给孩子们听的艰难岁月。迈克迪尔最好的歌曲有民谣的感觉。

> 棉花在路边，棉花在沟渠。
> 我们都去摘棉花，却没有变富裕。

他在纳什维尔的音乐出版公司里有一间办公室，每个工作日都要去办公室写歌，这是出了名的。我就是去那里见他的。他桌上是一本画线的黄色便笺簿，上面看着像是一首写好的歌的铅笔清稿。办公桌上没有别的纸，但有奇特的装饰品：伦敦纪念品——一辆双层巴士玩具、一名卫兵、仪仗卫士团、一辆伦敦出租车。

他四十三岁，身材瘦高。他喜欢户外生活，会外出打野鸭。（在这里是绅士运动，正如坎贝尔告诉我的；真正的红脖子是打猎吃肉的。)他出生在得克萨斯东部，十五六岁就开始写歌。他一直对诗歌、音乐、吉他、鼓、班卓琴和钢琴很感兴趣。"我不是全都演奏，也不能说演奏得好。"

他说他早期写的歌是沉溺于自我的。"快三十岁的时候才学会从商业角度写歌。"专业态度很必要。词曲作者为歌手写歌，跟歌手有特殊联系。

他1967年到孟菲斯待了一年。"在孟菲斯，我试着给黑人艺术家、黑人歌手写歌。我在一家出版公司的人员名单上是作者，同时在一家录音室做助理录音技师的工作。"那次写黑人歌曲的试水没有成功。"我要是有足够的时间学习黑人心态的话本来能成功的。我是离开以后才开始学的。你必须说一些歌手想说并能产生共鸣的东西。我搬到这里的时候，同样如此。我必须学习这种心态。我学习这种亚文化，那不是我自己的。词汇非常有限。你得学会用少量词汇去干大事。黑人音乐和乡村音乐都这样，乡村音乐尤为如此。"

那么特殊的艺术，写歌，与我相隔那么遥远。我想被人领到里面看看，请他谈谈他和一首歌有过哪些问题。

他选了《总是有人说再见》。

　　火车站，午夜列车，

　　机场在雨中孤单着，

　　有人站在那边，泪水在眼里打转。

　　同样的旧场景，一次又一次上演。

　　那是全人类的烦恼。

　　总是有人说再见。

　　出租车离开的夜晚，

灰狗巴士红色尾灯在闪。
有人离去有人留在后面。
嗯，我不懂事情怎么会这样，
只是这些天看什么地方
总是有人说再见。

就像你和我。
我们没能做到。我们真的太快放手。
噢，我们两人，怎么会全部拥有，
如果各自都没有努力。

但爱就是这样吧，好像。
你刚遇到真正好的事情，
总是有人说再见。

鲍勃·迈克迪尔说："纽带——在前两个小节的意象之间，超脱，私事——给我造成很多难题。直到我觉得有对话就可以了。让听的人缓缓进入。还有一个难题——我仍然没法确定两人的情境，爱人和失去的那个人。我必须用四行完成。现在看起来那么明了，但你知道这种明了需要花多长时间。我已经明白没必要对任何一方的行为进行评判。'总是有人要离开'。听上去几乎会是她，歌者。但是，不管因为什么，她现在知道那件事很糟糕——他抛弃了一件重要的东西。两句歌词的意象，然后你得用七行歌词写出个人化的全部。

"音乐上我也遇到了麻烦。两大段完整的旋律一遍，两遍。你需要放松——接着我就想到只重复 A 段旋律的后半部分。"

开始聊写歌的时候，他起身望向别处。

"有时候你带着某种情绪开始，对什么东西的感觉。有时候是一个歌名，有时候是一行歌词。不过紧接着最难的部分就来了。你抓住那一点点东西，那一点点想法，放大，再放大。那是较劲的部分。接下来的难题是别把它弄乱。你的歌词很短，每个词都要精打细算。从最开始那个词你就得朝那个中心努力。

"你一行一行地写。有两个部分是我们要处理而严肃诗人无须处理的，就是音调还有唱腔。你不能做一些复杂的东西和很难表达的东西。必须能特别容易地说或唱。得从歌手的嘴里掉出来。"

我请他举例说说必须校正的一行歌词。他想不起来自己的作品里有这类东西。

"大脑里的计算机始终在排斥。它排斥一切笨拙、难唱的东西。"

最终也无法确定一首好歌会变成什么样。全凭感觉。

"如果感觉好，如果对你有所触动，就是好的。"

大量疑问、大量解释没办法把人带入魔法之中，哪怕是鲍勃·迈克迪尔这样愿意交谈的人：对感情冲动的呼唤和认可看起来很简单，但跟音乐一起，就会因为合唱而变得丰富，好似击中了内心和记忆中一个未曾定义的地方。

> 妈妈说，别靠近那条河。
> 别总跟着老鲶鱼约翰瞎混。
> 但一大早我总会到那里
> 在河洲的美好黎明里，去踩他的大脚印。

开始几乎什么都没有。但是接着出现了意象和联想：妈妈、河、鲶鱼、脚印、河洲、黎明。

鲍勃·迈克迪尔说他曾被迫学习亚文化。不过南方意象和他最好的歌词与很多乡村音乐风格化的主题相差甚远。尽管大部分歌词是他每天在办公室里一丝不苟地写出来的——或许因为他一丝不苟地交谈，因为神秘是无法描述的——但受感动的时候，他用普鲁斯特所谓严肃作家写作时凭借的自我最隐秘的部分来写作，这极有可能是真的。

他说他最好的歌是《像我这种真正的老男孩》。

> 小时候雷慕斯叔叔他把我放在床上，
> 在我头顶放了石墙杰克逊①的画像。
> 爸爸进来亲亲他的小男子汉，
> 一身酒气，《圣经》在手中紧攥。
> 说什么荣誉和有些事情该让我知道。
> 然后出门的时候差点儿跌了一跤……
> 我想我们该是什么就都会是什么。
> 所以对我这种真正的老男孩你又能如何？

每个细节都是精心安排的。他说，他的目标是用寥寥几行歌词抓住尽量多南方的东西。这首歌已经非常有名了，很多和我交谈的人都提到过，这首歌的语气是替他们说话。"真正的老男孩"（正如我在杰克逊从坎贝尔那里得知的）是个红脖子，但那个词也泛指老南方人，被旧风俗塑造的人。这首歌先是看似嘲讽，然后又很欢快。不过背后是南方的挽歌，老的历史和神话，老的社群，老的信念。

南方浸礼会大会大约两星期前在圣路易斯召开，已经投票让自己——不顾温和派的强烈反对——处于一个极端基要主义的位置。浸礼会神学院将会清洗不相信圣经直译主义的人。这种新的规范性将反映在主日学校的文献上。

汤姆·沃德牧师，基督圣公会教堂的牧师，说："浸礼会信仰受到

---

① 美国内战中，南方将领托马斯·杰克逊在 1861 年第一次奔牛河战役中顽强阻击北方军队，获得"石墙"的绰号。

的威胁越多，就变得越热诚。"长老会的托米牧师认为，新举动代表了浸礼会热情的消极面，他说："他们在教派内操纵政治进程，提名跟他们一样持圣经直译主义观点的人进入学校董事会。"

威尔·坎贝尔牧师比两人参与更多，他愤愤不平。威尔·坎贝尔是当地著名的浸礼会牧师。他没有自己的教堂，不是正式执业，就在他那纳什维尔城外的四十亩农庄里；他的名声里有一部分就是这种非正式。尽管他有梭罗那样的环境和边境居民的风格，但其实接受过正规的神学教育，包括在耶鲁大学神学院的三年。他现在六十岁出头。

他参加了那次大会。他说："我没法分析为什么我出来的时候就像得了临床发作的忧郁症。我从来不是尖塔牧师——我三十年前就从那儿离开了——不过从历史上看浸礼会的观念算是辉煌的。这一小群左翼人士，真正的激进派，他们相信教会和国家分离。没人相信这些了。他们不会参军，不会宣誓或担任陪审员，不会给他们的婴儿施浸礼，他们实行财产公有。如今这一切都失效了。

"温和派与基要主义者，历史上没有一派是浸礼会教友。他们号称照字面意思信仰《圣经》。没有人可以照字面意思信仰《圣经》的。去问问白称相信的那个人：'我们要解散州监狱吗？'

"我都不知道真实的浸礼会有没有跨过大西洋。边境精神、文化支配着宗教，说你的宗教是一种公民宗教、一种文化宗教，融为一体。"

我说："不过倒是很好地为民众服务了。"

"那倒是。但背叛了信仰。"

威尔·坎贝尔对信仰有种特殊的认识。"宗教不应该是教条的。基督的伟大教会是靠忽视基督的生活而形成的。我在圣路易斯听说的——让人沮丧——是教义、教义和为教义辩护。我很少听到信徒群体。教会给的是一套确定性的神学，而那会困扰我。耶利米说，'过于确信上帝并不好'。就算是基督，当他即将被钉在十字架上时，也在巨大的痛苦中呼号，这痛苦是通过翻译传达过来的，'倘若可行，求你叫这杯离开我'①。伟大的宗教也无法给出所有事物的所有答案。耶稣并不告诉人们要思考什么。他不规定信仰的忏悔。基督不提供信条或特殊神学。"

他似乎是说信仰是必须持续追寻并为之奋斗的东西。当我这么问他，他说那是当然。但威尔·坎贝尔的想法很难懂，我不确定他是不是客气。

后来我突然想到只有非常虔诚的人，以及在南方浸礼会教会环境中长大的人，才会对人有这么多要求。他的环境——四十亩农庄、他会客的小木屋书房——代表了这个人的某种东西。他给人一种边境传教士的力量和旧信仰的力度的感觉。

但威尔·坎贝尔之出名，或如某人所说几乎是南方的一座丰碑，并不仅在于此。他的出名还在于他被自己的信仰引往的政治地位。他在民权运动中做过一些勇敢的事情。但他没有就此止步。宗教信仰以及与南方历史妥协的愿望使他超越黑人事业，走向红脖子——恨黑人的人——的事业。他看这两个南方群体都是很不幸的，而类似宗教皈依（内在于他热烈的信仰中）的东西曾引领他给三K党提供精神援助。

皈依是这样发生的。一名嘲弄者有一天问基督的神示是什么。威尔·坎贝尔说这神示是："我们都是杂种，但是无论如何上帝都爱我们。"（那是他在耶鲁大学所做启示的一个版本——"上帝在乎人民的疾苦"——那曾使他超越教养的僵化并通向民权运动。）过了一段时间，一名三K党射死了威尔·坎贝尔的一个朋友。威尔·坎贝尔满腔悲愤，并对红脖子、三K党徒和吹牛者怒不可遏，随后嘲弄者问他："上帝爱哪个杂种最多？"被杀的杂种，还是杀了人还活着的杂种？威尔·坎贝尔对答案毫不怀疑：他对活着的三K党也有使命。

皈依的故事在威尔·坎贝尔的自传《蜻蜓的兄弟》里提到过。那本书里的很多事情并不清晰。主线被分成许多小故事，有时候过于支

---

① 耶稣被犹大出卖前所说的话，见《圣经·马太福音》第 26 章第 39 节。杯中盛的是耶稣"立约的血，为许多人流出来，使罪得赦"。

离破碎。然而通过那次皈依，威尔·坎贝尔似乎对南方历史有了更完整、更特殊的理解。

穷苦白人，他们有很多是契约奴仆的后代，以此与黑人共有一种奴役血统，南北战争以前他们在南方无足轻重。接着，因为那场战争需要他们，他们被宣讲福音并被赋予使命；后来，像红脖子和三K党依旧是穷人，依旧是受害者，他们一直被认为要对种族主义负责任，并被嘲笑，实际上种族主义是属于全社会的。

经过与《旧约》的犹太教徒对比，威尔·坎贝尔认为三K党的宗教关乎虔诚和仇恨，便源自那场战争。在三K党歌曲《英勇》中，他发现与《诗篇》第一百三十七首（《我若忘记你，哦耶路撒冷》）有相似之处：

> 你们黑鬼现在听好，
> 我来跟你们说道说道。
> 别搞得自己被折磨，
> 三K党猎食时可轻手轻脚。
> 晚上待在家中，
> 大门锁好不要松动。
> 别出去否则你会看见
> 他们穿越的光亮映彻天空。

与《我若忘记你，哦耶路撒冷》的相似之处，他是用这种释义或转换的方式来解释的："若我忘记你，哦亚特兰大、维克斯堡、牛津、多纳尔逊，记住，哦上帝，抵抗北方佬他们把老迪克西赶下来的这一晚！当谢尔曼说，'把它夷为平地，夷为平地，把它烧成平地！'他将多么快乐，拿走你的小北方佬宝贝，把他们猛撞在石头山的人。"

我们见面时威尔·坎贝尔没有提三K党。他给了我一份他写的文章的复印件，《红脖子的世界》，文中概括了他的观点，还提供了三 K 党歌曲的歌词及其分析。他没有提到他的书《蜻蜓的兄弟》，是我自己要说的。我们聊宗教和南方浸礼会大会，还有他自称已走入多年的"自由荒野"。最重要的是，我们聊了无边的南方往事，对此——尽管生于 1924 年——他如数家珍，而且他的环境——他农场房子后面的小木屋——似乎在向此致敬。

他来自密西西比。"我是第四代密西西比人。我的家族大约 1790 年在密西西比定居，我猜。在边境上，密西西比是一个地区，是路易斯安那购地①的一部分。一个地区，不是一个州。来自佐治亚这样的州的居民可以搬到那里，若想在那里生活，可以立界标索要一块土地。土地属于联邦政府。很快那儿就成了棉花地。很长一段时间密西西比整个经济就是棉花。六百四十亩土地，对一个家庭来说算是很多土地了。不过比方说一个家庭有十个孩子，你把土地分割。六十亩。在十九世纪，一个家庭还能以此维持生计。但要再分一下，家庭就这样分散开了。"

威尔·坎贝尔说话的时候在嚼烟草。他这件事人人都知道，时不时会吐到痰盂里。我从来没真正见过有人用痰盂。在南方的很多地方，我见过格兰杰精选牌咀嚼烟草的大招牌广告："遇见更清洁的咀嚼。"格兰杰的标语令我迷惑不解，直到有人告诉我那是真正的红脖子语言，"遇见"意为"开始了解""变得友好"。我请求看一下威尔·坎贝尔的烟草。是比纳牌的，甘草口味："更加均衡优良，更加柔和湿润。"在柔韧的铝箔袋里，芬芳诱人。

"我的家族是佐治亚州的地主。有个男孩跟理发店里一个朋友打起架来把他杀了。法官对父亲说：'你唯一的机会是从这些地区中选一个搬过去。'于是他们全家卷起铺盖，乘着四轮马车一直走到密西西比西

---

① 1803 年，美国从法国拿破仑政府手中购买路易斯安那州，将领土扩张到墨西哥湾。

南一带。他们可能还想往西走，但早上准备继续走的时候，听见了公鸡打鸣，就知道那里还有一些居民。他们跟这些人交谈：印第安人还有没有敌意，这片土地是什么样子的，冬天什么样以及他们种什么。而对于我，最有趣的是他们定居的地方恰恰跟他们来的地方一样。如果你闭上眼再睁开，不会知道已经离开了佐治亚。

"我父母长大的时候，已经没有土地留给我们了。我的家族就在那里扎了根，在那个农村社区，有人可能会说这不合常理——当时我开始为民权运动工作，是全国基督教协进会的纠纷调解人：有些人说惹麻烦的人——李·坎贝尔先生的儿子，完全卷到那些黑鬼的杂事里了——是个外来者，某种意义上也就更危险。我不是想把它浪漫化——那时候不用花什么代价就能让你变成激进分子。唯一比外来者还糟的是叛徒，而我也被看作叛徒——对坎贝尔－韦伯－帕克－麦克米兰家族来说。我祖母的家族姓韦伯。到那里定居下来的正是韦伯家族。

"我祖母从佐治亚艰苦跋涉到密西西比地区时还记得——钱用完的时候——看见父亲向一个亚拉巴马州居民表明自己是共济会①会员。他们摆出秘密的共济会握手暗号，共济会的秘密暗号，这位居民就给了些钱。十美元。今天可能值一千美元。我祖母一辈子都记得那件事。"

那是一幅美丽感人的画面。我这样对威尔·坎贝尔说。

他说："这种口述传统对他们的固执也有影响，做事时完全固守老派方式，这就意味着种族隔离，还有别的事情。'威尔，你可不是这样被养大的。'又让你成了叛徒。对他们来说，种族隔离是一种基督教方式，上帝创造了人种，而我没法向他们解释人种不是上帝创造的，上帝创造了人，有些人会去北方并失去天然的肤色，有些则去到热带地区并有了密集的色素沉积。对他们来说，神创造了白人——亚当和夏

---

① 一种类似宗教的兄弟会，倡导博爱、自由、慈善，提升个人的内在美德。会员包括众多著名人士和政治家。

娃是白人。当他给含下诅咒时，这个诅咒是变成黑人①。但他们以前和现在都是笃信宗教的人，重要的是什么事都要有宗教处罚。

"我说一些貌似会否定我说的话的东西吧。我说'他们'的时候是指整个群体。我的直系亲属在种族隔离的社会里没有既得利益，因为他们不是奴隶主。他们是自耕农。更远的历史真相是'我的民族'到这个国家时也是契约奴仆。大量自耕农来的时候都是契约奴仆。后来我们有了黑人奴隶。

"我不是否认我有种族偏见，而且在其中长大。那不是你能讨论的事情——黑人不会跟白人结婚或约会。他们在农场里一起工作。在田野里是平等的。我们是平等的游戏伙伴。我们小时候跟黑人孩子一起玩，但在特定的时候，你就知道他们是黑人——你开始上学的时候。你接受了。"

他说他为此写过一首歌。他拿起身边的吉他就唱了起来。我毫无准备，吃了一惊，小屋里弥漫的歌声和吉他声让人昏昏欲睡。我向歌者的情感和歌里的专注认输了。

这首歌很长，是一首叙事歌谣，有很多朗诵调。说的是一个黑人男孩和一个白人男孩，他们在南方农场里一起长大，直到按当地种族习俗被分开。黑人男孩的父亲为白人男孩的家庭工作。黑人家庭住在烟房里，白人家庭住在主屋里，宽敞不了多少。大萧条来的时候，黑人工人被辞退，和家人去了孟菲斯。接着白人家庭失去了农场，也不得不去孟菲斯。长大成人的白人男孩有一天在那里遇见也长大成人的黑人男孩，他们又成了朋友。

歌曲有些部分是真的，威尔·坎贝尔说，有些则是虚构的。他的家庭没有失去农场，也没有搬到孟菲斯。所以让这首歌伤感的、使它成为寓言、赋予它寓意的，是虚构部分。

---

① 含是挪亚的次子，他的儿子迦南被诅咒"必给他兄弟作奴仆的奴仆"，并非变成黑人。参见《圣经·创世记》第 9 章。

"我家的男人并不固执。有偏见，但不固执。我记得有天在坎贝尔敦——坎贝尔家的人全住在一个地方，相隔不到一英里——发生了这么一件事。一位年长的黑人约翰·沃克住在附近，他刚从州监狱释放，他在那里是因为偷地主的玉米——他沿着土路走过来。而我们在'踩草地'里玩闹。不是草地。那里应该有房子、院子和尖桩篱栅，越过尖桩篱栅有一片青草地，像一片牧场，就是所谓的'踩草地'。那地方不种庄稼或牧草，更像一个操场。院子里应该没有长草，用一把山茱萸扫帚就能打扫得干干净净。你的院子里要是长了草，那可够你忙活的。我们在踩草地里，这个黑人沿着土路走过来，我们嘲笑他：'嗨，黑鬼！嗨，黑鬼！'他从来不回应。本地风俗不允许他对白人孩子做出回应。

"后来，我祖父叫我们都围在他身边。他就坐在那里，在这个树桩上。他叫我们'宝'。他说：'宝，世界上没有什么黑鬼。'而我们说：'有的，爷爷。约翰·沃克就是个黑鬼。'我们还能看见他消失在尘土飞扬的路上。而他说：'不，黑鬼全都死了。现在只有有色人种。'他就是那么向我们解释南北战争已经结束的。"

[《蜻蜓的兄弟》里那个故事还有一个版本。约翰·沃克偷的玉米是"一袋烤玉米穗"。他没有因为偷玉米进监狱。他被人揍了一顿，而他自己诙谐地说起那次挨打，这部分激发了年轻男孩的嘲笑。"没辍（错）。搭（他）们让我光扭扭（溜溜）的像只松鸡。拿一条锡（细）皮带抽我。把我抽得都要拉洗（屎）了。"[1] 威尔·坎贝尔在他的小屋里跟我说的故事——关于黑人的沉默和忍耐——更符合现代感觉。书里写到黑人挨揍或许还有偷盗的玩笑，则感觉更真实。]

威尔·坎贝尔说："我祖父只上到二年级。他会写自己的名字，我猜他也能阅读。但是他对语言运用得妙极了！我一直希望传教士能征

---

[1] 这个黑人说话有口音，此处译文略有处理。

召他在祈祷中引领我们。我们是浸礼会教友。我记得这位老人这样结束一次祈祷：'当我们最终跪着喝下生命的苦泉……'他用'生命的苦泉'指代死亡……

"所以在乡下白人的生活中，这些以前和现在都是主要的影响——这种地域感，来自离乡背井、契约奴仆、迁徙以及农场、宅地、社区这些地方的感觉的觉察。这种地域感变得神圣起来。

"那种地域感受到的一种威胁是目前的种族变化。那确实是威胁。突然明白你觉得很固定并一直延续的东西从此再也不一样了。

"我过去经常想跟同僚——运动里的非南方人——解释，当白人说废除学校的种族隔离就是摧毁他们所了解的学校时，他们说的正是事实。我过去经常举亚伯拉罕和以撒的例子。人们会对我说：'你正要求我把我的孩子们奉献给最高法院建造的种族融合的祭坛。'我的回复过去是，现在也是：'我只是让你忠于你立誓信奉的上帝。作为基督徒，我们建造的偶像之外还有上帝：地点、社群、公共教育——我们确实可能被献祭。约伯甘于献出他的孩子。我们把孩子放在种族融合的祭坛上，下面是正义之杖。但孩子不是被献祭——通过约伯——孩子最终是得救了。'"

威尔·坎贝尔说："也许那种类比不成立，但它那时候适合我。"

他开始聊他的民权工作，有可能从中看到他的一些思维方式，后来引导着他，作为牧师，拒绝在政治上被利用。

他说："我们的信号不是1954年5月最高法院的裁决①。我们的信号比这重要得多。最高法院的法官变了。我们那时候就已经变了。自由主义运动的格言是法律与秩序，但等到尼克松先生和其他人明白了美国中部是怎么回事，'法律与秩序'就成了'黑鬼'的同义词。接着就是说法的另一面，'我们必须要有法律与秩序'。于是，马丁·路

---

① 1954年5月17日，美国最高法院宣布，公立学校中的种族隔离是非法的。

德·金等人被看成捣乱分子，成了法律与秩序的威胁。"

他谈到运动成功的悖论和歧义。

"我认为，我成长的方式，我在人种方面变得自由开放的机会要远大于我的孩子成长的时候。因为我小时候有些假设是无须讨论的。你并不讨论黑人会不会担任陪审团成员或跟我们一起上学或跟我们一起住。但是1954年5月后出生的孩子都听过黑人在轻蔑地讨论，所以现在这代人充满了怨恨并可以付诸实施。

"我真的觉得这极为危险，因为你永远不会再看到金博士那些人领导的那种非暴力抵抗了。"

在过去，他说，如果看见五千名黑人围着法院游行，你问他们为什么游行，他们会说是因为他们没有被登记为选民。如果你看见黑人在午餐柜台前示威，他们会告诉你那是因为他们不被允许在午餐柜台吃饭。那时候丝毫没有动机方面的麻烦。

"如今，非暴力、消极的抵抗会怎么开展？这些问题不太清楚。如今，你要是看见五千名黑人游行，他们只会说：'我们绕着法院游行是因为对你们来说我们仍然是黑鬼。'

"我记得我们的小酒馆里传唱的一首歌：《把他们黑鬼轰到北方》。

> 把他们黑鬼轰到北方。
> 把他们黑鬼轰到北方。
> 他们要不喜欢我们南方的方式，
> 把他们黑鬼轰到北方。"

从朗朗上口的歌词开始，他迅速跟着轻快的节奏半哼半唱起来。

他最后说："我记得在亚拉巴马州北部一个刚废除种族隔离的路边咖啡馆里听过，我在那里一个黑人朋友家小住。是在一个自动点唱机上。这首歌明显是在针对我们。我走的时候朋友说——我朋友受伤了——‘我猜没有针对播放自动点唱机的法律吧。’而我说：‘还没有。我希望永远不会有。’”

他重复了他对黑人朋友的回答。我没有抓住威尔·坎贝尔所说的要领，后来才从他自己的文章《红脖子的世界》中获悉这是一首三K党歌曲。正是以这种含混的方式，他介绍了三K党和红脖子的贫困和悲剧，以及他在“自由荒野”的岁月。

他坐在办公桌或者说餐桌旁的凳子上，脚边有个痰盂。小木屋的角落里有一把老式发廊座椅，靠近空调。那里也有一把摇椅，一把靠背长椅靠着墙；地板上有块地毯；长餐桌用抛光或涂漆的厚木板作台面。墙上挂了一把班卓琴或尤克里里琴，还有照片、绘画和漫画原稿。高壁架上是一块老式铁皮广告：说咕－咕。五分钱的营养午餐。五分。咕－咕是仍在“大奥普里”广播节目里做广告的糖果品牌。正是那个老式铁皮广告让我开始把小木屋里看似杂乱的物品组合看作这些人对物件的收藏。

威尔·坎贝尔说：“我兜了一大圈回到原点。我的成长背景是基要主义——当时它不是那么叫的。每个人都是浸礼会教友。在那种世界观里，做基督徒意味着不吸烟、不喝酒、周六晚上不去鬼混。”但他想从宗教中获取更多，而且他的信念也在随着研习不断发展。“我对伦理事务感兴趣。”这在南方直接引向种族主题和他的民权工作。“我仍然反对战争、种族隔离和给工人低工资，但开始明白我是在用一种法律规则交换另一种。中年的自由主义并不比早年的基要主义更适合我。基督的神示说我们被创造时就是自由的，人无权比耶稣更苛求我们。而耶稣也没有什么信条或特定的神学体系。我发现社会自由主义的信条作为教条跟以前基要主义的宗教信条同样脱离实际。耶稣要求我们留心近在咫尺的人。”

对威尔·坎贝尔来说，这个人就是——被蔑视，如他所见——红脖子，像他自己这样的人。他痛恨这个词。他觉得只有他自己这样的人才可以用。

"红脖子的悲剧是选错了敌人。我知道一首好歌。《红脖子、白袜子和蓝带啤酒》。你想听听吗？我不是音乐家，但是我喜欢人民的歌。"

他离开高凳子，拿起吉他，坐在靠背长椅上。一条毛色光滑的黑狗进了小屋。等威尔·坎贝尔弹着吉他开始唱，这条狗坐得又直又稳，闪烁的目光盯着弹吉他的手，倾听主人的歌声。

> 不，我们才不去适应那帮白领。
> 我们有点儿粗鲁说话有点儿大声。
> 但什么地方都不如这里让我留下不走，
> 还有我的红脖子、白袜子和蓝带啤酒。

威尔·坎贝尔说："那是疏离之歌。说出了很多，'我们有点儿粗鲁'，'说话有点儿大声'。"

我问："谁写的？"

"鲍勃·迈克迪尔。如果你挑着听，会学到很多。"

然而如此历练威尔·坎贝尔的历史本来是可以绕开的，正如过于苛刻的旧信仰在某些方面已经绕开。

离纳什维尔市中心二十五分钟的距离，在士麦那小镇上，有一座超大型的尼桑卡车厂和汽车装配厂。那是合在一起的三家工厂，坐落于一块八百亩的场地上。工厂建筑是平的，排成一排，在平地上呈灰色，几乎没有特点。从外面看，几乎没有给这片场地或周围景色毁容。而在里面，它自成一个世界：一连七十八亩土地有着同一个屋顶，从下面看似乎比在天空下看显得更高大。那是一座靠日本生产线运转的工厂，有南方的劳动力，白人、黑人和一些亚洲人，男人和女人，分割成小的军事化单元，每个单元都有自己的头目、目标和忠诚。

纳什维尔以南三十英里的春山，正在兴建的那个项目更大：通用汽车公司的土星工厂建在一千一百亩地上，是一座制造厂（不像士麦那的尼桑装配厂），预计耗资三十六亿美元，将成为美国建过的最大的工业厂房。哪怕有了自动化和机器人，土星仍会雇用大概六千人。但从路上什么都看不出来。通用汽车公司正在规划土地，堆起一座不太引人注意的矮丘，把大型工厂藏起来。庄稼就长在道路两边通用汽车公司的土地上。在开车路过的人看来，土地就跟耕地一模一样。但是当土星落成时，方圆数英里在现实和文化上都将有所改变。通用汽车公司认为"光环效应"会在田纳西州中部为一万四五千人创造新岗位：新住宅、新设施、新型劳动人口。

眼下还看不到什么。但这个地区正处在剧变的边缘。土地已经升值。我在纳什维尔曾听说一些故事，说的是当地人的"贪婪"，以及老南方人的雀跃，面对财富前景，他们疏远了旧农场和土地，并且把自己与不久前还很神圣的往事切断。

不过弗兰克·巴姆斯泰德就很少去责难，这位纳什维尔商人非常了解这个地区，有天早上开车带我兜了一圈。弗兰克四十岁出头，是个白手起家、有佐治亚血统的得克萨斯人，靠着篮球奖学金读完大学。这个人有很多商业伙伴，当地知识很广博，并有善于分析的精密头脑。

弗兰克说："事实的真相是在 1985 年，还有今天，一个有效率的家庭农场主是幸运的，如果他的耕作负担得起可变成本——种子、饲料、肥料、化肥、汽油、劳动力。一旦土地或设备上有任何债务，他都会陷入严重的财务困境。农场主们负担不起土地或设备的费用。他们充其量希望能负担起可变成本。为什么不卖呢？

"当地很多人实际上就像晚上被光照到眼睛的青蛙一样吓呆了。他们看着价格不断上涨，生怕卖得太便宜或太早。那可以解释成贪婪，也可以解释成有人强烈担心他没能将一项极其亲密的资产——对农场主来说土地仅次于妻子和上帝——卖出足够多的钱。很多卖家是祖祖辈辈拥有那些农场的。

"在很多情况下，卖家用钱来还债。我知道一个农场主有大概一百二十亩地。没有直接挨着这个地方，大概三英里远。他卖了三十五万美元，还银行三十万。除了律师费用，可能还给他留下两万到两万五。"

他谈到土地价值。"土星项目是通用汽车公司1985年公布的。公布前六个月，摩利县的耕地，如果你能卖的话——它几乎没有市场——一亩地最低四五百最高一千到一千五，这取决于是哪类土地，草地比耕地便宜。土星宣布一个月后，摩利北部、北边威廉逊南部的很多土地以一亩地最低两千五的价格出售。有些土地以一亩地高达一万美元的价格转手，'基本'农田。据报道有些销售额是两万到两万五。换句话说，太荒谬了。那种投机行为大多是得克萨斯土地买家干的，他们经历过达拉斯和休斯敦的土地暴涨，并陷入那种市场的衰退——说'萧条'更好。

"在那样的地区，一夜之间创造出了巨额财富。我知道一个人，卖掉广播电台和一个成功的有线电视系统的股份，买了富兰克林市区南部再往南不到半英里美国31号公路边上的三百亩地。大量的路边上地。在土星公布前六到九个月他平均一亩地付了三千美元。土星公布之后，他以一亩地一万七千美元的价格卖出，他持有还不到十八个月。他认识到这片土地的价值远比在上面养马要高。他说在农场比在广播电台赚得多，他买下农场是为了退休用的。那恰好表示钱是付给运气的，而不只是精明。"

另一天早上，我去看士麦那的尼桑工厂时正是跟着弗兰克，是从葱郁的田纳西去的，最先看到的就是灰色和镀铬办公家具，铺着醒目的厚软地毯。很多人穿着制服，深蓝色裤子，浅蓝色衬衣，衬衣左口袋上方是机器绣的"NISSAN"，另一个口袋上方是员工名字。

负责公共关系的女士陪我们，走着走着在走廊里说："那就是总裁，刚过去。"他也穿着尼桑制服。

在一片开放的办公区，我们看见一辆机器人邮件车。它在灰地毯上铺设的化学跑道上运转。邮件车在办公室里来回移动并在特定地点停下来，直到有人按了顶上的长条按钮。如果有人挡了它的路，车会发出哔哔的声音。

三合一的装配厂是 E 字型的。主干长一英里多：一条车道、一条路，平坦笔直，消失在两端。弗兰克见过这么大和更大的地方，我没见过。这么远的距离我们来回得坐电动汽车，由负责公共关系的女士开车讲解。那里看不到日本人（三千五百名员工里只有十一个），看上去像日本人的是美籍华人或其他美籍东方人。工厂各部分自由区域里，有篮球架和乒乓球桌。乒乓球这个主意是工厂开工前去日本培训的工人带回来的。很多地方都有电视屏幕，持续显示生产数据和时间表，有时候还有国内或国际的要闻。

一个真实的世界，一个完整的世界。但出来以后再看就很放松，隔一段距离，旧世界的遗迹：一座波纹铁的谷仓，靠着树。

我在特立尼达长大，从来不想被别人雇用。我一直想当自由人。这有一部分是受我的印度农民背景和特立尼达的殖民地农业社会影响。尽管一开始并不容易，但我仍是自由人。结果我几乎没有二十世纪工作世界的经验，也很少能理解人们做出的调整。在这座尼桑工厂里，人们被很好地对待，报酬也不错；那里有某种自由，也有尊严。但正因如此，在我看来他们生活在一个很小的空间。

几天后，我请弗兰克从商人和南方人的角度，说说他如何看待我们看到的这些。

他说："你在那里首先看到的是尼桑的企业文化。那是一种优良的企业文化，集中体现在工人在工作过程中的协作上，也集中体现在工人的福利上。他们的普通劳动力教育程度很高、报酬极其优厚，并且没有工会组织。日本人的管理理念是把整个工厂分成小的工作组，这些工作组有特定的职责。在组内，他们选出一位带头人分派责任，而他们要持续介入让工作更有效、产量更高。有一部分文化就是鼓励工人让工作场所成为更好、更有效率、更安全和更快乐的地方。你也看到那些乒乓球桌了。

"企业文化被采纳有几个理由。薪酬诱人。工厂干净、现代，被悉心照料，就像生产设备的运转，在这里工作很舒适。尼桑额外提供很多好处。'健康'就是一个，词典里的新词，一个变好、保持好的过程。还有健身设备。还有团队形象。

"路过的总裁穿着制服，口袋上方还有他的名字。穿不穿制服是可以选的，但绝大多数都穿制服。让每个人都感觉是团队的一分子。还有给出色员工的实质奖励，是尼桑企业文化的一部分。这些奖励是公平的，对整个劳动力平均分配，并且更重要的是，它们是能拿到的。

"你看到企业文化有两部分值得一提。没有跟机器人并排工作经验的人发现自己在跟机器人并排工作。这些都是南方人，他们的根在土地和农场里。第二个文化冲突是，尼桑公司是一家组织良好、非常强大的超大型企业，却在一种几乎是农业的、几乎无组织、几乎非正式的文化中运作。

"尼桑公司对我来说意味着一场争论的前沿，那场争论接下来二十年将席卷美国南方的中型城市——纳什维尔、肯塔基州列克星敦、北卡罗来纳州的罗利－达勒姆、北卡罗来纳州的夏洛特。这场争论与工业化的关系相当简单。以金钱来交换，你在生活方式上就会有所牺牲。我们在南方有质量非常高的生活，哪怕我们以合理的方式进行工业化时，也会有牺牲。增加的交通量和随之而来的紧张，增加的人口和随之而来的紧张。犯罪。持续增加的压力迫使当地政府为增长做准备。

"尼桑装配厂百分之三十五是女性。南方妇女不工作。妇女的工作是待在家里。

"尼桑公司对土地价格没有影响。有很多投机行为，大部分人错过了。尼桑是个装配厂，不存在连锁反应。而且尼桑里有本地人，早就住在这里的人。通用汽车的工人大多从美国中西部的北边过来。他们需要家庭。他们不是南方人。我们知道他们会带来影响。他们没有成立工会。还会有一种碰撞：生存标准对抗生活质量。

"我的印象是中上阶层和中产阶层倾向于抵制增长和变化，尤其是当他们有了充足的工作岗位、不错的房子、好的学校。上层阶级从增长中获益。大富豪支持增长，因为那对商业有利。穷人在游戏中成了人质。"

如今接近 7 月末。我去佐治亚西北部的一座庄园落脚，如今再看那一带，跟旅程几乎刚刚开始时看它的方式已经有所不同。

那时我从亚特兰大北上旅行，曾将它看作接近印第安人的荒野。如今我从查塔努加南下，这座工业城镇有一部分已经衰败了。不是说这里高速公路上的快餐店、高高的店招和鲜艳的工作服，而是当铺挨着当铺，看手相的和拿纸牌算命的，提供借贷的小办公室，以及成堆的活动房屋销售处，有的还挂着三角旗。在查塔努加城外，我看到活动房屋已经生锈且没有旗子，仍布置成居家的样子。我看到小房子，有些院子里堆着旧金属垃圾：吹牛者的佐治亚州，院子里偶尔有令人不安的黑人小雕像，努力表现得像它看上去那样，"人造黑鬼"，当地的一个装饰性特征，让人想起往事。

奥格尔索普堡是离我最近的城镇；詹姆斯·奥格尔索普是佐治亚州的创建者。有一条通往奥格尔索普堡的新路线，翻越丘陵。还有一条路线，穿过拉斐特镇，接着穿过奇克莫加战场公园——战争作为纪念物、修辞和棘手的谋略：南方在奇克莫加最后一次大胜北方。

我去奥格尔索普堡的正常路线是翻过丘陵，这样更快。从那里再开一天车到查塔努加，我从罗斯维尔大道附近的贫民窟看见——乍看都难以置信——战场墓地里白色墓石的分布：散布成白色弧形，规规整整，就在黑人和白人贫民窟外面的低矮丘陵上，开车穿过贫民窟时还能瞥见墓地。这一带我不熟悉，真没想到在那里还能看到墓地，那种规模，那样呈白线状分布；来之前奇克莫加对我不过是个名字，而现在——那两天战役的第二天或许是战争中最血腥的一天，就像我后来在孟菲斯从研究这场战争的历史学家谢尔比·富特那里听到的——远比密西西比的坎顿墓地令人震撼。重要，那场战争，必然；但现在看起来都过去了，死了，一片荒芜。

看到这座衰败城镇上的穷苦黑人和穷苦白人（戴着他们得意的棒球帽）——"游戏里的人质"——我瞬间看到了威尔·坎贝尔看见的世界幻象，并在几个容易领会的层次上重新看见这个地方的历史：印第安土地、黑人（有时候是人造的）、战争、工业、贫民窟，向西很远，在纳什维尔，一种新秩序的开端谁也不知道通往何处。

第七章　教堂山:烟

一开始就热,从 4 月中旬,也就是我跟霍华德南下去看他视为家乡的地方的时候。让我惊讶的是卡罗来纳春天的色彩,树的新绿,路边小草的紫花,黄白相间的山茱萸花;更惊讶的是废弃的烟叶库房、无主农舍和卷檐尖顶的波纹铁谷仓——铁锈色、木灰色、湖滨绿色、印第安红色——的美。

我无法把那个复活节周末感受到的炎热或暖意与春天联系起来——在英格兰住了超过三十五年之后。南卡罗来纳的 5 月中旬,在南方仍是春天,有天早晨我还发现有件事让人受不了:一个潮气逼人的早晨,一条浑浊河流岸边一座大宅院的地上,光天化日之下,空中到处是春天咬人的虫子,一打开车门就十几只十几只地往里飞。

不过后来,去过塔拉哈西和塔斯基吉之后,我就适应了。现代空调系统——不是单个房间的装置,它们的噪音和冷风跟抽走的热量一样让人衰弱——使得这种适应成为可能。夏天成了一件人们被迫接受的事情。直到有一天在佐治亚州西北部,我到那儿大约一星期后,酷暑骤然降临,温度计显示气温将近一百度^①，第一轮酷暑持续了三个星期。

我没留意酷暑是哪一天到来的。房子、汽车和商店里的空调让人预料到了温度的差距。但是接着大地升温，空气也升温，暴露在外面的东西全都在散发热量。在开放空间，人们只能呼吸刺激肺部的湿热空气。

我住的房子位于山的一侧，建在田地和树林中间。庄园外面有很多小房子。从路上看，这一带看起来纯粹是吹牛者的国度。但是从庄园望出去，视野——而且是广阔的视野——里没有别的房子，没有简陋或令人不安的东西。从房子和房子四周的松树开始，山坡开始有了斜坡，穿过坑坑洼洼的开阔草地，通向一座人工池塘和一条小溪或者小河支流纵横的岸边。再过去，在密集的树木之间，能瞥见其他田地和草地；远处是森林覆盖的山丘，蓝色逐渐消失变成灰色，层次分明。

房子周围的树林里本来有几只小鸟，现在，在酷热中好像都不见了。蛐蛐跟往常一样在下午晚些时候开始叫，在光线变化之前，蛐蛐的叫声一直都在，不过偶尔会很奇怪地变弱。房子前面那块草地和远处的几块，才两三天就被晒成了褐色；远处和近处都有树，显得更绿了。接着，房子周围大树的叶子变黄了，每隔几分钟就大片大片地飘落，仿佛是秋天。

看门狗之前还纠缠不休地要去溜达和让人陪，现在也被阳光晒得不那么精神了，它翘起尾巴打招呼，又垂下去，然后弓着背，耷拉着脑袋，尾巴夹在腿中间，到自己在门廊地板下面地上刨的坑里去了。去奥格尔索普堡的路边有座池塘，牛站在及腹深的浑水里——在印度可能也会这样。

远处，天空在很多地方都变暗了。但一连几天，好像只有别的地方在下雨。不过，有一天雨来了，带着风。我最初是在池塘的水面上

看到的。除此之外，池塘的混凝土边、沙土地里、屋顶木瓦上，雨几乎刚落下来就干了。但就像最开始下的雪等不到堆起来就会融化，雨水现在慢慢渗进了木瓦，并迅速落在池塘边上，都来不及蒸发。慢慢开始潮湿了。

我打开门，听着雨，还闻了闻。有种烧过的土的味道——初雨的气味在印度被一些调香师重新还原，用的是檀香油打底的黏土，产生雨季的香味。此外还有松树的沉香，是宅院里潮湿凉爽的松树木材上散发出来的。

雨后，狗在四处活动，在小房子和活动房屋那乱糟糟的院子或装饰花园里乱跑，要么就在路边心无旁骛地小跑，仿佛卧了这么长时间要在凉爽的天气里走走，又仿佛是被四下里由雨水释放的土壤气息唤醒了。雨下了很久以后，柏油路面冒着水汽。

温度计在几小时里下降了二十度。然而酷暑只是暂时缓解，很快就回来了：它持续的时候，就像遥远北方的严冬天气一样顽固。很难想象人们没有空调和纱窗的时候是怎么在这里过日子的。在旅行变得轻松之前，这种酷暑会让人回归自我，几乎就跟最北方的冬季据说能让斯堪的纳维亚人回归自我一样。这六个月的夏天，从热变得更热，当地有些白人依然很颓废（可能是范妮·肯布尔观察到的松林人遗留的问题）；这或许是一个原因吧，南方在宗教方面有种印度式的沉迷，一种超乎感觉的生活概念。

往西是纳什维尔及其周边地区，等待跟随土星工厂一起到来的变化。往东，在北卡罗来纳，是被称为"研究三角"的地区，以教堂山、罗利和达勒姆的大学校园为界，近三十年来，那里建成了一座七千五百亩的大型工业园区：有三万个新工作岗位，贫瘠的北卡罗来纳松林地带被规划成了最朴实的那种工业园区，长砖块、混凝土和玻璃构成的低矮新建筑代表了许多现代科技和制药的品牌，给人一种宽敞、有序和优雅的印象，农村贫瘠的土地通过改造来适应新功能，南方在这里似乎被消灭了，就像在亚拉巴马州亨茨维尔的空间研究城里被消灭一样。

在亨茨维尔，跟我在一起的南方商人曾指向一片棉花田——不光是农作物：某种来自过去的东西——就在一座高科技大楼的正对面：棉花，商人说，会让你的手裂开，让你的背弯曲（棉株很矮所以你整天都得弯着腰摘棉花）。

在北卡罗来纳研究三角区的边上，差不多也是这样，8 月底有人把一小块精心照料的烟田指给我看：烟草是北卡罗来纳有名的老牌农作物，如今这里有些城镇的名字因香烟品牌变得更广为人知——温斯顿、塞勒姆。

我在复活节跟着霍华德去他家乡的时候，见过烟苗栽种。我不认识这种植物，尽管后来肯定在不少地方见过烟草，但并不知道看见的是什么，直到现在看到那么显眼的巨大叶片。听说 7 月底和 8 月上半月遭遇的酷暑对棉花有好处，但我觉得同样的热量——曾把树林的叶子烤黄——已经把低矮处烟叶的边缘烤焦了。不过烟叶正在成熟而非变干。烟叶就是这样成熟的，自下而上。

烟叶熟了才能采摘或收割，所以每一排都需要弄很多次。我们看到的植株上最低的叶子早已收完。烟草不仅要求弯腰劳作，还必须在最热的时间收割。这片烟田的田埂和沟垄像打扫过的泥土院子那么干净，没有杂草。这一小块地——人们路过时可能连看都不看——诉说着一种缓慢精细的劳作，像棉花劳作那样让人腰酸背痛。

让我看到这些的是詹姆斯·爱泼怀特。他出身北卡罗来纳州东部一个老的烟草家族。他五十二岁，是达勒姆杜克大学的老师——这所大学是由烟草大亨创办和资助的。他还是诗人，其中一个诗歌主题就是北卡罗来纳州东部的烟草文化，还有所有旧式的半乡村家庭生活，尽管他不再属于烟草文化，尽管他把它当作遥远的东西来谈论（不过实际上倒是很近，两个小时车程）。

我见他的时候并不了解他的诗。但等他停下来给我看烟田的时候，我开始察觉他这个人的品质：诗人的感性和农民的专注，举止中还有学院式的不偏不倚。他瘦高个，细腰，注意锻炼。他认真对待我的所有询问，用心地交谈，不带感情，有农民的实事求是，一看我乐于接受，他很快说出了我本来要花些时间才会触及的想法。

他说，达勒姆并不是他的风景，只是最近才把它当作诗歌主题。没有风景能像一个人最初了解的那样。他展开细讲，没有意识到他跟我说的这些有多么直击我内心（最初的风景如今只在我心里，在今天已经物是人非的特立尼达的现实中并不存在，这让我难以承受）。我能理解他沉思的往事，尽管实际上离得很近，在威尔逊县也依旧存在，但在他的脑海里确实遥不可及。

他带我走小路去他的家里。路上，我们在一座房子的院子里看到坐式割草机上面有个人，他随后说起过去如何打扫土院子。土像沙子一样，要用山茱萸树苗做的扫帚打扫。"院子里还会故意留下打扫的痕迹，显得已经打扫过，很干净。"是由仆人打扫吗？不。"是女主人带着自豪打扫的，证明她做事井井有条。"

那触动了我内心的什么东西。不过此刻我只能想到刚果河或者叫扎伊尔河岸边的非洲小屋及其干净的黄褐色院子，那是我十二年前在一艘内河汽船上看见的。我听说，院子那样刮平是为了防蛇。吉姆·爱泼怀特觉得那可能意味着什么，哪怕在南方。那还让人想起威尔·坎贝尔"踩草地"的故事，就在密西西比麦库姆附近，他的家庭住宅那光秃秃的、干净的院子外面。

然而，还有什么东西留下来了。我后来才想起来：一段回忆，来自我童年某个无法定位的时间，关于扫帚在深色沙子上留下的痕迹，用中间硬硬的树干——顶端坚硬，但底部薄软——做成的扫帚。我眼前浮现的特立尼达印度人院子角落里的那些痕迹确实代表着秩序和整洁，几乎是对房子的虔诚，附着在美好的旧习惯上。我小时候，在特立尼达，像我们这种印度人或者印度教家庭有打扫院子的习惯。早晨起来第一件事就是打扫，是祈祷之前净化房子的一部分，而且在宗教上禁止夜幕降临之后打扫（无疑是因为值钱的东西有可能被扫丢）。或许，日本人把庭院耙平的背后也藏着那种宗教和虔诚的想法。

农民、孩子和诗人一齐回到吉姆·爱泼怀特对童年时代自然环境的沉思里，也回到他认真豁达的谈话里。

他的房子在乡下，跟几座房子都在一小片林地的尽头。那是一座木屋。他客厅的内墙是用旧的宽木板对角摆放而成，后面是一块没有顶的平台，能望见林地——一种在其他国家只有少数人采用的生活方式，但美国有很多人在用。

他给了我一本他的新书，《楝树颂歌》，1986 年路易斯安那州立大学出版社出版。他在准备茶水时，我在看《一片烟叶》。

混血儿的手构成脉络

接着脉络被看作溪流，"耗尽整个流域的水系"，收集所有南方的历史碎片。与此同时：

> 因朗姆酒和糖蜜而香甜，
> 卷成纸烟或压成烟块，
> 接着吸入或咀嚼，这段历史像糖浆
> 月光洒满汽车散热器，于是刺激
> 让你盲目。唾液在体内生发。我们为这片叶子而死。

这种作物需要那么多劳动、奴隶和自由，给这个地区带来特别的节候和文化，是对人的一种麻醉和威胁。它在商业上行将消亡：南方的另一场小灾难。吉姆·爱泼怀特不吸烟，只在很多年前吸过一阵。尽管他几乎不吸，但这种文化跟他如此接近，诗中的烟草产品同样是作为诱惑出现的。朗姆酒、糖蜜和烟草的想法，甜的和苦的，令我想起威尔·坎贝尔那芬芳湿润、甘草加甜的榉果牌咀嚼香烟，也令我想起南方超市付款台边上肥腻发黑的烟块，像水果蛋糕一样用玻璃纸或透明塑料包着。

他喜欢作为文化的烟草，因为这种作物生长、烤制和出售的配套程序。于是那天傍晚过后，我在酒店房间里读他的诗，发现诗被他的谈话和我看见的场景所充实了，而且似曾相识。

在《致 W. H. 爱泼怀特》里，他写了他的祖父。（在想象中，我看到了他在研究三角区边上指给我的烟田。）

> 他在沼泽附近挖出灰泥，用手
> 栽种烟草，在它们开花前
> 折断吸根和顶尖，留一些做种子。
> 收割宽大的黄叶，弯腰屈膝
> 在酷暑中，炎热在他脸上列队，从下过雨的
> 土里。

《怎样收拾一头猪》，烟草即将收获完成的"选猪"庆典，也是"收拾"或烤猪人的庆典，此人名叫迪·格莱姆斯，如今仍是老爱泼怀特农场的佃农。

> 那来自老家，来自
> 他们用木头熏烟时，玉米穗
> 在烟道里烤成灰烬。
> 最后是猪。聚会

在圆棚下面，庄稼都已收完。

秋天散发出它的味道，

就像红叶和钞票。

　　农业社区的节候受所种作物制约，作物最初或首要的地位倒变得无关紧要了：从前爪哇的水稻，北卡罗来纳的烟草，特立尼达的甘蔗。在收获——艰难的收获，起初是奴隶的收获——快结束时，那首庆祝诗里的谈话勾起了特立尼达"丰收节"非常模糊的记忆，这时甘蔗都已收割，拉甘蔗车的黑水牛角上挂着装饰，我住的乡下小镇的主路上有种像音乐一样的东西，在一亩亩甘蔗田的边上，是辛苦劳作的场面：回忆像很久很久以前的快照，那时我才六七岁，回忆似乎延续了很长时间，但实际上可能也就一个星期左右。

　　大地的辽阔，地点之间的距离——这本来是把吉姆·爱泼怀特小时候对世界的理解与我在特立尼达对事物的理解区隔开来的诸多事情之一。从前，会不会时而感到压抑或担惊受怕？人们有没有感到迷失？几天后我们在我住的酒店见面时，我问他。

　　他说："我祖父坐双轮马车去威尔逊，县中心和烟草交易中心，来回各十英里，就是一整天。"

　　就连这些也通过诗歌熟悉了：

他的记忆停在更早的年代：一艘汽船

去往纽约的集市，那时烟灰把他的帽子烫穿。

让马驾上车，十英里的往返

就是一整天。

　　"1920年代那个地区开始有了汽车，还有电灯。道路沿线往往有电气化。我妻子的母亲今年早些时候还在回忆，回想电气化是什么时候到达这一带的。这里的人们确实感到迷失了。觉得有必要形成一种有自身规律、自身仪式的生活，那就是宗教自有其特色的原因之一。那就是为什么种烟草的仪式如此重要。"

我问起他给我看的烟田。我看见的时候刚到这一带，对地理还很模糊。

"我们是在奥兰治县和达勒姆县的交界。达勒姆到教堂山的老路。也种大豆，附近有一小片大豆。这一带正在发生的事情是农村农业经济正被别的经济取代。让那片农场显得不同寻常。离杜克大学校园五六英里。"

接着他说起种烟草的仪式。

"烟草跟一种古老的生活模式有关。对我来说跟我祖父有关，跟一种仪式化的周期时序有关，季节轮转是由开畦播种、春季准备土地、初夏栽苗、仲夏收获来标记的。你得在 8 月完成烤制和分级。"

分级?

"分级是把烟叶分开，依据的是不同的收割标准，实际上还有不同的成熟度。所以最好的烟草被一起放在这些"手"里，裹在一起，拍卖的时候报价最高。可能有三四家烟草公司，或者五家——在旺季——给他们觉得好的烟草出价。收购者去不同的市场。有收购的先后顺序。市场会从南向北，大致随着烟草成熟和收获的时间。

"我觉得烟草在最好的时候会化身为一种民间艺术，由极为熟练但可能不会读写的人做的艺术。我记得加拿大和罗得西亚①这些地区想种烟草的时候，就到北卡罗来纳找这些民间专家——他们可能连自己的名字都不会写，但知道如何收割、烤制和分级。

"收获的技术活是知道烟草什么时候收割。摘早或摘晚了都没办法

————————————
① 津巴布韦在 1980 年独立前称罗得西亚。

烤得恰到好处。有些季节你烤不出完美的烟草。那就是为什么烟草有年份，像葡萄酒一样。"

"你是专家吗？"

"不，不是。我只知道跟什么有关。我年轻的时候周围见的都是这个。总体上，我觉得我是对烟草仪式的美学轮廓印象深刻。必须在正确的时间种好，每一棵都要人工护理。手工艺模式的农产品。现在机械化得多了。不过烟草的手工艺方面是建立在南方廉价劳动力的基础上，那时候南方在经济上处于劣势。

"一般来说，有地的地主恰恰不在农场里生活了。像我祖父。从南北战争时期他们祖辈或曾祖辈建造的农场家园离开，搬到镇上去住，我就生在那样一个小镇上。农场那些房子里住着佃农，租地种的人。他可能是黑人也可能是白人。在我的经验里，他们通常是白人。他们分工经营农场。庄稼的半数收益归佃农，所有者则提供物资和资金。通常，农场上小一点儿的房子会住一个或多个黑人家庭，免租金。他们不参与分工收益，而是作为保持距离的仆人来干活。他们干活挣钱，他们的大家庭给烟草入库提供很多人手。"

"入库？"

"把烟草从地里弄到烤仓再到包装库房——在那里打包储藏，直到进入市场——的整个过程。有一间密封良好的包装库房是很重要的，那里不能太潮，最重要的是不能漏风，烟草烤完以后受潮你可承受不起。湿气太多的话，它就会'发霉'，就彻底没用了。

"入库涉及整个团队的人，按重要性和职责分为不同级别。收割者，真正从烟梗上把烟叶折下来的那些人，某种意义上是最重要的。他们要做两件有难度的事情。艰苦的劳作，还必须决定收集哪些烟叶。他们必须飞快地工作。有两到四个人从烟田的这头到那头，把烟叶劈下来。在根部劈断叶片是最难的。他们必须在炎热的天气里弯腰屈膝干一整天。

"他们几个人排成一排跪着走,这样就不用俯身弯腰了。不过那样也很辛苦。有一辆骡拉或拖拉机拉的'烟草卡车'跟在收割者后面。这些烟草卡车实际上是木头轮子的木头小货车。四个角有木桩,四边是粗麻布,盛烟叶。"

我跟他说霍华德提到的手上的烟油,还有霍华德的母亲海蒂提到烟草味让她很不舒服。

"大多数工人都抱怨烟油那样粘在他们手上和胳膊上。一般不会有人因为尼古丁生病,除非是湿的。"

海蒂说得正好相反。她说为了避免气味,她和丈夫一大早去烟田里干活,这时叶片上还有露水。

"另一种'打圈的'也是最重要的。他们在烤仓里干活。他们用棉绳把烟叶绑在棍子上,然后平放在库房的货架上,烟叶在棍子上耷拉着,烟柄朝上。这也必须快速完成。打圈的通常是女人,她们可能是佃农的妻子。还有'传递者',他们把烟叶从烟草卡车上递给打圈的。

"如今有些人甚至给整辆烟草卡车都装了轮子,外面还带上咖啡桌。老式烟草卡车只有咖啡桌的一半大小。做得小是为了在每行中间通行。一辆卡车装上大概五英尺高的烟叶,就已经很沉了,够一个人处理的。在烤制以前,烟草是很沉的。

"打圈的会收到五六片烟叶,叶柄对着她,在左手上,迅速缠几下,确保叶柄在一起。接着她轻轻地把这一捆抛起来"——他做了个手势,不过他描绘的事情不容易模仿——"这样就横跨在烟草棍上挂着。叶片可别从棍子上掉下来,这非常重要,因为要是有几片叶子掉下来落在下面的电镀暖气钢管上,很可能引发火灾,整个库房十五或二十分钟就烧光了。"

"经常发生吗?"

"烟仓着火并不少见。在生长季节你会看到一两个仓库烧毁。"

他说回烟草生产中的不同岗位。接着他说:"由此产生了特定的社会分层。地主的儿女成了镇上的男孩和女孩。佃农的儿女是乡下的男孩和女孩。我们一起上学。我真佩服乡下这些男孩和女孩，因为他们干活比我辛苦。"

我问机械化的影响。他的回答出人意料。

"技术创新干掉了大部分艰苦劳作，也干掉了烟草的一些品质。现在不用'手'绑了。烟叶在散装仓里夹在一起烤。"他把单词"散装"拼给我听，仿佛这个词本身就有新方法的一些粗劣之处。"烟草不再分级。烟叶放在帆布里出售。"

他对新方法的厌恶之情流露出很多对烟草模棱两可的态度，节约了人力却对烟草有害。我那么问他。他没有否认。

他说："那是一个谜团、一个悖论。我有一定的共鸣，整个烟草商业，它接近文明本身的悖论。这种本来有毒的物质构成了一种生活方式的基础，有这么多吸引人的方面——它有规范化的季节轮转，秋天割完茎秆之后，留下耙成平坦犁沟的土地。有烟草市场的场面，一堆堆金黄的芳香烟叶卖的价钱真是非常可观。"

吉姆·爱泼怀特的妻子同样出身烟草家族。他们最近聊过烟草，他说，妻子说以前从一捆烟叶就能看出谁是用手打的结——打圈者的风格就是那么独特。

"烟草这种产品让南方一度在经济严重不景气的时候从全国甚至海外引来现金。别的农作物一亩地挣不了那么多钱，而且努力劳作的回报是暴利。在某种意义上，对一名不知道自己要当诗人的诗人来说，这个产品让我感兴趣的肯定是民间艺术和非功利的一面。烟草最终的用途是作为一种社交姿态。从产品到消费品，它是一种承载风格的媒介。生活风格已经变了。我不觉得南方还非要生产这种有毒物质不可。

"我把烟草看成逝去的生活方式旧约式的一面，一种传统、保守、堕落的世界，一个由原罪标记的世界，烟草在其中是一种象征。"

我问他的家人抽不抽烟。

"父亲抽一点儿。不多。那是悖论的一部分。大多数工人都抽烟。我青年和成年时有两个在家族农场干活的佃农死于肺癌。"

那些死亡令他担忧。我们初次见面时，他曾同情地谈到他们，几乎就在去教堂山的老路上让我看烟田的同时。但是，正像他一直说的，毒药也有另一面。

"有人可以辩称，任何成功的农业经济都有烟草种植的这些方方面面。它不具有的是烟草的手工艺、分级、芳香和拍卖出售的这种品质。品质问题由颜色、气味和口味决定，对烟草极为重要。葡萄酒有地域性，而烟草有类似的感觉：烟草也有区域性。"

他说家里有东西想给我看，但他忘了。"会客室里有一块农场烟仓的墙板。天花板上的大梁是仓房里的横杆。"

不过我留意到内墙上的厚木板，宽木板，对角摆放。

他说是松木做的，多年来经烘烤受热已经变得非常硬，他用电钻才把钉子打进去。

"过滤嘴流行起来的时候，这个行业的诉求有所转变。经典香烟是未过滤的'好彩''契斯特菲尔德'或'古金'。公司就想用最完美的烟草做那种香烟，最完美、柠檬色、'叶片饱满'的烟草。过滤嘴开始流行，他们想做一种劲头更大的烟草，没那么饱满，品质不用太好。于是种植最饱满的金色烟叶的溢价就减少了。整个生产模式是被多种多样的需求导致降级的，最无法忍受的是，由于更改了种植习惯，化学品被用来限制新枝生长并人为增加叶片的体积和重量。它叫MH30，是北卡罗来纳州率先采用的。当然，烟草种植在机械化以后再也养活不了那么多人了。从前，烟草种植能养活乡下所有人。那是奴隶的农村后代、失地的南方白人农民还有地主们最主要的现金来源。如今轻而易举就能挣很多钱，烟草的重要性也就降低了。"

他的过去多多少少已经被摧毁了。不过正是这个过去让他能观察如今生活于其中的风景，尽管不可能像最初的样子了。

"我现在能写达勒姆县的风景。不过我意识到部分原因是，这风景已经被我的想象历史化了，证据就是在这片土地再次被树木覆盖之前，我依旧能看到旧的农业经济。

　　"一片南方土地，如果你放任不管，就会长满金雀莎草，过不了几年，松树苗会向上疯长，散布在金雀莎草丛中。二三十年以后，它就又变成林地了。"阔叶树随后在松树的遮蔽下生长，接着阔叶树杀死松树。他住在一片次生林的景观中，树龄八十到一百年。"不过有些地方的旧农场还在，就像被时间冻结的海湾里的小波浪。它们是一些农民种的最后几行庄稼了，可能是上个世纪吧，或者本世纪早期。在树林深处，你能看见倒塌的烟囱，春天还会长黄水仙的地方以前是家庭花园。有几块旧墓碑散落四处。几棵山毛榉的树皮上还能依稀辨认出刻画的名字和日期，1908 年、1911 年或 1914 年。这是在我们聊过的变化——电气化、道路、汽车——即将开始的那段时期。"

　　每个历史阶段都有小废墟以及小废墟的景观来标示——这也是我对南方的最初印象，当时我跟着霍华德在复活节南下，看到了他的家乡，离这里不太远。

　　吉姆·爱泼怀特说："北卡罗来纳州东部的风景对我而言总是一种过去的风景。我自己的生活是在父亲和祖父之间，就是这种分裂。我祖父出生在南北战争年代的农舍，在我脑海里他总是跟农业经济连在一起。我父亲经营一座加油站，相信进步，还卖过几年电气设备。他总是匆匆忙忙的。我祖父从来不慌不忙。

　　"在我祖父的家里，就在我们家路对面，我们去那儿参加庆祝农事年的仪式。对我来说我祖父代表着一种永恒。他有个包装库房，就是他们包装肉食的地方，是他们熏制火腿和肩肉的地方。他们还做熬猪油、灌香肠这类好玩的事。工作非常艰苦，但是很规范，因为人们直接接触的是那种必要性——他们做的事是必须要做的。猪必须在很冷的冬天宰杀，否则猪肉会变质。玉米和豆子必须在成熟的时候装罐，否则不会持久。"

> 装罐
> 厨房里的锅大得像桶
> 皱巴巴的围裙和带着水汽的皮肤。
> 猪被穿在 12 月的木头上。
> 血像寒冷中的幽灵一样蒸发。

"人们有这种浪漫精神,但等人们做起来再去看,它不是虚构的。它的的确确存在。我祖父这间农舍的四分之一英里外有一片墓地,我祖父母和一些人就葬在那里。"

"烟草"一词被认为来自多巴哥,特立尼达的属地或姐妹领地。"弗吉尼亚"在英国成为烟草的代称之前,烟草有时候被称为"特立尼达多",以特立尼达岛命名,自从在 1498 年被哥伦布发现以来,它就是西班牙帝国的一部分。烟草是当地印第安人的一种农作物。但 1519—1520 年侵吞墨西哥以及十五年后侵吞秘鲁之后,西班牙人只对金银感兴趣,对烟草不感兴趣。去特立尼达种烟草的是英国人、荷兰人和法国人。在十六和十七世纪的特立尼达,很难同时有超过五十个西班牙人。

帕里亚湾位于特立尼达和委内瑞拉之间,是个大避风港,几乎总是停满外国船只。英国探险家和外交家托马斯·罗伊爵士(后来作为詹姆斯国王的代表出使印度阿格拉的莫卧儿王朝)有一年来到帕里亚湾,看见十五艘英国、法国和荷兰船只"运送烟草"。另一位英国官员汇报,烟草贸易迟早比西班牙得自美洲的金银更有价值。

然而,这项贸易是非法的,哪怕在特立尼达种植农作物是跟西班牙总督串通好的。依照西班牙法律,只有西班牙才能和西班牙殖民地进行贸易。西班牙海军偶尔会对闯进帕里亚湾的外国人发起扫荡，而被俘的外国船长和海员可以当场绞死。印第安烟田——跟我后来在北卡罗来纳看见的一样，烟草这种作物要悉心照料——被铲平了：进程的一部分，三百年来当地印第安人和烟草在这个进程中被从特立尼达连根铲除。

英国 1797 年夺来的（一枪未开）这座岛是一个甘蔗奴隶殖民地。在大英帝国 1834 年废除奴隶制之后大概三十年，印度人签过契约后从印度被带过来，在甘蔗庄园里劳作。是甘蔗给农村印度社区的生活带来了节奏。烟草不再是当地的农作物。

小时候被告知特立尼达曾因烟草闻名，我本来觉得难以置信，还有点儿高兴呢。对我而言，烟草这种东西是迷人的、遥远的，来自英格兰（在奢华得不像话的密封罐里）或者美国（在柔软芬芳的玻璃纸小包装里），来自《生活》杂志广告。

她的女装衬衫上有块胸牌：黑塑料上的白字保拉引人注目，还让你看见她几乎是平胸。她是研究三角区一个富裕小镇上新开不久的色拉乳蛋饼小吃店"美食家"的女招待。

她说："您想在午餐前喝一杯鸡尾酒或饮料吗？"这是例行公事。由她说出来，完全没有邀请的意味。几个月来吃饭馆住酒店，我对饭馆里的这种文雅毫无热情，她似乎跟我差不多。"现在，我来说说我们的特色菜。"她机械地背诵了特色菜。

这次旅行之初，大概第一个月，听到饭店里的这些背诵，我通常会笑笑：这背诵似乎很讽刺，是侍者和顾客之间的一种玩笑。但背诵总是相当严肃，侍者们正在做而且往往很固执地在做他们被告知要做的事情。

保拉终于快说完她不得不说的。就在那时，出乎意料，她声音里有了怒气。她说："我今天就走了。"

"离开这家饭店？"

"服务完这一次之后。离开这里。离开这个镇。去威明顿，明天。"

"你打好包了吗？你现在可没有多少时间了。"

"我就都扔到雪佛兰上。一种微型车。平托①什么的。"

"你不会租一辆优运②？"

"我已经扔了快一个月的东西了。你扔啊扔接着发现还有东西要扔。"

"你真觉得都能装进一辆雪佛兰？"那快成我自己关于旅行和酒店生活的一个小焦虑了：打电话给行李员，清空保管箱，装车，怀疑它们是否都装上了，另一头会不会有门童给这些大件小件搭把手。现在有那么多书、报纸、文件和笔记本，那么多小包和袋子。

她说："好吧，你瞧。我跟丈夫大概一个月前差点儿干了一架。他把东西带走了一半，而我有，差不多，好吧，另一半。不过上帝给了我力量来看透这些。"

"你打算在威明顿做什么？"

"那里有彼得。我打算跟他在一起。"

"你丈夫？"

"上帝创造奇迹。我去给你拿色拉。"

等她拿来色拉，我说："优运的人在这里有个停车场。我昨天看见的。"

"我们有很多账单。我想先把那些付清。会全部放进雪佛兰的。"

"账单。我明白。"

"我们经常为这个干架。他付了一些。还有一些他干脆拒绝付。"

"他为什么那么做？"

"确实如此。他说他得救了。就像我。"

---

① 福特公司推出的车型，一度颇为流行，后因安全问题停产。
② 美国一家装备及货运车辆租赁公司。

"你得救了？"

她的声音颤抖着。"哦是的。但他没有，比如，成长。在耶稣中成长，他们这么说。"最后这句，还有语气，暗示她有点儿嘲笑她所说的事情，或者与其保持距离。不过，就像特色菜一样，她说得很严肃。

她穿着便宜的牛仔裤，刚出厂的那种亮蓝色。宽大的蓝衣服下面身体很瘦弱。脸上有很多南方的妆容：大大的有色眼镜以下，纤白的脖子以上，面色粉红。带着乡下口音的早衰的小个子女人：所有的弱点和吵闹，所有的生存意志，都包裹在那娇小的身体里。

她端来乳蛋饼，晾得太久都不新鲜了，黏糊糊的，看上去没有光泽。

她说："我们总是吵，天天干架。他想走，然后我就求他别走。"

"你们结婚很久了吗？"

"三年。"

"你不觉得能找到别人吗？"

"我害怕一个人。不过这次上帝给了我力量。我没有求他留下。我让他走。接着上帝在我们两个心里酝酿了奇迹。"

"你怎么得救的？"

"我刚得救。"

"你有牧师吗？有没有跟着某个传教士？"

"完全不是那么回事儿。我这几年感觉得干点儿什么事。感觉如果我不干什么——"

"你会对自己不满吗？"

"是更不满。但我感觉地球和宇宙或不管哪里的上帝都不可能对我这种不重要的人感兴趣。我什么也没做成。"

"没人给你建议吗？"她用的很多词似乎都是某个了解灵魂拯救的人放到她嘴里的。

"有个牧师。"她说出了一个基要主义新教教会的名字，"有天我不知道自己身上突然发生了什么——我发现自己在仪式期间走向圣坛，还说了什么，我不知道那是什么，我知道我得救了。那时我只是感受到了上帝对我的爱。后来我遇见了彼得。"

"他已经得救了吗？"

"在我之后。我跟他说了这件事以后。不过撒旦用前男友来引诱我。"

"在你结婚之后？"

"在我结婚之后。那时候彼得不付账单了，还开始找什一税的麻烦。开始到处找麻烦。我们干了几架。"

"撒旦引诱你的时候你堕落了吗？"

"只在我的脑海里。"

"你见前男友了吗？"

"没有，从来没有。他对我不感兴趣。他从来就没想要我。那是个麻烦。"

"这位迷人的前男友出现说明了什么呢？"

"我说不好。我不知道。就是在那儿。撒旦的诱惑。"

"我能猜到你丈夫会很不高兴。"

"我不是在责怪彼得。但是什一税和账单，尤其是什一税——跟什么事都没关系。不过上个月他走的时候上帝给了我力量。我没有倒在他面前，抱住他的膝盖求他别走。我就是有这股劲。我不知道我要做什么，我身上会发生什么。我只是感觉到了上帝给我的力量。现在没事了。"

"你多长时间祈祷一次？"

"每天早上。大概二十分钟。"

"你在脑海里会跟上帝谈话吗？你觉得身体上要做什么姿态吗？跪拜吗？"

"我有时候在脑海里跟上帝谈话。有时候我跟他大声谈话。"

"你享受这个过程吗？"

"必须的。这些祈祷也有回应。就像彼得又和我复合了。那就是祈祷。那就是上帝。不过祈祷的人得遵循他的意愿他才会回应。"

"你怎样知道他们什么时候遵循他的意愿呢？"

"我曾经祈祷得到我的前男友，但那就没有遵循上帝的意愿。"

"你什么时候祈祷得到你前男友的？得救以后吗？"

"得救以后。"她冒失地笑起来。

"你现在爱你丈夫吗？"

"这就是为什么我正要去他身边。我爱他。我爱他。上帝在我们俩心里孕育奇迹。"

"你前男友呢？"

"我已经宽恕他了。"

或者她说的是已经忘了他了。

撒旦和上帝为了保拉的灵魂争斗，保拉自己无须对她的情感、无助负责任，只能选择被谁拯救并请求上帝显示意愿：一种中世纪的混沌观念，人的孤独和无助，以及被拯救的必要。但这又不是在中世纪的瘟疫、疾病和贫困、君主专断和穷人谦卑的背景中，我们研究的是三角区的一个镇，这种文化的主旋律是富裕和选择，个人至上（只是作为消费者），以及对所有人都允满可能的美、奢华和感官满足。

连这家小餐馆的主题都是富裕和选择，墙上彩色照片里有大块面包、麦穗、一尘不染的玻璃杯里半透明的红酒，保拉最后一天还在这里忠实地背诵着特色菜名。

"你多大？"

"三十二。"

"我以为你更年轻呢。"

是真的。蓝牛仔裤胯部以下之字形的橙色线条透露出来的，不是色情的设计，更多是一种新手的风格尝试，是里面身体未谙世事的脆弱的一个信号——这身体实际上是这个三十二岁女人的资本和依靠。

大大的有色眼镜挡住了她的眼睛，眼镜下面亮闪闪的南方浓妆隐藏了面颊的皮肤。她像是易了容。

她用南方的方式说："**感谢你！** 感谢你。我经历这些的时候看上去更老。我看上去什么都不是。"

我曾问吉姆·爱泼怀特，从前的乡下人是不是从未感到迷失。他说："这里的人们确实感到迷失了。觉得有必要形成一种有自身规律、自身仪式的生活，那正是宗教自有其特色的原因之一。"

向东是一片小农场的土地，不全是乡下，没有大的城镇。玉米（或者叫苞谷）地很高，呈褐色。现在快成熟的烟草的厚大叶片是柠檬黄色的，了解这种农作物的一些知识以后，我好像能看到它的美了。柠檬黄色，金色，"叶片饱满"，与之映衬的是其他农田的褐色和绿色：土豆或大豆的绿色，植株低矮接近地面，点缀着白花和紫花，吉姆·爱泼怀特后来告诉我那应该是牵牛花。

到处都是旧的烟叶库房，高大、方形、密闭结构，外墙上常常有绿色的沥青毡，沥青毡（最初是尽量让库房保持紧密，现在大多都扯破了）由密密麻麻的竖木板压着。从远处看，木板和破败不堪的沥青毡有时候暗示旧库房的架构正在磨损。杂草和小树就在废弃的房子和农舍旁边生长，藤蔓覆盖了烟囱，紫薇显示着车道和旧花园的位置。

小块农田、小房子、小废墟、教堂、小镇，该州中部的高速公路让拥挤而危险的双车道马路替代了，这片土地诉说着人们的本性，独立的小农场主、宗教上的保守派或基要主义者，以及政治上的保守派。

我曾被告知该地区的政治是"烟草政治"，小农场主政治，给烟农持续提供补贴的承诺有可能被解读成包含着让黑人安于现状的承诺。

不过教堂山圣经教堂的牧师詹姆斯·亚伯拉罕逊认为，这种对北卡罗来纳州东部保守主义者的嘲笑与贬低是愚蠢的。

他说："基要主义政治冲动一直都有。从 1930 年代以来，它就被压制着，主要是因为没有大学的支持。在意识形态上，大学把它们的帐篷桩拔起来挪到一边了。在意识形态上，他们从信奉基督教上帝的世界观转移到别处，那里唯一公认的现实是物质的，可以衡量和科学地进行定义。他们重新出现了——基要主义者——主要是因为他们看到或感受到了世俗社会的压力。

"很多人认为北卡罗来纳州东部保守的一面是红脖子和条件反射。不负责任，几乎是盲信的。无知，缺乏我所说的三'I'——智力、信息和正直①。不过他们的依据更强有力。他们很容易被嘲笑，永远不会受欢迎。可能还没等有机会把他们所代表的常识表达清楚，我们的文化就自己毁掉了——一种并非仅仅基于自我和物质主义的文化。"

吉姆·亚伯拉罕逊——他在电话里这样介绍自己——来自中西部。他自己就是一个基要主义者，并感觉他的圣经教堂正在满足教堂山的需求。他的会众里有几个博士，他的教派还在扩张，我去见他的时候正在扩建。他说，美国社会是建立在宗教基础上的，它不能自由地漂来漂去。近来一次民意测验发现，每三个美国人里就有一个是焕发新生的基督徒。"很多人。"

不过他跟北卡罗来纳的基要主义者有争论。

"我认为有些强大、合法和几乎永恒的原则会一再出现，但是为那些原则奋斗的人没办法合乎心意地进行表达。宗教右派似乎不理解左派或世俗知识分子信奉的世界观，他们倾向于把他们当作恨上帝的人或异教徒而抛弃，而且他们很难理解如何把宗教理想转化成政治政策。"

那也是伊斯兰教的问题——既然伊斯兰国家从未被创教者限定——在很多国家还成了对基要主义的鼓舞：在剧变时代，如何了解真相并抓住人的灵魂。

奇怪的是，在美国一个被抛弃的角落——或许是世界变迁的马

---

① 这三个单词的首字母都是 I: Intelligence、Information、Integrity。

达——同样的问题会被提出来，同样的对安全的需求。

不过，没人比巴里·麦卡蒂对自己的信仰和政治更有把握了。政治和信仰让他成为一个整体。他才三十三岁，但已经给人留下印象，密切关注该州政治事务的人还把他视为新右派的新生代领袖之一，不出十年或十五年，他的时代就会到来。

他受的训练是神学和辩论方面的。（就像伊斯兰国家很多基要主义领袖的训练：两种反向文化再度巧妙相会。）他1975年在罗阿诺克圣经学院获得圣经方面的第一个学位，1977年在阿比林基督教大学获演讲和修辞的硕士学位，1980年在匹兹堡大学获修辞和辩论的博士学位。1980年以来，他一直在母校担任演讲和辩论的教授。

罗阿诺克圣经学院是一个基督会机构。它位于伊丽莎白市，这座小镇远在东面，海岸线上，距离罗利和研究三角区的美化松林景观将近两百英里。

越过乔万河，已经没有了山丘，土地变得平坦起来，河滨之地，天空辽阔。阿尔比马尔湾（我对其一无所知，连名字也是那一刻才听到的）让北卡罗来纳海岸有种大陆的宽阔感，让我对此前不知道它而有些遗憾，让我想再来一次并在那种空旷中待上一整天。有些地方很容易想象出早期探索者的激动、发现他们自己身处真正的新世界，这里就是一个。

巴里·麦卡蒂的办公室是个小房间，位于一座世纪初的木建筑的顶层。墙上有里根总统和杰西·赫尔姆斯参议员亲笔签名的镶框彩照，照片下面是1984年达拉斯召开共和党大会时巴里·麦卡蒂作为代表的各种入场券，同样镶了框。年轻政治家的宝贝。他还让我注意另一面墙上平铺的旗帜：旗上有两个红色长块和一个白色长块，蓝底上还有七颗星围成了一个圆圈。他问我知不知道这面旗子。他说这七颗星能提供线索。我不知道这面旗。他说是星块旗，南方邦联的第一面旗帜。

他是个矮壮的男人，冷静，克制，粉色脸庞，戴着眼镜。他穿的西服非常整洁，跟他的办公室、他的书架、他的照片、他的文件一模一样。他看上去像小镇来的中产阶级职员，不像政客，不像一个急于挺身而出的人。

他非常崇拜杰西·赫尔姆斯。在电话里，他想说服我开车两百英里到伊丽莎白市，说（仿佛那足以回报我）："我们这儿都是杰西派。"

我问他杰西派是什么样的。

他说："那意味着一名保守的北卡罗来纳民主党人，会投票给杰西·赫尔姆斯，像杰西·赫尔姆斯那样的人。他们代表旧南方的保守价值观。信仰上帝。相信有限政府。相信自由企业。个人自由和个人责任——相辅相成的两个概念。"

那些原则里包括他全部的政治、全部的保守计划。他给我看原文——在打字机上用大写字母打出来，还有手写的修订——是他有一次在招待参议员的晚餐上赞扬杰西·赫尔姆斯的演讲。演讲开始，"这是我短暂生命中最大的荣幸之一，应邀向你们介绍在世的最伟大的美国人之一"。接着，在赞扬参议员并批评他的敌人时，演讲迅速勾勒出有关税收、福利、政府开销、教育、共产主义等方面的保守计划，并用自由和宗教组合起来。

演讲中有个参议员的故事："我有一次跟他在一起，他下榻一家酒店过夜。服务台后面的女士问参议员有没有信用卡支付房费。他转身对着她说：'小姐，我宁愿在口袋里放一条响尾蛇。'然后付了现金。"

参议员和信用卡还是那样吗？

巴里·麦卡蒂笑了。"他现在有一张。不过是一个人出于对自身财务抱有远见的心态。"

1985年，北卡罗来纳州州长提名巴里·麦卡蒂担任州社会服务委员会主席，为期四年。

"我们一直努力引入'工作福利'概念来取代福利。工作福利的基本概念是，享受福利的人如果有能力工作的话，要想继续拿救济金就得去工作。是南方工作伦理的一部分。

"你肯定记得这个国家的开国元勋大部分是南方人。这些海岸上第一个说英语的殖民地是1584年由沃尔特·罗利爵士在罗阿诺克岛创建的，离我们所在的地方不到六十英里。它被称为'消失的殖民地'，因为沃尔特·罗利建立了这个殖民地，等下一次给养船来找，它们却消失了。"

（不过沃尔特·罗利爵士那时候另有计划。他开始对黄金国①感兴趣。1595年，他率大部队袭击特立尼达岛。他消灭了半饥饿的小股西班牙驻军，俘虏了西班牙总督，一个自己掏腰包寻找黄金国的疯狂老兵。罗利想让特立尼达成为寻找黄金国的基地，想劫持西班牙总督作向导，还想让特立尼达和圭亚那——在奥里诺科河三角洲——的印第安人成为他的帮手。他带着印第安人回到英国，向人们证明他去过那些地方；同一年，1595年，他写了一本《发现广袤、富饶和美丽的圭亚那帝国》，暗示他曾发现黄金国及其金矿，但并未真正声明找到了。他提到一个英国－印第安人的南美帝国罗利亚那，但什么也没有发生。他曾挑唆当地印第安人反抗西班牙人，但无法为他们做什么，他们被西班牙人镇压。1617年，他从伦敦塔获释，跟二十二年前被他驱逐的西班牙人一样疯狂，去找他所谓的圭亚那金矿——他从未见过，而且并不存在，他儿子死于这次欺诈性的探索；罗利把这场灾难归罪于一位多年老友并迫使老友自杀。那是一个悲惨的故事。但罗利主要是因写作闻名，仍是一个穿着戏装的传奇人物，他身穿全套装束的精致挂毯就挂在教堂山的卡罗来纳旅馆里。）

巴里·麦卡蒂说："这个国家实际上是从南方这里开始的。你去看美国立宪政府里引领别人前进的明智之士，会发现他们那么多人都是

---

① 原文为 El Dorado，指哥伦比亚的土著部落首领，后来代指一个布满黄金的王国。

南方的——杰斐逊、华盛顿、帕特里克·亨利、兰多夫、麦迪逊父子。

"战争期间各州真正的议题并不是奴隶制，真正的议题是联邦政府凌驾于各州之上的权力。对中央权力同样的不信任、对个人权利同样的戒备促使开国元勋们呼吁制定权利法案。很多议题导致各州之间开战，南方在这些议题上反对北方，背后的精神实际上是一样的。"

今天那还重要吗？

"这里有人——杰西·赫尔姆斯——相信联邦政府的权力应该予以严格限制。对个人来说，最重要的政府应该是最靠近他的那一个。政府变得越遥远，跟个人的生活关联就应该越少。"

"你是从哪里获得政治热情的？是通过你的父亲、你的家庭吗？"

"最初的影响可能是宗教。《圣经》教导说，人类社会要建立秩序和公正，政府是必不可少的。"

"《圣经》说过吗？"

"《罗马书》，第十三章。使徒保罗在那里面教导说政府具有上帝的权威。"

[后来，在酒店里，我读了《新国际版圣经》的这一章。我认为它充满了重复和焦虑，作者非常了解罗马帝国的权力并且不想让自己的小集团被击碎。不仅仅是"恺撒的物当归给恺撒"，保罗似乎是要给自己的目标量身打造一套理论。

"在上有权柄的，人人当顺服他，因为没有权柄不是出于上帝的。凡掌权的都是上帝所命的。所以抗拒掌权的就是抗拒上帝的命。抗拒的必自取刑罚。作官的原不是叫行善的惧怕，乃是叫作恶的惧怕。你愿意不惧怕掌权的么，你只要行善，就可得他的称赞。因为他是上帝的用人，是与你有益的。你若作恶，却当惧怕，因为他不是空空的佩剑。他是上帝的用人，是伸冤的，刑罚那作恶的。所以你们必须顺服，不但是因为刑罚，也是因为良心。你们纳粮，也为这个缘故……"

这篇使徒书可以拿来守护任何事情。巴里·麦卡蒂的解释是一个信徒的解释，似乎要将内情和盘托出（"要建立秩序和公正，政府是必不可少的"）。尽管那段有关税赋的训诫似乎违反了杰西派的一些政治信念。事实上，那一章整体上与他对政府的看法背道而驰。但我是后来才读出来的。我当时不可能向巴里·麦卡蒂提出这些见解。]

他继续说对《罗马书》第十三章的想法："教义暗示政府的首要功能是建立秩序，惩罚违犯律法的人。"他接着说："但《圣经》里没有把慈善这类事情强制为政府的责任。它们肯定被强加为个人的责任，但从来不是政府的。所以我个人有义务给穷人提供食物、庇护和衣物。"

"你？"

"是的。我力所能及地去帮助穷人。还有一个圣经信念塑造了我对严格意义上的立宪政府的热情。《圣经》说我们是堕落的动物，人生而有罪。立宪政府的补救方式是人的集体权力要有所抑制和平衡。我相信自由主义者和保守主义者最根本的差别是自由主义者相信人的可完善性，而保守主义者不信。

"保守主义者相信人类是堕落的动物，他们的集体权力必须有所抑制和平衡。看看这个国家的社会支出吧。他们的信仰——自由主义者的信仰——是如果你给正确的人足够的钱，这些人就能消除贫穷。我觉得那永远不会发生，会发生的是那些权钱在握的人当上了国王，而且因为他们是人，某些方面是有罪的动物，他们总会想方设法滥用那些钱和权。

"我质疑联邦福利制度的伦理性。如果你饿了，我带你回家给你吃的，那是善行，因为我选择向你显示仁慈。但当联邦政府通过税收合法地掠夺我而赠给你，我认为那是不道德的。"

他一直没兴趣回答私人问题。他一次也没有让想法转向个人，所以关于他的政治驱动我没有得到任何人类层面的理解。现在我又试了试。我知道他不是出生在北卡罗来纳，而是从亚特兰大来的。我问起他的背景。

他没有直接回答。他说文字处理机里有一份他最新的生平梗概，边摇头边笑着说他这样的人用文字处理机显得很奇怪，同时坐到仪器前，按下不同的键，不一会儿我面前就呈现了一段打印的文字，是对他的教育、职业经历、政治生活，以及基督会牧师生涯的正式描述。

我把这张纸跟他提供的其他文件放在一起，问他父亲是做什么工作的。

"我父亲是消防员。他二战期间在美国海军服役，在我生命的最初十一年，他在佐治亚州的东点——亚特兰大郊区——当消防队员。然后，1981年，去世那一年，他是一家保险公司的安全工程师。

"我第一次去教堂才两个星期大。我是在基督会长大的，碰巧是礼拜时奏乐的那个教会分支。我们的人不信加尔文教派，还得看见某种神迹才能当基督徒，我们接近的方式更理性。"

"你们周末露营吗？"

"我小时候参加过基督教服务营。"

"有人觉得那些宿营很无聊。"

"我小时候最开心的回忆和友谊就来自基督教宿营的经历。"

他十八岁时，从亚特兰大来到罗阿诺克圣经学院。他是家里第一个受过学院教育的人，他后来开始的研究课程就像他家庭信念的延伸。他为获得匹兹堡大学的博士学位感到自豪。我问起他获得学位的科目——修辞和辩论，他说："我发现自己是被思考和演讲的基本技能吸引。生活中所有领域的努力恰恰都跟这两个关键点有关。"

我告诉他我在纳什维尔见到的基督会。像我遇见的那两个人一样，他有过怀疑吗？

"我发现无论我什么时候怀疑信仰，总能发现证明信仰而非否定信仰的证据。我不认为我到过出现危机的那种地步。那是一种终身的成长过程。随着学习越来越多的科学内容，我发现世界是一个越来越错综复杂的现象，这坚定了我的信仰。"

他有没有觉得教会对人的要求太多了？

"我们生活在一个世俗社会，对基督教精神名副其实的承诺越来越难。不过，我不认为那种意见可以拿来决定基督教精神是不是真的。"

我问起当地基督会的力量。

"运动是从十九世纪早期开始的，通过苏格兰长老会传教士亚历山大·坎贝尔的努力。坎贝尔说他只想当基督徒。坎贝尔生活在西弗吉尼亚，运动从那里向西、向南发展。"所以，它在北卡罗来纳州东部是很新的。基督会学院1948年在伊丽莎白市创建。"旨在为东部沿海地区提供牧师和基督教领袖。"

那是一组让人印象深刻的建筑物，在巴里·麦卡蒂所说的镇上最好的地段占了两个住宅区，大多数建筑物是世纪之交的木板房。学院买的十八亩地就在路对面，挨着帕斯阔坦克河。那是一个印第安词语，巴里·麦卡蒂说，意为"水流分岔的地方"。他说话的方式让我感觉他对这片大河滩上的印第安往事有某种浪漫的感情。不过并非如此，他是从《北卡罗来纳州手册》上了解到帕斯阔坦克的。近来帕斯阔坦克的土地上建起了两座砖砌的宿舍楼。学院现在有一百六十名学生。未来五年，这所学院有望达到两百人。

他所有的职业生活都是在宗教及相关事务中度过的，而他没有感到枯燥。

"我发现基督教生活是一种冒险。了解上帝并能为让别人了解他而出一份力，这是人人都应给自己设定的最伟大的目标。我的看法比大多数人都严格。我承认。"

我请他描绘一下当地的民众。

"这里大部分人都非常传统和保守。他们基本上都是欧洲血统。"

"大部分都是苏格兰人？他们是这么跟我说的。"

"不是苏格兰人。大部分人不可能记得那么远。他们很美国。南方人。你可能听过一个习语，或者在保险杠贴纸上见过，'生为美国人，上帝恩典为南方人'。当地民众以身为美国人和南方人为荣。他们是小农场主，很多人有一两百亩地。有些是渔民，有些在旅游业工作，没那么多重工业。人们在这里比在罗利或夏洛特更依赖土地。我喜欢小镇的氛围。我成长的郊区有很浓厚的小镇特色，在那里你了解你的邻居，他们也了解你。"

"你觉得这里的人跟城里的人有什么区别？"

"作为从美国著名大学获得哲学博士学位的人，我很可能是有资格进入雅皮社会的。不过我很尊重南方文化的旧有价值观。我生命中最重要的事并不是挣钱。这里的人忠于原则，超过了对利益的喜好。和城市的根本区别是物质主义。城里人更专注事物而不是观念。这里的人钦佩政治家、有原则的人。"

"但他们喜欢人民去关注他们的经济利益吗？"

"赫尔姆斯感兴趣的是个人回到故土谋生的权利。小农场主，小企业主。"

但这些小农场怎样才能持续发展呢？烟草都快要消亡了。

他赞同。他自己并不喜欢烟草补贴的想法，而且认为大部分农场主已经接受了烟草即将消亡这个事实。"我在北卡罗来纳认识很多人，不光靠务农为生。你会发现有些人当农场主和木匠、农场主和技工，或者农场主和干别的。或者他们会一边务农一边伐木。我现在没有木柴炉子了。以前，我会从一个夏天务农冬天伐木的人那里买木柴。北卡罗来纳州东部——口语会说'往东'——的普通人并不富裕。他们是劳动人民。"

那他们的未来呢？

"我没有资格预言小农场的未来。但是我会做两个观察。一是几百年来在这片大陆——美洲——劳作和谋生的那些淳朴得体的人。我把北卡罗来纳州东部的大部分人都看作拓荒者的后裔。人们通过简朴诚实的劳动将这个国家从荒野中开拓出来，没有庞大的联邦制度照顾每一个人——罗阿诺克岛以及后来詹姆斯敦的人。

"二是这些在这里劳作的简朴诚实的人不像看上去那么落后于时代。他们看的电视节目跟芝加哥人、纽约人或亚特兰大人看的一模一样。很多人把孩子送去教堂山、范德比尔特或罗利的学校。我是说,现在持有的保守主义和价值观是有所选择的,而不是由于对现代世界事物的无知。它们是永恒的价值观、持久的价值观。

"而且在北卡罗来纳州东部,你谈到未来,就是在谈只有上帝才确切知道的东西。这些人非常了解上帝。"

"你怎么描述你的对手?"

"相信政府有全套解决方案的人。"

"在当地呢?"

"这里很难找出热烈的自由主义者。"

"描绘一下这个地区吧。"

"它是旧的南方价值观依旧盛行的地方之一。这是一片美丽的土地,绿油油的,水网密布。它是人们靠近土地生活的地方,甚至对那些不靠农场生活的人也是如此。有很多人喜欢水。这里有钓鱼、捕猎。土地肥沃。"

大地之美,户外生活——之前我听各种各样的人说过。

巴里·麦卡蒂本人就是猎手。他猎鸭,现在则正盼着猎鸽季节开始。我没有任何提示,他就聊起了对联邦枪支管理法规的愤恨。他完全是保守派那套理论,甚至等而下之,最令人迷惑的一面:拥有枪支的权利。

他说:"自从一开始跟你聊,我才发现自己几乎很关切如何表达对枪支的态度。"我喜欢那种"几乎很关切":可能源自他在演讲或修辞方面的训练。他继续说道:"南方人经常被描绘成提枪的红脖子、种族主义者,据说真正关心自己持枪权的南方人还真的就是三K党成员。这就跟我们早先对权利法案的讨论联系起来了。第二章中,人们携带武器的权利不得侵犯。我认为你在南方人里面会发现，既然他们戒备所有的宪法权利，也就戒备保存和携带武器的权利。

"我会跟邻居们和平相处。但面对入侵者，我会毫不犹豫地保护自己、妻子和家庭。在那种环境下，枪是文明人面对野蛮人的最后防线。"

我说我在密西西比听说普通人的狩猎土地正在缩小。这里有这种事发生吗？

"还没有。世界一直在变，我们必须适应。你必须时刻准备保护你的生活方式。总有些价值观是从不改变的。"

"但是现实世界改变了。"

"是的。我过去经常用钢笔写字，现在用文字处理机和计算机。"

他怎么保护他的生活方式呢？

他打算掏钱让孩子在私立基督教学校受教育。费用是每人每月一百美元。对三个男孩来说还挺贵的。"但我们会那么做的。"这引出了他别的观点，"过度税收是对我生活方式的一种威胁。"

我被他的热情和率直触动，向他读了教堂山圣经教堂的吉姆·亚伯拉罕逊对我说的有关宗教右派的内容。他曾说，他们是容易被嘲笑的人，但是他们代表着一种必要的常识。

巴里·麦卡蒂眼镜后面的目光变得柔和起来。他对我读的内容感到又惊又喜，没想到还有这种程度的理解。他的话开始有了哲学意味。

"直到十七世纪，西方文明基本上是基督教的。在那种世界观里，宇宙和其中的一切，包括人类，才有意义和目的。在现代观点里，世界只是一件件该死的事情。可怕的世界观。人类根本无法忍受的一种世界观。它不可能持久。它会摧毁自身。

"当你观看荷兰大师或其他艺术家那些带有北欧文艺复兴色彩的作品，产生的世界观是世界由上帝创造并由上帝掌控。在这个世界里，个人拥有自由和尊严是因为他们是按照上帝的形象创造的。这就是为什么伦勃朗会费心去画一幅洗鱼或切面包的女人的画，因为这个女人对上帝有无限的价值，她是按照上帝的形象创造的。

容易被嘲笑吗，像他这种保守派？不过他说他念过一所重点大学，他攻读过哲学，他了解现代世界。人们了解他这些情况。

他说："这就是为什么他们觉得那个人，见识过新世界却又摒弃它的人，是让人害怕的。"

一分钟前变得柔和的目光又锐利起来。我感到——突如其来——在他身体里，在得体的衣着和正确的举止里，有一团火。

打电话安排会面时，我曾请他想想伊丽莎白市有哪些有教育意义或启发性的东西，带我去看。他没忘。在我们会面的最后，他带我去看法院广场上的邦联纪念碑。1911 年由邦联女儿会的当地分会竖立，他说，这个分会可能已经不在了。他给我看了纪念碑：柱子（让人想起批量制造），士兵在顶端。他没多说什么，我看的时候他什么都没说。接着他就该开车回圣经学院了。

我问他伊丽莎白市的黑人。他说起了对他们的困惑和遗憾。他们大多有南方的工作伦理，他说，他们在价值观和日常生活方面大部分是保守派，但不投票给保守派，他们投给黑人候选人。

那是漫长的一天，也是一次漫长的驱车返回之路。离伊丽莎白市大约五十五英里，在一条拥挤的窄路上，一起交通事故看起来很严重：一辆车撞毁，另一辆翻车了，人们跑向出事地点，接着一辆急救车鸣笛赶来。

我的思绪在这里稍作停留。巴里·麦卡蒂见面时曾给我看办公室里的星块旗，会面结束时给我看邦联纪念碑。大概一天之后，我就看到了这些。

往事变了，跃升到真实的历史之上，给出一种近乎宗教的象征主义：政治信念和宗教信念合二为一。我曾听人说北卡罗来纳的保守派是用暗号交谈。暗号有的时候一目了然，"烟草是一种生活方式"就是小农场主在呼吁政府资金。但在这片小农田和小废墟的平坦土地里，有些情感埋藏太深，难以言表。

吉姆·爱泼怀特有天带我去看他在威尔逊县的家庭农场，位于他所说的北卡罗来纳州东部烟草地带的中心。我们先去了这个县的主要城镇威尔逊。它距农场十英里，我是从诗歌和吉姆的谈话中知道那段距离的。

威尔逊镇比我想象的更可观。我们开车路过的居民区看上去既富裕又安定，大房子坐落在树木繁茂的花园后面。以前，威尔逊的钱大部分来自烟草市场。另外，这个镇工业化的一侧（我们下午返程时路过那一侧）有烟草仓库。

我们在一家超市停下来买午餐吃的坚果和水果。结账通道里排在我前面的一个年轻黑人拿着几罐啤酒，醉醺醺的。他那慢吞吞的南方语速因为醉酒而变得更慢了，他似乎是自己哼哼而不是说话。收银员是个白人女孩，表现得若无其事，收钱找零以后，她恰如其分地说了超市惯用语谢谢。我们出来的时候，前院看上去没什么吸引力：超市推车、垃圾、一些闲逛的黑人。这地方不适合在车里吃东西。

吉姆说："我们要去农场。"

我们穿过铁轨。它一度隔开了白人城镇与黑人城镇。那里仍有一座美铁①车站，还有一座旧酒店，位于一度是城镇白人居住区的一侧。就像简单的电影布景里安排的道具：车站、铁路、小酒店。

"出差的推销员会在这里住。"吉姆说。

"生活啊。"

"有些人说不定还喜欢呢。"

过了铁路，仍是镇上的黑人区，有猎枪屋，跟活动屋一样窄，摩肩接踵地挤在一起。有大房子的威尔逊似乎已经很遥远了。

---

① 美国国家铁路客运公司的简称。

去农场这十英里走得很快。到处都有旧烟仓,有时候一块地里有三四座。我还没有为去农场做好准备,我们就从路上拐了下来,停在一座老式双层木屋和一些白铁皮农场建筑中间的空地上。两辆老式汽车停在院里:院子金属质感的一部分。路对面的田地与农场相连。

我听吉姆说过家庭住宅和农场、搬家去附近小镇斯坦登斯堡、佃农家庭和黑人雇工的故事,但没有全部听进去,我被他说的这些事搞糊涂了;我们停在院子里的时候,我完全不知道自己在哪儿。我感觉老木屋应该是吉姆的家。我把佃农当成了雇工的一种。

吉姆下车进了屋,我打开坚果罐,把橙汁倒入纸杯。一手拿坚果,一手拿橙汁,用胳膊把超市橙汁纸盒竖着夹在身体一侧——我当时就是这个样子,这时一个年近五十、皮肤白里透红的粗壮男子身穿深蓝裤子和格子衬衫,戴着眼镜,笑着出屋走到车旁。

他自信满满地说:"我是迪伊·格莱姆斯。"

我很熟悉这个名字。他是《怎样收拾一头猪》这首诗里庆祝的男人。他的言语、他在烟草中的生活已经变成了诗。

他等着我挪下车——他已经知道我要来。但我被堵住了,打不开车门,而且找不到言语来解释。他尴尬起来,说"吉姆先生"什么的我没听清,然后往后退了一步。

我最后终于说我读过他的诗。

这让他高兴。他说还有人读过诗以后想让他做饭。

过了段时间我才明白,实际上我听人说过了,佃农迪伊·格莱姆斯住的是爱泼怀特家的老房子——吉姆的圣地之一。

> 它矗立至今,楼上走廊被栏杆围在
> 窄小的窗前,它们那古老的玻璃
> 笔直挺立并朝干净的犁沟敞开。
> 手工吹制的窗玻璃带着不完美的线条,

仿佛内战以来海市蜃楼般的炎热
刻上了波纹。

主楼和厨房是独立建筑，中间有一条带篷顶的宽敞过道，一条"风廊"，两边有开放的隔板墙。（从前不可能有隔板，吉姆说。）我们最后就坐在那里，尽管迪伊·格莱姆斯本来想让我们进屋吹吹空调。

他聊的是干旱，我听不太清：他坐在桌子另一边还隔着一段距离。那里总是不下雨。他已经试着挖了一口井，但发现没有水。他有时候也说到邻居丹。丹有一个灌溉系统，这年夏天已经浇了三次水。丹还有一台机械烟草收割机，几年前花了他三万五千美元。丹就是在那天"鼓捣"烟草的，用机械收割机收割成熟的烟叶，接着让人在烤仓里"鼓捣"烟叶。

他说起房子，听别人说我可能想去看看。他说这座房子最值得注意的一个地方是它大部分是由木钉钉到一起的，甚至包括风廊的椽子。他带我们进屋，比人们从外面想象的要宽敞。地板有种坚实的感觉，没有木屋里中空的声音，没有共振。前屋比例优美，几乎是正方形的，十七乘十八英尺，还很高。再到外面，我们打量着房子各个边上的砖烟囱，还有两条有围栏的门廊，正对着路，以及路对面的田地。

吉姆说："这是一座可爱的老房子。高贵的房子，简朴的本地风格。我尤其喜欢那几座高高的窗户，虽然我没有真的从高处的门廊上眺望过对面的田地，但我觉得它是个有利的观察点。"

烤制烟草的货仓是在空院子的另一侧，并排竖着三四个，像小号的移动房屋。里面的热量是发电产生的，库房周围的空气有股强烈的绿叶味。迪伊打开一个仓门，散发的气味很冲，腻得让人有点儿反胃。货架上靠外侧的叶片早已呈褐色，是碎的。迪伊说这是因为他屡屡开门查看而被冷空气吹透了，里面的叶片会好一些。

在打包库房——先对烤过的烟叶进行"整理"（弄潮湿，以）避免变脆成为碎渣，烤烟就储存在里面——我们看到了这一年可怜的收成。一大块地方，只有粗麻布裹着的几捆金色烟叶。这里有种温暖醇香的气味，地板有源自陈年树脂的光泽。没等别人问，迪伊就准备了两"手"老式烟草束：拿起大概六片烟叶，烟梗朝上，握住，然后将一片上好的烟叶折上两三次紧紧捆在烟梗上（原则上先用宽带子再用缠腰布）。

迪伊的妻子走进打包库房，她出门了，刚回来。她默默站在我们旁边，看着迪伊捆烟草束。

老骡棚还是完整的，是院子里另一座金属建筑：让人想起过去的另一种劳作。现在没有骡子要照看了，但有些东西让人想到那里喂过骡子：畜栏的顶板被啃成了波纹状。

院子尽头有个奇妙的装置。是烟叶收割机，带顶篷。下面的金属座是给四个收割者的，收割机被拖拉机拖着走的时候，收割者坐着就能把成熟的烟叶从烟梗上摘下来，不用弯腰或跪着走那么劳累了。不过，算上"打捆的"以及把收下来的烟叶递到夹子上的人，收割机运行起来需要十一个人。劳作，盛夏的劳作——不远处就是黑人雇工住过的单层小屋，只能看到屋顶和高处的墙。

农舍，新旧库房，后面是所雇帮手的屋子，这样的布置与威尔逊的火车站、铁轨和小旅馆一样简朴至极。不过有位诗人曾仔细端详这座院子，里面的一切都朝他发出光芒。我们刚要走，我看见迪伊夫妇开始聊农舍旁边橡树掉的树枝很危险。

迪伊和妻子想给这些树剪剪枝。吉姆有些担心，他不想让这些树被剪去太多树枝而变了样。他们聊了一会儿，各执一词。

我们终于继续前往斯坦顿斯堡小镇。吉姆·爱泼怀特的祖父离开家庭农舍后就搬到这个地方住了。吉姆就是在那里出生的。不远。

吉姆说："爱泼怀特家族来自英格兰萨福克，而且好像是在巴巴多斯登陆的。巴巴多斯有爱泼怀特或爱泼思威特的记载。接下来的记载就是十八世纪在弗吉尼亚，然后在北卡罗来纳。他们很可能在 1818 年斯坦顿斯堡合并之前就住在这个镇了。

"有一次我听说斯坦顿斯堡和邻镇萨拉托加之间道路两边的地全是爱泼怀特家的。"

再一次，关于往昔巨大财富的南方故事重新上演了（特立尼达岛的全部、一个英国郡的三分之一、一箱金币倒在地板上升腾起一团金雾）。不过这个故事里有些东西确有其事：爱泼怀特家拥有斯坦顿斯堡的杂货店和一座锯木厂。

这个镇像是小型威尔逊，甚至也有一条铁轨隔开黑人城镇和白人城镇，并排的黑人猎枪屋也和简易木屋及草场隔开。

我们路过一度是爱泼怀特家店铺的地方，是一座低矮的白色建筑，人行道上有遮篷。它现在看上去空空荡荡的。

吉姆说："你储存庄稼或者过日子用到的东西在这里一应俱全。从前这些店铺实际上是一家伙伴商店，换句话说，农民想要什么都可以赊账，等他们卖完庄稼以后再还。那时候我祖父有很多地，佃农需要什么就从那里拿，再还给他就是了。"

开车经过如今空空荡荡的店铺，我突然想到——我没打算那么想——我的旅程几乎跟开始时那样结束了。我在复活节跟霍华德一起去鲍恩镇，从铁轨另一侧看见他的家乡，一贯如此的模样。（我仍清楚记得星期天早晨感觉到的那种古怪，当时我们去黑人教堂，三个白人停车问乡村俱乐部怎么走。）这个镇的大小外貌都很像鲍恩，爱泼怀特家族（我后来知道的，但不是听古姆说）有奴隶，一度达到四十人。（怪的是，一旦开始接受奴隶的概念，你就会按这种方式来估算财富——按奴隶。）

黑人佃农的女儿海蒂曾带我去看鲍恩先生，以回报我的尊重。她接着带我去埋着她父亲的黑人墓地。她曾带我看当时已成废墟的农舍，小树和藤蔓倚靠着她父亲当佃农时住过的地方生长。她有自己独特的观察方式：我们开车通过乡间，她的颂歌是："黑人，黑人，白人，黑人。这边全是白人，那边全是黑人。"然而过了一段时间，她说不愿意进入往事的忧郁，烟草（她曾跟着父亲和丈夫一起种植）曾让她哭泣。

春天，鲍恩镇路边草地里的花是紫色的。现在，在斯坦顿斯堡，将近夏末，花是黄色的，全黄的小雏菊。现在跟着吉姆·爱泼怀特，我正在思考另一种过往：孩子从中可以见到完整性，哪怕是从祖父杂货店的存货中——为佃农准备的：骡轭、烟草麻绳、十分钉（"很可能一分钱买十个"）、炉罩、小孩的鞋。

"我确实感觉那里包含一种完整的世界。部分是因为盖这些房子的时候没有建筑师、没有训练有素的建筑工人，我慢慢感觉到盖这些房子的能力就在店里的这些物件上。"

爱泼怀特家的房子在一条有两三座教堂的居住街道上。浸礼会教堂外面，几个黑人和一个白人正在干活。街上都是小孩子，有不少是黑人，不知道为什么都拿着一个大大的甜筒冰淇淋。

老爱泼怀特先生在客厅的大电视机前看足球。他八十岁了，对自己的岁数有点儿骄傲。他比儿子矮很多，也结实很多，体形表明他一度是个非常强壮的男人。他解释了孩子们和冰淇淋的情况。当地一家商店正在庆祝七十五周年纪念日，冰淇淋五分钱，是这家店1912年卖一个冰淇淋的价钱。

餐厅桌子上是给我们来访准备的食物。老人给了我一本杂志《烟道烤烟农民》，还有一本给烟农的小册子《怎样让它成熟》。

吉姆吃东西，我跟他父亲聊天。

他说："我的佃农有没有给你看一些好东西？这是三十五年来最可怜的烟草收成了。已经十三周没下雨了。"

他跟我说农场大概有一百五十到一百七十五年了，给我看一个镶了框的证书，说农舍被收进了"史迹名录"。他觉得迪伊应该留着那口井，接着往下挖二十英尺，他认识的人曾在地下一百五十英尺的地方挖出了水。

然后他开始变得有哲理、虔诚。"我们没什么好抱怨的。农场做得很好,直到今年。你如果善待自己的人,就会没事的。我父亲的经济状况跟身边人比起来是最好的。他确实喜欢现在社会保险做的那些事。他是被保佑的。"

后来,在里屋,透过纱门可以看见树荫下的草地和邻居的房子,吉姆和我坐着聊,我记下了他的话。

他一开始说话就好像把自己与过去切断,进行了一次远行。但过往仍在这里,离达勒姆两个小时车程,或者说一个五十二岁的男人依旧期待找到那么多过去,倒也合情合理。但是旅程已然开启,并且中断过。

"我六岁的时候,据说得了风湿热被放在床上。母亲给我读完了整本《哈克贝里·费恩历险记》。我在床上躺了一年。有那么几年我比同龄学生受到的保护更多。让我跟别人不一样。这类事情经常发生在要当作家的人身上。

"我并不真正属于我带你去看的那个世界,我想我常常能意识到这一点。我没干过烟草的活儿。迪伊·格莱姆斯真正属于那个世界。说得通俗一点儿,是一个真正的烟农。从实际生活中锻炼出来的,在摸爬滚打中成长。我跟他在一起的时候能感到某种亲密和隔阂。"

"隔阂?"

"想必是源自童年的隔阂吧,那时候我跟那些人分开,他们在北卡罗来纳州东部的世界里不自觉地扮演自己的角色,那是一个行动的世界,不是思考的世界。"

隔阂和亲密。爱泼怀特的姓氏不再出现在店铺的橱窗上。但对吉姆来说,玻璃上的字母——它们是鎏金的,呈弧形——依旧存在,"如幽灵一般"。

"我确实记得在大学年代早期回到这里,与再度体验我几乎忘了的事的那些场景——那就是在一个地方完全无拘无束，成为其中一部分，感到不知不觉就跟这个地方融为一体的感觉。

"另一方面，我自己有一部分是在土生土长的地方进行观察的陌生人，这也有种隔阂的感觉。有时候，我会对灵魂的前世这种想法着迷。尤其是对埃德加·赖斯·巴勒斯的初版《人猿泰山》着迷，泰山系列最早最好的一本。因为在那本书里，后来成为泰山的人因父母飞机失事坠落在丛林里。另一种文化的人从天而降来到热带环境，那种想法里面有什么东西把我迷住了。"

很离奇。不光是说（不止一次发生）我找到吉姆·爱泼怀特跟我聊天，表达出我儿时、青少年时在特立尼达感受到的东西，他还——尽管他来自铁轨另一侧——像海蒂的儿子霍华德那样说话。在纽约机场，关于他家乡那个地方，霍华德曾说："我恨年轻时的地方，因为一成不变。"我曾苦苦思考那个词，"一成不变"。它意味着旧事物、旧建筑（像烟仓和农舍）依旧伫立，让一个地方显得萧条。像后来显现的，它还意味着旧方式的延续。我们在南方过完周末回到纽约时，霍华德说："我不一样。我感觉跟高中的时候不一样。是你想的和感觉的东西让你不一样。我经常感觉不一样，导致我相信自己生错了城镇。跟很多人一样。"

吉姆·爱泼怀特说："那时候我对双重性的感觉就在我认同的世界里实际存在，但另一方面又完全没考虑我的心智和灵魂。这里仍有一种文化传承——某种截然不同的东西——是通过教堂、赞美诗、言词和音乐、钦定版《圣经·诗篇》里的诗，也通过书。夏天我叔叔会跟我们待在一起。他是个单身汉。他可能是我最初的文学启蒙。我六岁的时候，他给我讲了一个故事，我后来意识到是《奥德赛》里的。

"小孩子的世界和年轻人的世界都有一种双重性，这对于有艺术倾向的人来说毫不稀奇，但这个小镇世界里有太多人否认或反对外来的价值观——远方传来的那些文化价值——其剧烈程度也给双重性带来了罕见的张力。南方有种自给自足的感觉，即它就是自己，它了解自己，也不需要别的东西。因为这种饱受围攻的自给自足感，它可能会极其固执。它会热爱愚昧无知。它会热爱不切实际、不理智的东西。

"我渴望让事情得到解释。我记得一度抬头望着星座却不知道星座的名字，或者不知道树的名字。我现在有望远镜了，当时可没有。

"最终，一个人想要的是觉悟，保持清醒的权利，或者用语言去命名的权利，用优美的语言也好，用音乐也好——去给事物命名，或者用其他简单的东西去命名。艺术是一种神圣的无用。那是我同样被烟草吸引的原因之一，它没有实际用处，它在对事物有益这方面没有任何用处。"

我们已经从迪伊·格莱姆斯和吉姆·爱泼怀特的父亲那里听说了邻居丹的很多事情，这个有灌溉系统和机械收割机的幸运男人那天正在"鼓捣"烟草。我们离开斯坦顿斯堡的时候去看了看丹。

他很友善，是个戴眼镜的中年男人，经常锻炼，穿浅褐色衣服，戴一顶深褐色棒球帽（"以烟草为傲"），不过他自己并不抽烟。他的双手被他"鼓捣"的烟叶的焦油染黑了——绿烟叶上的焦油我最早是听霍华德说的。

他的收割机由一名黑人操作，作业时横跨很多条垄。这个外表丑陋但精巧的庞大机器看着看着还挺迷人的，它摒弃了烟草收割的野蛮劳动。收割机的轮子和驾驶员的座位沿犁沟移动；两侧各有两个长长的橡胶滚筒，中间有空隙夹住烟梗，再把烟叶向上卷绕到一定高度。被卷绕的烟叶掉进接收箱，然后被快速转动的传送带卷起来放进烟叶筐。烟梗上部还有未收割的叶片，迅速回到竖立的位置，最后偶尔有黄绿色的叶片留在地上，显示收割机刚刚经过。

在丹的货仓外面的棚屋里，两男两女四个黑人（从还算不错的衣服判断他们是散工：没有工作服）卸下烟叶，固定在金属夹子上，然后让它沿着货仓里的货架滑动。在货仓里"鼓捣"要比在高大的旧仓房里容易，那里得有人架着梯子把竿子挂到上层货架上。几年前，吉姆说，迪伊·格莱姆斯从高货架上跌落，把手摔骨折了。货仓里分好架的烟叶看上去就像超大份的蔬菜色拉。

有货仓事情就容易多了。不过男孩子当年在爱泼怀特农场学习的一些仪式也消失了——很多黑人妇女在棍子上缠烟叶，整夜照料闷热的库房，在木炭上烤甜玉米和猪肉。

有爱泼怀特老家族墓地的那块地不再属于他们家了。不过总还是有权去墓地的，有条杂草丛生的小径从大路通到那里。那是围起来的一块小地方，大约三十乘二十英尺。野草和橙色的凌霄花遮住了铁轨。最老的墓碑是 1849 年立的，几乎难以辨识。小墓碑代表着儿童的坟墓。有两个木头标志。

吉姆说："很可能是松树心，我们叫'胖软木'。很可能是个奴隶。有时候奴隶下葬就用木头标记。"

这些标记看上去已经烧焦了。我觉得也许是因为年代久远，不过吉姆说地里着过一次火。在硬一些的木头纹理四周，松软的木头已经磨损了。

从墓地出来，杂草小径的另一侧有片烟田，叶脉清晰、有弹性的烟叶呈伞状，旱了好几周了，稍微有点儿耷拉。这些小块农田和生锈的废烟仓，我初见时还把它们当成景致，如今则诉说着大量精细的劳作。在田地中央的墓地里，不难想象从前它在公路、汽车和电气化之前是如何狭窄，以及去十英里外的威尔逊镇要如何走上一整天。

> ……方圆几英里
> 沙路、松林荒地、沼泽让
> 好奇心有了界限。星光、
> 钦定版《圣经》和卫斯理赞美诗，

传布同样的距离，毫无疑问。

不过现在去达勒姆倒是有一条路很好走。

出于他对童年时期现实世界的深刻沉思——这种行为让我感觉很亲近，尽管他的世界跟我的全然不同——也出于跟他最初那个世界的隔阂，吉姆·爱泼怀特已经超越了父亲和祖父的宗教信念，感知到了"举手投足之间的圣洁"。

那是对简单生活之美的一种富于想象的诗意解答，跟源自政客和基督会牧师巴里·麦卡蒂的感觉在冷静、积极和含义等方面大不相同，对后者而言，那种感觉关联的印象似乎也是一个险恶到失控的世界。

如此不同的人，但他们在某些事情上确实又有共同之处。他们由同样的历史塑造。而正是那种对于特殊往事的感觉，对作为伤口的往事的感觉，我几乎刚刚北上去弗吉尼亚，去夏洛茨维尔的时候，就开始怀念了。

从数量上也能看到历史——杰斐逊、蒙蒂塞洛、弗吉尼亚大学。但那是庆典的历史，胜地的历史，导致弗吉尼亚住宅小区（或者住宅开发）成倍增加甚至威胁到猎狐的历史（已经有猎犬被训练来猎狐，狐狸则单独养在专门租用的、围栏藏得很深的狐狸大院里；在那里，猎人知道狐狸都在"国度"的什么地方，并给所有幼兽接种疫苗以防生病）。

此前一直和我生活在一起的——这或许让我感到跟南方或东南方的人如此志同道合——是正在跟一种更绝望的新大陆历史，以及反映这段历史的贫瘠土地达成和解的人。这段历史在吉姆·爱泼怀特《南方之声》一诗中写为"挫败"，排成斜体，是他从南方的演说里听到的挫败：

这苍白的语调，像面粉

轻拍在面颊上，是穷苦白人的粉末

为了掩饰游吟诗人低沉的声音

在我们的语域里，源自一条棕色表面的河。

图书在版编目（CIP）数据

南方的转折／（英）V.S.奈保尔著；陈静译．—— 2
版．—— 海口：南海出版公司，2022.5
ISBN 978-7-5442-6918-6

Ⅰ．①南… Ⅱ．① V… ②陈… Ⅲ．①游记－作品集－
英国－现代 Ⅳ．① I561.65

中国版本图书馆 CIP 数据核字（2021）第 226874 号

著作权合同登记号　图字：30-2011-037

A TURN IN THE SOUTH
Copyright © 1989, V. S. Naipaul
All rights reserved.

南方的转折
〔英〕V.S. 奈保尔 著
陈静 译

出　　版　南海出版公司　　（0898）66568511
　　　　　　海口市海秀中路51号星华大厦五楼　　邮编 570206
发　　行　新经典发行有限公司
　　　　　　电话(010)68423599　　邮箱 editor@readinglife.com
经　　销　新华书店

责任编辑　黄宁群
特邀编辑　马希哲
营销编辑　吴泓林
装帧设计　韩　笑
内文制作　王春雪

印　　刷　河北鹏润印刷有限公司
开　　本　640毫米×980毫米　1/16
印　　张　20
字　　数　283千
版　　次　2016年8月第1版　2022年5月第2版
印　　次　2022年5月第1次印刷
书　　号　ISBN 978-7-5442-6918-6
定　　价　58.00元

版权所有，侵权必究
如有印装质量问题，请发邮件至zhiliang@readinglife.com